HEYNE <

GERAINT
JONES

DER KRIEGER

ROMAN

AUS DEM ENGLISCHEN
VON KRISTOF KURZ

WILHELM HEYNE VERLAG
MÜNCHEN

Die Originalausgabe BLOOD FOREST
erschien 2017 bei Michael Joseph/Penguin Randomhouse UK

MIX
Papier aus verantwortungsvollen Quellen
FSC® C014496

Verlagsgruppe Random House FSC® N001967

Vollständige deutsche Erstausgabe 09/2018

Redaktion: Heiko Arntz
Printed in Germany
Umschlaggestaltung: bürosüd, München,
unter Verwendung von Motiven
von © CollaborationJS/Trevillion Images/
Stephen Mulcahey/Trevillion Images
Satz: Leingärtner, Nabburg
Druck und Bindung: GGP Media GmbH, Pößneck
ISBN: 978-3-453-47160-3

Für meine Mutter

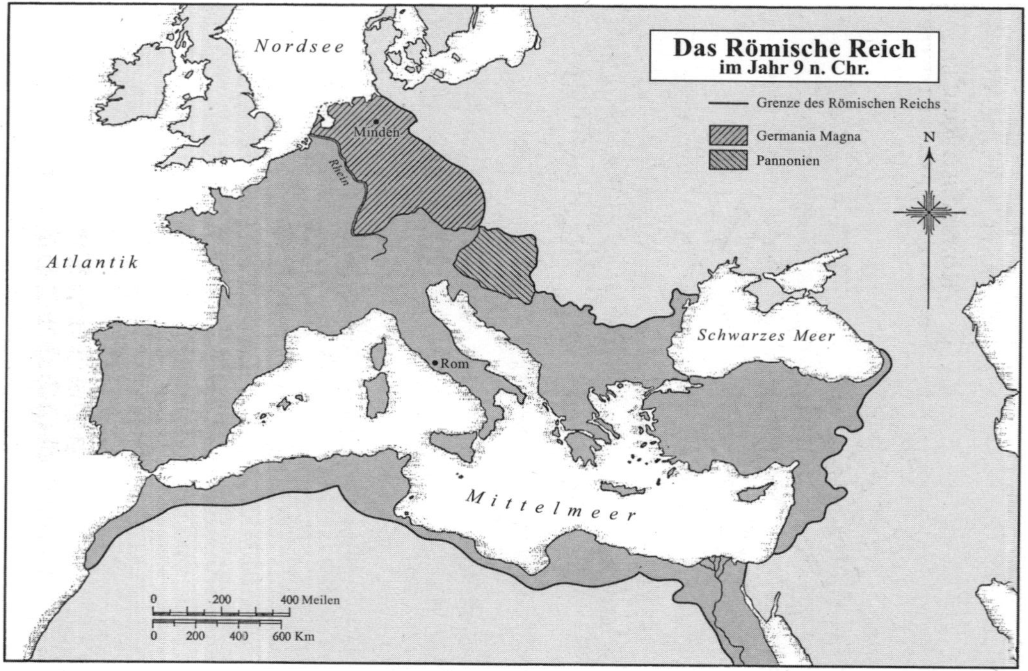
Das Römische Reich
im Jahr 9 n. Chr.
Grenze des Römischen Reichs
Germania Magna
Pannonien
N
Nordsee
Atlantik
Minden
Rhein
Rom
Schwarzes Meer
Mittelmeer
0 200 400 Meilen
0 200 400 600 Km

Aufbau einer Legion des Römischen Reichs

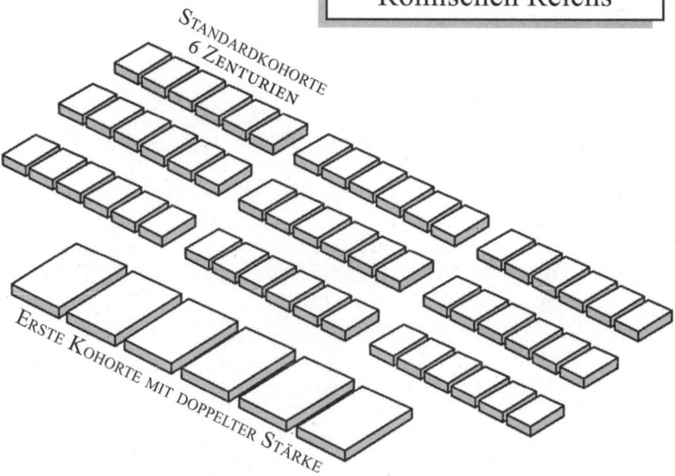

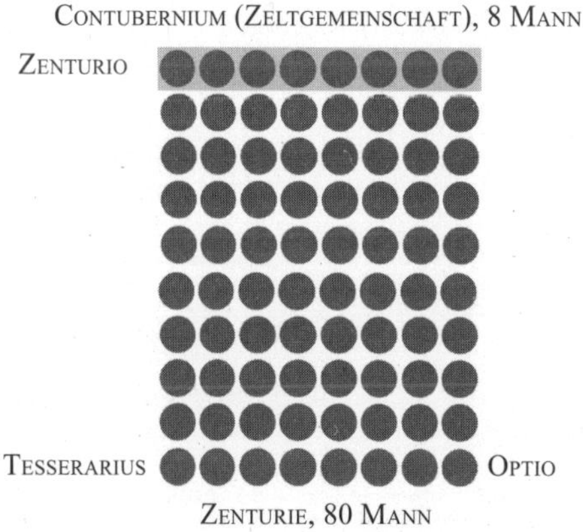

Prolog

Eine Armee starb. Ein Imperium wurde in die Knie gezwungen.

Der Soldat war mittendrin, war es schon immer gewesen, und obwohl er das Ausmaß der Tragödie um sich herum nicht abschätzen konnte, hatte er doch genug Kameraden fallen sehen, um zu einer unvermeidlichen Schlussfolgerung zu kommen.

»Wir sind im Arsch.« Er grinste den Mann neben sich an.

Es war ein leeres Grinsen. Das Imperium bedeutete ihm nichts. Kultur? Romanisierung? Schöne Worte für fette Politiker. Seine Welt war das Contubernium, die Zeltgemeinschaft, die Kameraden an seiner Seite. Seine Welt waren die wenigen Schritt Boden, die er über seinen Schildrand hinweg erblicken konnte.

»Sie kommen!«, rief der Zenturio.

Und dann fing es an. Eine Horde von Kämpfern brach aus dem Schutz der Bäume.

Es waren kräftige Männer, einen Kopf größer als die Römer, und wie sie so die Anhöhe hinabstürmten, wirkten sie wie Riesen. Frische Truppen, bemerkte der Soldat, noch unversehrt, mit lebhaft funkelnden Augen. Noch hatten sie nicht begriffen, dass sie auf diesem Platz womöglich den Tod finden würden.

»In Formation!«, rief der Zenturio. Der Soldat legte seinen Schild über den seines Nachbarn und verlagerte das Körpergewicht auf das vordere Bein. So schwach seine Glieder auch waren, sie gehorchten. Er spürte, wie seine Sandalen über den Matsch rutschten, und stemmte sie fester in den Boden. Im nun folgenden Handgemenge konnten wenige Fußbreit über Leben und Tod entscheiden.

Der Soldat wechselte einen Blick mit seinem Nebenmann. Vor drei Tagen war dieser Kamerad noch ein junger Krieger gewesen. Jetzt waren die Bartstoppeln auf seinem ungeschützten Hals ergraut.

Augen zurück zur Front. Die Germanen waren nur noch wenige Schritt entfernt. Sie schrien und fluchten, die Gesichter von Hass und der Vorfreude auf den Sieg verzerrt.

Dann prallten sie aufeinander, Schild auf Schild. Es krachte, splitterte. Metall bohrte sich in Fleisch, bis die Klinge auf Knochen stieß und mit einem schmatzenden Geräusch wieder herausgezogen wurde. Die Männer spuckten und knirschten mit den Zähnen. Ihre Augen waren leer vor Hoffnungslosigkeit oder funkelten in Todesverachtung.

Für den Soldaten verlor die Zeit jede Bedeutung. Er maß sein Leben in Atemzügen und wusste daher nicht, wie lange es dauerte, einen Augenblick oder eine Ewigkeit, bis die römische Linie schließlich zusammenbrach, die Germanen in die Lücke strömten und sich die Schlachtordnung in eine Reihe kleinerer Scharmützel auflöste.

Ein Krieger nach dem anderen stellte sich ihm entgegen. Die meisten nahm er nur undeutlich wahr. Er schlug zu, parierte, stach auf den Gegner ein, marschierte weiter.

Nur wenige Einzelheiten prägten sich ihm ein: ein Römer, der verwirrt auf den Stumpf des Armes blickte, den ihm eine germanische Axt vom Leib getrennt hatte; eine Frau, eine Hure aus dem Tross, die die Speerkämpfer mit wilden Stabhieben auf Distanz hielt; ein Maultier im Todeskampf, dem die Augen vor Entsetzen aus dem Schädel quollen. Die Pinselstriche einer Schlacht auf der Leinwand des Krieges.

»Sammeln, sammeln, sammeln! Alle zu mir!« Der gebrüllte Befehl hatte zur Folge, dass sich die in Auflösung begriffene Schlachtreihe wieder um den Soldaten schloss. Dieser war sich nicht bewusst, dass die bellende Stimme ihm gehörte. Seine Zunge hatte aus eigenem Antrieb gehandelt – wie sein Schwertarm, der ohne sein Zutun die tausendmal geübten Hiebe ausführte.

Die kleine Gruppe hielt den germanischen Kriegern, die sie umkreisten, hartnäckig stand. Andere Soldaten schlossen sich ihnen an, schoben die Schilde übereinander und ergriffen Schwerter und Speere mit zitternden Händen. Die über dem Schlachtfeld kreisenden Aasvögel beobachteten, wie sich die Flut der Feinde an dieser Insel aus gepanzerten Männern brach.

Die Hitze des Gefechts ließ nach. Zwar wurde noch gestorben, doch der anfängliche Zusammenprall war zu einer Reihe einzelner Gefechte abgeebbt. Die Verwundeten wurden von ihrem Leid erlöst. Männer schrien in allen Sprachen des Imperiums nach ihren Müttern. Der Soldat kannte den Verlauf einer Schlacht. Diese Kampfpause war nur die Ruhe vor dem nächsten Sturm. Es war noch nicht vorbei. Auch der Wald selbst schien den Atem anzuhalten und darauf zu warten, was als Nächstes geschah.

Was folgte, war ein Donnern vom Ende der Straße. Das Donnern von Hufschlägen.

Die Kavallerie der Germanen ging zum Angriff über, stürmte in den schmalen Pfad zwischen den Bäumen, machte die Römer nieder, die drei Tage des Schreckens überlebt hatten, nur um jetzt niedergetrampelt oder von den Lanzen der Reiter aufgespießt zu werden.

Im Angesicht dieses Ansturms löste sich die römische Schlachtordnung auf. Der animalische Fluchtreflex war stärker als jede Disziplin. Vielleicht boten die Bäume Schutz. Vielleicht gab es dort Hoffnung auf Überleben …

Einige widerstanden diesem Drang. Bissen die Zähne zusammen und kämpften dagegen an. Diese Männer waren das Rückgrat der Legion. »Haltet die Stellung, ihr verdammten Feiglinge! Stellung halten!«, rief der Zenturio, bevor er selbst unter den Hufen eines Schlachtrosses verschwand.

Die Formation brach endgültig auseinander. Lediglich ein halbes Dutzend Männer war jetzt noch um ihn – die letzten Überlebenden seines Contuberniums, Männer, mit denen er das Zelt geteilt, mit denen er so oft zum Scheißen zusammengesessen hatte, dass sie beinahe zu einem einzigen Organismus verschmolzen waren. Dieser Zusammenhalt gewährte ihnen nun einen gewissen Aufschub, da die gegnerischen Reiter einen Bogen um die erhobenen Schilde der unerschrockenen Männer machten und sich nach leichterer Beute umsahen.

Es gab nichts Ruhmreicheres als den Adler der Legion. Diese silberne Standarte war die Seele der Truppe. Während die Soldaten im Dreck starben oder in den Wald flohen, wankte der Adler. Der Standartenträger wurde durch seine vielen Wunden in die Knie gezwungen. Das Bärenfell um seine Schultern troff von Blut.

Der Soldat sah, wie der Mann zu Boden ging, wurde Zeuge des letzten Gefechts der Infanterie, die den Adler verteidigte. Erst als der Standartenträger nicht mehr weiterkämpfte, begriff der Soldat, dass der Mann mit dem heiligen Stab in den Händen gestorben war. Der Stiefeltritt eines feindlichen Kavalleristen brachte seinen Leichnam zu Fall. Dann hob ein langhaariger Krieger die Standarte hoch in die Luft und schrie, bis er heiser war. Seine Landsmänner hielten im Kampf inne und jubelten. Sie hatten eines der heiligsten Symbole Roms erbeutet.

Der Soldat hatte sich längst von der Adlerstandarte abgewandt.

Doch nicht aus Entsetzen. Er sah aus dem Augenwinkel, wie einer der Begleiter des Standartenträgers still und heimlich in den tiefgrünen Schatten des Waldes verschwand.

Bei diesem Begleiter handelte es sich um ein Maultier, und der Soldat wusste genau, was sich in den Kisten befand, die auf seinen schweißnassen Flanken befestigt waren – die Soldkasse der Legion. In diesem Wald der Gefallenen konnte sie die Gelegenheit zu einer Wiedergeburt darstellen.

Der Soldat ergriff sie.

Teil I

1

Ich hatte schon schlimmere Orte zum Sterben gesehen.
In dem schattigen Wäldchen aus gewaltigen, uralten Eichen herrschte verdächtige Stille, von dem zu erwartenden Chor aus Vogelstimmen war nichts zu hören. Der durch das hohe Blätterdach sichtbare Himmelsstreifen war so blau wie die Augen der Menschen, die dieses Land der endlosen Wälder und reißenden Flüsse bewohnten – die Germanen.

Ich hatte sie zum ersten Mal weit weg von hier gesehen, und obwohl die Gesichter jener Krieger mit der Zeit undeutlich geworden waren, erkannte ich ihre knurrende, kehlige Sprache und ihren massigen Körperbau sofort wieder: dichte Bärte, breite Schultern und muskulöse Gliedmaßen. Im Vergleich zu meiner eigenen, inzwischen dürren und sehnigen Gestalt erschienen sie wie wahre Götter.

Von ihren Gottheiten hatte ich bis heute Morgen nichts gewusst. Jetzt wünschte ich mich in diesen seligen Zustand der Unwissenheit zurück.

Denn die germanischen Götter liebten Opfer. Menschenopfer.

Ich hatte ganz in der Nähe auf einem Lager aus Erde und Farnblättern geschlafen und daher die Tat selbst glücklicherweise nicht mit ansehen müssen. Erst der Geruch hatte mich angelockt, der Duft von gebratenem Fleisch. Mein Hunger war größer als der Wunsch nach Einsamkeit gewesen. Ich hatte ein Lagerfeuer vermutet und mich vorsichtig genähert, um – je nachdem, wer sich dort ein Festmahl zubereitete – ein paar Bissen zu erbetteln oder zu stehlen.

Doch der Schmaus, den ich vorfand, war allein den Göttern vorbehalten. Ich zählte sechs Körper in sechs verkohlten Weidenkörben über inzwischen erkalteten Feuerstellen. Die überkreuzten Ledergürtel um die Hüften der rußschwarzen, verschrumpelten Leichen verrieten mir, dass es sich um römische Soldaten handelte. Das wusste ich, weil ich selbst einer gewesen war. Sechs weitere Kameraden lagen im Kreis auf dem Boden, sodass sich ihre Füße berührten. Ihre Bäuche waren aufgeschlitzt, die Eingeweide auf ihrer Brust aufgehäuft.

Ja, es gab schlimmere Orte, um zu sterben, aber es gab weitaus angenehmere Todesarten. Beim Anblick der bluttriefenden Innereien und zerteilten Muskeln wurde mir übel. Ich musste mich übergeben, doch nur eine jämmerliche Handvoll halbverdauter Beeren landete auf dem Waldboden.

Wieder beobachtete ich die daliegenden Männer. Ihre Gesichter waren vom Schmerz und der Demütigung verzerrt. Wie hatte ich ihre Schreie überhören können?

Und wie das Hufgetrappel, das in diesem Augenblick hinter mir ertönte?

Sie hatten mich fast erreicht. Am gegenüberliegenden Ende des Hains blitzten Rüstungsteile zwischen den Bäumen auf.

Bei allen Göttern. Römische Kavallerie. Mein Fluchtweg war abgeschnitten.

Jetzt sah ich auf der anderen Seite auch die Infanteristen. Sie bahnten sich in Gefechtsformation einen Weg durch den Wald. Die Männer hatten den Blick auf das Unterholz vor sich gerichtet und mich noch nicht bemerkt. Die Beute dieser Treibjagd war seit Langem über alle Berge. Die Fußsoldaten würden allein mich in die wartenden Lanzen der Reiterei treiben.

Ich warf einen Blick auf die im Kreis liegenden Leichen und wusste genau, was ich zu tun hatte. Und doch zögerte ich, noch als ich bereits die lateinischen Worte der Soldaten hörte.

»In Linie bleiben! Du – stich mit dem Speer in den Busch da! Und behaltet auch die Baumwipfel im Auge!«

Nein, sie würden mich wohl kaum übersehen. Mir blieb keine andere Wahl.

Ich kniete mich neben einen der auf dem Boden liegenden Männer. Er war Ende vierzig und wahrscheinlich kurz vor Ende seiner Dienstzeit gewesen. Seine Lippen waren aufgerissen – er hatte sie sich vor Schmerz entzweigebissen. Ich sah die Insekten, die über die aufgehäuften Organe in die tiefe Höhle seines ausgeweideten Bauches krochen.

Ich steckte die Hand hinein und tastete nach der Leber. Mein Messer war nur wenige Zoll lang, und es war stumpf, weil es mir so lange Zeit so gute Dienste geleistet hatte. Aber für meine Zwecke reichte es. Ich schnitt die Leber heraus, bohrte das Messer tief in den Leichnam, ließ es dort stecken und schlug mich in die Büsche.

Mein Versteck – dichtes Dorngestrüpp – war ideal. Ich

riss mir die zerfetzte Tunika vom Leib und stopfte sie unter ein paar Wurzeln in den Erdboden. Dann wälzte ich mich hin und her, sodass sich die Dornen in meine Haut bohrten. Schon flossen die ersten Blutstropfen – meine Tarnung. Mit dem Blut kam auch die Erinnerung. Wieder sah ich die in der Sonne glühenden Hügel über einem hellblauen Meer, sah mich selbst, wie ich mit blutverschmierten Gliedmaßen durch widerspenstiges Gestrüpp lief, hörte das Hundegebell, das der Wind mit sich trug …

Die Dornen bohrten sich immer tiefer in meine Haut.

Zwei Männer betraten den Hain. Ich blieb still liegen. Da ich an den unruhigen Grenzen des Römischen Reiches gelebt hatte, erkannte ich die üppigen Ornamente und Verzierungen auf dem Schild eines Mannes sofort: ein Präfekt, der dritthöchste Rang in einer Legion und der höchste, den ein Mann erreichen konnte, der nicht aus einer Senatorenfamilie stammte. Dieser Soldat hatte über dreißig Jahre an den Fronten des Imperiums gedient. Ich schätzte ihn auf etwa fünfzig, und er ähnelte auf gewisse Weise seinem Schild: massiv gebaut, rau an den Kanten und im Mittelteil etwas nach außen gewölbt. Selbst der eiserne Schildbuckel fand seine Entsprechung in der großen Knollennase des Offiziers.

Der Mann an seiner Seite war allerdings noch interessanter: nur halb so alt wie der Römer, aber dennoch der geborene Anführer. Das Selbstbewusstsein, das er verströmte, ließ auf einen Menschen von edler Geburt schließen. Doch dieser Mann war auffallend hochgewachsen und hatte blondes, schulterlanges Haar. Offensichtlich ein germanischer Adliger, vermutlich aus einem mit dem Imperium verbündeten Königreich.

Er betrachtete die Körbe und ihren Inhalt mit einem wissenden Lächeln, das er sorgfältig vor seinem Begleiter verbarg. Schließlich deutete er auf die Ledergürtel. Er war zu demselben Schluss gekommen wie ich.

Ich zwang mich dazu, still dazuliegen und zu lauschen, ruhig durch den offenen Mund zu atmen. Durch halbgeöffnete Augenlieder sah ich, was vor sich ging.

»Ein Soldat. Aber keiner von meinen.« Der ältere Veteran zuckte mit den Schultern. »Die Arbeitstrupps sind alle vollzählig. Vielleicht ein Spähtrupp von einem der Kastelle am Rhein?«

»Nur zwölf Mann?«, gab der große Germane zu bedenken.

»Sie könnten von der ersten Legion sein. Das sind zähe Burschen, Herr«, fügte er hinzu. Er schwieg einen Moment, bevor er fortfuhr. »Sechs in Käfigen, sechs ausgeweidet.«

Die Frage, die in dieser Feststellung mitschwang, konnte ihm der Kavallerieoffizier nicht beantworten. »Ich weiß auch nicht, was das zu bedeuten hat. Vielleicht überhaupt nichts.« Er zuckte mit den Schultern. »Aber eins kann ich dir sagen, Caeonius, und das kannst du dem Statthalter von mir ausrichten. Ich werde meine besten Männer und Fährtensucher auf die Barbaren hetzen, die hierfür verantwortlich sind. Die Asche ist noch warm, und dem Zustand der Leichen nach haben sie wohl nicht mehr als einen Tag Vorsprung. Wenn überhaupt.«

Der Präfekt – Caeonius hatte ihn der Germane genannt – nickte eifrig. Nach Jahrhunderten der Eroberung wusste die ganze Welt, dass der Rachedurst des Römischen Reichs unstillbar war. Der Zorn des Imperiums würde so sicher wie der fahle Herbst über diese Wälder kommen.

»Herr, ich werden den Männern befehlen, die Toten zu bestatten.« Der alte Soldat salutierte und wollte davongehen, blieb allerdings wie angewurzelt stehen, als er die unerwartete Antwort seines jüngeren Vorgesetzten hörte.

»Nein«, sagte der Kavallerieoffizier knapp.

Caeonius überlegte gerade, wie er sein Anliegen höflicher formulieren konnte, als der Germane neben einem verkohlten Käfig in die Hocke ging. Er bedeutete dem Römer, näherzutreten. Der mürrische Veteran gehorchte und kauerte sich ebenfalls mit knackenden Gelenken hin.

»Da.« Der Adlige deutete unter den Rand des Käfigs. »Siehst du den Holzkeil, der im Rahmen steckt? Sobald der Käfig bewegt wird, setzt dieses Seil hier ein Gewicht frei« – er deutete auf eine aus Schlingpflanzen geflochtene Schnur – »das denjenigen, der den Käfig berührt, erschlägt.«

»Erschlägt, Herr?«, fragte Caeonius, während der Kavallerieoffizier den Blick über die Baumkronen schweifen ließ.

»Dort.« Er deutete mit wenig triumphierender Miene auf einen dicken Ast, der in einem unnatürlichen Winkel vom Stamm abstand. Ich hatte ihn ebenfalls bemerkt. Anscheinend hatten ich und der Germane etwas gemeinsam. Wir kannten uns beide mit den schmutzigen Tricks des Krieges aus. »Wenn der Ast aus dieser Höhe auf dich herabfällt, bist du auf der Stelle tot.«

»Ist denn nichts mehr heilig?«, knurrte der Veteran, der sich zweifellos nach den guten alten Tagen des Kampfes Mann gegen Mann zurücksehnte. Die Ironie dabei war, dass der Hain, in dem er stand, seinen ursprünglichen Bewohnern sehr wohl heilig war. Die Römer dagegen waren für die Vernichtung, nicht die Bewahrung fremder Kulturen bekannt. »Danke, Herr«, fügte der Präfekt in aufrichtigem Ton hinzu. »Dann sollen sich die Sklaven um die Leichen kümmern.«

Sie standen vor den auf dem Boden liegenden Körpern, keine drei Schritt von mir entfernt. Hinter mir hörte ich die sich langsam nähernden Legionäre. Wahrscheinlich rechneten sie nicht mehr damit, jemanden aufzustöbern. Trotzdem würden sie mich früher oder später entdecken.

Es war höchste Zeit.

Ich stand auf.

»He«, rief ich den beiden Offizieren zu und hob mit zitternden Händen ein Legionärsschwert. Natürlich zitterte ich vor Angst, aber ich musste auf sie wirken wie ein Mann am Rande des Wahnsinns.

Die beiden Offiziere drehten sich um. Der Römer griff nach seinem Schwert, doch der Germane hob beschwichtigend die Hand. Der Edelmann hatte sich schnell von seinem Schrecken erholt, und sein offen stehender Mund verzog sich schon bald zu einem schiefen Lächeln, als hätte er soeben den besten Witz des Imperiums gehört.

»Du da«, krächzte ich heiser, da ich seit Wochen kein Wort gesprochen hatte.

Staunend betrachteten sie mich. Nur eine Schicht aus tiefrotem Blut bedeckte meinen nackten Körper. Außerdem hatte ich unter Würgen in das kalte Fleisch der Leber gebissen und sie wie einen Schwamm benutzt, um mich von einem heruntergekommenen Landstreicher in eine blutüberströmte Schreckgestalt zu verwandeln.

»Du da«, sagte ich erneut, richtete das Schwert auf den

Germanen und blinzelte das Blut aus den Augen. »Wer bist du?« Ich wankte.

Er hob langsam die geöffneten Handflachen und sprach mit ebenso bestimmter wie freundlicher Stimme. Wenn er glaubte, ein Gespenst statt eines Mannes aus Fleisch und Blut vor sich zu haben, ließ er sich nichts anmerken. »Ich bin Arminius und befehlige eine dem Römischen Reich unterstellte Kohorte cheruskischer Reiterei. Ich wurde als cheruskischer Fürst in Germanien geboren, bin aber römischer Bürger. Und wer bist du, mein Freund?«

Ich ließ das Schwert in den Staub fallen. Nun verließ mich der letzte Rest meiner Kraft.

Es war vorbei.

»Ich weiß es nicht.«

2

Kurz darauf verlor ich das Bewusstsein. In einem engen Militärzelt kam ich wieder zu mir. Da ich einst Soldat gewesen war, hatte ich oft unter ähnlichen ausgebleichten Ziegenlederbahnen geschlafen. Die Geräusche, die von draußen hereindrangen, stammten unverkennbar von einem Feldlager. Das Trampeln genagelter Sandalen; das Klirren von Metall auf Metall; Zeltpfosten, die in den Boden gehämmert wurden; gebrüllte Befehle, manche auf Latein, andere in einer mir unbekannten Sprache.

Offensichtlich befand ich mich im Lager der germanischen Hilfstruppe. Und sogar im Quartier ihres Kommandanten Arminius, wie ich feststellte, nachdem ich mich im Zelt umgesehen hatte. Anscheinend lebte er recht bescheiden, was ihn zweifellos beliebt bei seinen Männern machte. Die einzigen Hinweise auf seinen Status als Befehlshaber waren eine Feldkiste und eine auf einem Tisch ausgebreitete Landkarte.

Eine Karte! Wo war ich? Mein Ziel lag im Norden, doch ich hatte mich durch dichte Wälder geschlagen und ausschließlich an der Sonne orientiert. Hoffentlich war ich nicht vom Weg abgekommen, in die entgegengesetzte Richtung und noch tiefer in das Römische Reich hineinmarschiert.

Das musste ich unbedingt herausfinden. Ich musste einen Blick auf die Karte werfen.

Doch stattdessen richtete ich meine Aufmerksamkeit zum Zelteingang, durch den in diesem Augenblick Arminius trat. Das freundliche Lächeln passte so gar nicht zu seinen wachsam funkelnden Augen.

»Habe ich dich geweckt?«, fragte er in einem Latein, das weitaus besser zu sein schien als meins.

Das Schweigen war mein Verbündeter, beschloss ich und schüttelte langsam den Kopf.

»Na gut. Wein?« Er hatte bereits eingeschenkt und drückte mir einen Becher in die Hand. Sobald ich begriff, dass er sich neben mich auf die Pritsche setzen wollte, rutschte ich hastig beiseite.

»Auf deine Genesung«, sagte er und nahm einen tiefen Schluck. »Du hast viel durchgemacht.«

Ich murmelte einen Dank und trank gierig. Der Wein war ausgezeichnet. Als er meine Kehle hinunterrann, weckte er eine Erinnerung an die Heimat: die Sonne über dem Mittelmeer, warme Hügel, blaues Wasser. Wie lange war das jetzt her?

»Danke«, sagte ich. Es war ehrlich gemeint und klang trauriger als beabsichtigt. Arminius dagegen hielt mich für verwirrt.

»Du bist ohnmächtig geworden. Wir dachten schon, du wärst tot.« Er hielt inne, und ein Schatten huschte über sein Gesicht. »Diese anderen Männer, waren das deine Kameraden?«

Ich zuckte mit den Schultern. Das Schweigen war mein Verbündeter.

»Ein Verstärkungstrupp von den Garnisonen am Rhein«,

erklärte Arminius, dann sah er mir mit eindringlichem Blick in die Augen. Mein Bauchgefühl warnte mich eindringlich vor diesem Mann und seiner Wachsamkeit. Ganz offensichtlich würde er meine Tarnung durchschauen, und ich würde mit einem Schrei auf den Lippen sterben. Ich umklammerte den Becher in meiner Hand noch fester. Wenn ich ihm den über den Schädel zog und ihm dann an die Gurgel ging …

»Du bist ein Soldat, mein Freund«, sagte er und unterbrach meine Mordfantasien. »Du warst zwar nackt, aber deine Sandalen sind die eines Legionärs.«

Ich blickte auf meine Füße. Neue Sandalen aus glattem Leder. Wahrscheinlich glänzten die Metallnägel in der Sohle noch. Plötzlich vermisste ich meine alten Schuhe, diese guten Kameraden. Dann verfluchte ich mich, dass ich diesen Hinweis auf meine Vergangenheit nicht abgelegt hatte.

Ich zuckte mit den Schultern und berührte unwillkürlich die Tunika, die man mir im Schlaf angezogen hatte. Sie war tiefrot – ideal, um Blutspuren zu verbergen.

Arminius folgte meinem Blick und las meine Gedanken. »Nackt kannst du nicht durch das Lager laufen. Wir sind ja keine Briten.«

Die Briten. Als Kind hatte ich einen Briten zum Freund gehabt. Ein Sklave, der mir viel von seinem Volk erzählt hatte. Wilde Stämme jenseits des Nordmeeres, die nicht unter römischer Herrschaft standen und weder Abgaben zahlen noch Vergeltung fürchten mussten. Julius Caesar hatte das Meer vor sechzig Jahren überquert, mit den süd lichen Stämmen Frieden geschlossen und Handelsbeziehungen geknüpft. Ich wollte dem Weg, den er genommen hatte, folgen. Im Schatten der weißen Klippen hoffte ich, dem hasserfüllten Blick des römischen Adlers zu entgehen.

»Zu deinem Trupp gehörten auch mehrere Veteranen«, sagte der Germane. »Du hast selbst ein paar Narben aufzuweisen, Soldat.«

Soldat. Diese Rolle wurde ich offenbar nicht los. Selbst ohne die Sandalen hätte jeder Veteran die Geschichte deuten können, die meine Haut erzählte. Und dieser Germane verfügte über eine Menge Kriegserfahrung, so viel war sicher.

»Ich bin Kavallerist. Ich sitze im Sattel, seit ich gehen kann. Und als Kavallerist schaue ich immer nach vorn, mein Freund. Genau das musst du auch tun. Vielleicht gibt es Dinge in deiner Vergangenheit, an die du dich nicht erinnern willst oder kannst. Sei's drum. Schau nach vorn.«

Ich nickte wie betäubt. Worte, bloße Worte.

Die Zeit löscht bestimmte Erinnerungen. Warte lange genug, und selbst das Gesicht deiner Mutter wird undeutlich und verschwommen. Aber die grässlichen Dinge? Die schlimmen Dinge? Die Dinge, die wir vergessen wollen? Die vergessen wir niemals. Sie suchen uns heim, sobald wir die Augen schließen.

»Du brauchst einen Namen«, sagte Arminius plötzlich. »Wie wäre es mit Felix? Der Glückliche?«

Ich nickte. So sollte es sein. Felix war ein Name wie jeder andere. Arminius war offenbar zufrieden damit, sprang auf, schenkte sich erneut Wein ein und legte den halb geleerten Schlauch auf die Karte. Beim Gedanken an die Antworten, die auf dieser zu finden waren, schlug mein Herz schneller.

»Jetzt, wo du einen Namen hast, brauchst du auch

einen Beruf. Du darfst dich mir gerne anschließen, Felix. Meine Einheit besteht aus Germanen meines eigenen Stammes, den Cheruskern. Ich könnte in deinem Fall eine Ausnahme machen, aber deinen Beinen sieht man deutlich an, dass du kein Kavallerist bist. Stimmt's?«

Ich schüttelte den Kopf, was entweder *Nein* oder *Keine Ahnung* bedeuten konnte. Egal. Er hatte einen Platz für mich gefunden.

»Die siebzehnte Legion«, verkündete Arminius. »Dein Trupp war eigentlich für die achtzehnte bestimmt, aber … irgendwie glaube ich, dass dir ein Neuanfang guttun wird.«

Das konnte ich nicht so recht nachvollziehen. Ich würde so oder so Aufsehen erregen, egal, wo ich landete. Man würde wissen wollen, wo ich herkam und wo meine Kameraden abgeblieben waren. Schließlich bestand ein Verstärkungstrupp üblicherweise nicht nur aus einem Mann.

Ein Kopf tauchte im Zelteingang auf. Der hässliche Kopf eines Germanen. Er teilte seinem Fürsten etwas in seiner Muttersprache mit, dann zog sich die Fratze wieder zurück.

»Berengar sagt, dass dein neuer Kommandant eingetroffen ist«, berichtete Arminius. »Doch bevor du mich verlässt, muss ich selbst noch mit ihm reden. Ruh dich noch etwas aus, Felix. Nimm dir Wein. Mein Zelt ist dein Zelt.« Er hielt mir die Hand hin – der Offizier dem Soldaten, eine ungewöhnliche Geste, doch was war an diesem Fürsten schon gewöhnlich? Eingeschüchtert schüttelte ich sie.

»Auf bald, mein Freund«, sagte er und verließ das Zelt. Seine Worte hallten in meinem Kopf nach. *Auf bald*. War das nur ein einfacher Abschiedsgruß oder hatten sie eine tiefere Bedeutung?

Doch darüber konnte ich mir jetzt keine Gedanken machen. Ich trat eilig zu der Karte hinüber. Sie war überaus detailliert. Flüsse, Straßen, Dörfer und Kastelle waren darauf verzeichnet. Es gab nur ein Problem – ich wusste nicht, wo ich mich befand.

Nun, dem Ausschnitt der Karte nach zu urteilen in der Provinz Germania Magna, einem Gebiet östlich des Rheins, das von zahlreichen mit Rom verbündeten Stämmen beherrscht war. Diese Stämme entrichteten Tribut an Rom, manche – wie etwa Arminius' Volk – stellten sogar Kämpfer für die Hilfstruppen, die die eigentliche Hauptstreitmacht des Imperiums bildeten. Die römischen Legionäre hingegen agierten vor allem als Stoßtrupps, bildeten die schwere Infanterie und waren Dreh- und Angelpunkt der römischen Grenzverteidigung.

Wenn ich mich in Germanien befand, dann bestand die Hoffnung, dass ich in der richtigen Richtung unterwegs gewesen war. Höchstwahrscheinlich war die Armee am Rande des römischen Einflussbereiches stationiert, und der lag im Osten und Norden. Ich spürte, wie meine Zuversicht wuchs, was aber auch am Wein liegen konnte.

Vorsichtig näherte ich mich dem Ausgang. Ich hörte Stimmen. Ich spähte durch den Spalt der Zeltbahnen. Einer der Sprechenden war Arminius. Er wirkte entspannt und gleichzeitig gebieterisch. Ihm gegenüber stand ein nervös und verbittert aussehender Offizier, ein Zenturio, wie an dem querstehenden Kamm auf seinem in der Sonne glitzernden Helm zu erkennen war. Diese markante Gestalt war wohl mein neuer Kommandant. Arminius bekleidete zwar den höheren Rang, befand sich jedoch außerhalb der Befehlskette des Zenturios. Offensichtlich hatte Arminius diesen Mann in der Hand, und ich fragte mich, womit.

Ich würde viel Zeit haben, darüber nachzudenken, wie ich mit wachsender Sorge begriff. Mein Gefängnis verfügte zwar nur über Lederwände, doch davor warteten Wachposten. Von Arminius und dem Zenturio ganz zu schweigen. Genauso gut hätte ich in den tiefsten Verliesen Roms sitzen können.

Ich griff nach meinem einzigen Trost: dem Wein.

3

Anfang des Sommers war die Stadt Minden von mehreren Hundert Cheruskern bewohnt gewesen, Angehörigen jenes germanischen Volksstammes, der Arminius' Geschlecht die Treue geschworen hatte. Wie in den beiden vorherigen Jahren hatte der Statthalter der germanischen Provinzen – ein Aristokrat namens Varus – drei seiner fünf Legionen hinter den Steinmauern ihrer Kastelle am Rhein hervorgeholt und durch die angrenzenden Gebiete marschieren lassen, um Freund wie Feind gleichermaßen zu beeindrucken. Auf Arminius' Rat hin hatte der Statthalter beschlossen, das Feldlager in diesem Sommer in Minden aufzuschlagen. Eine Zeltstadt war entstanden, die zwanzigtausend Soldaten beherbergte.

Vor der Ankunft der Römer war Minden nicht mehr als eine bloße Siedlung gewesen. Nach der Ankunft der Armee war es immer noch eine Siedlung, nur dass diese Siedlung jetzt über jede Menge Prostituierte verfügte, darunter auch einige Einheimische, die die Gelegenheit nutzten, die ihnen so unverhofft sozusagen in den Schoß gefallen war. Andere waren der Armee aus den Winterquartieren entlang des Rheins gefolgt. Und sie kamen nicht allein. In ihrer Begleitung waren Musiker, Gaukler, Diebe und die inoffiziellen Frauen und unehelichen Kinder der Soldaten.

Den Legionären war es verboten zu heiraten, doch solange ihr Anhang den Kommandanten keine Probleme bereitete, drückten diese ein Auge zu.

Außerdem hatte die Truppe einen gewaltigen Durst mitgebracht, und so gab sich jedes zweite Haus in Minden, mochte es noch so klein und schäbig sein, als Wirtshaus aus. In die anderen Häuser wurden die jungen Frauen des Ortes eingesperrt, um ihre Jungfräulichkeit nicht zu gefährden.

Dies alles erzählte mir Pavo, mein neuer Zenturio. Er war noch ziemlich jung für diesen Posten, was entweder bedeutete, dass er besonders tüchtig war oder über Beziehungen verfügte. Der gut aussehende Mann strahlte das für seinen Rang erforderliche Selbstvertrauen aus, doch sein verächtlicher Blick verriet eine gewisse Bitterkeit, die an ihm zu nagen schien.

Zunächst hatten wir das germanische Lager schweigend durchquert. Pavo hatte mich anfangs wie einen streunenden Hund durch Grunzen und schnelle Handbewegungen herumgescheucht. Ich war ihm hinterhergetrottet und hatte weiter die Rolle des Verwirrten gespielt. Irgendwann war mir aufgefallen, dass er sich ständig nach mir umdrehte. Anscheinend hatte ich seine Neugier geweckt, und als wir uns dem Hauptlager und Minden selbst näherten, plauderte er mit mir über die Siedlung und den diesjährigen Feldzug wie mit einem alten Freund.

Ihm zufolge hatte es überhaupt keinen richtigen Feldzug gegeben. Statthalter Varus hatte die drei Legionen von der westlichen Rheinseite aufmarschieren lassen, um mit dieser Machtdemonstration die streitlustigen germanischen Stämme einzuschüchtern. Doch anstatt die Gebiete der Länge und Breite nach zu durchstreifen, hatte sich Varus damit begnügt, seine Zelte in Minden aufzuschlagen und dort Hof zu halten, den Tribut von den verbündeten Stämmen zu kassieren und diejenigen, die sich nicht blicken ließen, ungeschoren davonkommen zu lassen. Aus eigener Erfahrung wusste ich jedoch, dass nicht alle Germanen willens waren, die römische Besatzung noch länger zu tolerieren.

»Und jetzt, Herr?«, fragte ich den Offizier.

»Hast du etwas gesagt?«, fragte er. Anscheinend war er in Gedanken gewesen.

Ich nickte respektvoll und wiederholte meine Frage.

»Jetzt?«, knurrte er. »Jetzt packen wir unsere Sachen und marschieren zum Rhein zurück. Ein ganzes verdammtes Jahr ohne Beute.«

Kriegsbeute. Das also war seine Schwäche. Pavo war entweder geldgierig, verschuldet oder – was am wahrscheinlichsten war – beides. Hatte ihn Arminius etwa damit in der Hand?

Jetzt, da ich endlich den Mund aufgemacht hatte, zerstreute Pavo meine Besorgnis mit einem heuchlerischen Lächeln. »Ich habe von dem Hain und den Männern gehört, die dort geopfert wurden«, sagte er.

Das überraschte mich nicht. Soldaten tratschen wie die Waschweiber. Die Geschichte hatte sich zweifelsohne bereits im ganzen Lager verbreitet.

»Tja, dass du ganz allein hier bist, wirft natürlich Fragen auf.« Er blieb stehen und legte freundschaftlich eine Hand auf meine Schulter. »Aber darüber musst du dir keine Sorgen machen, hörst du? Wenn es Probleme gibt, dann komm einfach zu mir.«

Ich nickte dankbar und wir gingen weiter. Anscheinend war der Zenturio der Meinung, dass ich unter Arminius' Schutz stand. Das Wohlwollen des Fürsten erstaunte mich ja selbst, und ich konnte es mir nur mit der Laune eines Augenblicks erklären.

Wir betraten das Lager durch ein offen stehendes Holztor. Wachposten patrouillierten auf dem Wehrgang darüber. Zu beiden Seiten des Tors verlief ein von angespitzten Holzpfählen gekrönter Erdwall, der bereits von grünem Gras bedeckt war. Was als vorübergehendes Lager gedacht gewesen war, stand nun schon seit Monaten. Dennoch folgte es dem vertrauten Aufbau eines römischen Heerlagers. Eine breite Straße verlief schnurgerade vom nördlichen zum südlichen Tor. In der Mitte des Lagers befand sich das Hauptquartier, in dem vermutlich der Statthalter residierte. Die Soldaten waren gemäß der Schlachtordnung aufgeteilt: eine Legion nach Kohorten, eine Kohorte nach Zenturien, eine Zenturie nach Contubernia. Römische Disziplin vom Feinsten. Obwohl ich noch nie einen Fuß in dieses Lager gesetzt hatte, wusste ich allein aufgrund des Weges, den wir zwischen den säuberlich aufgereihten Zelten einschlugen, wohin wir gingen – zum Quartiermeister.

Dieser stand hinter einem langen Holztresen, blankpoliert von der Ausrüstung Tausender Soldaten. Mit seiner blassen, von Muttermalen übersäten Haut und seiner massigen Statur glich er einem Marmorklotz. Meiner Erfahrung nach waren hassliche Menschen in der Regel entweder besonders freundlich oder jähzornig.

»Scheiße, was willst du, Pavo?«

Dieser Quartiermeister war offensichtlich Letzteres.

»Der Mann hier braucht Ausrüstung.« Pavo deutete mit dem Daumen auf mich.

»Dass wir einen Neuzugang kriegen, hat mir niemand gesagt«, knurrte der Koloss. »Was ist das für einer?«, fragte er Pavo, als wäre ich überhaupt nicht da.

»Einer von meinen Männern. Gib ihm seine Sachen, alles andere regeln wir später.«

»Wenn's sein muss«, sagte der Quartiermeister und griff nach der Ausrüstung, die hinter ihm aufgestapelt war.

»Ist Titus schon zurück?«, fragte Pavo den Mann, der immer mehr Gegenstände vor sich auftürmte.

»Seit heute Morgen. Wenn du ihn vor mir triffst, sag ihm, dass ich ihn sprechen will. Anscheinend gibt's hier bald Beute zu machen, und wenn er draufgeht, ohne mir vorher meinen Anteil zu geben, werd ich auf seine beschissene Leiche pissen.«

Pavo ging nicht auf diese wüste Drohung ein. »Welche Beute?«, fragte er stattdessen. »Der Statthalter wird bald aufbrechen. Wir marschieren zum Rhein zurück.«

»Wollte er, ja. Aber jetzt sieht's anders aus. Hier gibt's immer mehr Tote, und die sterben auf ziemlich unschöne Art und Weise. Gestern wollte ein Pioniertrupp eine Brücke auskundschaften. Sie sind bis auf einen einzelnen Mann niedergemetzelt worden. Und im Wald passierte noch Schlimmeres. Die Ziegenficker haben unsere Jungs bei lebendigem Leib verbrannt. Jetzt muss ich mich um die Bestattungsriten kümmern, als hätte ich nicht schon genug zu tun.«

Ich erstarrte vor Schreck, dabei hätte ich mir keine Sorgen zu machen brauchen. Der Quartiermeister hatte mich völlig vergessen. Seine Worte waren ausschließlich an Pavo gerichtet. Der Zenturio wiederum widerstand tapfer dem höchstwahrscheinlich unwiderstehlichen Drang, mich anzusehen.

»Das heißt noch lange nicht, dass es Krieg gibt. Varus ist ein fauler Sack.«

»Der schon, aber dieser Germane nicht.«

»Welcher Germane?«

»Arminius.«

Pavo tat weiter unbekümmert, obwohl ich spürte, dass die Neugier von ihm ausstrahlte wie Wärme von einem Ofen. Hoffentlich war mein eigenes Interesse nicht ganz so offensichtlich.

»Er trägt einen römischen Namen?«, fragte der Zenturio.

»Ja.« Der Quartiermeister wuchtete ein rostiges Kettenhemd auf den Tresen. »Sein Vater und sein Onkel waren Häuptlinge. Sie haben ihn als Geisel nach Rom geschickt. Er hat erst den neuen Namen angenommen und wurde dann Offizier der Kavallerie. Angeblich ein verdammt guter Soldat. Naja, Varus glaubt jedenfalls, dass diesem Germanen die Sonne aus dem Arsch scheint. Außerdem hat Arminius mit den anderen Stämmen noch ein paar Hühnchen zu rupfen.«

»Behauptet wer?«

»Die Gerüchteküche.« Der Koloss zuckte mit den Schultern. »Aber ich denke, da ist was dran. Dafür habe ich die Geschichte zu oft gehört.« Er betrachtete den Stapel vor sich und ließ sich schließlich dazu herab, mich mit seiner Aufmerksamkeit zu beehren. »Hier quittieren.«

Er schob mir ein Register hin, und ich überflog die einzelnen Posten: schwerer Wurfspeer, Kurzschwert, Dolch,

Helm, Ledertornister, Umhängetasche und Tragstange. Dies alles fand auf dem leicht gekrümmten Schild Platz. Der Preis, der neben dem Gegenstand aufgeführt war, wurde von meinem Sold abgezogen. Von mir aus. Ich hatte nicht die Absicht, lange hierzubleiben.

Ich tat so, als könnte ich nicht schreiben, und markierte jeden Posten mit einem Kreuz. Es war immer von Vorteil, so wenig wie möglich von sich preiszugeben, insbesondere seinen Vorgesetzten gegenüber. Wenn sie mich für einen dummen Bauern hielten, hatten sie keine Hemmungen, so frei vor mir zu sprechen wie vor einem Maultier.

Pavo grunzte zum Abschied. Ich hob den Schild samt Inhalt vom Tresen. Sofort spürte ich das Gewicht von über siebzig Pfund schmerzhaft in Armen und Schultern, doch ich konnte es mir nicht leisten, mit einem Schwächeanfall Aufmerksamkeit zu erregen.

»Und sag diesem Arschloch Titus, dass ich ihn sprechen will!«, rief uns der Quartiersmeister hinterher.

Zum Glück war es bis zur Truppe des Zenturios nicht weit. Trotzdem tat mir der Rücken weh, als wäre ein Pferd darüber getrampelt.

Pavo befehligte die zweite Zenturie der dritten Kohorte, deren Position im Lager mit einer Tuchstandarte am Ende der Zeltreihen markiert war. Das gewachste Ziegenleder der großen Zelte war von der Sommersonne gebleicht. Die Zenturie verfügte über zwölf Zelte – zehn beherbergten jeweils ein Contubernium von acht Mann, Pavo sowie sein Optio hatten ein eigenes Zelt.

Pavo führte mich zu dem Zelt, das am weitesten von seinem eigenen entfernt war. Davor saßen zwei Soldaten, die kaum dem Jünglingsalter entwachsen waren, und polierten ihre Rüstung. Sobald sich Pavo näherte, nahmen sie Haltung an, doch der Zenturio beachtete sie gar nicht. Seit der Unterhaltung mit dem Quartiermeister hatte er kein Wort mehr gesprochen. Anscheinend hatte ihm der bevorstehende Krieg zu denken gegeben.

»Da hinein«, sagte er. Dann wandte er sich ab und verschwand.

Unter den Augen der beiden jungen Soldaten legte ich meine Last auf den Boden. Ich war vor Jahren schon einmal in einer ähnlichen Situation gewesen und hatte damals auf schmerzhafte Weise lernen müssen, dass man nicht einfach so müde und erschöpft ins Zelt taumelte. Stattdessen holte ich tief Luft und ließ die Schultern kreisen. Die beiden jungen Legionäre starrten mich unverwandt an.

Natürlich hatten sie inzwischen begriffen, dass ich neu im Contubernium war, aber mein Alter und mein Aussehen gaben ihnen Rätsel auf. Obwohl es nicht ungewöhnlich war, dass auch ältere Männer verpflichtet wurden, wenn Mangel an jungen Rekruten herrschte. Mit meiner Ankunft waren sie in der Hackordnung nach oben gerutscht, und wahrscheinlich überlegten sie, ob sie mir dieselbe raue Behandlung angedeihen lassen sollten, die sie in ihren Anfangstagen ertragen hatten. Der eine der beiden öffnete den Mund, um etwas zu sagen, doch ein Blick aus meinen müden Augen genügte, und er klappte den Mund wieder zu. Die Männer im Zelt würden allerdings nicht so einfach einzuschüchtern sein.

Ich hob meine Sachen auf und trat ein.

4

Das Ziegenleder war so ausgebleicht, dass die Spätsommersonne beinahe ungehindert ins Zelt fiel. Es war fast taghell im Innern.

Ein Contubernium bestand aus acht Männern. Zwei waren vor dem Zelt, also hätten sich fünf darin befinden müssen. Doch ich zählte nur vier.

Zwei lagen ausgestreckt auf ihrem Lager, einer davon schnarchte leise. Die beiden anderen würfelten und schoben kleine Münzstapel hin und her – harmlose Einsätze unter Freunden, um sich die Zeit zu vertreiben. Es waren ausnahmslos Veteranen, wie an den Silberplättchen auf ihren Gürteln zu erkennen war.

Zunächst bemerkten sie mich nicht, sondern hielten mich für einen der jüngeren Soldaten. Erst als ich keine Anstalten machte, das Zelt sofort wieder zu verlassen, hoben sie die Köpfe und glotzten mich an.

Ich stand mit meiner Ausrüstung in den schmerzenden Armen da und erwiderte ihren Blick. Nach einigen Augenblicken der neugierigen Feindseligkeit sah ich mich wie beiläufig nach einem Platz für meine Sachen um und entdeckte einen in der gegenüberliegenden Ecke. Dazu musste ich an den Veteranen vorbei. Ich beachtete sie kaum, spürte aber ihre Blicke auf mir und rechnete jeden

Moment mit irgendeiner Schikane. Doch nichts geschah. Das konnte nur eins bedeuten: Ihr Anführer – der sogenannte Contuberniumskommandant – war nicht anwesend.

Ich legte den Schild so vorsichtig in der Zeltecke ab, als wäre er ein kleines Kind. Dann breitete ich übertrieben sorgfältig meine Decke auf dem gestampften Boden aus, legte mich darauf und zwang mich, die Augen zu schließen und so unbekümmert wie möglich dazuliegen.

Ich spürte ihre bösen Blicke, aber niemand sagte etwas. Was mich beinahe enttäuschte – schließlich wollte ich es so schnell wie möglich hinter mich bringen.

Ich stellte mich schlafend, was ziemlich anstrengend war. Angespannt erwartete ich das Unvermeidliche. Drei der Männer kamen und gingen, der vierte schnarchte weiter friedlich vor sich hin. Vor dem Zelt waren die Bürsten der jungen Soldaten zu hören, die über die Rüstungen kratzten. Der Gestank der Holzasche, die sie als Politur benutzten, waberte ins Zelt.

Schließlich fiel ein Schatten auf mich. Für einen Moment hoffte ich, dass es nur eine vor der Sonne vorbeiziehende Wolke und nicht die Silhouette eines riesigen Mannes wäre. Doch diese Hoffnung verpuffte in dem Moment, als ich seine Stimme hörte. Wie Stahl auf Kies.

»Wer zum Henker bist du?«

Ich ließ mich dazu herab, die Augen zu öffnen und möglichst unbeteiligt dreinzublicken. Das war nicht leicht.

Sein Kopf berührte die Decke des Zeltes, seine Schultern waren so breit wie eine Zenturie in Schlachtformation. Zu meiner Überraschung hatte dieser Muskelberg ein recht hübsches Gesicht, wenn es auch momentan zu einer Grimasse der Verachtung verzerrt war. Tiefe Krähenfüße umgaben seine wachen Augen. Seine Haut war olivfarbenen. Dieser Hüne war ein Veteran der Wüstenlegionen. Wie war er in dieses Land der Wälder und Sümpfe geraten?

Schnell verscheuchte ich diesen müßigen Gedanken. Sein Werdegang konnte mir herzlich egal sein. Ich musste mich darauf konzentrieren, diese erste Begegnung mit ihm zu überleben.

»Wer zum Henker bist du?«, wiederholte er und trat näher.

Die Veteranen hinter ihm warteten ab, was er als Nächstes tat. Die beiden jungen Soldaten standen im Zelteingang, um diese wichtige Lektion nicht zu verpassen. Außer mir lag nur noch ein weiterer Mann auf dem Boden, der schlafende Soldat, der inzwischen aufgewacht war, den Kopf auf die Hand stützte und das Ganze mit einem belustigten Lächeln auf den Lippen beobachtete.

Es war Zeit zu handeln.

Ich stand auf. Langsam, um die Zeltgenossen nicht zu einer unbedachten Handlung hinzureißen. Zweifellos hatten die Frischlinge berichtet, dass mich der Zenturio selbst zum Zelt gebracht hatte. Allein diesem Umstand hatte ich wohl zu verdanken, dass er mich noch nicht ungespitzt in den Boden gerammt hatte.

»Du liegst in meinem Zelt.« Seine Stimme war so tief wie ein Donnergrollen am Horizont. »Antworte mir gefälligst.«

Das tat ich, aber anders, als er erwartete.

Ich rammte ihm meinen Schädel ins Gesicht. Seine Lippe platzte auf. Seine Nase hatte ich leider verfehlt. In derselben Bewegung griff ich nach meinem Eisenhelm, um ihn als Waffe zu benutzen. Wenn ich ihren Anführer mit einem unerwarteten, zügigen Angriff außer Gefecht setzte, würden die anderen womöglich klein beigeben. Leider war er schneller und härter im Nehmen als gedacht. Ich hatte mit dem Helm erst halb ausgeholt, als er sich berappelte und die rechte Faust zu einem Aufwärtshaken ballte.

Ich trat einen halben Schritt nach links, sodass mich der Schlag nur streifte. Doch selbst das reichte, um mich fast zu Boden zu schicken. Ein fauler Zahn lockerte sich, ein Blutstrahl schoss aus meinem Mund.

Damit hatte auch mein Hieb seine Wucht verloren, sodass der Helm harmlos gegen seine Schulter prallte. Dann ging er auf mich los.

Wir wälzten uns auf dem Boden. Seine Kameraden, die offenbar ihren Mut wiedergefunden hatten, warfen sich ebenfalls auf mich. In diesem Wirbelwind aus Schlägen, Tritten und Bissen war es unmöglich zu sagen, wer wen erwischte. Ein Ellenbogen in den Rippen schmerzte auch dann, wenn er von einem Freund stammte. Jedenfalls bekam ich ordentlich mein Fett weg. Es gelang mir noch, die Zähne in ein Ohr zu schlagen, doch bevor ich es abbeißen konnte, krachte etwas gegen mein Jochbein, und alles um mich herum wurde schwarz.

Lange blieb ich nicht bewusstlos. Als ich zu mir kam, hörte ich noch das Keuchen der Männer, die mit mir gerungen hatten. Es war ein wundervoller Augenblick – ich fühlte mich leicht, der Schmerz hatte noch nicht eingesetzt. Ich behielt die Augen geschlossen und kostete den Kupfergeschmack des Blutes, das über meine Zähne in meine Kehle rann. Anscheinend hatte auch der Hüne die rote Flüssigkeit bemerkt und hielt es für weiser, mich nicht sterben zu lassen.

»Dreht den Drecksack auf die Seite, bevor er erstickt.« Grobe Hände ergriffen mich und rollten mich herum. Meine Nase wurde auf den Boden gedrückt. Ich registrierte erleichtert, dass sie die Rauferei offensichtlich unbeschadet überstanden hatte.

Dann öffnete sich der Eingang des Zelts, es wurde heller und ich hörte eine vertraute Stimme. Zenturio Pavo.

»Titus, was hast du mit ihm angestellt, verdammte Scheiße?«

Titus. Der Hüne war also jener Soldat, den der Quartiersmeister so unbedingt hatte sprechen wollen.

Der Mann zuckte mit den Schultern. »Ich kann das erklären.«

»Nur zu.«

»Er ist auf mich losgegangen. Die anderen können es bezeugen.«

Ich hörte, wie die Männer ihm beipflichteten.

»Ist er tot?«, fragte Pavo.

»Nein«, meinte Titus. Er klang beinahe enttäuscht.

»Also weiß er noch, wie man kämpft«, sagte Pavo. Dann hob er die Stimme, damit ihn alle Anwesenden hören konnten. »Er gehört jetzt zu eurem Contubernium, also macht das Beste draus. Titus, in mein Zelt. Ihr anderen, kümmert euch um ihn.«

Pavo entfernte sich. Titus folgte ihm, die anderen Veteranen hoben mich auf meine Decke. Ich wollte etwas sagen, brachte aber kein Wort zustande. Ich war ziemlich mitgenommen. Helle Punkte tanzten vor meinen Augen.

Wie gerne wäre ich wieder ohnmächtig geworden, denn inzwischen hatte der Schmerz eingesetzt und brannte wie eine Feuersäule in meinem Körper.

Die Schmerzen verließen mich auch in den nächsten beiden Tagen nicht. Immer wieder schlief ich ein und wurde kurz darauf von heftigem Kopfweh geweckt. Mein linkes Auge war blutverkrustet und verschwollen. Ich konnte es nicht öffnen. Gelegentlich hörte ich, wie sich meine »Kameraden« über mich unterhielten.

»Der ist wahnsinnig. Ein ganz harter Bursche. Das ist ein schlechtes Omen.«

Anscheinend hatten sie herausgefunden, wo und wie man mich gefunden hatte. Das konnte ich unter Umständen zu meinem Vorteil nutzen. Wenn sie abergläubisch waren, würden sie mich zufriedenlassen und auch nicht nach meiner Vergangenheit befragen.

Am zweiten Tag im Zelt platzte an meinem verwundeten Auge eine Eiterblase auf. Ein Veteran – ein potthässlicher Kerl mit Pockennarben und einer vom Kinn herabhängenden Hautwulst, die an den Kehllappen eines Gockels erinnerte – wischte die austretende Flüssigkeit ab. Dabei ging er ziemlich grob vor. Er erfüllte eine Pflicht, keinen Akt der Barmherzigkeit.

»Wird er das Auge verlieren?«, fragte Titus.

»Ich bin kein Arzt«, murmelte der Veteran.

»Wäre das Beste«, fügte Titus an. »Ein Einäugiger hat im Gefecht nichts zu suchen. Pavo wird ihn beim Tross oder sonst wo unterbringen müssen.«

»Wenn er es verliert, dann verliert er es«, entgegnete der Veteran. Seinem Tonfall nach zu schließen war er nicht gewillt, meiner Blindheit nachzuhelfen.

Während jener Tage, die ich auf meinem Lager zubrachte, lernte ich viel über meine neuen Kameraden.

Titus, der Anführer des Contuberniums, war die meiste Zeit abwesend, ohne dass die anderen wussten, wo er steckte. Irgendwann kam er mit einem Haufen Münzen zurück, von denen er ein paar an diejenigen verteilte, die seine Pflichten im Lager übernommen hatten. Pavo rief ihn des Öfteren zu sich in sein Zelt, doch worüber sich die beiden dort unterhielten, war den anderen ein Rätsel. Wahrscheinlich ging es um besagte Münzen.

Als die Schwellung an meinem Auge nachließ, konnte ich den inzwischen vertrauten Namen und Stimmen auch Gesichter zuordnen. Titus' vier engste Freunde und Vertraute waren allesamt Veteranen. Der vorlauteste von ihnen war ein Soldat in den Zwanzigern, den alle nur »Stummel« nannten. Wie alle Spaßvögel war auch er insgeheim von einer tiefen Traurigkeit erfüllt. Er hatte im vergangenen Sommer bei einem Scharmützel mit einem germanischen Stamm ein paar Finger verloren – daher der Spitzname – und ließ keine Gelegenheit aus, sich darüber zu beklagen.

Rufus stammte aus Gallien. Der rothaarige Kelte hatte eine Familie außerhalb des Lagers. Er redete nicht viel, woraus ich schloss, dass er auch nicht besonders glücklich war. Außerdem war er ein *duplicarius*, was bedeutete, dass er den doppelten Sold erhielt. Um diesen Status zu erlangen, musste man schon eine Heldentat vollbracht haben.

Einer der jüngeren Veteranen war ein heilloser Schwärmer, der nicht nur mit Eifer die römischen Götter anbetete, sondern auch die Legion. Wenn er sich lang und breit über die herrlichen kulturellen Errungenschaften ausließ, die Rom den barbarischen Völkern brachte, fragte ich mich, warum man mir aufs Auge und nicht auf die Ohren geschlagen hatte. Diesen Blödsinn hatte ich mir in der Vergangenheit oft genug anhören müssen und wusste, wohin er führte. Aufgrund seiner blassen Haut und der platten Visage hatten ihn seine Kameraden »Mondgesicht« getauft.

Der Veteran, der mir den Eiter aus den Augen gewischt hatte, war bei seinen Kumpanen wegen seines verkniffenen Gesichtsausdrucks und des schlaffen Hautlappens an seinem Hals als »Hühnerkopf« bekannt. In acht Monaten hatte er seine zwanzigjährige Dienstzeit beendet, weshalb ihm die lästigsten Pflichten erspart blieben. Er war genug marschiert und hatte genug gekämpft. Pavo sorgte dafür, dass er seine letzten Tage in der Armee in der relativen Bequemlichkeit des Zelts absitzen durfte.

Die beiden jüngeren Soldaten hießen Micon und Cnaeus. Von ihnen sah und hörte ich wenig. Sie waren die Sklaven des Contuberniums, die putzen, kochen und alle anderen unangenehmen Aufgaben erledigen mussten. Wie alle Rekruten waren sie schwierig einzuschätzen, da sie sich in der Anwesenheit der Veteranen, zu denen sie wie zu Halbgöttern aufsahen, kaum etwas zu sagen trauten.

Das letzte Mitglied war zwar kein ausgebildeter Legionär, aber dennoch nicht aus dem Contubernium wegzudenken: Lupus, ein Kater mit grauem Fell, um den sich insbesondere Hühnerkopf kümmerte. Sobald der hässliche Veteran eines seiner häufigen Nickerchen machte, rollte sich die Katze neben ihm oder in seinem Helm zusammen. Abends fütterte Hühnerkopf Lupus mit Fleischstücken, die er aus eigener Tasche bezahlt hatte.

»Sobald ich entlassen werde, geht's zurück nach Italien«, sagte er, während er mein Auge abwischte. »Und Lupus kommt mit. Dann bekommst du einen ganzen Bauernhof, auf dem du dich austoben kannst, nicht wahr, Lupus?« Hühnerkopf grinste breit. Jeder Soldat erhielt bei seiner Entlassung ein Stück Land, üblicherweise irgendwo am Rand des Imperiums. »Denk nur an die vielen Mäuse!«, sagte der Soldat. »Denk nur an die vielen Mäuse!«

Am dritten Tag konnte ich mich zum ersten Mal auf einen Ellbogen aufstützen. Die Schmerzen hatten nachgelassen, und das Auge eiterte nicht mehr.

Die Veteranen würfelten gerade, als Titus eintrat. Er warf mir einen verwirrten Blick zu, bevor er sich mit ebenso aufgeregter wie ängstlicher Miene den Veteranen zuwandte.

»Scheiße«, murmelte Hühnerkopf, der ahnte, was dieser Gesichtsausdruck bedeutete.

»Was denn?«, fragte Stummel.

»Krieg«, sagte Titus nur. Offensichtlich wusste er selbst nicht so genau, wie er auf die Neuigkeit reagieren sollte. »Es gibt Krieg.«

5

Zumindest in meiner Gegenwart wollte Titus nicht preisgeben, woher er dies wusste, doch es schien mehr als ein Gerücht zu sein, denn in den nächsten beiden Tagen ließ Pavo die Zenturie zum Exerzieren antreten.

Da ich immer noch unter meinen Verletzungen litt, war ich am ersten Tag entschuldigt. Am zweiten kam Pavo jedoch im Zelt vorbei, um nach mir zu sehen.

»Kannst du laufen?«, fragte er vorsichtig. Anscheinend wusste er immer noch nicht genau, wie gut ich mit dem offenbar so mächtigen Arminius stand.

Trotz der Schmerzen richtete ich mich auf und zeigte es ihm. Ich tat es nicht aus Heldenmut, im Gegenteil. Im Feld konnte ich am leichtesten desertieren, und um ins Feld zu kommen, musste ich mich gefechtsfähig präsentieren.

»Ich kann laufen, Herr.«

Er gab ein nicht besonders überzeugtes Grunzen von sich. »Zieh nur die Tunika an. Keine Rüstung. Dann werden wir sehen.«

Ich kam einigermaßen zurecht. Der Zweck des Exerzierens besteht darin, dass die Manöver den Soldaten in Fleisch und Blut übergehen. Und selbst wenn meine Muskeln noch arg in Mitleidenschaft gezogen waren, so vollführte ich die Bewegungen mit schlafwandlerischer Sicherheit wie alle anderen Soldaten. In Zenturienstärke übten wir einfache Formationswechsel wie den Übergang von der Marschkolonne zur Gefechtslinie oder die Verteidigung der Flanken.

Die Hälfte der achtzig Männer zählenden Zenturie waren erfahrene, um die dreißig Jahre alte Veteranen, die seit mindestens zehn Jahren Dienst taten. Viele wiesen die entsprechenden Embleme auf ihren Rüstungen auf, darunter auch Titus, Hühnerkopf und Rufus. Der rothaarige Gallier hatte sogar die *corona muralis* verliehen bekommen. Das erklärte natürlich seinen Status als *duplicarius*.

Etwa zwei Dutzend Soldaten in unseren Reihen waren so jung, dass ihnen kaum der erste Bart wuchs. Diese Frischlinge sorgten mit schöner Regelmäßigkeit dafür, dass Pavo und sein Stellvertreter, Optio Cato, vor Wut aus der Haut fuhren.

Für gewöhnlich war Micon aus unserem Contubernium Ziel ihres Zorns. Das Pickelgesicht konnte kaum links und rechts auseinanderhalten, was in unseren Reihen dasselbe Chaos veranstaltete wie Hannibals Elefanten in den Armeen unserer Vorfahren.

»Micon, du Rindvieh!«, brüllte Pavo. »Wenn du meine Formation noch mal durcheinanderbringst, werde ich die Hure suchen, die dich geworfen hat, und dich zurückstopfen, woher du geschlüpft bist!«

In den Pausen blieb ich für mich, aber ich merkte, wie ich aus der Ferne beobachtet wurde. Titus war in der Zenturie allgemein bekannt und beliebt. Die anderen Veteranen wandten sich daher mit ihren Fragen über mich an ihn. Sie wussten offensichtlich nicht so recht, was sie mit mir anfangen sollten. Ich für meinen Teil war zufrieden damit, in Ruhe gelassen zu werden. Anscheinend hatte ich die Prügel nicht umsonst kassiert. Jetzt wussten sie, dass ich mich nicht so leicht herumschubsen ließ. Nach einer Weile verloren sie das Interesse an mir und wandten sich wieder anderen Themen zu.

Mit halbem Ohr lauschte ich ihren Erzählungen über militärische und sexuelle Eroberungen. Detailliert beschrieben sie schöne Frauen oder machten sich über frühere Kameraden lustig. Wenn das Gespräch auf eine Schlacht kam, kniffen sie die Augen zusammen und starrten ins Nichts. Dieses Ritual wurde täglich in jeder Legion des Imperiums wiederholt und diente nicht allein dazu, sich die Zeit zu vertreiben. Solche Unterhaltungen waren der Leim, der die Truppe zusammenhielt. Und irgendwo hatte ich sie sogar vermisst.

Am zweiten Tag ließ uns Pavo nach dem Drill in zwei Reihen zu jeweils vierzig Männern aufstellen. Die erste Reihe musste sich hinknien, da er seinen Soldaten gerne in die Augen sah. Vielleicht, weil er ihnen den Eindruck vermitteln wollte, von Mann zu Mann zu ihnen zu sprechen. Vielleicht auch nur, weil er sich vergewissern wollte, dass sie ihm überhaupt zuhörten.

»Wird es Krieg geben?«, platzte Hühnerkopf heraus, bevor Pavo überhaupt etwas sagen konnte. Der Zenturio verbiss sich seinen Ärger. Ganz offensichtlich wurde er von den Veteranen in seiner Einheit nur geduldet, war aber viel zu jung, um eine wahre Autorität darzustellen.

»Nicht so, wie du denkst, Hühnerkopf«, sagte Pavo im Versuch, die Initiative wieder an sich zu reißen. »Wir marschieren zum Rhein zurück und …« Er verstummte, als die Männer im Chor aufstöhnten, und hob die Hände, um sie zum Schweigen zu bringen. »Wir marschieren zum Rhein zurück! Unterwegs werden Strafexpeditionen gegen diejenigen Stämme entsandt, die diesen Sommer keinen Tribut entrichtet haben.«

»Und was ist mit uns?«, rief ein Veteran. Aus Erzählungen wusste ich, dass der Mann bereits gegen die germanischen Stämme gekämpft hatte. »Sind wir bei diesen Expeditionen dabei?«

Pavo zuckte mit den Schultern. »Keine Ahnung.«

»Also gibt es keine Beute? Verfluchte Scheiße«, knurrte Stummel. Mehrere andere Soldaten äußerten ähnliche Beschwerden.

»Ich weiß es nicht, verdammt noch mal«, rief Pavo.

»Was weißt du *überhaupt*, Herr?«, fragte Titus mit bitterem Spott in der Stimme.

Pavo verkniff sich eine Erwiderung.

»Morgen wird die Zenturie zur Lippe vorrücken. Dort werden wir auf Hilfstruppen treffen und mit ihnen gemeinsam eine Brücke halten und notfalls reparieren, damit die Armee ungehindert zum Rhein zurückmarschieren kann.«

»Wenn wir eine Brücke halten«, sagte Titus, »dann gehören wir wohl kaum zu einer Strafexpedition, oder?«

Pavo zuckte resigniert mit den Schultern. »Sieht nicht danach aus, nein.«

Daraufhin machten die Veteranen ihrem Ärger über die Armee, über Germanien und die Göttin Fortuna Luft. Wenn man ihnen die Möglichkeit vorenthielt, zu rauben und zu plündern, dann verloren diese Männer sofort die Nerven. Das war das wahre Gesicht der glorreichen römischen Legionen.

Wieder hielt ich mich abseits von anderen. Ich hockte im Staub einer Straße, die durch vom Vieh abgegraste Weiden führte. Fetter würden die Tiere in diesem Jahr nicht mehr werden. Nun galt es, sie zu schlachten und zu pökeln, bevor sie durch den Winter wieder an Gewicht verloren. Die Stämme würden nur wenige zum Zwecke der Zucht verschonen.

Wir wollten das Lager im Morgengrauen verlassen. Die Zenturie würde als geschlossene Formation marschieren.

Am liebsten hätte ich mir die von der Rüstung wundgescheuerten Schultern gerieben, doch ich wollte mir trotz Schorf und Blasen vor den anderen Soldaten meiner Einheit keine Blöße geben. Ihnen war es überhaupt erst zu verdanken, dass die Rüstung so schlecht saß. Da mir niemand hineingeholfen hatte, lagen die Metallplatten zu locker auf meinen Schultern, und ihre Ränder rieben gegen die Haut unter der Tunika. Meine Feldausrüstung, eine Bürde, die noch schwerer wog als das Gefühl, ein Außenseiter zu sein, lag neben mir. Der Schild lehnte an meinem schweren Wurfspeer – einem Wurfspeer, den ich am liebsten in die Eingeweide meines »Kameraden« Titus gerammt hätte.

Irgendwie schafften es die anderen, mich nicht zu beachten und gleichzeitig mit einem unerschöpflichen Vorrat an Misstrauen und Verachtung über mich zu sprechen. Sie taten so, als wäre ich gar nicht anwesend, und in Gedanken war ich auch oft genug woanders. An diesem Morgen suchten mich längst vergessen geglaubte Erinnerungen heim: das Trampeln genagelter Sandalen; aufgewirbelter Staub, der in meine Kehle drang; das Klirren aneinanderschlagender Ausrüstungsteile; das Geräusch, mit dem der Schild gegen den Speer stieß. Alles war wieder da.

Ich starrte oft lange vor mich hin, was die abergläubischeren meiner Kameraden wohl davon überzeugte, dass ich von bösen Geistern besessen war. Inzwischen wussten alle, wie ich in diese Legion geraten war, hatten die Geschichte gehört von der blutigen Gestalt aus dem heiligen Hain. Die Ersten suchten bereits nach einer Gelegenheit, mich so schnell wie möglich wieder loszuwerden.

»Herr«, rief Stummel, als Pavo an uns vorbeiging. »Wie lange müssen wir den noch bei uns haben?« Er deutete mit seinen Fingerstummeln auf mich. »Er bringt Unglück.«

Pavo wandte sich Titus zu, ohne den Soldaten zu beachten. »Titus, wenn mir einer aus deinem Contubernium noch einmal mit dieser Sache kommt, spieße ich ihn eigenhändig mit seinem Speer auf, kapiert?«

»Ja, Herr«, murmelte Titus gedankenverloren, wartete, bis Pavo an ihm vorüber war und setzte sein Gespräch mit Rufus fort, in dem es vermutlich ebenfalls um mich ging. Ich richtete meine Aufmerksamkeit auf den Zenturio, der inzwischen den Anfang der kurzen Kolonne erreicht hatte. Die geringe Stärke unserer Truppe zog den Spott der Veteranen auf sich.

»Das ist doch kein richtiger Krieg«, beschwerte sich Hühnerkopf, den Mund voller Zwieback.

»O nein«, jaulte Stummel und verdrehte demonstrativ die Augen. »Gleich kommt wieder die Geschichte, wie Hühnerkopf und General Drusus eigenhändig Abertausende von Germanen getötet und das Imperium gerettet haben.«

An der Spitze der Kolonne unterhielt Pavo sich jetzt

mit einem Kavalleristen, der als Meldegänger fungierte. Die Befehle, die dieser brachte, interessierten mich weit mehr als das alberne Gezänk der beiden Veteranen.

»Ich habe nie behauptet, dass es Abertausende waren!«, entgegnete Hühnerkopf, und er schüttelte den Kopf, dass die schlaffe Haut an seinem Hals wild hin und her schlackerte. »Wann habe ich das behauptet? Hä?«

Aufgeschreckt von den lauten, wütenden Stimmen streckte Lupus den Kopf aus dem Stoffbeutel, den sich Hühnerkopf um die Schulter gelegt hatte.

»Immer mit der Ruhe, Kumpel. War nur Spaß.« Stummel grinste vergnügt. »Kein Grund, sich aufzuregen.«

»Wie war das denn mit Drusus? Das würde ich gerne hören«, fragte in diesem Moment Cnaeus, der jüngste Soldat der Zeltgemeinschaft, in seinem kindlichem Eifer.

Wie jeder Veteran wusste, war Drusus ein legendärer Feldherr, der vor zwanzig Jahren die Legionen in Germanien angeführt und die Stämme in einer Reihe großer, blutiger Schlachten geschlagen hatte. Schlachten, an denen Hühnerkopf offenbar teilgenommen hatte, über die er jetzt aber nicht mehr reden wollte.

»Ein andermal. Lass dir lieber von Stummel erzählen, wie er sich einmal im Lager den Arm gebrochen und wie ein kleines Mädchen geheult hat.«

»Ach, leck mich doch, du alter Griesgram«, zischte Stummel.

Bevor Hühnerkopf die nächste Beleidigung vom Stapel lassen konnte, ging Titus dazwischen. »Ruhe! Pavo hat gerade seine Befehle erhalten.«

Ich blickte zur Spitze der Kolonne. Mein linkes Auge war noch immer nicht ganz verheilt, aber ich konnte den schnell davonreitenden Kavalleristen dennoch deutlich erkennen.

»Bereitmachen zum Abmarsch!«, rief Pavo. Die Männer standen auf, die Wachposten gesellten sich wieder zu ihren Einheiten. Ich war schneller auf den Beinen als die anderen. Ich wollte ihnen schließlich beweisen, dass ich die Prügel locker weggesteckt hatte. Titus, der selbst schon die eine oder andere Abreibung kassiert hatte, durchschaute dieses Täuschungsmanöver und grinste.

»Marschbereit?«, fragte er seine Einheit, wobei er den Blick ausschließlich auf mich richtete. »Bis zum Kastell sind es nur noch läppische acht Meilen.«

Ich zeigte keine Reaktion. Den Gefallen eines Wutausbruchs würde ich ihm nicht tun. Wir hatten das Lager mit lediglich achtzig Männern verlassen, und es war nur eine Frage der Zeit, bis sich eine Gelegenheit zur Flucht ergab. Lange würde ich nicht in dieser Truppe bleiben.

Hühnerkopf dagegen konnte seine Gedanken nicht für sich behalten und schnalzte beim Anblick der Kolonne vor ihm verächtlich mit der Zunge. »Als wir mit Drusus nach Osten marschiert sind, konnte man von einem Ende der Armee nicht zum anderen sehen.«

»Wahrscheinlich, weil du wie üblich gepennt hast, du fauler Sack«, lachte Stummel.

Bevor sich die beiden wieder in die Haare kriegen konnten, hallte Pavos Stimme durch die germanische Landschaft.

»Zenturie, im Gleichschritt vorwärts!«

Ich fiel in den Trott des Marsches, der mich schon bald die Schmerzen in meinen Knochen vergessen ließ. Wie schön es war, sich im Trampeln der Sandalen auf dem Erdboden zu verlieren, den Blick stur auf den Tornister vor mir gerichtet. Jeder Schritt entfernte mich weiter von meiner Vergangenheit und brachte mich dem Horizont näher, hinter dem ein Neuanfang auf mich wartete, ein Leben ohne Krieg, Leid und Tod.

Doch die Hochstimmung hielt nicht lange an. Bald erfasste mich eine vage Unruhe. Ich musste diese Legion verlassen, je früher, desto besser. Ich durfte mich nicht vom Truppengeist anstecken lassen, durfte nicht zulassen, dass aus bloßen Soldaten Waffenbrüder wurden.

Ich hatte nicht mutterseelenallein einen ganzen Kontinent durchquert.

Das war mein Geheimnis, die dunkle Krankheit, die an meiner Seele nagte.

Ich presste die Handflächen auf die Augen und konzentrierte mich ausschließlich auf den Schmerz, bis die dunklen Gedanken verschwanden.

Als wir das Kastell erreichten hatten, war es noch hell. Pavo hatte uns zu einem Gewaltmarsch getrieben, wie es schlechtgelaunte Offiziere meiner Erfahrung nach mit Vorliebe zu tun pflegten. Und tatsächlich: Eine finstere Miene lag auf seinem ebenmäßigen Gesicht. Wahrscheinlich hatte er darauf gehofft, dass einer der Männer den Strapazen nicht gewachsen war und zusammenbrach. Dann hätte er an ihm seine Wut auslassen können. Doch obwohl mehrere Soldaten am Rande der Erschöpfung waren, hatten alle durchgehalten. Nun näherte sich die Kolonne der Lippe.

»Das soll ein Kastell sein?«, zischte Mondgesicht verächtlich.

Seine Bedenken waren berechtigt: Der Außenposten

war durch kaum mehr als einen hüfthohen Erdwall mit etwas Weidengestrüpp gesichert, und nirgendwo war ein vernünftiger Turm zu sehen. Hinter dieser behelfsmäßigen Befestigung waren die Silhouetten der Wachposten zu erkennen – ihren ovalen Schilden nach zu urteilen waren es Soldaten der Hilfstruppen, die man aus den von Rom besetzten Provinzen rekrutiert hatte und denen das Bürgerrecht in Aussicht gestellt wurde, falls sie ihre zwanzigjährige Dienstzeit überlebten. Eine Viertelkohorte davon – etwa hundertfünfundzwanzig Mann – hielt das Kastell am Ufer der Lippe.

Mondgesicht konnte sich eine weitere verächtliche Bemerkung nicht verkneifen. »Diese Befestigungen halten nicht mal einem germanischen Furz stand.«

»Dass du dich da mal nicht täuschst«, entgegnete Titus und unterdrückte ein Gähnen. »Dieses Holz ist härter als die Titten deiner Mutter. Sich da durchzukämpfen ist Knochenarbeit. Das nimmt jedem Angriff den Schwung.«

»Eine disziplinierte Truppe wird es wohl kaum aufhalten«, knurrte Mondgesicht. Er wollte das letzte Wort behalten, ohne sich mit dem größeren Mann über die Brüste seiner Mutter streiten zu müssen.

»Na, zum Glück ist keine in der Nähe«, kicherte Hühnerkopf.

»Zenturie!«, rief Pavo vom vorderen Ende der Kolonne aus. »Stillgestanden!« Wie um Hühnerkopfs Worte zu bekräftigen, fiel die Umsetzung des Befehls wenig diszipliniert aus. »Contuberniumskommandanten zu mir!«

Titus quittierte Pavos Anweisung mit einem Grunzen und trottete müde zu seinem Zenturio hinüber.

»Wir haben den ganzen Sommer auf unseren Ärschen gesessen.« Hühnerkopf hatte offenbar noch mehr zum Thema beizutragen. »Wir sind die faulen Säcke hier, nicht die Germanen. Was für eine Schande.«

»Erzähl das deinem alten Freund Drusus«, warf Stummel ein.

»Liegt der nicht irgendwo an diesem Fluss begraben?«, fragte Rufus mit seiner leisen Stimme.

»So ist es«, entgegnete Hühnerkopf ehrfürchtig. Stummels Beleidigung war vergessen. »Beim Kastell von Aliso.«

Das weckte meine Neugier. Als kleiner Junge hatte ich es kaum erwarten können, in den Krieg zu ziehen. Natürlich hatte ich auch von Geschichten über Drusus nicht genug bekommen können.

»Ist er nicht vom Pferd gefallen?«, fragte der junge Cnaeus. Anscheinend wollte er ebenfalls an dem Gespräch der Veteranen teilhaben.

»Was hast du das Maul aufzureißen, du Rotzlöffel?«, wies Mondgesicht ihn zurecht. Hühnerkopf dagegen ergriff mit Freude die Gelegenheit, von seinem früheren Kommandanten zu erzählen.

»Das stimmt. Kein Feind konnte ihn in der Schlacht bezwingen, aber die Götter wollten nicht auf seine Gesellschaft verzichten«, sagte er entschieden. Mondgesicht als eifriger Verehrer der Götter unterstrich dies durch beifälliges Nicken.

»Er ist besoffen aus dem Sattel gefallen, meint ihr wohl«, bemerkte Stummel und bemühte sich um eine ernste Miene. Bevor die beiden Göttergläubigen über ihn herfallen konnten, kehrte Titus zurück.

»Maul halten und mitkommen.«

Wir folgen ihm durch eine Lücke in den Barrikaden und betraten unser neues Quartier.

Dabei behielt ich den Fluss im Auge.

Meinen Weg in die Freiheit.

Die anstrengendsten und unbeliebtesten Pflichten des Legionäralltags wurden normalerweise von denjenigen erledigt, die als letzte zum Contubernium gestoßen waren. Daher wurde ich Micon und Cnaeus zugeteilt, obwohl die beiden Frischlinge zehn Jahre jünger waren. Aber für die Veteranen waren wir noch keine vollwertigen Mitglieder der Zeltgemeinschaft, da spielte das Alter keine Rolle. Uns fiel die mühselige Aufgabe zu, das Zelt aufzustellen, während sie sich auf ihren Wurfspeeren ein paar Hühner grillten, die Titus von den Einheimischen beschafft hatte.

Außer Hörweite der Veteranen wussten die Frischlinge nicht, wie sie sich in meiner Gegenwart verhalten sollten. Ich war ein Außenseiter wie sie, wenn auch aus anderen Gründen. Micon hatte nur Stroh im Kopf, Cnaeus dagegen war für sein Alter ziemlich schlau. Er beobachtete, wie ich mit geübten Bewegungen das Zelt aufstellte und machte sich seine eigenen Gedanken. Was sah er? Einen Veteranen oder nur einen Mann, dem harte Arbeit nicht unbekannt war?

Diese unausgesprochenen Fragen spürte ich sehr wohl, hatte aber keine Lust, sie zu beantworten. Unterhaltungen führten zu Freundschaften, und Freunde konnte ich nicht gebrauchen. Ich *wollte* keine. Warum? Weil Freunde zu sterben pflegen, während man selbst weiterlebt. Das war einer der grässlichsten Streiche, die einem das Leben spielen konnte, und mir hatte es diesen Streich so oft gespielt, dass ich ihn gründlich satthatte.

Zwangsläufig hatte ich mich daran gewöhnt, einzig und allein meinen Verstand zum Kameraden zu haben. Mir gefiel nicht alles, was sich darin befand, aber er war mir vertraut, und das war trotz allem ein beruhigendes Gefühl.

Ich trat zurück und begutachtete die Konstruktion aus gewachstem Ziegenleder. Es gab nichts daran auszusetzen. Dennoch schlenderte Titus zu mir herüber, um genau das zu versuchen.

»Die Seile sind nicht fest genug gespannt.« Der Hüne deutete mit einem Hühnerknochen auf ein perfekt gespanntes Seil. »Da.« Er reichte mir eine Spitzhacke aus einem Korb mit Werkzeug. »Und wir brauchen ein Scheißloch. Das Huhn ist zwar lecker, wird aber nicht ewig da drinbleiben wollen.«

Ich verzog keine Miene, stellte mir aber vor, wie ich die Spitzhacke zwischen Titus' schadenfrohe Augen rammte. Offenbar hing ich diesem Tagtraum ein bisschen zu lange nach.

»Versuch's ruhig.« Er grinste und wusste ganz genau, was in meinem zerschrammten Schädel vor sich ging.

Diesen Gefallen tat ich ihm natürlich nicht. Stattdessen machte ich mich daran, auch diese Aufgabe zu erledigen. Das Gewicht der Hacke fühlte sich gut an in meinen Händen. Meine Muskeln schmerzten, und ich hieß den Schmerz willkommen. Jedes Mal, wenn ich die Hacke in die Erde stieß, sah ich die zerschmetterten Schädel von Titus, Mondgesicht, Rufus, Stummel und diesem widerlichen Hühnerkopf vor mir. In so einem Augenblick war es das Beste, nicht dagegen anzukämpfen, sondern sich von der Wut mitreißen zu lassen. Wieder und wieder holte ich mit der Hacke aus und stellte mir andere Gesichter vor, andere Männer, die ich töten wollte. Als mein Hass schließlich verraucht war, stand ich in einem Loch, das tief genug war, um die Exkremente einer ganzen Armee aufzunehmen.

Der Zorn machte einer vertrauten Leere Platz, und ich ging zum Zelt meines Contuberniums zurück. Sie hatten mir nichts zu essen aufgehoben, aber damit hatte ich auch nicht gerechnet. Ich war zu erschöpft, um mir selbst etwas zu kochen, und sogar zu müde, um meine Decke auszubreiten.

Ich ließ mich auf den nackten Boden fallen, schloss die Augen und fiel wenige Augenblicke später in tiefe schwarze Leere.

6

Ein Tritt in die Rippen riss mich aus dem Schlaf.

Titus. Natürlich.

»Du weckst ja halb Germanien«, sagte er.

Der Hüne war kurz davor, mir einen weiteren Tritt zu verpassen, und freute sich wahrscheinlich bereits über meine Wut. »Besten Dank«, sagte ich stattdessen zu seiner Verblüffung und meinte es auch so.

Ich bedankte mich natürlich nicht dafür, dass sein Fuß auf meiner vom Kettenhemd geschützte Flanke und nicht auf meinem Kopf gelandet war, sondern dass er mich aus einem Traum geholt hatte, aus dem ich aus eigener Kraft nicht hätte entkommen können.

Ich wusste sehr wohl, wie laut ich geschrien hatte.

»Der ist von einem bösen Geist besessen«, flüsterte Mondgesicht Titus zu. Tiefe Furcht lag in seiner Stimme.

Sein Anführer schenkte dem abergläubischen Soldaten keine Beachtung. »Geh zum Wall und lös den Frischling beim Wachdienst ab«, sagte er an mich gewandt. »Dann können wir anderen wenigstens in Ruhe schlafen.«

Ich zwang meine müden Muskeln zur Bewegung. Jetzt konnte ich sowieso nicht mehr einschlafen, und das wollte ich auch nicht. Der Albtraum war beinahe so anstrengend gewesen wie der Marsch am Tag zuvor. Ich fühlte mich ausgelaugt. Meine Knochen knirschten in ihren Gelenken wie der Stößel in einem Mörser.

Ich griff nach meinen Waffen und ging zu Cnaeus auf dem Erdwall. Der eifrige junge Soldat rief mir sofort den ersten Teil der heutigen Parole entgegen. »Drei.«

»Bären«, antwortete ich weisungsgemäß.

»Das ist ein Wirtshaus«, erklärte Cnaeus ungefragt. »Alle Veteranen gehen dorthin.«

»Verstehe.«

Das war die längste Unterhaltung, die ich bisher mit ihm geführt hatte, und selbst diese wenigen Worte konnten den Beginn einer Kameradschaft bedeuten. Verflucht.

»Ich habe Schreie gehört. Hat man dich geweckt?«, fragte er neugierig. Er konnte ja nicht ahnen, dass es meine Albträume gewesen waren, die ihm einen solchen Schreck eingejagt hatten.

»Ja«, sagte ich und blickte in die schwarze Nacht hinaus. Hoffentlich war das Gespräch damit beendet.

»Alles ruhig«, sagte Cnaeus. »Ich habe nichts gesehen.«

»Natürlich hast du nichts gesehen«, entgegnete ich ohne nachzudenken und bemerkte, wie Cnaeus bei diesem angedeuteten Tadel etwas in sich zusammensank. »Keiner von uns hätte etwas sehen können. Das ist ihr Land.« Ich rüttelte an meinem Brustpanzer. »Außerdem müssen sie so was hier nicht mit sich rumschleppen. Sie können sich so lautlos bewegen wie Geister.«

Sofort bereute ich meine Worte. Es folgte unangenehmes Schweigen, das der junge Soldat sich nicht so recht zu brechen traute. Schließlich nahm er seinen Mut zusammen.

»Es heißt, dass du auch ein Geist bist«, teilte er der Finsternis mit.

»Glaubst du, dass ein Geist diesen verfluchten Wachdienst übernehmen würde?«, fragte ich müde. Müde von dieser Unterhaltung. Müde von diesem Leben.

»Wo hast du vorher gedient?« Der Frischling wurde allmählich neugierig.

Doch da war er an den Falschen geraten.

»Geh schlafen«, sagte ich. Mein Tonfall verriet, dass ich es gewohnt war, Befehle zu erteilen.

Er tat wie geheißen. Allein starrte ich in die verlockende Dunkelheit.

Ich konnte noch heute Nacht die Flucht ergreifen. Die Ablösung würde noch auf sich warten lassen. Und Pavo war kein Zenturio, der unangekündigte Kontrollgänge machte.

Nein. Nicht heute Nacht. Der Albtraum hatte mich zu sehr erschöpft. Ich wollte einfach nur weiter in die Schwärze starren.

Am nächsten Morgen arbeiteten wir an der Brücke.

Der Fluss war so breit wie ein Zug von fünf Pferden und glitzerte silbern in der Spätsommersonne. Noch floss das Wasser träge über seinen ebenen Grund, doch die unterspülten Ufer verrieten, wie reißend die Strömung im Winter sein konnte. Vögel glitten auf der Suche nach Insekten über das Wasser, zwitscherten und sangen in den Bäumen auf der anderen Seite.

Selbst mit den genagelten Sandalen war es nicht einfach, festen Halt im Schlamm zu finden. Sonst trug ich nichts als meinen Lendenschurz. Sanfte Wellen leckten an meinem Kinn. Titus war weitaus größer als ich und konnte den Kopf mühelos über Wasser halten. Er untersuchte die Befestigungen der hölzernen Pontonbrücke.

»Schon mal an einer Brücke gearbeitet?«, fragte er mich.

Ich schüttelte träge den Kopf. »Nein«, sagte ich gleichmütig.

»Woher weißt du dann, wie so was geht?«, fragte Titus und deutete auf das Tauwerk zwischen zwei Holzpfählen.

Zeit für eine bissige Bemerkung.

»Ein Seil zusammenknoten? Das kann jeder Trottel.« Es war ganz offensichtlich, wen ich hier für den Trottel hielt. Titus sah sich wütend um. Die halbe Zenturie arbeitete entweder am Flussufer oder auf der Brücke. Die meisten Männer trugen nur ihre Tuniken, der Rest hatte in voller Kampfausrüstung einen schützenden Gürtel um uns gebildet und hielt Wache. Was immer Titus auch vorhatte, hier gab es zu viele neugierige Augenpaare. Lächelnd beobachtete ich, wie er seinen Zorn bändigte.

»Nun, wenn du das so gut kannst, darfst du auch den Rest zusammenbinden.«

»Ich stehe schon seit Ewigkeiten im Wasser«, protestierte ich. Er durfte nicht ahnen, dass ich genau darauf gewartet hatte.

»Verweigerst du etwa einen Befehl?«, fragte er hämisch. Das hätte ihm das Recht gegeben, mich nach allen Regeln der Kunst fertigzumachen.

Wütende Menschen waren sehr leicht zu beeinflussen.

»Nein.«

»Braver Junge.« Er umfasste den Brückensteg und zog seinen massigen Körper aus dem Wasser. Die Rückenmuskeln zeichneten sich deutlich unter der narbigen Haut ab.

Allein war die Arbeit anstrengender, aber das war nicht so schlimm. So hatte ich Gelegenheit, ein Stück Seil zwischen den Holzbalken zu verstecken. Damit würde ich später ein paar Planken zu einem Floß zusammenbinden und darauf den Fluss hinunterfahren. Ich musste nur abwarten, bis ich wieder Wachdienst hatte.

Titus ging zu den anderen Männern des Contuberniums am Südufer hinüber. Die Männer stapelten die morschen Baumstämme, die wir heute Morgen ersetzt hatten, zu einem Haufen. Da wir keine Befehle bezüglich der überzähligen Balken hatten, überlegte Titus bereits, wie er sie zu Geld machen konnte.

»Ich frage später die Hilfstruppen, ob sie uns einen Karren leihen«, verkündete er den anderen Veteranen seiner Einheit. »Dafür wollen sie sicher einen Anteil, aber dann können wir die Bauernhöfe in der Gegend abklappern.«

»Aber das Holz ist morsch«, gab Mondgesicht zu bedenken.

»Deshalb malen wir es ja auch vorher an.« Titus sprach mit ihm wie mit einem Kind.

»Und Pavo?«, fragte Rufus.

»Der Kerl soll schön in die andere Richtung schauen« Titus hatte nur Verachtung für den Kommandanten der Zenturie übrig. Wäre ich bei der Truppe geblieben, hätte ich mir dieses Wissen früher oder später zunutze machen können. Aber ich hatte ja nicht vor, bei der Truppe zu bleiben.

Ich machte mich wieder an die Arbeit. Das Seil schnitt tief in meine schwieligen Hände. Dabei entging mir nicht, dass mich Titus des Öfteren beobachtete. Ich wusste nicht genau, weshalb er eine solche Abneigung gegen mich hegte, aber ich hatte so meine Vermutung. Ganz offensichtlich trieb Titus außerhalb der Legion Geschäfte. Da es den Soldaten verboten war, nebenher zu arbeiten, musste er zwangsläufig auf dem Schwarzmarkt aktiv sein. Er hatte Geheimnisse, wusste Geheimnisse zu bewahren und spürte, wenn andere dasselbe taten. Er hatte bemerkt, dass ich ebenfalls etwas zu verbergen hatte, und wollte um jeden Preis vermeiden, dass ich zu viel Aufmerksamkeit auf sein Contubernium und damit auch auf seine Machenschaften lenkte. Dies war am einfachsten zu bewerkstelligen, wenn ich einem Unfall zum Opfer fiel. Oder er schikanierte mich so lange, bis ich es nicht mehr aushielt und erneut auf ihn losging. Dann hatte er einen Grund, mich aus Notwehr zu töten. So etwas kam in den Legionen hin und wieder vor. Titus und die Zeugen des Vorfalls würden sich auf eine Geschichte einigen, die Offiziere würden die Köpfe schütteln und schimpfen, und sobald mein Leichnam mit einer Schaufel voll Kalk als Grabbeigabe in der Erde lag, war die Angelegenheit erledigt.

Doch Titus machte sich unnötig Gedanken. Sein Problem würde sich von ganz alleine lösen.

Ich zog fest an dem Seil, um den Knoten zu schließen. Durch die Arbeit fror ich wenigstens nicht, allerdings waren meine Hände bereits ganz runzelig, und die feuchte Haut riss. Blut rann ins Wasser und wurde von der Strömung fortgetrieben. Wie hypnotisiert betrachtete ich einen Tropfen nach dem anderen. Ich schluckte. Plötzlich wurde mir übel.

Warum drehte es mir den Magen um, warum hämmerte

es in meinem Kopf, als würde eine ganze Armee meine Schädelwände belagern? So war es mir schon einmal auf meiner langen Reise ergangen.

Scheiße. War das das Ende?

Ich schloss die Augen, kniff sie fest zusammen und kämpfte gegen die Übelkeit an. Vergebens. Ich stürzte mich mit Feuereifer auf die Arbeit, um mich dadurch abzulenken, um nichts anderes mehr zu spüren als das Seil zwischen meinen Händen.

Es klappte, obwohl mir das Herz immer noch bis zum Hals schlug. Dann spürte ich plötzlich etwas anderes, ein vertrautes Gefühl, das ich seit meiner Kindheit kannte. Es war wohl eine besondere Gabe, und ich hatte es in ihr am anderen Ende des Imperiums zur Meisterschaft gebracht: Ich spürte, wie ich beobachtet wurde.

Titus war es nicht, und die anderen Männer meiner Einheit waren gerade mit den Holzstämmen beschäftigt.

Wer oder was dann? Etwas hatte sich geändert. Ich konnte mich auf mein Gefühl verlassen. Ich verdankte ihm mein Leben, verdankte ihm, dass ich immer noch atmete.

Irgendetwas Bedrohliches befand sich in unmittelbarer Nähe. Etwas, das nicht hätte da sein sollen. Dafür fehlte etwas anderes.

Das Vogelgezwitscher in den Bäumen am Südufer.

Es war verstummt.

Scheiße.

Einen Wimpernschlag später stürmte ein Dutzend germanischer Speerkämpfer aus dem Unterholz. Ihr Schlachtruf hallte über das Wasser.

In einem Augenblick arbeiteten die Legionäre emsig

wie die Ameisen an der Brücke. Im nächsten tauchten die blutrünstigen Wilden auf, und das Chaos brach aus.

Den unbewaffneten, schutzlosen Soldaten blieb nichts anderes übrig, als zum Kastell am Nordende der Brücke zu laufen. Ein Horn stieß eine Reihe verzweifelter, abgehackter Töne aus.

Was war mit dem Vorposten? Wahrscheinlich hatten die Germanen ihn überrannt. Nichts konnte mir gleichgültiger sein. Das war meine Chance! Ich musste nur mit der Strömung davonschwimmen. Niemand würde sich auf die Suche nach mir machen. Pavo würde annehmen, dass ich bei dem Überfall getötet worden war.

Aber aus irgendeinem Grund – vielleicht waren es nur niedere Rachegelüste – sah ich zu den Holzstapeln hinüber. Vielleicht wollte ich Titus sterben sehen. Vielleicht.

Doch der Hüne dachte nicht daran, zu sterben. Er rief sein Contubernium zusammen, ließ die Männer hinter dem Holzstapel in Deckung gehen und befahl ihnen, sich mit den herumliegenden Werkzeugen zu bewaffnen.

Die Germanen hatten die Brücke erreicht. Ihre Speere bohrten sich in die Römer, die nicht schnell genug davongerannt waren oder Schutz im Wasser gesucht hatten. Einer der Fliehenden brüllte mich mit großen, vor Schreck geweiteten Augen an, als er an mir vorbei durch das hohe Wasser watete. »Aus dem Weg! Beweg dich!«

Ich bewegte mich nicht, während um mich herum die Legionäre an germanischen Speeren zappelten. Außer den Soldaten meiner Zeltgemeinschaft – *meiner* Zeltgemeinschaft? – war niemand mehr am Südufer. Im Norden tauchte ein Trupp bewaffneter Römer auf, um die

Brücke zu verteidigen. Die bärtigen Speerkämpfer hatten wenig Lust, sich mit dieser Verstärkung anzulegen, und wandten sich stattdessen den Männern hinter dem Holzstapel zu.

Brüllend gingen sie auf die vermeintlich leichte Beute los. Das mit Spitzhacken und Äxten bewaffnete Contubernium erwartete sie bereits. Die längere Reichweite der germanischen Speere allerdings verhieß einen ungleichen Kampf.

Plötzlich – nur Augenblicke, bevor sich die Speerspitzen in Fleisch bohren konnten – brach Titus den germanischen Angriff, indem er wie ein Eber brüllte und den Anstürmenden einen Baumstamm entgegenschleuderte. Der Stamm prallte gegen einen Kopf, fiel auf die erhobenen Speerspitzen und drückte sie in den Boden.

»Haut ab! Lauft! Lauft!«, kreischte Stummel. Die andern folgten ihm in Richtung Brücke. Dabei kamen sie so nahe an den Germanen vorbei, dass sie sie hätten anspucken können. Titus' geistesgegenwärtige Attacke hatte dafür gesorgt, dass sie um Haaresbreite entkommen konnten.

Alle bis auf Cnaeus, der sich weigerte, die Flucht zu ergreifen.

Er war noch jung und sehnte sich danach, von seinen Kameraden als ebenbürtiger Soldat akzeptiert zu werden. Während die Sandalen der anderen unmittelbar über meinem Kopf über die Brücke polterten, blieb Cnaeus am Ufer stehen, um einen herrenlosen Wurfspeer und einen Schild aufzuheben. Dann drehte er sich um und stellte sich dem Feind.

Vier Germanen waren stehen geblieben, um ihren von Titus' Baumstamm getroffenen Kameraden aufzuheben.

Drei andere waren damit beschäftigt, die Gefallenen nach Beute zu durchsuchen. Offenbar gingen sie davon aus, dass sich die Römer am Nordufer nicht aus der Deckung wagen würden. Damit blieben vier grimmige Speerkämpfer, auf die Cnaeus nun losging.

Mut hatte er, aber den haben junge Männer ja immer. Leider war er auch so dumm, das schützende Flussufer zu verlassen. Vielleicht begriff er das in diesem Augenblick ja selbst, aber da war es schon zu spät. Verdammter Idiot.

Ich konnte ihn unmöglich sterben lassen. Ich zog mich aus dem Wasser. Als ich auf der Brücke stand, sah ich, wie der erste Germane auf Cnaeus zugestürmt kam. Anscheinend war er ebenso begierig darauf, sich im Kampf zu beweisen wie der junge Römer. Speere prallten auf Schilde, als sie zusammenstießen. Es klang wie der Lärm von tausend Soldaten.

Cnaeus stemmte die kräftigen Beine in den Boden und hielt stand. Im Lauf schnappte ich mir eine Spitzhacke und nutzte meinen Schwung, um sie einem weiteren Germanen auf der Brücke entgegenzuschleudern. Die Hacke traf den Mann so heftig an der Brust, dass er fürs Erste genug vom Kämpfen hatte. Dann hatte ich Cnaeus erreicht und schob ihn vorwärts, bis ich den Wein im Atem des Germanen auf der anderen Seite des Schilds roch. Seine Kameraden versuchten bereits, uns von der Seite anzugreifen.

»Nicht zurückweichen!«, rief ich dem Jungen ins Ohr, sprang mit einem Satz nach links und überraschte einen Mann, der gerade seinen Dolch in den ungeschützten Hals meines Kameraden – *Kameraden!* – hatte bohren wollen.

Ich packte das Handgelenk des Germanen. Dieser brüllte mir Worte entgegen, die ich nicht verstand. Ich setzte meinen Mund weitaus effektiver ein, indem ich meine Zähne um seinen Nasenrücken schloss, bis ich das Kratzen seines rauen Bartes auf meinen Lippen spürte. Mit einem Ruck meines Kopfes riss ich ihm die Nase ab. Blut lief über sein Gesicht. Er heulte und vergaß vor Schmerz den Dolch in seiner Hand, sodass ich die Klinge gegen ihren Besitzer richten konnte. Gleichzeitig stieß ich mein Knie in seinen Unterleib. Er sackte zusammen, ich packte sein strähniges Haar mit der Linken und zerrte seinen Kopf in Richtung Dolch. Sobald ich spürte, dass die Spitze eingedrungen war, zog ich weiter an ihm, bis der Stahl eine weiche Stelle zwischen den Knochen fand. Sobald sich der Germane nicht mehr rührte, sah ich zu ihm herab. Die Klinge steckte tief in seinem Kopf.

Von den anderen Germanen war nichts mehr zu sehen. Auf meinen Angriff hin hatten sich auch die bewaffneten Legionäre am Nordufer in Bewegung gesetzt, worauf die Speerkämpfer die Flucht ergriffen und ihren dem Tod geweihten Kameraden im Stich gelassen hatten.

Zum zweiten Mal in dieser Woche hatte ich mich mit dem Blut eines anderen Mannes besudelt. Und wieder starrten mich römische Soldaten mit offenem Mund an, als wäre ich ein Gespenst.

»Was?«, blaffte ich den nächstbesten Soldaten an. Er wich vor Schreck zurück.

Und das zu Recht. Ich war wie im Blutrausch.

Erst Titus begriff, dass ich in diesem Zustand nicht nur für den Feind, sondern auch für meine eigenen Leute eine Gefahr darstellte.

»Felix«, sagte er hinter meinem Rücken. »Felix«, wiederholte er. Der Name kam mir immer noch fremd vor.

»Was?«, schrie ich und wirbelte so plötzlich herum, dass sich der Dolch aus dem Schädel des Toten löste.

Und dann sah ich es. Den Stiel einer Spitzhacke.

Mit der Titus ausholte.

7

Titus rammte mir den Stiel in den Bauch, sodass mir die Luft wegblieb. Ich klappte zusammen, und der Dolch fiel auf die Holzbretter der Brücke. Bevor ich mich aufrappeln konnte, warf er mich wie ein Kind in den Fluss.

Ich rang noch immer nach Luft, sog daher unwillkürlich einen großen Mundvoll Wasser in Nase und Kehle. Ich nahm undeutlich wahr, wie neben mir etwas in die Fluten stürzte, dann packten starke Hände meinen Kiefer. Wasser und Galle liefen an meinem Kinn herab.

»Felix.« Titus hielt meinen Kopf in einem schraubstockartigen Griff. »Ich musste es tun. Ich habe die Mordlust in deinen Augen gesehen.«

Der Anfall war vorüber. Ich war nur noch erschöpft. Mehrere Hände griffen nach mir und zerrten mich zurück auf die Brücke. Ich lag keuchend auf dem Rücken, und als ich den Kopf zur Seite drehte, starrte ich in das nur wenige Schritt entfernte Gesicht des toten Germanen. Der stoppelige Bart, der meine Haut gekratzt hatte, war mit feuchtem Blut verklebt.

Eine Gruppe von Soldaten stand um ihn herum und stieß ihn mit den Sandalenspitzen an. Es waren jüngere Männer, die noch nie einen getöteten Feind gesehen hatten.

Am anderen Ende der Brücke schickten mehrere Legionäre Stoßgebete zu ihren Göttern empor für die Kameraden, die durch die germanischen Speere ihr Ende gefunden hatten.

Das war keine Schlacht gewesen, noch nicht mal ein Scharmützel, doch genug für diejenigen, die dabei umgekommen waren.

Auch Cnaeus hatte mehr als genug. Der junge Soldat kam auf wackligen Beinen auf mich zu. Seine Knie waren kurz davor, nachzugeben, und auf seiner Wange klebte noch Erbrochenes.

»Danke«, sagte er.

Ich scheuchte ihn mit einer wütenden Geste davon.

Dann traf Pavo ein. Er musterte den toten Germanen mit Missbilligung. »Wie sind die an unseren Wachen vorbeigekommen?«

Diese Frage wurde später beantwortet, als ich gegen meinen Schild gelehnt und mit einem Weinschlauch in der Hand im Kastell lag. Pavo hatte sich nur kurz mit mir unterhalten und mir dann den restlichen Tag freigegeben.

Zwei Karren, in denen jeweils vier Römer lagen, rollten über den niedrigen Wall ins Lager. Die Germanen hatten einem ganzen Contubernium die Kehle durchgeschnitten und den Legionären die Waffen und Rüstungen abgenommen. Zu einem Kampf war es augenscheinlich nicht gekommen. Stattdessen sah es ganz so aus, als hätte man die Männer überrascht, zusammengetrieben und dann wie Vieh abgeschlachtet.

Unter den Leichen war auch ein Veteran mit grauen Schläfen. Seine offen stehenden Augen starrten in den wolkenlosen Himmel. Als Titus ihn sah, stieß er einen Wutschrei aus. »Macro! Du verdammter Narr!«

Hühnerkopf folgte meinem Blick. Durch meine Tat auf der Brücke hatte ich zwar noch lange nicht seine Kameradschaft, aber zumindest eine gewisse Anerkennung erlangt.

»Sie haben gemeinsam in der Wüste gekämpft«, sagte er, als ob das alles erklärte.

Und für einen Veteranen war es auch Erklärung genug.

In dieser Nacht war es still im Lager. Hier und dort war das gedämpfte Schluchzen eines jungen Soldaten zu hören, der einen Freund verloren hatte. Vor allem aber war eine schwelende Wut in der Truppe zu spüren. Elf Kameraden waren von uns gegangen, und dass keiner von ihnen Auge in Auge mit dem Feind in heldenhaftem Kampf gefallen war, machte es nur noch schlimmer. Drei hatte man aufgespießt wie Forellen im Bach, acht Soldaten auf die Knie gezwungen und ihnen die Kehlen durchgeschnitten. Als die Karren vorbeigefahren waren, hatte ich mit eigenen Augen gesehen, dass sich mindestens einer in die Hose geschissen hatte.

Alle Soldaten hofften, der Tod möge etwas Ehrenvolles sein. Heute hatten sie das wahre Gesicht des Todes erblickt, und das hob nicht gerade die Stimmung.

Titus sprach mit niemandem. Der Verlust seines alten Freundes hatte ihn schwer getroffen. Die meiste Zeit über saß er da und starrte seinen Dolch an, den er vor sich in den Boden gerammt hatte.

Mondgesicht bat die Götter und seine Vorfahren unermüdlich darum, ihn Rache an seinen Feinden nehmen zu lassen. Stummel, der stets zu Schwarzmalerei neigte, beschwor den Untergang der ganzen Armee herauf, bis ihm der sonst so gleichmütige Rufus befahl, das verfluchte Maul zu halten. Nur Hühnerkopf verlor nicht die Fassung. Wie immer fand er Trost bei seiner geliebten Katze.

Wir beerdigten die Gefallenen am nächsten Morgen in einfachen Gräbern am Fluss. Titus und die anderen Veteranen schworen, zurückzukehren und ihre Gebeine in ein Mausoleum zu überführen, das sie zu ihren Ehren auf der römischen Rheinseite errichten wollten. Solange sich die Hilfstruppen im Kastell befanden, waren die Gräber einigermaßen sicher. Trotzdem fürchtete man, dass die Leichen ohne die Anwesenheit römischer Soldaten geschändet werden konnten.

Auch der Leichnam des Germanen, den ich getötet hatte, überstand die Nacht nicht unversehrt. Ich weiß nicht, wer auf die Idee kam – unser Contubernium war es nicht – seinen Körper zu zerstückeln und an die vier Schweine der Hilfstruppen im Kastell zu verfüttern. Meine Empörung darüber hielt sich in Grenzen. Er war ein Feind gewesen, der mir nach dem Leben getrachtet hatte. Sollte er ruhig in einem Schweinebauch enden.

Als die toten Legionäre in ihren Gräbern lagen, verlor ein Kamerad einige Worte über jeden Soldaten. Wie überall in der Armee fanden sich die besten Freunde eines Legionärs in seinem Contubernium, doch selbstverständlich hatte er auch in seiner Zenturie und seiner Legion Bekannte – insbesondere diejenigen, die schon länger unter dem Adler dienten. Manche hatten bereits die zweite Zwanzigjahresverpflichtung angetreten. Als Titus an das Grab trat, um für seinen Freund Macro zu sprechen, erfuhr ich, dass auch er zu denen gehörte, die sich ein zweites Mal verpflichtet hatten.

Die beiden hatten als junge Männer in den Wüstenprovinzen Judäa und Syrien gedient. In jenem schmutzigen Krieg gegen einen unsichtbaren Feind waren sie in ein Scharmützel geraten, als Macro die Formation verlassen, sich auf ein Dach vorgekämpft und die feindlichen Speerkämpfer von dort aus mit Schindeln beworfen hatte. Diese geistesgegenwärtige Tat hatte es den Römern erlaubt, sich neu zu formieren. Titus' Kamerad hatte viele Verluste verhindert und war dafür mit der *corona muralis* ausgezeichnet worden. Nach dem Ende ihrer Dienstzeit hatten die beiden die Wüste verlassen und schweren Herzens Abschied voneinander genommen – nur um am Rhein ein freudiges Wiedersehen zu feiern und erneut unter dem Adler zu kämpfen. Warum es diese längere Pause in Titus' Dienstzeit gegeben hatte, wollte er nicht verraten, aber ich hatte so meine Vermutung. Wenn ich richtiglag, war es wohl besser, ihn nicht darauf anzusprechen.

Die anderen Grabreden waren kürzer. Über die jüngeren Soldaten, die im Gegensatz zu Macro keine ruhmreiche Laufbahn hinter sich hatten, sondern gleich in ihrer ersten Schlacht gefallen waren, gab es nicht viel zu sagen. Außerdem waren es ihre Kameraden, anders als Titus, nicht gewöhnt, vor einer Zenturie zu sprechen, und stammelten verlegen vor sich hin.

Ich wollte nicht zuhören. Weshalb auch? Solche Reden kannte ich zur Genüge, gelegentlich war sogar ich derjenige gewesen, der sie gehalten hatte. Namen und Gesichter drängten an die Oberfläche meiner Erinnerungen:

Varo; Priscus; Octavius – gute Männer, die ein schreckliches Ende gefunden hatten. Ich wusste noch nicht einmal, welches Schicksal Zenturio Marcus ereilt hatte. Ich konnte nur hoffen, dass ihm ein schnelles Ende vergönnt gewesen war. Doch angesichts jener letzten Kriegstage war dies wohl eitles Wunschdenken. Nein, daran wollte ich mich auf keinen Fall erinnern, also konzentrierte ich mich auf Titus, stellte mir die Beweggründe vor, warum er sich erneut verpflichtet hatte.

Sobald die Zeremonie vorüber war, machten wir uns daran, die Verteidigungsanlagen des Kastells zu verstärken. Dies geschah nicht zu unserem Schutz – angeblich waren die Germanen allesamt Feiglinge, die nur aus dem Hinterhalt angriffen –, sondern weil der Kommandant der Hilfstruppen Pavo darum gebeten hatte. Er sorgte sich um seine Garnison, da es nicht unwahrscheinlich war, dass sie den Befehl erhielt, den Winter hier zu verbringen. Pavo ließ sich unsere fachmännische Arbeit selbstverständlich mit klingender Münze vergelten.

Unser Contubernium – *Titus'* Contubernium – schichtete gerade Erde auf den südlichen Wall, als ein Kavallerietrupp eintraf. An der Spitze der schlammbespritzten Reiter erkannte ich ein vertrautes Gesicht.

Es war Arminius, der sich wachsam wie ein Wolf umsah.

»Felix!«, rief er mir mit sichtlicher Freude zu.

Die Männer um mich herum nahmen Haltung an, sobald sich der Offizier näherte. Ich spürte ihre Blicke auf mir. Was, fragten sie sich, fand dieser Fürst nur an einem einfachen Legionär?

Dieselbe Frage stellte ich mir auch.

»Herr«, krächzte ich.

Er stieg ab und ergriff freundschaftlich meine Hand. »Ich habe dir ein Geschenk mitgebracht!« Strahlend deutete er auf einen Reiter, den ich als Berengar, den hässlichen Wachposten vor Arminius' Zelt erkannte. Doch natürlich meinte der Germane nicht ihn, sondern das, was sich hinter ihm befand.

Auf dem Boden lag der mit einem Seil an Berengars Sattel befestigte Leichnam des Speerkämpfers, den Titus mit dem Baumstamm erschlagen hatte. Die Leiche war mehrere Meilen mitgeschleift worden und dementsprechend entstellt. Ich erkannte ihn nur an dem Muster seines Mantels.

»Wo ist Pavo?«, fragte Arminius.

»Wahrscheinlich in seinem Zelt, Herr.«

»Führ mich hin.«

Während wir das Lager durchquerten, ließen die Männer alles stehen und liegen, um dem Offizier zu salutieren. Er bedachte jeden einzelnen mit einer Bemerkung, einem Lächeln oder einem Gruß. Anscheinend legte er großen Wert darauf, dass seine Soldaten ihm und nicht dem Rang folgten, den ihm das Römische Reich nur aufgrund seiner edlen Geburt verliehen hatte. Dieser Mann, so dachte ich, wäre auch als Sohn eines einfachen Bauern zum Anführer aufgestiegen.

»Geht es dir besser, Felix?«

»Ein wenig, ja, Herr«, antwortete ich.

Er betrachtete mein blaues Auge. »Zweifellos.« Er legte eine Hand auf meine Schulter und senkte die Stimme, damit uns niemand belauschen konnte. »Der Hain. Erinnerst du dich an irgendetwas davor? Wo du herkommst? Wie du dort hingelangt bist?«

Sein Blick war freundlich. Sein Interesse aufrichtig. Und doch …

»Nein, Herr«, log ich.

Er lächelte wieder. »Irgendwann vielleicht«, sagte er und drehte sich um, um Pavo zu begrüßen, der sich uns näherte.

Offenbar hatte man den Zenturio von den eingetroffenen Reitern unterrichtet. Er salutierte vor dem germanischen Fürsten und blickte nicht ganz so verdrießlich drein wie sonst.

Arminius begrüßte ihn und sprach ihm sein Beileid zum Verlust seiner Soldaten aus. »Was ist passiert?«

Pavo schilderte die Ereignisse, wobei er zu meinem Verdruss auch meine Beteiligung am Scharmützel nicht aussparte. Sobald er berichtete, dass ich einem jungen Soldaten zu Hilfe geeilt war, schien Arminius tief beeindruckt.

»Also haben dich die Götter in diesem Hain nicht ohne Grund verschont!«

Ich war wie betäubt vor Scham und der ungewollten Aufmerksamkeit und nickte lediglich.

Dann war Arminius an der Reihe zu berichten, wie er auf den Speerkämpfer gestoßen war, den er anschließend als Schlitten missbraucht hatte. »Ich war mit meinen Jungs seit Tagen auf der Suche nach den Dreckskerlen, die für das Massaker im Hain verantwortlich sind.«

»Glaubst du, dass es dieselbe Gruppe war, Herr?«, fragte Pavo.

Arminius zuckte mit den Schultern. »Hier gibt es viele, die Rom nicht besonders zugetan sind. Schwer zu sagen. Wie dem auch sei, wir sind einer Blutspur gefolgt und auf den da gestoßen. Seine Freunde haben uns wohl kommen sehen und sind abgehauen.«

»Und die anderen?«, hakte der Zenturio nach.

»Die Spur verlor sich in einem Dorf. Wahrscheinlich haben sie ihre Waffen irgendwo versteckt und sich als harmlose Bewohner ausgegeben. Jedenfalls wollte sie niemand verraten.«

»Dann macht das Dorf dem Erdboden gleich«, sagte Pavo, als wäre das die naheliegendste Lösung des Problems.

»Dann wenden sich weitere hundert Männer gegen uns«, warf ich ein. Ich erbleichte, als ich begriff, dass ich mich hatte hinreißen lassen. »Verzeiht, Herr«, sagte ich zu Pavo. »Es steht mir nicht zu, darüber zu sprechen.«

»Allerdings nicht«, sagte der Zenturio mit kaltem Blick.

»Aber er hat recht«, erwidert Arminius sanft. »Pavo, unsere Armee mag vielleicht die größte der Welt sein, trotzdem müssen wir sie klug einsetzen. Wie oft haben wir einen Aufstand gewaltsam niedergeschlagen, nur um ihn wieder aufflackern zu sehen, wenn die Söhne ihre gefallenen Väter rächen wollten? Zeigen wir diesen Stämmen, dass Rom die Zukunft ist. Sie sollen die Vorzüge des freien Handels und der Sicherheit eines geregelten Staatswesens erkennen. Erst dann werden sie selbst für Ruhe und Ordnung sorgen, und die Häuptlinge können die Aufrührer zur Vernunft bringen, bevor Blut vergossen wird.«

Dieser Gedankengang schien Pavo nicht zu überzeugen. Er befürwortete blutige Vergeltungsmaßnahmen – eine Meinung, die in den Legionen weit verbreitet war. »Und was, wenn der Häuptling selbst der Aufrührer ist, Herr?«, fragte er mit ernster Miene.

Arminius lachte und klopfte dem Zenturio auf die Schulter. »Die Häuptlinge sind vor allem eines, Pavo – gierig. Und sie werden nicht die Hand beißen, die sie füttert.«

Pavo nickte, um dem Ranghöheren seine Ergebenheit zu demonstrieren. Damit war das Thema beendet.

»Wo ist der Leichnam?«, fragte der Germane. Pavo, der die Ringe seines Kettenhemdes plötzlich hochinteressant fand, erklärte kleinlaut, dass man ihn an die Schweine verfüttert hatte. Arminius schien nicht verärgert darüber.

»Und seine Besitztümer?«

Pavo führte ihn durch das Kastell und zerrte schließlich den Schild des Speerkämpfers aus einem Haufen Feuerholz. Arminius betrachtete eingehend das wirbelnde Muster, das darauf gemalt war.

»Der Stamm der Angrivarier.« Arminius entfuhr ein wütendes und überraschtes Grunzen. »Bis jetzt hatten wir geglaubt, dass allein die Sugambrer hinter den Überfällen stecken.«

»Also breitet sich der Aufstand aus?«, fragte Pavo.

»Als Aufstand würde ich es noch nicht bezeichnen, Pavo. Aber ja, es sieht so aus, als würde sich die Unzufriedenheit ausbreiten.« Arminius schwieg einen Moment, während er darüber nachdachte. »Dieses Contubernium, das du verloren hast …«, sagte er schließlich, »kannst du mich zu dem Ort führen, an dem man ihnen in den Rücken gefallen ist?«

Pavo nickte. Arminius bedeutete mir mit einem Blick, ihm zu folgen, und der Zenturio schien nichts gegen meine Anwesenheit einzuwenden zu haben. Ein halbes Dutzend von Arminius' Reitern eskortierte uns über die Brücke und nach Süden zu dem Vorposten, der auf einem Hügel gleich hinter dem Waldrand errichtet worden war.

Hinter dem nur etwa hundert Schritt tiefen Wäldchen schloss sich offenes Gelände an. Der Vorposten hätte den Feind eigentlich nicht übersehen können, und Pavo wies Arminius auch darauf hin.

»Doch«, sagte Arminius und zeigte uns, weshalb. Seine Männer hatten zwischen den Bäumen flache Vertiefungen im Boden gefunden. »Darin haben sie die Nacht verbracht. Sie haben sich mit diesen Ästen hier zugedeckt. Eure Wachposten haben die Felder beobachtet, obwohl sie den Feind direkt vor der Nase hatten.«

Zu Arminius' Trupp zählten auch mehrere ausgezeichnete Fährtenleser, die mit der Gegend bestens vertraut waren und denen jede Merkwürdigkeit sofort auffiel. Sie deuteten auf faustgroße Mulden im Boden. Die tiefroten Pfützen daneben waren auch ohne Kenntnisse der Spurensuche deutlich zu erkennen.

»Hier haben sie sie auf die Knie gezwungen«, sagte Arminius. »Und ihnen die Kehle durchgeschnitten.«

»Warum haben sie nicht um Hilfe gerufen?«, murmelte Pavo wie zu sich selbst.

»Im Angesicht des Todes werden Männer zu Schafen. Vielleicht dachten sie, man würde sie verschonen, wenn sie den Befehlen Folge leisten.« Seinem Tonfall nach zu urteilen hatte der Fürst bereits Ähnliches mit eigenen Augen gesehen. Ich wusste aus leidvoller Erfahrung, dass er recht hatte.

»Und jetzt?«, fragte der Zenturio und betrachtete die Ameisen, die durch den roten Schlamm krochen.

»Jetzt«, sagte Arminius, »reite ich nach Minden. Statthalter Varus muss so schnell wie möglich erfahren, dass die Angrivarier, oder zumindest Teile des Stammes, nicht mehr vor Waffengewalt zurückschrecken. Und dann? Tja, Pavo, das weiß ich auch noch nicht so genau.«

»Varus wird keinen Krieg wollen, oder?«, fragte Pavo enttäuscht.

Arminius schüttelte den Kopf. »Wahrscheinlich bleibt ihm keine andere Wahl.« Er wandte sich mir zu und sah mich einmal mehr mit freundlichem Blick an. »Schön, dass es dir wieder besser geht, Felix. Komm mit.« Er besah sich mein lädiertes Auge und grinste. »Aber achte in Zukunft darauf, wo du hinläufst.«

Wir gingen zum Flussufer. Seine Fluten wälzten sich unbeeindruckt von dem dräuenden Krieg träge dahin.

»Was meinst du dazu?«, fragte der Fürst.

»Wozu, Herr?« Ich spürte einen Blick auf mir ruhen und sah mich um. Titus' mächtige Gestalt lehnte an der Kastellmauer. Er beobachtete uns.

»Ein Freund von dir?«, fragte Arminius lächelnd und betrachtete wieder mein Auge. Ich zuckte mit den Schultern. »Wie schätzt du die Lage ein? Was hältst du von dem Aufruhr der Stämme? Vom Statthalter?«

»Über Statthalter Varus weiß ich so gut wie nichts«, gestand ich. »Und was die Stämme angeht …« Ich schüttelte resigniert den Kopf. »Die Häuptlinge beißen nicht die Hand, die sie füttert, sagst du, aber wenn es genug beißwütige Hunde gibt, müssen sich die Häuptlinge entweder gegen die Legionen oder gegen ihre eigenen Leute stellen.«

Bei diesen Worten nickte Arminius bedächtig.

»Man tötet römische Soldaten nur dann, wenn man einen Krieg anzetteln will«, fuhr ich fort. »Und dieser Wunsch wird wohl dieses oder spätestens nächstes Jahr in Erfüllung gehen.«

»Hat dich das deine Erfahrung gelehrt?«, fragte er, ohne den Blick von dem dahinströmenden Wasser zu nehmen.

Ich verkniff mir die erste Antwort, die mir in den Sinn kam.

»Das lehrt mich der gesunde Menschenverstand. Und die Geschichte. Irgendwo gibt es immer Krieg. Und diesmal wird eben Germanien darunter leiden.«

»Oder Rom«, ergänzte Arminius.

Ich zuckte mit den Schultern. Das Römische Reich war zu einer unbezwingbaren Weltmacht geworden, sodass man sich nur schwer einen Gegner vorstellen konnte, der seinen Armeen standhielt. Jahr für Jahr vergrößerte sich das Imperium auf der Landkarte wie verschüttete Tinte auf einem Schreibpult.

»Felix, ich fürchte, die Legionen unterschätzen ihren Feind«, sagte Arminius. »Die Germanen sind wild entschlossene Krieger. Wenn es hart auf hart kommt, werden sie bis zum Letzten kämpfen.«

»Je früher sie aufgeben, desto weniger müssen sie leiden.«

»Es gibt mehr und schlimmere Arten zu leiden als Verwundung und Tod im Kampf«, sagte der Fürst. Dann verstummte er und betrachtete ehrfürchtig die üppige grüne Landschaft. »Schön, nicht wahr?«

»In der Tat.« Es war schön.

Arminius legte mir mit einem traurigen Seufzen die

Hand auf die Schulter und sah mich mit seinen durchdringenden blauen Augen an. Seine Worte entzündeten ein Feuer in meinem Innersten.

»Dann werden wir dafür kämpfen. Seite an Seite.«

Und in diesem Augenblick wusste ich, dass ich bereit war, für ihn zu sterben.

8

Arminius galoppierte an der Spitze seiner Männer davon. Den Speerkämpfer, den Titus mit dem Baumstamm erledigt hatte, ließen sie liegen. Titus pisste auf den Leichnam und spuckte auf das entstellte Gesicht. Anschließend wurden die Schweine gefüttert.

Sie machten sich unter freudigem Quieken über den unerwarteten Leckerbissen her. Stummel beobachtete sie mit wütendem Gelächter. »Naja«, teilte er seinen Kameraden mit, »die haben wenigstens was von diesem verdammten Feldzug.«

Am nächsten Morgen erschien ein Reiter mit einer Nachricht für Pavo. Der Zenturio rief seine Contuberniumskommandanten zu sich, die uns daraufhin die Neuigkeit verkündeten.

»Bereitmachen zum Aufbruch«, sagte Titus säuerlich. Er hatte den Verlust seines alten Kameraden noch nicht verwunden. »Die Legionen werden in Minden zusammengezogen. Dann heißt es Abmarsch.«

»Und wohin?«, fragten mehrere Soldaten gleichzeitig.

Das wusste niemand. Trotzdem waren die Anzeichen der Mobilmachung lange, bevor wir in Minden ankamen, deutlich zu erkennen. Kühe, Schafe und Ziegen wurden herdenweise ins Kastell getrieben. Die Bauern hofften, sie gewinnbringend zu verkaufen, bevor die stets hungrigen Legionäre die gegenüberliegende Rheinseite erreichten. Die Zenturie marschierte durch den Kot der Tiere, auf Straßen, die unermüdliche Legionäre im Angesicht ihres Schweißes gebaut hatten. Viele Germanen waren unzufrieden mit der römischen Besatzung, einige lehnten sich offen dagegen auf, doch gegen die Straßen und Brücken, die im Zeichen des Adlers gebaut wurden, schien niemand etwas einzuwenden zu haben.

Gelegentlich musste die Zenturie die überfüllte Straße verlassen, um Platz für einen vorbeipreschenden Reiter zu machen. Dabei erkundigten sich Titus und die anderen Veteranen jedes Mal nach Neuigkeiten. Wenn es der Bote nicht zu eilig hatte, zügelte er sein Pferd und trabte neben uns her. Auf diese Weise bekamen wir eine ungefähre Vorstellung davon, was die Legionen erwartete.

Offenbar hatte Statthalter Varus seine Pläne geändert. Die Armee würde nicht wie geplant entlang der Kastelle an der Lippe, die per Schiff versorgt wurden, zum Rhein zurückkehren. Stattdessen würden sich die Legionen nach Norden in das Territorium der Angrivarier bewegen – jenes Stammes, der unsere Zenturie an der Brücke angegriffen hatte. Offensichtlich hatte Arminius' Botschaft den Statthalter erreicht.

Die Aussicht auf einen, wenn auch kleinen, Feldzug hob die Moral der Truppe. Vielleicht war das die Gelegenheit, Rache an denjenigen zu nehmen, die für die Morde – und um nichts anderes handelte es sich – an der Brücke verantwortlich waren. Pavo und seinesgleichen dagegen witterten die ihnen bisher vorenthaltene Kriegsbeute.

Auch mich beflügelte diese Nachricht. Es ging nach

Norden! Ein Plan nahm allmählich Gestalt an, und plötzlich konnten wir gar nicht schnell genug marschieren. Ich wollte das Lager so bald wie möglich erreichen und in Erfahrung bringen, was ich für mein Vorhaben wissen musste.

»Wenn wir dem Fluss nicht länger folgen, wird es verdammt schwierig werden, uns mit Nachschub zu versorgen«, sagte Titus.

Obwohl ich ihn noch nicht besonders gut kannte, spürte ich deutlich, dass er bereits darauf spekulierte, aus diesem Umstand Profit zu schlagen.

»Eine Kohorte vor uns«, sagte Hühnerkopf, dessen geübte Augen die größere Einheit allein an der aufgewirbelten Staubwolke erkannten. Eine Kohorte bestand aus sechs Zenturien, also etwas weniger als fünfhundert Mann. Eine ansehnliche Streitmacht.

»Warum marschierten die nach Süden?«, fragte Stummel.

Eine naheliegende Frage, aber sie blieb unbeantwortet. Als wir uns Minden näherten, sahen wir noch andere größere Truppenverbände, die sich nach Süden wandten. Das Gebiet der Angrivarier, gegen die Varus angeblich vorgehen wollte, lag in der entgegengesetzten Richtung.

»Vielleicht haben sich die Boten geirrt?«, fragte Stummel, obwohl er genau wusste, dass niemand in der Armee eine bessere Kenntnis der Lage hatte als diese Reiter.

Es war ein warmer Tag. Als wir die Tore des Kastells erreichten, waren unsere Gesichter schwarz vor Staub. Schweiß lief unsere Rücken hinab. Ich hatte eine Woche lang Legionärsverpflegung genossen und fühlte mich bestens. Wahrscheinlich war ich der Einzige in der Truppe, der den Zwieback noch nicht satthatte. Nachdem ich mich über Monate von Pilzen, Beeren und den wenigen kleinen Tieren ernährt hatte, die in meine Fallen getappt waren, schmeckte das doppelt gebackene Brot wie der ausgesuchteste Leckerbissen von der Tafel des Imperators und verlieh mir frische Kraft.

Innerhalb des Kastells stießen wir auf große Leerflächen, wo ganze Kohorten ihre Zelte zusammengepackt hatten und abmarschiert waren. Bald darauf erfuhren wir den Grund für diesen hastigen Aufbruch, als Titus ein vertrautes Gesicht erkannte und den Veteranen zu sich rief. Nachdem dieser seine Erleichterung darüber zum Ausdruck gebracht hatte, dass Titus nicht zu den Toten auf der Brücke gehörte, setzte er uns über die jüngsten Truppenbewegungen in Kenntnis.

»Sie bemannen die Garnisonen in den Kastellen und Städten an der Lippe«, sagte er.

»In den Städten?« Titus war ebenso verblüfft wie ich. Eine Garnison in einem Kastell war unumgänglich, da sich diese oft in der Nähe strategisch wichtiger Orte befanden: Häfen, Flüsse, Wegkreuzungen, Bergwerke. Truppen – insbesondere kampferprobte Verbände – in einer Stadt zu stationieren, war dagegen höchst ungewöhnlich.

»Statthalter Varus' Einfall.« Der Soldat zuckte mit den Schultern. »Wenn wir wollen, dass sie sich ruhig verhalten wie Schafe, müssen wir ihnen zeigen, wer der Schäfer ist. Seine Worte.«

»So etwas hat er noch nie gemacht«, entgegnete Titus. Es klang wie eine Frage.

»Anscheinend hat ihn der Germane dazu überredet.«

»Arminius?«, platzte es aus mir heraus.

Titus' Kamerad nickte. »Es heißt, dass sein Stamm

irgendwie mit einem anderen Ziegenfickerstamm verfeindet ist, und jetzt hat er Varus dazu gebracht, dass der diesem Stamm ordentlich einheizt.« Er wandte sich wieder Titus zu. »Die Götter allein wissen, was das bedeuten soll, alter Freund. Ich hoffe bloß, dass dabei genug Beute für uns abfällt. Die letzten Sommer waren ziemlich mager, oder?«

Titus versprach seinem Freund, ihn später auf einen Schluck Wein einzuladen.

Unsere sich weit unter Sollstärke befindliche Zenturie kam auf einem freigeräumten Platz zum Stehen. Hier sollten wir unsere Zelte aufschlagen. Der rote Rosshaarbusch auf Pavos Helm flatterte leicht in der Abendbrise. Anscheinend konnte er es kaum erwarten, uns loszuwerden.

»Contuberniumskommandanten, Zelte aufschlagen und Ausrüstung verstauen. Niemand verlässt das Lager. Ich hole unsere Befehle.«

Hühnerkopf schnaubte. »Er hat uns noch nicht mal antreten lassen.«

»Ich bin weg«, teilte Rufus Titus mit. Niemand hielt den Kelten auf, als er sich ohne ein weiteres Wort zu seiner Familie am Rande des Lagers aufmachte.

Der Blick, den Titus mir zuwarf, ließ keinen Zweifel daran, dass er hinter den Erdwällen des Lagers das Sagen hatte. Ihn zu provozieren hätte nur eine weitere Abreibung zur Folge gehabt.

»Ich baue das Zelt auf.«

Pavo kehrte geraume Zeit später zurück. Anscheinend war das Entgegennehmen der Befehle mit sehr viel Wein verbunden gewesen. Oder er hatte auf dem Rückweg vom

Hauptquartier in einer Schenke haltgemacht und das Geld ausgegeben, das er dem Kommandanten der Hilfstruppen für die Arbeit der Zenturie an den Befestigungsanlagen abgenommen hatte.

Er taumelte mit gerötetem Gesicht ins Zelt. Als er bemerkte, dass nur ich und die beiden jungen Soldaten anwesend waren, wurden seine Wangen noch röter. »Wo sind die anderen?«, lallte er.

»Die sind zur Wache eingeteilt, Herr«, sagte ich, um ihn vor den jüngeren Soldaten nicht bloßzustellen.

Wir wussten beide genau, dass sie losgezogen waren, um sich zu betrinken. Er verstand, worauf ich hinauswollte und ließ sich nur zu gerne aus der Patsche helfen. »Ach ja. Genau. Ihr beiden«, knurrte er die Frischlinge an, »holt mir ein Brathuhn!«

Sie sprangen auf und griffen nach Rüstung und Waffen.

»Den Krempel braucht ihr nicht! Holt mir einfach was zu essen!«

Sie eilten davon. Micon folgte Cnaeus auf dem Fuße.

»Und Wein!«, rief ihnen der Zenturio hinterher.

Zu meiner Überraschung verzog er sich nicht in sein eigenes Zelt, sondern setzte sich mir gegenüber auf den Boden und sah mich aus zusammengekniffenen Augen an. Er war betrunkener, als es zunächst den Anschein gehabt hatte.

»Alles in Ordnung, Herr?«

»Weißt du, dass du der Einzige bist, der mich so nennt?«, entgegnete er. *»Herr.«*

Da ich nicht wusste, was ich darauf sagen sollte, schwieg ich. Ihm dagegen hatte der Wein die Zunge gelöst, und er plapperte für zwei.

»Klar, die Frischlinge schon, aber die zählen nicht. Die Veteranen dagegen … Du bist der einzige Veteran, der mich Herr nennt.«

Das hatte er also herausgefunden. Schön. Ich würde ihm nicht dabei helfen, sich auch noch den Rest zusammenzureimen.

»Ich bin nur älter, Herr, aber ebenso wenig Veteran wie die beiden Jungen.«

»Ach, lass den Scheiß. In dieser Zenturie sind wir beide Außenseiter, also reden wir von Mann zu Mann.«

Ich nickte schweigend. Ich hatte ihm nichts zu sagen. Vielleicht hätte es sich anders verhalten, wenn ich ebenso betrunken gewesen wäre wie er. Aber ich war nüchtern und erkannte daher auch die Gelegenheit, den Zustand meines Kommandanten zu meinem Vorteil zu nutzen. »Du hast etwas erreicht, das die meisten Soldaten nie erreichen werden, Herr. Darauf sind die Männer neidisch.« Er war zwar verbittert, aber nicht völlig unempfänglich für Komplimente. Es konnte also nicht schaden, ihm Honig ums Maul zu schmieren.

»Was denn erreicht? Ich habe noch nicht mal in einer verdammten Schlacht gekämpft. Das ist nicht meine Schuld, das weiß ich, ich habe mir nicht ausgesucht, wann ich geboren wurde, aber trotzdem! Schau dir Hühnerkopf an. In den Augen dieses Drecksacks bin ich nicht mehr als ein Welpe. Was glaubst du, warum ich ihn den ganzen Tag faul auf dem Hintern sitzen lasse? Damit er mir keinen Ärger macht! Die anderen Veteranen hören auf ihn, weil er Kampferfahrung hat. Und Titus erst! Titus …«

Er verstummte, und ich hakte nicht nach. Meine Menschenkenntnis sagte mir, dass ich einen enttäuschten Mann mit ehrgeizigen Zielen vor mir hatte. Zweifellos hatte Pavo diesen Posten erreicht, weil er ein besserer Soldat als seine Kameraden war. Er war stärker, fleißiger und wusste, wie man seinen Vorgesetzten in den Arsch kroch. Doch solche Fähigkeiten brachten einen irgendwann nicht mehr weiter. Er hatte achtzig Mann unter sich, konnte aber nicht hoffen, weiter im Rang aufzusteigen. Dies war den Mitgliedern einer Schicht von verfetteten Patriziern vorbehalten, und dass er nicht von adeliger Geburt war, konnte er weder durch Leistung noch durch Tapferkeit wettmachen.

Pavo hatte die Augen geschlossen. Leider schlief er nicht, sondern dachte nur nach.

»Ich brauche diesen Krieg. Ich weiß noch nicht mal, ob es überhaupt ein beschissener Krieg wird, aber ich brauche ihn. So kann ich jedenfalls nicht weitermachen.«

Ich nickte. In diesem Punkt hatte er recht. Der Krieg brachte zwar Tod und Elend über die Menschen, aber er beförderte auch so manche Laufbahn. Pavo schien den höchsten Rang ins Auge gefasst zu haben, den man in der römischen Armee erreichen konnte. Allerdings zählten Dutzende älterer und kampferfahrener Zenturionen zu seinen Konkurrenten. Um sich gegen sie durchzusetzen, brauchte er einen Krieg. Einen großen Krieg mit vielen ehrenvoll Gefallenen. Allein die Tatsache, dass er sich so danach sehnte, verriet, dass er nie an einem teilgenommen hatte.

Die Verachtung auf meinem Gesicht schien selbst einem Betrunkenen nicht zu entgehen. »Du warst im Krieg, oder?« Er grinste. »Du hast mindestens so viel erlebt wie die anderen.«

Während er noch darüber nachdachte, stieß er auf. Ich hoffte inständig, dass er nur rülpsten musste und sich nicht in diesem Zelt übergab. »Weißt du, wenn du ihnen das erzählen würdest«, fuhr er fort, sobald sich sein Magen beruhigt hatte, »würden sie dich sofort als Kameraden betrachten. Warum schweigst du also?«

Ich sagte nichts. Pavo kicherte betrunken.

»Ich habe da so meine Vermutung, aber es wäre für uns beide nicht gut, sie auszusprechen, oder? Also scheiß drauf«, lallte er. »Ich brauche gute Männer.«

Der Zenturio stand auf. Er schwankte und legte eine Hand auf meine Schulter – ob aus Freundschaft oder um sich abzustützen, wusste ich nicht.

»Vergiss, wer du warst, wenn es dir dann besser geht. Aber wenn wir losziehen und ich meinen Krieg bekomme, dann sei wieder der, der du bist.«

Er blieb vor dem Zelteingang stehen. Einen Augenblick sah er mich mit leerem Gesichtsausdruck an.

»Niemand sollte unter Fremden sterben«, sagte er schließlich mit leiser Stimme.

Erst später, viel später, begriff ich, dass diese Worte nur für seine eigenen Ohren gedacht waren.

9

Cnaeus und Micon kehrten zurück. Nach ihren Reden zu urteilen, war Pavo mit dem gebratenen Huhn, das sie ihm gebracht hatten, zufrieden gewesen. Gleichzeitig wirkten sie etwas geknickt – offenbar hatten sie Essen und Trinken aus der eigenen Tasche bezahlt. Das war Gang und Gäbe in der Armee. Irgendwann würden diese beiden Frischlinge womöglich Pavos Rang innehaben oder Titus' Ansehen genießen und konnten ihrerseits junge Soldaten losschicken, um Brathuhn und Wein zu besorgen. Doch vorerst mussten sie in den sauren Apfel beißen.

Nach dem Rückmarsch von der Lippe und der Schinderei des Zeltaufbaus waren sie so erschöpft, dass sie sofort einschliefen.

Was mir aus zwei Gründen nicht unrecht war.

Zum einen sah der junge Cnaeus beinahe mit Ehrfurcht zu mir auf, seit ich auf der Brücke sein Leben gerettet hatte. Darüber fühlte ich mich alles andere als geschmeichelt, und jedes Mal, wenn er auf die Angelegenheit zu sprechen kommen wollte, warf ich ihm einen drohenden Blick zu, um ein solches Gespräch im Keim zu ersticken. Doch auch auf schweigende Bewunderung seinerseits konnte ich verzichten. Insofern war ich ganz froh, dass die beiden Frischlinge schliefen.

Zum anderen durfte niemand erfahren, dass ich mich ebenfalls aus dem Zelt schleichen wollte. Mit Ausnahme von Rufus, der anscheinend ein richtiger Familienmensch war, befanden sich die anderen höchstwahrscheinlich auf einem Besäufnis, von dem sie erst im Morgengrauen zurückkehren würden. Genug Zeit also für einen kleinen Ausflug. Ich stieg über die schlafenden Frischlinge hinweg und trat in die sternenklare Nacht hinaus.

Zunächst näherte ich mich Pavos Zelt. Ich spähte ins Innere. Es war, wie ich erwartet hatte: Der Zenturio schnarchte laut. Ein halbaufgegessenes Brathuhn lag in seinem Schoß. Ich sah mich noch einmal um und trat ein.

Meine Suche nach einer Landkarte verlief ergebnislos. Es hätte mich auch überrascht, wenn ein einfacher Zenturio wie Pavo eine Karte besessen hätte, die für meine Zwecke geeignet gewesen wäre. Doch sein Vollrausch war eine Gelegenheit, die ich mir nicht hatte entgehen lassen dürfen. Auch dass ich weder mit Münzen gefüllte Säcke noch andere Reichtümer entdecken konnte, wunderte mich nicht. Pavo hatte sein Geld entweder gut versteckt, oder er war pleite.

Genau wie ich. Aber für meinen Plan brauchte ich Geld. Doch dies war kein unüberwindliches Hindernis. Ich glaubt zu wissen, wo ich mir die nötige Summe beschaffen konnte.

Wie ich so durch die Zeltreihen schlich, kam mir das Lager völlig verlassen vor. Die Wachposten standen auf den weit entfernten Erdwällen, während die Mittellosen und die Langweiler bereits in ihren Zelten schliefen. Die Durstigen dagegen tranken, von leichten Frauenzimmern umgeben, in der Stadt. Hoffentlich hatte der Wein auch ihre Zungen gelöst.

Der Quartiermeister war schnell gefunden. Einerseits wusste ich von ähnlichen Lagern, wo er sich befinden musste, andererseits hatte ich den beschwerlichen Weg nicht vergessen, den ich mit meinem Gepäck auf den Armen von dort bis zu meinem Zelt hatte zurücklegen müssen. Eine Kerze brannte in dem Holzschuppen, den die Pioniere errichtet hatten, um die Ausrüstung der Legion sicher zu verwahren. Darauf hatte ich gehofft. Ich klopfte gegen das Brett neben der offen stehenden Tür.

»Scheiße, was willst du?«, knurrte der Quartiermeister. Die Muttermale auf seinem Gesicht verzogen sich, als er eine verdrießliche Grimasse schnitt.

»Ich will mir Geld leihen«, sagte ich nur. Was ihn wie erwartet nicht besonders überraschte.

»Komm rein.«

Ich vermutete, dass der Quartiermeister deshalb so interessiert an Titus war, weil sie Geschäfte zusammen machten. Wo es einen Schwarzmarkt gab, gab es auch Geld, und wo Geld war, wurde es auch verliehen.

Der Quartiermeister hatte nicht vor, seine Dienstzeit als armer Mann zu beenden. Er verlangte einen saftigen Zins. Ich musste beinahe das Doppelte dessen zurückzahlen, was ich mir von ihm lieh.

»Bevor wir aufbrechen, ist Zahltag«, sagte der bullige Soldat. »Dann kannst du's mir zurückgeben.«

Die Frage, was andernfalls geschah, brauchte ich nicht zu stellen. Solche Männer kannten immer andere Männer, die bereit waren, für einen Erlass ihrer eigenen Schulden ein paar Finger zu brechen oder eine Kehle durchzuschneiden.

Nach den Marschplänen unserer Truppe dagegen konnte

ich ihn sehr wohl fragen. Als Quartiermeister wusste er darüber Bescheid. Allerdings musste ich vorsichtig vorgehen und beiläufiges Interesse heucheln.

»Dann werden wir also demnächst aufbrechen?«, begann ich arglos. »Wann?«

Er zuckte mit den Schultern. Der Handel war abgeschlossen, und es gab nichts mehr zu besprechen. Ich saß still und geduldig da. Er sollte den Eindruck bekommen, dass er mich am schnellsten loswurde, wenn er meine Neugier befriedigte.

»Spätestens in ein paar Tagen. Der genaue Plan steht noch nicht fest.« Das sollte klingen, als wäre er mit den Entscheidungen von höchster Stelle bestens vertraut. Das mochte stimmen, vielleicht wollte er mich auch einfach nur beeindrucken.

»Und wohin?«

»Nach Norden. Und jetzt verpiss dich.«

Ich wusste, dass ich nicht mehr aus ihm herausbekommen würde, also entfernte ich mich.

Als ich kurz darauf Minden betrat, sah ich sofort, dass ich zu spät zur Feier kam. Einige Soldaten saßen schlafend an Häuserwände gelehnt da, andere übergaben sich in den Rinnstein, wieder andere feilschten mit den geschäftstüchtigen Huren. Betrunken, lüstern und willfährig – so mochten die Frauen ihre Kundschaft.

»Wo geht's zu den Drei Bären?«, fragte ich einen Soldaten, der einen Kameraden stützte. Sie sahen aus, als kämen sie gerade vom Schlachtfeld.

»Die nächste links.«

Ich nickte ihm zu und machte um die Kaschemme – dem Stammlokal meiner Zenturie – einen großen Bogen.

Stattdessen betrat ich das Wirtshaus, das vor ein paar Monaten noch ein normales germanisches Wohnhaus gewesen und nun gerammelt voll mit Legionären und Hilfstruppen war. Die Männer standen herum oder saßen auf Eichenbänken, der Wein floss in Strömen, nicht zuletzt über die blanken Brüste blonder Huren. Sobald sich das Gerücht verbreitete, dass es Krieg geben könnte, verloren Soldaten alle Hemmungen. Ich kannte dieses Gefühl nur zu gut. Warum nicht die letzten Tage auf Erden genießen, bevor alles vorbei ist? Die meisten von ihnen hatten keine Angst vor dem Tod. Sie suchten nur einen Vorwand für ihre Ausschweifungen, für Wein und Weib.

Ich zwängte mich zu einem langen Tisch vor der Wand, der als Tresen diente. Der Wirt dahinter wurde von zwei kräftigen Legionären flankiert, die sich so etwas hinzuverdienten, indem sie als Rausschmeißer für ihn arbeiteten. Der Wirt wusste genau, dass die Einheimischen bei Weitem nicht den Respekt genossen, der den Berufssoldaten entgegengebracht wurde.

Ich warf eine Münze auf den Tisch und erhielt einen Becher mit saurem Wein, den ich nur anstandshalber trank. Dann wartete ich, bis sich der Raum allmählich leerte, bis die Männer den Boden aufsuchten, um zu schlafen oder zu vögeln. Mit etwas Glück hatte mich Fortuna in eine Schenke gelotst, deren Wirt von der redseligen Natur war. Bis dahin trank ich langsam meinen Wein und sah mich um.

Ich war nicht der Einzige.

Am anderen Ende des Tisches saßen ein knorriger römischer Veteran von etwa vierzig Jahren und sein grauhaariger Kamerad. Sie redeten wenig. Dafür schienen sie mich zu beobachten. Weshalb?

Ich hatte das Gefühl einer nahenden Bedrohung. Irgendetwas war hier faul. Als ich einen zweiten Becher Wein orderte, schob ich dem Wirt eine zusätzliche Münze zu.

»Die beiden in der Ecke, waren die schon vor mir hier?«

Er nickte. Mehr durfte ich für meine Münze nicht erwarten. Dennoch war es eine lohnende Investition. Man war mir also nicht gefolgt.

Aber wer waren die beiden dann?

Vielleicht waren sie völlig harmlos und wunderten sich lediglich, weshalb ein Römer allein trank. Oder sie waren gelangweilt, und mein Auftauchen hatte für ein dankbares Gesprächsthema gesorgt. Ja, so musste es sein.

Dann wandte ich meine Aufmerksamkeit der Tür zur Gasse zu, wo es zu einer Auseinandersetzung zwischen römischen Infanteristen und germanischen Kavalleristen kam. Es war eine schöne Rauferei. Die Männer waren betrunken genug, um keinen Schmerz zu spüren, aber noch nicht *zu* betrunken – ihre Fäuste fanden noch ihr Ziel. Als die Soldaten sie anfeuerten, musste ich lächeln. Einen Augenblick lang war ich wieder bei meinen alten Kameraden: Varo hatte Männer durch die Gegend geschleudert, als wären es leere Tuniken. Wir hatten Seite an Seite gekämpft, und die blauen Augen, die wir kassierten, waren unsere Ehrenmedaillen, die wir am nächsten Tag lachend präsentierten.

Die beiden Gruppen wurden schließlich voneinander getrennt. Unter denjenigen, die den Streit schlichteten, war auch der große Germane, der Arminius' Zelt bewacht und den Leichnam des Speerkämpfers hinter seinem Pferd her geschleift hatte: Berengar. Falls er mich erkannt hatte, so ließ er sich jedenfalls nichts anmerken. Die Aufregung war vorüber, die Männer tranken weiter. Ich drehte mich zum Tisch um.

Und sah, dass sich meine beiden römischen Beobachter neben mich gesetzt hatten.

»Kamerad«, grüßte der Grauhaarige.

»Brüder«, grüßte ich zurück, hob den Becher und gab mich betrunkener, als ich war. Dann drehte ich mich von ihnen weg, um mich nicht mit ihnen unterhalten zu müssen.

Vergebens.

»Ich kenn dich doch«, sagte der kleinere, knorrige Mann. Er klang nicht bedrohlich, lediglich neugierig. Es war wohl am besten, ihn nicht vor den Kopf zu stoßen.

»Dann kannst du dich ja glücklich schätzen.« Ich grinste und verschüttete etwas Wein.

»Aber nicht von hier«, fügte er hinzu. Mein Magen krampfte sich zusammen.

»Ach ja?«

»Bei welcher Legion bist du?«, fragte der größere Mann.

»Bei der Siebzehnten. Gerade eingetroffen«, sagte ich und gab ihnen mit einer Geste zu verstehen, dass ich deshalb ohne Kameraden hier war.

»Du siehst aus, als hättest du schon so einiges mitgemacht.«

Ich grinste wieder. »Ich war verheiratet.«

Sie schmunzelten, obwohl ihnen deutlich anzusehen war, dass sie angestrengt darüber nachdachten, wo sie mich schon einmal gesehen hatten.

»Tja«, meinte der Kleinere und sah zu den Huren hinüber. »Ich kann gut verstehen, warum ein verheirateter Mann hier ist. Wein?«

Ich starrte lange und traurig in meinen leeren Becher. »Ich muss ins Lager zurück. Mit meinem Zenturio ist nicht zu spaßen.«

Die Veteranen lächelten verständnisvoll. Ich stand auf, kam aber nur ein paar Schritte weit, bevor den Grauhaarigen ein Geistesblitz ereilte.

»Pannonien! Daher kenne ich dich! Du warst in der achten Legion!«

»Unmöglich, Freunde.« Ich wandte mich mit einem Lächeln ab, als sich eine Hand auf meine Schulter legte.

»Er ist es!«, zischte der Kleinere seinem Freund wütend zu. »Du Scheißkerl!«, knurrte er. »Du hast …«

Bevor er ausreden konnte, rammte ich ihm den Ellbogen ins Gesicht. Seine Knie gaben nach wie die eines neugeborenen Fohlens. Sein Kamerad fing ihn im letzten Moment auf, was mir die Gelegenheit gab, das Weite zu suchen. Noch wusste ich nicht, ob die beiden allein waren. Wenn sie mich erwischten, würde ich den grausamsten Tod sterben, den man sich vorstellen konnte. Einer Eingebung folgend, zog ich im Laufen meinen Münzbeutel aus der Tunika und warf seinen Inhalt in die Luft. Der Silberregen wurde von den freudigen Rufen der Soldaten und Huren begleitet. Der Verlust schmerzte mich. Hoffentlich war mein Leben diese Investition wert.

Einen Augenblick später war ich in der Gasse. Über den Jubel hörte ich den gebrüllten Befehl, mich zu ergreifen, doch die Menge war von den Münzen auf dem Boden derart abgelenkt, dass ihn niemand befolgte. Auch die Soldaten auf der Straße hörten nicht darauf. Was ging sie der Streit zwischen Fremden an? Ich widerstand der Versuchung, einfach loszurennen und so die Aufmerksamkeit der Lagerwache auf mich zu ziehen. Deshalb hatte ich gerade mal das Ende der Straße erreicht, als der Grauhaarige das Lokal verließ.

Verdammt. Sein Kamerad war etwas wackelig auf den Beinen, schien meinen Schlag ansonsten aber gut weggesteckt zu haben. Ich bog in die erstbeste Seitengasse und rannte los. Die Nägel in meinen Sohlen hallten auf dem Boden wie Hammerschläge auf einem Amboss, doch ich hatte einen gewissen Vorsprung und konnte mich im Labyrinth der dunklen Straßen in Sicherheit bringen.

Aber es spielte keine Rolle.

Irgendjemand kannte mein Geheimnis.

10

Am nächsten Tag ließ ein schlecht gelaunter Pavo den Trupp bei Sonnenaufgang wecken. Die anderen Männer des Contuberniums litten unter schwerem Kater, ich dagegen konnte es kaum erwarten, das vor Weindunst und abgestandenen Fürzen stickige Zelt zu verlassen, und trat als Erster ins Morgenlicht.

Sobald sich meine Aufregung über die zufällige Begegnung gelegt hatte, war ich in einen tiefen Schlaf gefallen, aber jedes Mal aufgewacht, wenn ein weiterer Betrunkener ins Zelt getaumelt war. Zu meiner Erleichterung waren sie schnell eingeschlafen, sodass es nicht zu einer Begegnung mit einem berauschten Titus gekommen war. Rufus war als Letzter eingetroffen. Ich hatte seine sanften Schritte kurz vor dem Weckruf gehört. Er hatte die Nacht bei seiner Familie verbracht und war ebenfalls nüchtern.

Die Zenturie nahm Aufstellung. Mehrere Soldaten schwankten wie Getreidehalme im Wind. Überall in den Reihen wurde gefurzt, und mindestens ein Mann hinter mir drehte sich auf den Fersen um, um sich zu übergeben.

»Wünsche wohl geruht zu haben«, knurrte Pavo. Er war früher als die anderen eingeschlafen und hatte deshalb mehr Ähnlichkeit mit einem Soldaten als der Großteil seiner Zenturie. Dass die Männer seine Befehle missachtet und ihr Quartier verlassen hatten, erwähnte er mit keinem Wort.

»Auch wir müssen hier Wachdienst übernehmen«, fuhr er fort. »Von Mittag an werden wir in einzelnen Trupps durch Minden patrouillieren und die Wachposten bemannen.«

Die Männer grinsten sich zu, was Pavo nicht entging. »Glaubt ja nicht, dass ihr von einer Schenke zur nächsten patrouillieren könnt. Die Armee wird bald aufbrechen, also herrscht ein großes Kommen und Gehen. Haltet nach allem Ausschau, was verdächtig ist. Spione, Diebe, Deserteure.«

Nachdem sie die beiden Frischlinge zur Säuberung ihrer Ausrüstung abkommandiert hatten, legten sich Titus und seine Kameraden wieder aufs Ohr. Jetzt bemerkte ich, dass Hühnerkopf gar nicht erst aufgestanden war. Lupus schnurrte zufrieden auf der Brust des hässlichen Mannes.

Auch ich erwartete einen Befehl. Latrinendienst wahrscheinlich oder die Zubereitung des Frühstücks. Doch ich erhielt keine entsprechende Order. Titus bemerkte meine Überraschung.

»Schlaf weiter«, sagte er lediglich mit provokant teilnahmsloser Stimme.

Ich legte mich wieder hin und erwartete eine Falle. Doch der große Mann schnarchte nur wenige Augenblicke darauf mit seinen Kameraden im Chor.

Seine neutrale Haltung mir gegenüber verwirrte mich. Ich legte mich auf den Rücken und beobachtete, wie die aufgehende Sonne immer heller durch die Lederwände des Zelts schien.

Titus führte sein Contubernium nach Minden. Seine von Cnaeus und Micon blank polierte Rüstung glänzte in der Sonne. Pavo hatte ihm befohlen, an der Hauptstraße Position zu beziehen, die Passanten zu kontrollieren und, wenn nötig, sie und ihre Karren zu durchsuchen.

Micon und ich waren für die Wagen zuständig, die die Stadt verlassen wollten, Cnaeus und Stummel für diejenigen, die hereinkamen. Titus und der Rest lehnten gegen eine Hüttenwand und behielten die Zivilisten und auch uns im Auge. Meine Hoffnung, die Vorbeigehenden zu befragen und womöglich in Erfahrung zu bringen, was ich in der letzten Nacht vergeblich gesucht hatte, zerschlug sich. Keiner sprach Latein – oder gab es mir gegenüber nicht zu.

In einer Pause bemerkte ich, dass zwei rothaarige junge Burschen bei Titus' Gruppe standen. Sie hielten sich immer in Rufus' Nähe auf. Wahrscheinlich seine Söhne. Obwohl es den Soldaten verboten war zu heiraten, hatten viele Legionäre Familie, die ihnen mit dem Tross folgte. Selbst der mutigste Kommandant traute sich nicht, etwas dagegen zu unternehmen. Es wäre unweigerlich zu einem Aufstand gekommen.

Die Durchsuchung der Lastkarren war eine eintönige, mir aber höchst willkommene Arbeit. So musste ich wenigstens nicht darüber nachdenken, dass man mich gestern in der Schenke erkannt hatte. Dennoch stellten sich mir jedes Mal, wenn ein Soldat in der Nähe auftauchte, die Nackenhaare auf. Wenn die beiden Männer vom vorigen Abend zufällig hier vorbeikamen, blieben mir nur die Flucht oder der Tod. Oder beides.

Gedankenverloren warf ich einen Blick über die Schulter. Bei Titus stand eine vertraute Gestalt, vor der ich mich zum Glück nicht verstecken musste. Es war der Quartiermeister, der selbst Titus in Länge und Breite übertraf, wobei Letzteres in erster Linie seinen vielen Fettpolstern geschuldet war. Die beiden gingen freundschaftlich miteinander um – zwei Männer, die sich einfach nur unterhielten. Erst als ein von einer Lederplane bedeckter Karren auf mich zukam, verstummten sie und setzten sich in Bewegung.

Ich wollte gerade die Plane zurückschlagen, als ich Titus' Hand auf meinem Ellenbogen spürte. »Alles in Ordnung. Lass sie durch.«

Um kein Aufsehen zu erregen, gehorchte ich ohne zu zögern.

Micon dagegen war nicht nur dumm, sondern auch taub. Er schlug seine Ecke der Plane zurück, bevor Titus oder der Quartiermeister ihn davon abhalten konnten.

Die unebene Straße hatte die Ladung durchgerüttelt, sodass sie nicht mehr gänzlich unter dem Stroh verborgen war: Zwischen den Strohbündeln waren deutlich Schwerter, Kettenhemden und Pfeile zu erkennen.

Mit einem Ruck riss Titus Micon die Plane aus der Hand, deckte die Ladung wieder ab und verpasste dem verdatterten Micon im nächsten Moment eine schallende Ohrfeige.

»Was hast du gerade gesehen?«, knurrte er dem jungen Soldaten ins Ohr.

»Ga… gar nichts«, stammelte dieser. Wahrscheinlich sagte er sogar die Wahrheit, begriffsstutzig wie er war. Da Titus wusste, dass ich geistesgegenwärtiger war, richtete er den Blick auf mich.

»Stroh«, sagte ich nur.

Der Karren fuhr aus der Stadt hinaus, und der Quartiermeister stürmte mit vor Wut verzerrtem Gesicht in die andere Richtung davon.

»Mondgesicht«, rief Titus. »Du übernimmst.« Dann nickte er mir zu. »Na los. Gehen wir ein paar Schritte.«

Er führte mich in eine Seitengasse neben der Hauptstraße. Dem getrockneten Erbrochenen auf dem Boden nach zu urteilen war ein Wirtshaus in unmittelbarer Nähe.

»Also, was hast du gesehen?«, fragte Titus noch einmal.

»Stroh«, sagte ich mit unbewegter Miene.

Damit schien er zufrieden. Doch so leicht konnte er einem Mann, den er bereits verprügelt hatte, unmöglich vertrauen.

»Zwölf«, sagte er schließlich mit einem ebenso verschmitzten wie selbstgefälligen Lächeln. Ich hatte keine Ahnung, wovon er redete, und ganz offensichtlich war mir meine Ratlosigkeit anzusehen.

»Der Kerl mit den Muttermalen, der Quartiermeister«, erklärte er, »ist ein ziemlich gerissener Dreckskerl. Er verkauft das Stroh, das du gesehen hast. Aber weißt du, was er so richtig gut kann?«

Ich schüttelte den Kopf.

»Buch führen. Deswegen ist er auch Quartiermeister bei der römischen Armee. Da muss man verdammt gut Buch führen können.«

Ich ahnte, worauf er hinauswollte. Unwillkürlich streckte ich die Finger nach meinem Dolch aus.

»Der Quartiermeister gibt nicht nur Sandalen und Speere aus. Er hat noch andere Verpflichtungen. Zum Beispiel, tote Soldaten zu beerdigen. Und damit er deine Kameraden aus dem Wald ordentlich begraben konnte, musste er ihre Namen in Erfahrung bringen. Sie waren von der ersten Legion, und dort hat er nachgefragt. Und sobald er die Antwort hatte, habe ich mich nach diesen angeblichen Kameraden von dir erkundigt, an die du dich nicht mehr erinnern kannst.«

Meine Finger umklammerten den Griff meiner Waffe. Ich musste diesen riesigen Dreckskerl umbringen.

»Ich habe gestern einen Freund verloren. Einen guten Freund. Wir sind zusammen durch dick und dünn gegangen. Er war ein verdammt anständiger Kerl. Wie er da auf dem Karren gelegen hat, mit aufgeschlitzter Kehle, als wäre er nichts weiter als ein Stück Vieh ...«

Er verstummte bei der Erinnerung.

»Und seitdem sehe ich ihn immer vor mir, wenn ich die Augen zumache. Ich weiß nicht, was ich machen soll. Ich will ihn rächen, will die Schuldigen zur Strecke bringen ... Aber *du?* Du hast ein ganzes Dutzend Kameraden im Wald verloren und schreist jede Nacht im Schlaf, und manchmal habe ich tatsächlich geglaubt, dass du dich an nichts mehr erinnern kannst. Weil dich das so fertiggemacht hat.«

Jetzt kam es drauf an. Entweder ließ er die Sache auf sich beruhen oder ich war gezwungen, ihn zu töten.

»Zwölf«, wiederholte er. »So viele Männer hat die erste Legion als Verstärkung hier raufgeschickt, um unsere Verluste auszugleichen. Und jetzt rate mal, wie viele Leichen der Quartiermeister beerdigt hat?«

Ich schwieg, daher löste er das Rätsel für mich.

»Zwölf.« Titus musterte mich interessiert, aber anscheinend ohne böse Absicht. »Wo kommst du also her?«

Es war so weit.

Ich suchte nach einer Schwachstelle. Der Hals? Dafür war ich zu klein. Die Leiste? Ja. Ich musste die Schlagader in seinem Becken treffen.

»Also. Ich hab mein Stroh. Und du hast ebenfalls ein Problem.« Er lächelte beinahe. »Wenn irgendwas davon rauskommt, wäre es für uns beide unangenehm, oder?«

Er bot mir einen Waffenstillstand an, doch ich dachte nicht daran, darauf einzugehen. Stattdessen wartete ich auf einen Moment der Unaufmerksamkeit seinerseits. Ich würde ihm den Dolch in die Hüfte rammen und losrennen. Wahrscheinlich war ich noch vor Sonnenuntergang tot, aber scheiß drauf. Besser im Kampf sterben, als im Schlaf hingemeuchelt zu werden. Ich hatte mit eigenen Augen gesehen, wie grässlich eine Kreuzigung war. Dieses Schicksal wollte ich mir ersparen.

Etwas bewegte sich am Ende der Gasse. Titus drehte sich um. Das war meine Chance. Ich wollte den Dolch ziehen, doch bei den Worten, die die auf uns zulaufenden Gestalten riefen, ließ ich die Klinge stecken.

»Onkel Titus!« Es waren Rufus' Söhne. Ihre Gesichter waren vor Aufregung gerötet. »Onkel Titus!«, riefen sie, ohne zu ahnen, dass sie soeben sein und damit wohl auch mein Leben gerettet hatten.

»Was ist?«, fragte Titus.

»Wir haben einen Toten gefunden!«

11

Die Jungen hatten sich geirrt. Es war nicht nur ein Toter. Es waren drei.

Ein streunender Hund hatte einen steifen Arm aus einen Misthaufen hervorgezerrt. Jetzt beobachtete uns das Tier beleidigt und beschwerte sich mit einem leisen Knurren darüber, dass man ihm sein Abendessen weggenommen hatte.

»Das stinkt zum Himmel«, murmelte Stummel.

»Hol ihn da raus«, befahl Titus und sah mich an. »Mondgesicht, sag Pavo Bescheid.«

Der Haufen war nicht besonders groß, und am schnellsten konnte ich die Leiche wohl befreien, indem ich sie nicht ausgrub, sondern herauszog. Ich packte ein steifes Handgelenk, stemmte die Sandalen in den Boden und zog. Der Körper kam mir entgegen, das Gesicht schleifte über dem Boden. Das schmutzige rote Halstuch wies ihn als Soldaten aus. Für seine geringe Körpergröße war der Mann überraschend schwer, und als er endlich wie ein Neugeborenes aus dem Haufen glitt, war ich schweißgebadet. Titus schob eine Sandale unter den Leichnam und stieß ihn herum. Mir verschlug es den Atem. Es war mein Saufkumpan aus der Schenke. Der Mann, der mein Geheimnis gekannt hatte. Jetzt war er tot. Der Schnitt in seiner Kehle leuchtete hellrot.

»Da ist noch einer«, sagte in diesem Moment Stummel.

Ich ahnte, um wen es sich handelte. Brauner Schweinekot klebte im silbergrauen Haar.

Ich spürte, wie mir schwindlig wurde vor Erleichterung. Gleichzeitig dämmerte mir die unangenehme Erkenntnis, dass dieses Verbrechen verübt worden war, um von meinem eigenen abzulenken. Doch wie konnte das sein?

Als man auch noch die dritte Leiche entdeckte, war ich wie betäubt.

Pavo traf ein und warf mir einen erstaunten Blick zu. Zweifellos fragte er sich, warum ich – ein Veteran, wie er sehr wohl wusste – beim Anblick von ein paar Leichen so blass um die Nasenspitze wurde. Dann wandte er sich dem dritten Körper zu, der soeben aus dem Dung gezogen wurde.

»Ein Zenturio«, sagte er, sobald Stummel den Rebenholzstab zutage förderte, den die Zenturionen als Zeichen ihres Ranges mit sich führten.

»Durchsuch sie, Stummel«, befahl Titus.

»Die sind doch voller Mist. Das soll einer von den Frischlingen machen«, protestierte er.

»Die wissen nicht, wonach sie suchen sollen.« Er schnaubte ungeduldig. »Vergiss es. Ich mach's selbst.«

Mit geübten Handgriffen tastete er die Leichen ab, überprüfte die gängigen Verstecke für Münzbeutel und dergleichen. Nichts. Man hatte den Soldaten sogar die Gürtel abgenommen – wahrscheinlich wegen der Silberplättchen, die die Veteranen daran zu tragen pflegten.

»Man hat sie ausgeraubt und hier reingeworfen«, schlussfolgerte Titus.

Pavo nickte. »Diese Typen schleichen sich von hinten an, schneiden ihnen die Kehle durch, rauben sie aus und werfen sie in den Mist. Vielleicht waren es welche von den Hilfstruppen.«

Mit dieser Version des Tathergangs war er offenbar zufrieden. Er ließ einen Karren kommen, um die Toten so schnell wie möglich zum Quartiermeister zu bringen. Während sie aufgeladen wurden, glaubte ich in den offen stehenden Augen des toten kleinen Veteranen abgrundtiefen Hass zu erblicken. Ich wandte mich ab und taumelte dabei gegen den Karren. Ich hoffte, dass niemand es bemerkt hatte.

»Zurück auf eure Posten«, befahl Pavo. Das Contubernium gehorchte, und kurz darauf waren die Leichen vergessen. Verbrechen und Tod waren hier an der Reichsgrenze ein selbstverständlicher Teil des Soldatenalltags.

Stummel warf einen letzten Blick auf den Misthaufen. »Man kriegt die Kehle aufgeschlitzt, nur damit sich jemand noch ein paar Becher mehr genehmigen kann? Das ist ein unwürdiger Tod für einen Soldaten.«

Die anderen Veteranen pflichteten ihm murmelnd bei und zuckten mit den Schultern. Mehr gab es dazu nicht zu sagen.

12

Dämmerung legte sich über die Stadt. Der Himmel war nur noch ein rötliches Band am Horizont, vor dem sich die Reetdächer dunkel abzeichneten, als wir von den Soldaten der Nachtwache abgelöst wurden. Naturgemäß waren sie wenig begeistert darüber, auf eine vergnügliche Nacht in den Wirtshäusern verzichten zu müssen. Einer der Veteranen grinste uns an. »Wir erleichtern einfach ein paar Einheimische um ihr Geld. Damit können wir's dann morgen wieder krachen lassen.«

Titus ging nicht darauf ein. »Gehen wir in die Drei Bären?«, schlug er seinen Kameraden vor. Er konnte es kaum erwarten, endlich den ersten Becher hinunterzustürzen.

Rufus zuckte mit den Schultern. »Ich muss zu meiner Frau.«

Hühnerkopf lehnte ebenfalls ab. »Und ich muss zurück und Lupus füttern.«

»Scheiße«, schnaubte Titus. »Ich weiß nicht, wer von euch verliebter ist, du oder Rufus. Was ist mit dir? Du siehst aus, als könntest du einen Schluck vertragen.«

Es dauerte einen Augenblick, bis ich begriff, dass die Worte des Hünen mir galten. Ich war so verblüfft, dass mir keine plausible Ausrede einfiel.

»Und?«, setzte er nach.

Die Sache hatte ganz gewiss einen Haken, aber in einem Punkt hatte Titus recht: Ich konnte tatsächlich einen Schluck vertragen. Und wie.

Und so trottete ich Titus hinterher, der von Mondgesicht und Stummel flankiert wurde. Während Stummel lauthals irgendwelche Schwänke zum Besten gab, überlegte ich, weshalb mich Titus eingeladen hatte. Diese Überlegungen führten mich unausweichlich zu dem Misthaufen und den drei Leichen. Falls Titus mich töten wollte, warum hatte er mir dann zu verstehen gegeben, dass er mein Geheimnis kannte? Das ergab keinen Sinn. Ich erwartete, des Rätsels Lösung demnächst zu erfahren, doch wie sich herausstellte, waren es Geheimnisse der Heeresführung, die wir in dieser Nacht herausfanden.

Und zwar von Metella, ihres Zeichens Besitzerin des Wirtshauses Zu den drei Bären. Im Gegensatz zu dem germanischen Wirt der Schenke von gestern verzichtete sie auf die Unterstützung römischer Rausschmeißer – kein Wunder, waren ihre Unterarme doch ebenso dick und vernarbt wie die von Titus.

»Ihr Anblick hat wohl schon so einige Schiffe in Bewegung gesetzt.« Stummel bemerkte meinen ehrfürchtigen Blick und grinste. »Die konnten gar nicht schnell genug in die andere Richtung segeln.«

Er musste brüllen, um sich über den Lärm Gehör zu verschaffen, da die Schankstube gerammelt voll mit Legionären war. Leider bekam dadurch auch die Inhaberin des Lokals seinen taktlosen Scherz mit. Die große Frau packte sein Ohr, woraufhin sich sein Grinsen in eine Grimasse des Schmerzes verwandelte.

»Ein Spaßvogel, ja?« Sie ließ seinen Kopf mit einem Grinsen auf die Theke knallen.

Titus und Mondgesicht brüllten vor Lachen. Die Augen der großen Frau blitzten vor Freude. Und Begierde. Insbesondere, wenn sie den Blick auf Titus richtete.

Dieser erzählte ihr von den Toten in der Schweinescheiße. Wieder erfüllten mich widersprüchliche Gefühle – einerseits große Erleichterung, andererseits Abscheu vor der Tat und dem schmählichen Ende dieser Männer. Aber was geschehen war, war geschehen. Ich konnte es nicht ändern. Zu Pavo laufen und meine Sünden beichten würde ich jedenfalls nicht.

Ich wurde aus meinen Gedanken gerissen, als ich den Blick aus vier Augenpaaren auf mir spürte. Die anderen hatten ihre Unterhaltung unterbrochen und starrten mich an. Hatte ich etwas verpasst?

»Also du bist das?«, fragte Metella und musterte enttäuscht meine dürre Gestalt.

»Wer?«, fragte ich kleinlaut.

»Der aus dem Wald. Mit dem Blut überall. Der Geist. Also für mich siehst du nicht wie ein Geist aus. Eher wie ein Skelett.«

Erneut allgemeines Gejohle. Also deshalb hatte mich Titus hierher gebracht. Er wollte mich herumzeigen wie eine Attraktion fahrender Gaukler.

»Ich gehe mal lieber«, murmelte ich, doch die Hand des großen Mannes zwang mich auf meinen Hocker zurück.

»Ach was, setz dich, und trink einen Schluck, alter Griesgram«, sagte er und wandte sich der Wirtin zu. »Du hast seine Gefühle verletzt! Das muss du mit einem Becher wiedergutmachen.«

»Meinetwegen«, sagte sie und reichte mir einen Becher. »Aber du bezahlst.«

Titus legte keinen Widerspruch ein. Während ich einen großen Schluck von dem sauren Wein nahm, tauschten die beiden den neuesten Tratsch aus. Ich hörte nur mit halbem Ohr zu, da mir die meisten Personen, um die es ging, unbekannt waren – bis ein Name meine Aufmerksamkeit erregte.

»Der junge Arminius«, wiederholte sie auf meine Frage hin, dann wandte sie sich wieder den anderen zu. »Wegen dem ging's beim Festmahl des Statthalters hoch her. Also, er sitzt mit ein paar anderen Kommandanten und Häuptlingen da, als plötzlich dieser Germane reinstürmt und schreit, dass Arminius ein Verräter ist und uns alle umbringen will.«

»Wer kam reingestürmt?«, fragte Titus, den die Anschuldigungen gegen Arminius offenbar kalt ließen.

»Hab seinen Namen vergessen, aber er gehört zum selben Stamm wie Arminius. Sein Onkel oder so, auf jeden Fall von höherem Rang. Keine Ahnung, bei diesen verfluchten Inzuchtbarbaren kennt sich ja keiner aus.«

»Unser Adel ist doch genauso«, gab Stummel zu bedenken.

»Auch wieder wahr.« Sie nickte so heftig, dass ihr Doppelkinn bebte. »Aber unterbrich mich gefälligst nicht.«

»Tschuldigung.«

»Das ist auch eine Unterbrechung! Wie auch immer, der Onkel will Arminius in Ketten legen lassen, aber Varus glaubt ihm kein Wort.«

»Und dann?«, fragte ich neugierig.

»Nichts dann. Anscheinend ist Arminius vor ein paar Monaten mit der Tochter des Onkels durchgebrannt. Der Alte war stocksauer und wollte sich auf diese Weise rächen.«

»Tja, die liebe Familie«, sagte Stummel schulterzuckend und beendete damit das Thema. Doch für mich war die Sache noch lange nicht vom Tisch. Arminius, ein Verräter?

Das war nur schwer mit dem Mann vereinbar, den ich – wenn auch nur flüchtig – kannte. Ein Mann, der mir mit Freundlichkeit und Mitgefühl begegnet war, obwohl er mir nicht das Geringste schuldete.

Mit Verrat und Verrätern kannte ich mich aus. Das lag nicht in Arminius' Natur. Das Ganze war nichts weiter als ein Familienzwist, der zufällig vor dem Statthalter gelandet war, weil die verfeindeten Parteien einen hohen Rang bekleideten.

Als ich mir das endlich erfolgreich eingeredet hatte, waren Metella und die Veteranen längst beim nächsten Thema. Sie erzählten sich, wie Mondgesicht einmal von einer Hure ausgenommen worden war, die sich später als Mann in Frauenkleidern entpuppt hatte. Im allgemeinen Gelächter – nur Mondgesicht starrte wütend in seinen Becher – gelang es mir, unbemerkt durch den Hintereingang zu schlüpfen.

Während ich durch Minden zum Lager zurückging, kreisten meine Gedanken immer noch um den angeblichen Verrat. Sie suchten mich auch dann noch heim, als ich mich auf mein Lager legte, die Augen schloss und mir sehnlichst wünschte, an etwas anderes denken zu können.

Und selbst als ich lange Zeit später in einen schwarzen Schlaf fiel, ließen sie mich nicht los.

War es da ein Wunder, dass ich schreiend aufwachte?

13

Jedenfalls wollte ich schreien, doch es war nichts zu hören. Ich wollte sterben, doch der Tod verschmähte mich.

Rippen knackten. Haut und Muskeln rissen, aber ich konnte noch immer nicht schreien. Ich hatte meine Stimme nicht mehr in der Gewalt. Hatte nie Gewalt über sie gehabt.

Blutige, zerrissene, faulige Adlerflügel brachen aus meinem Rücken. Sie hoben mich in die Luft, ihr Schlag war schwer wie ein düsteres Omen und dröhnend wie Kriegstrommeln.

Aus der Luft sah ich meine Freunde. Meine Brüder. Ich streckte die Arme nach ihnen aus. Rief um Hilfe.

Einige rannten. Andere standen wie versteinert da und starrten entsetzt die Gestalt an, zu der ich geworden war. Von dem einst hübschen Gesicht war nur ein Kiefer geblieben. Aus der blutigen Bärenschnauze darüber drangen Speichel und heißer Atem.

Meine Freunde rannten davon oder standen erstarrt da. Ich wollte sie festhalten, ihnen sagen, dass ich es war, ihr Freund, ihr Bruder. Doch alles, was ich berührte, starb. Meine Hände waren immer Waffen gewesen, hatten Waffen gehalten, und nun waren sie rote Krallen mit schwertscharfen Spitzen.

Das war *ungerecht*. Das war nicht mein Werk. Warum wollte mir denn niemand *zuhören*? Ich hätte doch alles erklären können. Dieses Ungeheuer, das war nicht *ich*. Doch sie blieben nicht stehen. Sie hörten nicht zu. Sie hatten nie zugehört, obwohl sie es genau *wussten*. Stattdessen flohen sie, und ich, leise über die schweren Flügelschläge hinweg jammernd, tötete sie einen nach dem anderen.

Die von Fliegen umschwärmten Leichen meiner Kameraden starrten mich an. Ihre toten Augen verwünschten mich, klagten mich des Verrats an. Ich musste fliehen, weg von hier, ich schlug schneller mit den Flügeln. Mit jedem Knacken der Knochen schwoll der Schrei an, der nie ertönen sollte. Ich musste schreien, erst mein Schrei würde mich befreien. Mich erlösen.

Die Flügel trugen mich höher und höher. Unter mir erstreckte sich ein scheinbar endloser Wald in alle Richtungen. Er war mehr schwarz als grün, das Blätterdach dicht wie der Schildwall einer angreifenden Legion. Früchte hingen von den Bäumen. Als sich meine Augen an die Dunkelheit gewöhnt hatten, erkannte ich die dick mit Insekten bedeckten Früchte – es waren Männer. Soldaten. Frauen. Kinder. Es war die Frucht des Samens, den ich gepflanzt hatte. Derselbe Samen, der in meinem Rücken Wurzeln geschlagen hatte und aus dem die Flügel der Verdammten gewachsen waren.

Ich hörte ein Brüllen und riss den Kopf herum.

Der Horizont färbte sich rot, und ein gewaltiger Donner kam auf mich zu. Eine Welle, höher als jeder Turm, brach durch den Wald, entwurzelte uralte Bäume und trug die Toten mit sich.

Ich musste höher hinauf, um ihr zu entkommen, doch

nun ließen mich die Flügel im Stich. Ihr Schlag wurde schwächer, sie ließen Federn, die in höhnisch eleganten Spiralen der Erde entgegenschwebten. Die Welle kam näher.

Blut. Eine Woge aus Blut.

Ich wollte die Augen schließen, doch sie gehorchten mir nicht. Stattdessen musste ich mit ansehen, wie die Welle näher und näher rollte. Bäume und Leichen schwammen im roten Schaum.

Dann brach sie über mich herein.

Ich schrie.

14

Wie immer folgte auf den Albtraum die Übelkeit. Ich atmete flach und schnell, als läge ein Pferd mit seinem ganzen Gewicht auf meiner Brust.

Aus der Dunkelheit des Zelts starrten mich vier schreckgeweitete Augen an. Micon und Cnaeus.

Dann tauchte ein weiteres Augenpaar auf, und sobald ich selbst etwas klarer sehen konnte, erkannte ich Hühnerkopf. Außer uns vieren war niemand im Zelt.

»Du hast Lupus aufgeweckt«, sagte Hühnerkopf in einem Tonfall, der ebenso teilnahmslos war wie seine Miene. Nun sah ich auch die zappelnde, aufgeregte Katze in seinen Händen.

»Tut mir leid«, brachte ich schließlich heraus und schnappte weiter nach Luft.

Der Veteran stand auf und redete seinem vierbeinigen Gefährten gut zu. Seine Finger, die sich bereits um feindliche Hälse gelegt hatten, streichelten sanft das Fell des Kätzchens. Als es sich schließlich beruhigt hatte, wandte sich der alte Soldat mir zu. »Gehen wir nach draußen.«

Ich folgte ihm. Die Luft war angenehm kühl auf meiner erhitzten Haut.

»Hier.« Er reichte mir einen Becher, den ich dankbar entgegennahm.

»Wasser?«, fragte ich überrascht.

»Wenn du jetzt anfängst zu saufen, wirst du nie mehr aufhören.«

Ich nickte. Weise Worte. Wir schwiegen, bis ich den Becher geleert hatte. Als er nachfüllte, blickte ich zum Himmel auf. Die Sterne waren heute hinter einer dünnen Wolkendecke verborgen.

»Wie lange geht das schon so?«, fragte er.

Ich war zu müde, um Widerstand zu leisten, und nahm den Becher ebenso an wie die Bereitschaft des Veteranen, mir zuzuhören. »Keine Ahnung.«

»Aber die Träume werden schlimmer?«

Ich nickte, was offensichtlich auch in der Dunkelheit zu erkennen war.

»Das ging mir auch so, in den zwei Jahren nach Drusus …« Er meinte den Feldzug des berühmten Generals, bei dem der junge Hühnerkopf zweifelsohne seine erste Kampferfahrung erworben hatte. »Ich hatte immer wieder denselben Traum …«

Er verstummte, bis ich dachte, damit wäre die Geschichte zu Ende. Aber das war sie nicht.

»Wir kamen mit fünfzehn Legionen nach Germanien. Die mächtigste Streitmacht der Welt. Die Stämme leisteten Widerstand, wir bissen die Zähne zusammen, und mit neunzehn Jahren hatte ich bereits zu zählen aufgehört, wie viele Männer ich getötet hatte. Aber das machte mir nichts aus, im Gegenteil. Es *gefiel* mir. Das war nicht der Grund, weshalb ich in den nächsten beiden Jahren kaum Schlaf fand. Es waren die *Strafexpeditionen*. Ein schöner Name dafür, die einheimischen Männer niederzumetzeln und ihre Frauen zu vergewaltigen.«

Seine Stimme wurde immer leiser, als würde er in einen Minenschacht hinabsteigen. Er nahm mir den Becher aus der Hand, nahm einen Schluck, spülte sich den Mund aus und spuckte das Wasser auf den Boden.

»Dieses germanische Mädchen, keinesfalls älter als vierzehn … Sie war die erste Frau, die ich hatte.« Ich spürte sein bitteres Lächeln in der Finsternis. »Was sagt man dazu?«, sagte er abschließend.

»Aber du bist drüber hinweggekommen«, sagte ich mit fester Stimme. Ich wollte wissen, wie er das geschafft hatte.

»Ach ja?«, erwiderte er mit Hohn in der Stimme.

Er schwieg eine Weile. Ohne Zweifel hatte er gerade das junge germanische Mädchen vor Augen, das er vergewaltigt hatte, als er selbst kaum mehr als ein Kind gewesen war.

»Ich war meine ganze Dienstzeit über hier stationiert«, fuhr er schließlich mit brüchiger Stimme fort. »Ich war sogar noch mal in diesem Dorf. Wenn meine zwanzig Jahre vorüber sind, gehe ich nach Italien zurück. Aber ich bin kein Narr. Ich weiß, dass sie mich begleiten wird. Das ist das Problem mit den Sachen in unserm Kopf. Sie begleiten uns überall. Glaub ja nicht, dass ein paar Meilen daran etwas ändern.«

Er war der erste Veteran meines Contuberniums, mit dem ich ein Gespräch von Mann zu Mann führte. Noch war ich zu benommen von meinem Albtraum, um zu begreifen, dass hier eine mir ähnliche, ebenso gequälte Seele ein vertrauliches Gespräch suchte. Doch er beließ es nicht bei Worten.

»Hier«, sagte er unvermittelt und hielt mir Lupus hin.

»Nimm ihn auf den Arm. Du darfst ihn streicheln, wenn du willst. Das hilft.«

Sobald ich das zappelnde Kätzchen in Händen hielt, spürte ich die Kraft, die unter dem Fell der winzigen Kreatur schlummerte. Nachdem Hühnerkopf ihm einige besänftigende Worte zugeflüstert hatte, beruhigte sich das Tier. Vorsichtig streichelte ich seinen Kopf und die Ohren.

Der Veteran hatte recht. Es half tatsächlich. Sobald ich mich auf das Pochen des kleinen Herzens konzentrierte, schlug auch mein eigenes langsamer und drohte nicht länger meine Brust zu sprengen.

»Danke«, sagte ich, ohne den Blick von der Katze zu wenden.

»Du hast dem Kleinen das Leben gerettet«, erklärte er. »Er ist noch jung, und in dem Alter begeht man oft Dummheiten, aber er hatte es nicht verdient, dafür zu sterben. Wenn einer von den anderen auf dieser Brücke dasselbe getan hätte wie du, hätte er eine Auszeichnung bekommen.«

Ich grunzte beipflichtend. Auch das war die Wahrheit. »Egal. Trotzdem vielen Dank.«

»Sag den anderen nichts davon«, warnte er mich mit harter Stimme. »Und bring ihn wieder rein, wenn du fertig bist.«

Damit verschwand er und vertraute mir seinen besten Freund auf Erden an. Ich blieb an Ort und Stelle stehen, kraulte das Tier, flüsterte in sein Ohr, bis sich die bern steinfarbene Dämmerung am Himmel zeigte.

Ich wollte gerade ins Zelt treten, als ich unsicher wurde. »Scheiße«, murmelte ich. Ich war wütend auf meine

Albträume und auf mich selbst. Wütend, weil ich den Veteranen jetzt nicht mehr länger als Soldaten, als gesichtslosen, kaltherzigen Mörder betrachten konnte.

Jetzt war er ein Kamerad.

15

Als wir an diesem Morgen zum Appell antraten, erwähnte Hühnerkopf unsere Unterhaltung mit keinem Wort. Wie üblich gesellte er sich zu den anderen Veteranen, war Teil der Einheit und blieb gleichzeitig für sich. Ich fragte mich, ob jemand von den anderen wusste, wie sehr der grimmigste Soldat von ihnen unter den grässlichen Erinnerungen vom Anfang seiner Dienstzeit litt. Höchstwahrscheinlich nicht. Wir durften vor denen, denen wir am nächsten waren, keine Schwäche zeigen. Um keinen Preis.

Als jetzt Pavo vor die Truppe trat, wirkte er seltsam aufgeräumt, ja fast heiter.

Titus wusste, was das zu bedeuten hatte. »Heute ist Zahltag.«

Und er hatte recht. Sobald Pavo die Männer davon in Kenntnis gesetzt hatte und die Jubelschreie verstummt waren, marschierten wir in die Mitte des Lagers, um den dritten und letzten Teil des jährlichen Solds in Empfang zu nehmen.

Für einen Legionär waren das offiziell dreihundert Sesterzen. Vom Jahressold von neunhundert Sesterzen gingen aber immer noch Beträge ab für etwaige verlorene Ausrüstungsgegenstände – sowie für das Bestattungskollegium, das für ein würdiges Begräbnis sorgte. Die meisten Soldaten schimpften besonders über letztere Abgaben, da sie der Ansicht waren, dass das Imperium ruhig ihre Beerdigung bezahlen konnte, wenn sie für Rom schon ihr Leben opferten. Andererseits legten die Männer aber großen Wert auf ein würdiges Begräbnis, damit ihre Geister nach dem Tod zufrieden waren und sie ihren Vorfahren keine Schande bereiteten. Niemand wollte als Leichnam auf dem Schlachtfeld zurückgelassen werden, und daher wurde dieser Beitrag, wenn auch nicht ohne Murren, bezahlt.

In der Mitte des Lagers trafen wir auf die anderen Zenturien unserer Legion und Kohorte. Die Männer standen geduldig an, um ihren Sold zu erhalten. Obwohl diese Soldaten zu derselben Zenturie wie wir gehörten, waren sie doch Fremde für uns. Das Contubernium eines Soldaten war sein engster Familienkreis, die Zenturie lediglich entfernte Verwandtschaft.

Während wir uns allmählich den Tischen näherten, betrachtete ich die versammelten Standarten der Legionen. Diese heiligen Lanzen aus den Händen des Imperators persönlich waren mit silbernen Adlern gekrönt, dem heiligen Tier des Gottes Jupiter. Somit stellte jede Standarte für sich genommen einen Schrein dar. Sie hier unter den wachsamen Augen der Standartenträger versammelt zu sehen, war beinahe zu viel für gläubige Menschen wie Mondgesicht.

»Welche Pracht«, hauchte er beeindruckt.

Stummel stupste ihn an. »Das sind nur Vögel auf Stangen.«

Der aufgebrachte Mondgesicht ließ sich erst beruhigen,

als ihm Titus klargemacht hatte, dass eine Rauferei eine Soldkürzung zur Folge hatte.

Die eindrucksvoll aussehenden Standartenträger – einer für jede der drei Legionen im Lager – wurden aufgrund ihrer Tapferkeit und Hingabe ausgewählt. Eine Adlerstandarte war die wertvollste Beute, die ein Feind machen konnte, weshalb sich die Träger in einer Schlacht beinahe ständig im Zentrum des Gefechts befanden. Die Schnauzen der dicken Bärenfelle, die sie um die Schultern trugen, bildeten eine spitze Kappe über ihren Köpfen, sodass ihre Gesichter im Schatten lagen. Ein Ehrfurcht gebietender Anblick.

Sie waren außerdem für die Soldkasse der Legion verantwortlich, da die Mehrheit der Männer den Großteil ihrer Entlohnung hinter den sicheren Mauern eines Kastells wissen wollten. Dann war ich an der Reihe, um mein Kreuz zu machen und das Geld entgegenzunehmen. Der Zenturio sah mich erstaunt an, als ich meinen kompletten Sold einforderte.

»In den Wäldern wirst du's kaum ausgeben können, mein Junge«, gab er zu bedenken.

»Ich möchte gerne alles auf einmal in den Händen halten«, log ich. »Ich will mal sehen, wie viel mein Leben wert ist.«

»Da wirst du enttäuscht sein, Kumpel«, sagte er. Und tatsächlich – das Gewicht der Münzen war kaum der Rede wert. Ich sah zu Pavo hinüber, dessen Sold nicht viel höher war. Kein Wunder, dass er auf den Posten des *primus pilus* hinarbeitete. Der Erste Speer, der dienstälteste Zenturio der Legion, bekam einhunderttausend Sesterzen jährlich.

Sobald ich das Geld in meine Börse gesteckt und diese unter meiner Tunika verborgen hatte, gesellte ich mich zu den anderen, die bereits ausbezahlt waren und nun in Reih und Glied auf dem Exerzierplatz standen. Ich beobachtete die Geldkisten, die Adlerstandarten und ihre Träger. Im ganzen Imperium gab es nur achtundzwanzig Legionen. Einer der wenigen Standartenträger zu sein war eine große Ehre.

Aufgrund meiner Faszination für diese Elitesoldaten bemerkte ich zunächst gar nicht, dass meine Zenturie ihren Sold bereits erhalten hatte, aber immer noch auf dem Exerzierplatz stand. Auch Titus war dies aufgefallen, und er fragte Pavo flüsternd nach dem Grund.

»Der Statthalter will eine Ansprache halten.«

Und so warteten wir und schwitzten in der Sonne. Der Platz füllte sich immer mehr mit Soldaten. Zunächst grinsten sie noch, weil sie gleich ihr Geld erhalten würden. Dann machten sie finstere Gesichter, weil ihnen Wein und Huren vorenthalten blieben, bis Statthalter Varus seine Rede gehalten hatte.

Ich stand in der ersten Reihe. Als Varus am späten Nachmittag endlich eintraf, konnte ich diesen Römer – einen der mächtigsten Männer des Weltkreises – genau beobachten. Der Statthalter von Germanien befehligte fünf Legionen und doppelt so viele Hilfstruppen, insgesamt etwa ein Fünftel der Streitkräfte des Imperiums.

Dabei wirkte er selbst alles andere als kräftig. Er trug seine Rüstung nicht zum Schutz, sondern um imposanter zu wirken, hatte dunkle Haut und dunkles Haar. Seine Adlernase war Beweis seiner vornehmen Herkunft. Auf dem Doppelkinn darunter glänzte Schweiß. Offenbar war er das Tragen der Feldausrüstung nicht gewohnt. Ich hatte schon viele Anführer gesehen, und auf den ersten Blick schien dieser hier an den kaiserlichen Hof und nicht ins Feldlager zu gehören. Kein Wunder, dass die Armee untätig geblieben war und die germanischen Stämme immer unverschämter wurden.

Statthalter Varus stellte sich auf ein Podium. Seine kräftige Stimme passte so gar nicht zu seinem gedrungenen Körperbau. Doch als Adliger war er von klein auf in der Redekunst unterwiesen worden.

»Tapfere Soldaten Roms!«, begann er, und ich stöhnte innerlich auf. Hühnerkopf hinter mir kicherte.

»Ich will euch von dem Ruhm erzählen, der uns erwartet!« Varus setzte zu einer detaillierten Schilderung seines grandiosen Plans an.

Die Untätigkeit des Sommers war eine List gewesen, um den Feind aus der Reserve zu locken. Die Änderung der Marschrichtung zum Rhein unter Umgehung der Kastelle und Proviantdepots an der Lippe war eine Finte, um unsere Gegner zu verwirren.

»Der Kerl lügt doch, dass sich die Balken biegen«, flüsterte Stummel neben mir.

In der Tat. Varus stellte alle Fehler, die er auf diesem Feldzug gemacht hatte, als unerwartete Winkelzüge eines meisterhaften Taktikers dar. Obwohl ihn Pavo wiederholt scharf anblickte, konnte sich Stummel eine weitere höhnische Bemerkung nicht verkneifen.

»Die Rede hätte er vor den Germanen halten sollen. Dann hätten sie schon längst kapituliert.«

Vielleicht glaubte Varus tatsächlich, dass der einfache Soldat dieses Geschwätz hören wollte. Die Offiziere und

Adeligen hatten nur selten eine Ahnung von der Gemütslage der niederen Ränge. Wie um zu beweisen, dass er nicht völlig blind für die Wünsche seiner Truppe war, versicherte Varus nun, dass es auf dem Feldzug viel Beute geben würde und jeder das Recht hatte, den Germanen zu nehmen, so viel er tragen konnte.

»Wir haben ein paar Federn lassen müssen«, rief Varus über den Jubel hinweg. »Und jetzt sollen sie die Krallen des Adlers zu spüren bekommen!«

»Naja, das Ende hat mir gefallen«, grinste Stummel. »Gegen ein bisschen Kriegsbeute hätte ich nichts einzuwenden.«

Wir durften wegtreten und kehrten zu unserem Zelt zurück.

Während Titus den Münzhaufen vor sich zählte, fragte ihn Stummel, was er von diesem Feldzug hielt.

»Hoffentlich marschieren wir bald los«, sagte Titus und unterdrückte ein Gähnen. »Inzwischen weiß auch der letzte Germane, was wir im Schilde führen. Je länger wir warten, desto mehr Zeit haben sie, um ihre Schätze zu vergraben.«

»Bald werden sie ihre Söhne und Väter begraben«, meinte Mondgesicht voller Vorfreude.

»Jetzt halt mal die Luft an, du Lagerfeuerheld«, sagte Hühnerkopf. »Bisher hast du dein Schwert so oft gebraucht wie eine Jungfrau ihre Muschi.«

Stummel bellte ein tiefes Lachen und klopfte seinem Freund Mondgesicht auf die Schulter. »Da hat er recht. Hör auf den alten Sack!«

»Ich bin überrascht, dass du dir noch nicht in die Hose geschissen hast«, zischte Hühnerkopf Stummel zu. Anscheinend wurde er nicht gerne zum Narren gehalten.

»Weshalb denn? Das Ganze ist doch völlig harmlos. Wie Titus gesagt hat – die Germanen sind längst vorgewarnt. Das ist nur ein riesiger Schwanzvergleich. Sie haben uns ihren gezeigt, jetzt sind wir dran.«

»Bitte nicht«, warf Rufus ein.

»Wir holen ihn raus«, fuhr Stummel fort und machte eine entsprechende Geste, »sie sehen, dass wir den Größeren haben, und alle können zufrieden nach Hause gehen.«

»Hast du schon mal drüber nachgedacht, dich zum Senator wählen zu lassen?«, fragte Titus und stand auf. »Ich sehe mal nach Pavo.«

»Warum?«, fragten gleich mehrere Stimmen.

Titus warf ein paar Würfel in die Luft. »Er hat schließlich auch seinen Sold bekommen, oder? Wenn ich mich nicht beeile, lässt er sich von einem anderen ausnehmen.«

Er wollte gerade aus dem Zelt treten, als er innehielt und zu den beiden jungen Soldaten hinübersah, die seine Rüstung polierten. »Jungs, das könnt ihr heute bleiben lassen. Wo wir hinwollen, ist eine blinkende Rüstung nicht unbedingt von Vorteil. Geht runter in die Stadt. Hier …« Er griff in seine Börse und warf jedem eine Münze zu. »Ich spendier euch eine Hure.«

Die beiden Frischlinge lächelten schüchtern und wussten nicht so recht, was sie von dieser Großzügigkeit halten sollten.

»Könnte das letzte Mal sein, dass eure Schwengel zum Einsatz kommen«, sagte Titus und verließ das Zelt. Sofort verschwand das Grinsen aus den Gesichtern der beiden.

»Mit dem Geld, das du dir hast auszahlen lassen, kannst du dir eine ganze Armee von Huren kaufen«, teilte mir Stummel mit.

»Ich bleibe hier«, sagte ich, obwohl ihn das einen feuchten Dreck interessierte.

»Wie du willst. Dann spiel doch an dir selbst rum«, blaffte er zum Abschied.

Sobald die Veteranen weg waren, tuschelten Micon und Cnaeus miteinander. Offenbar berieten sie, was sie als Nächstes tun sollten.

»Geht in die Stadt«, sagte ich, verärgert über ihr Geflüster. »Titus hat recht. Vielleicht seid ihr bald tot. Also betrinkt euch, nehmt euch eine Hure, tut irgendwas.«

Sie gehorchten. Endlich war ich allein. Ich hatte gehofft, dass Hühnerkopf Lupus dalassen würde, doch offenbar hatte das Kätzchen den Veteranen in die Drei Bären begleitet. Mir blieb nichts anderes übrig, als über den kommenden Feldzug nachzudenken.

Es ging nach Norden. Im Gegensatz zu Stummel glaubte ich nicht, dass sich die Germanen allein von unseren Schwänzen einschüchtern ließen, um seine Worte zu gebrauchen. Nein, sie würden uns bekämpfen, nicht in einer offenen Feldschlacht, sondern aus dem Hinterhalt. Wir würden ein paar Dutzend, höchstens hundert Männer verlieren und Varus konnte behaupten, den Feind verfolgt und ihm eine Lektion erteilt zu haben. Ein Statthalter war in erster Linie Politiker. Und als solcher beherrschte Varus die Kunst, Niederlagen und Fehlschläge zu seinem persönlichen Sieg umzumünzen.

Auch mein ganz persönlicher Sieg würde nicht mehr länger auf sich warten lassen. Sobald die Armee den nördlichsten Punkt ihrer Route erreicht hatte, würde ich mich davonstehlen und meine Reise auf eigene Faust fortsetzen. Fortuna hatte es gut mit mir gemeint. Das Geld, das ich heute erhalten hatte, reichte für eine Überfahrt auf die Insel der Briten.

Der Gedanke an dieses Land erfüllte mich mit Hoffnung, aber auch mit Unruhe. Ich hatte noch nie einen Fuß auf diese Insel gesetzt. Zwar hatte ich die Sprache der Briten in meiner Kindheit in Grundzügen gelernt, doch wie viele Jahre waren mir diese rauen Worte nicht mehr über die Lippen gekommen? Dort war ich ebenso ein Fremder wie hier, mit nichts weiter als einem Namen, an den ich mich klammern konnte.

Und doch war das meine beste – meine *einzige* – Chance, noch etwas aus einem Leben zu machen, das so vielversprechend angefangen hatte – bis meine Naivität und mein Optimismus von den römischen Legionen in den Staub getreten worden waren.

Und doch: Hühnerkopfs Worte hatten mich wie ein Schlag getroffen. Natürlich wusste er nichts von meinen Plänen – niemand wusste davon –, doch anscheinend war er hellsichtig genug, um einen Mann auf der Flucht zu erkennen.

Bei diesem Gedanken beschloss ich, einige Vertraute aufzusuchen und mir von ihnen Anregungen zu holen. Mit Glück fand ich diese Vertrauten noch hier im Lager. Ich hatte sie heute bereits in voller Pracht auf dem Exerzierplatz stehen sehen.

Und so ging ich los, um mit den Adlern zu sprechen.

16

Die Standarten der drei Legionen waren in einer Nische am Rande des Exerzierplatzes untergebracht. Die silbernen Adler funkelten im Kerzenlicht. Der Platz selbst schien auf den ersten Blick verlassen, doch ich wusste, dass in den Schatten Wachposten standen: Soldaten aus den ersten Kohorten jeder Legion – derjenigen Einheiten, die die Standarten in die Schlacht trugen.

Auf dem heiligen Boden der Nische hockte eine Handvoll Soldaten vor den Standarten, die die Vergangenheit, Gegenwart und Zukunft der Legionen verkörperten. Sie waren das Symbol dafür, dass – was immer dem einzelnen Soldaten auch widerfahren mochte – ihre Erinnerung auf ewig in der Legion weiterleben würde.

Schwachsinn, dachte ich. Nichts als Aberglaube. Und doch war ich hier, angelockt wie von Zauberhand. Ich musste die Standarten sehen. Musste sie berühren. Wieso?

Ich streckte den Arm aus.

»Guten Abend, Bruder.«

Die Worte, die ich hinter mir hörte, waren als freundlicher Gruß gemeint, doch schwang ein drohender Unterton mit, sodass ich den Arm schnell wieder sinken ließ.

Ich drehte mich um und grüßte höflich zurück.

Das Gesicht unter dem Bärenfellmantel lag in tiefem

Schatten. Lediglich ein kantiger, von zahlreichen Narben überzogener Kiefer war zu erkennen. Vor mir stand ein wahrer Krieger.

»Nur zu«, sagte er, als er die Bewegung bemerkte.

Mit seiner Erlaubnis streckte ich die Hand aus. Meine Finger berührten das Silber, folgten den Konturen der Federn. Ein beeindruckendes Zeugnis edelster Handwerkskunst.

»Sie sind kalt«, sagte ich wie zu mir selbst.

Wenn er meine Worte gehört hatte, so ließ er sie unkommentiert. Anscheinend verwechselte er meine Verwirrung mit Ehrfurcht.

»Deine Ergriffenheit ehrt dich, Bruder. Doch es gibt nur wenige Zahltage und noch weniger Schlachten. Zumindest in den letzten Jahren war es so. Heute Nacht solltest du bei deinen Kameraden sein.«

»Bin ich ja«, flüsterte ich und fuhr mit dem Finger über einen Adlerkopf.

»Wie heißt du, Bruder?«

»Felix«, sagte ich und zog den Finger zurück. Diese Lüge kam mir immer leichter über die Lippen.

»Der Glückliche.« Ein Lächeln zeigte sich über dem narbigen Kinn. »Wie passend für einen Soldaten.«

»Lieber tapfer als glücklich«, sagte ich und betrachtete die silbernen Ehrenabzeichen, die an der Rüstung des Soldaten prangten.

Er schüttelte den Kopf. Die Schnauze des Bärenfells folgte der Bewegung. »Tote Helden gibt es viele. Glück ist mir lieber.«

Obwohl ich seine Augen nicht sehen konnte, schloss ich aus dem Tonfall des Mannes, dass sie ebenso tot waren wie meine eigenen. Er entfernte sich. Wahrscheinlich war es ihm unangenehm, dass er mir einen – wenn auch winzigen – Blick auf seine sonst so gut gepanzerte Seele gewährt hatte.

Ich lauschte dem Klang seiner Schritte, dann verschwand er im Dunkel. Er war diesen Standarten und seiner Legion verpflichtet. Während die anderen Soldaten tranken, herumhurten, lachten und mit ihren Kameraden stritten, hielt er einsam und allein Wache über die Seelen der Legionen. Es war eine sonderbare Ironie, dass derjenige, der den Adler trug, abgesondert von den anderen lebte, kämpfte und starb. Trotz seines Mutes und seiner Heldenhaftigkeit tat er mir leid.

Wieder wandte ich mich den Adlern zu.

Keine Ahnung, wie lange ich so dastand. Andere Standarten tauchten vor meinem geistigen Auge auf, Standarten, die auf einem anderen Kontinent über blutige Schlachtfelder getragen wurden. Irgendwann standen auch die andächtig dasitzenden Soldaten auf und gingen. Ich blieb allein mit den Wachposten im Schatten zurück.

Ich war so tief in meiner Erinnerung versunken, dass ich den Klang marschierender Soldaten zunächst für Einbildung hielt.

Doch er war Wirklichkeit.

Ein Dutzend stämmiger Germanen schleifte eine schweigende, mit Ketten gefesselte Gestalt über den Platz. Sein Kopf war mit einem Sack verhüllt. Ihnen voraus ging ein Häuptling, wie an dem goldenen Wendelring zu erkennen war, der vor seiner breiten Brust hing. Außer den schweren Stiefelschritten war nichts zu hören. Die Männer schwiegen in grimmiger Entschlossenheit.

Meine Hand fuhr zu dem Dolch an meinem Gürtel.

»Immer mit der Ruhe, Bruder«, sagte eine Stimme neben mir.

Der Standartenträger. Jetzt war er mir so nah, dass ich zum ersten Mal in seine Augen sehen konnte. Es waren die Augen eines Mörders – wachsam, aber leblos.

Ich folgte ihrem Blick. Eine Gruppe römischer Soldaten war den Germanen durch die Dunkelheit gefolgt. Sie hatten ihre Waffen noch nicht gezogen, wirkten aber nervös und kampfbereit.

»Die sind von der neunzehnten Legion«, sagte der Soldat neben mir. »Die hat heute Nacht Wachdienst.«

Die Germanen blieben hinter dem Häuptling – der nicht das geringste Interesse an den Silberadlern zeigte – in der Mitte des Exerzierplatzes stehen. Sie zwangen den hochgewachsenen Gefangenen in die Knie.

Die Römer umzingelten die Stammeskrieger wachsam, aber auch unsicher. Sie waren beinahe eine Zenturie stark und konnten die Germanen, so kräftig von Gestalt diese auch sein mochten, in wenigen Augenblicken überwältigen.

»Anscheinend ist die Geisel von großem Wert«, überlegte ich laut.

»Oder der Geiselnehmer«, sagte der Standartenträger und beobachtete den Häuptling, der ein Vermögen an Goldschmuck um Hals und Armen trug. »Oder beide. Niemand bringt eine Geisel in ein römisches Feldlager, ohne von ihrem oder seinem eigenen Wert überzeugt zu sein.«

Eine weitere Zenturie traf ein, doch die Römer machten noch immer keine Anstalten, die Germanen anzugreifen.

Die Stammeskrieger standen trotzig und so unbeweglich da wie langbärtige Statuen in Kettenrüstung.

Ein Zenturio kam auf den Häuptling zu und verbeugte sich sogar knapp vor ihm. Die darauf folgende Unterhaltung konnte ich nicht verstehen, doch anschließend kehrte der Offizier zu seinen Männern zurück. Angesichts der Tatsache, dass zweihundert kampfbereite Soldaten den Platz säumten, lief alles sehr ruhig ab.

Und dann trafen sechs Reiter ein, Germanen, die mir nicht unbekannt waren. Arminius' Männer. Der Fürst war jedoch nicht darunter. Stattdessen führte sein Leibwächter Berengar die Truppe an. Sein hässliches Gesicht verfinsterte sich.

Die Pferde kamen zum Stehen. Hufschlag hallte durch die Nacht. Arminius' Leibwächter rief etwas in seiner Volkssprache. Ganz offensichtlich eine Beleidigung. Der Häuptling verzog das Gesicht, sagte aber nichts, sondern stand einfach nur da. Mit einem beinahe unmerklichen Kopfnicken befahl er, dem Gefangenen den Sack vom Kopf zu ziehen. Jetzt war die Geisel deutlich zu erkennen.

Arminius.

Natürlich. Was sonst hätte die nicht zu übersehende Furcht der Soldaten erklären können?

Obwohl das Gesicht des Fürsten blutüberströmt war, lächelte er erst die Männer, die ihn gefangen hielten, und dann seine sechs Getreuen auf ihren Pferden an.

Und in diesem Moment griffen sie an.

Ohne die Waffen zu ziehen. Anscheinend wollten sie mit den Pferden durch die Menge pflügen, Arminius packen und ihn in Sicherheit bringen.

Doch die Männer des Häuptlings waren handverlesene

Krieger, die Besten seines Stammes. Ohne auf den Befehl zu warten, rückten sie zu einem dichten Schildwall um Arminius und ihren Häuptling zusammen. Als sie die undurchdringliche Mauer vor sich erblickten, scheuten die Pferde und wollten kehrtmachen.

Sofort brachen die Fußsoldaten hinter dem hastig errichteten Schildwall hervor und griffen nach Zügeln und Reitern. Ein Mann wurde von einem wirbelnden Huf getroffen, doch die anderen hatten das Überraschungsmoment auf ihrer Seite und konnten drei von Arminius' Kriegern aus dem Sattel zerren.

Zum Entsetzen Berengars war der Befreiungsversuch fehlgeschlagen. Den wütenden und verzweifelten Schreien nach zu urteilen, rechneten er und seine Kameraden nicht damit, dass ihr Anführer diese Nacht überleben würde.

Ich hätte bleiben sollen, wo ich war. Ich hätte mich nicht in die Angelegenheiten dieser germanischenReckskerle einmischen sollen.

Aber die Freundschaft ist eine mächtige Kraft. Ich lief los.

Und stürzte mich mitten ins Getümmel. Der missglückte Reiterangriff war von der gegenüberliegenden Seite des Platzes erfolgt, sodass ich mich den Rücken und nicht den Schilden der Germanen gegenübersah. Selbst der Häuptling half, die übrigen Reiter aus ihren Sätteln zu zerren, sodass nur noch ein Mann zwischen mir und Arminius stand.

Als erfahrene Kämpfer hatten es die Germanen nicht versäumt, sich nach allen Seiten abzusichern. Ein Krieger hatte der Versuchung widerstanden, sich ins Getümmel zu werfen, und behielt stattdessen die Finsternis hinter sich im Auge. Er bemerkte mich bereits aus dreißig Schritten Entfernung – neunundzwanzig mehr, als er brauchte, um sich gefechtsbereit zu machen.

Töten durfte er mich jedoch nicht. Auf dem Platz floss nicht mehr Blut als bei einem Ringkampf, obwohl deutlich zu spüren war, dass es hier um Leben und Tod ging. Auf den ausdrücklichen Befehl ihres Häuptlings hin versuchten die Germanen, ihre Landsmänner ausschließlich mit Fäusten und Ellenbogen zu überwältigen. Der Häuptling wollte um jeden Preis vermeiden, dass ein Römer dem unbedachten Streich eines germanischen Schwerts zum Opfer fiel.

Diese Vorsicht wurde meinem Gegner zum Verhängnis. Als ich noch etwa einen Schritt entfernt war, entschloss er sich endlich zum Angriff. Da hatte ich längst vorhergesehen, dass er sich auf mich stürzen wollte, und wich zur Seite aus. Ich gab ihm einen Stoß in den Rücken, sodass er mit dem Gesicht voraus im Dreck landete. So einfach gelangte ich an Arminius' Seite, während der letzte Reiter zu Boden geprügelt wurde.

Der Fürst erkannte mich sofort, doch das Lächeln verschwand aus seinem Gesicht, als ich meinen Dolch zog und ihm an die Kehle hielt.

Sofort herrschte Totenstille auf dem Exerzierplatz.

»Felix, was hast du vor?« Sein Ton war so kalt wie ein Fluss im Winter. In seinem durchdringenden Blick war nicht einmal ein Hauch von Furcht zu erkennen.

Ich gab keine Antwort. Ich wusste es ja selbst nicht. In einem Wimpernschlag und mit aufgewühlten Emotionen gefasste Pläne pflegen nicht besonders ausgereift zu sein.

Sobald die Germanen die Klinge am Hals ihrer Geisel und ihres Fürsten sahen, hielten sie schwer atmend inne.

Der Häuptling runzelte verwirrt die buschigen Augenbrauen und wiederholte Arminius' Frage. Sein Latein klang unbeholfen. »Was hast du vor?«

»Zurück! Sonst bringe ich ihn um.«

»Du willst ihn *umbringen?*« Ein belustigter Unterton schlich sich in seine Stimme.

Hatte ich die Situation falsch eingeschätzt? Der große Mann schien allen Ernstes über meine Drohung nachzudenken.

»Vielleicht wäre es das Beste«, sagte er schließlich und bestätigte damit meine Befürchtungen.

»Onkel«, sagte Arminius trotz meiner Aufforderung, den Mund zu halten. »Du machst einen Fehler.«

»Schweig, du elender Hund«, zischte der Häuptling und machte ein wütendes Gesicht. »Nur den Gefühlen meiner dummen Tochter ist es zu verdanken, dass dein Kopf noch auf deinen Schultern sitzt.«

Also das war Arminius' Onkel – der Vater der durchgebrannten Braut und Häuptling des Cheruskerstammes, zu dem auch Arminius gehörte. Es konnte nur einen Grund dafür geben, dass er Arminius in Ketten hierhergebracht hatte. Und nur eine Person, an die er sich wenden wollte. Sobald ich dies begriff, rutschte mir das Herz in die Hose.

Was war nur in mich gefahren? Nach so vielen verheerenden Entscheidungen, so vielen qualvollen Meilen würde ich nun doch schreiend am Kreuz sterben. Und weshalb?

Nun, die Antwort war mir wohlbekannt.

Aus Loyalität. Aus einer Treue heraus, die so tödlich war wie Liebe.

Wenige Augenblicke später traf der Mann ein, den ich so fürchtete – und das nicht, weil er ein so tapferer Krieger war, im Gegenteil. Ich fürchtete seine nahezu unbegrenzte Macht. Seit ich die Uniform der Legion trug, hatte mein Leben in seinen Händen gelegen.

»Statthalter Varus«, begrüßte ihn der Häuptling.

Varus trug eine einfache Toga, deren teure Seide sich um seine umfangreiche Körpermitte spannte. Seine Miene war undurchschaubar, wie es sich für einen Politiker gehörte. Die bis an die Zähne bewaffneten Soldaten an seiner Seite reichten als Demonstration seiner Macht völlig aus.

»Segestes.« Müde begrüßte Varus den Häuptling. »Arminius.« Auch für die Geisel zeigte er kein großes Interesse.

Dann war ich an der Reihe.

»Und wer bist du, Soldat?«

Ich versuchte, strammzustehen, ohne die Klinge vom Hals des Fürsten zu nehmen. Wahrscheinlich machte ich dabei eine ziemlich lächerliche Figur.

»Legionär Felix, zweite Zenturie, zweite Kohorte der siebzehnten Legion, Herr.«

»Und mein Freund, Statthalter«, fügte Arminius hinzu.

»Dein Freund?«, fragte Varus verwirrt. Wahrscheinlich dachte der Statthalter, dass die überraschende Gefangennahme die Sinne des Germanen verwirrt hatte. »Und was genau macht dein Freund da?«

»Er rettet mein Leben«, sagte Arminius mit einem Lächeln, das über den ganzen Platz strahlte. »Du kannst den Dolch jetzt runternehmen, Felix«, schlug er vor.

»Ganz recht«, sagte Varus bestimmt. »Steck den Dolch weg, Soldat. Hier und heute wird kein Blut vergossen. Und schon gar nicht das dieses Mannes.« Seine letzten Worte waren an Segestes gerichtet. Dieser dachte jedoch nicht daran, klein beizugeben.

»Varus, dieser Mann hat sich gegen dich verschworen. Er ist eine Schlange, eine verräterische Schlange! Du musst ihn in den Kerker werfen, sonst wird er dein Untergang sein!«

Der Statthalter verzog das Gesicht, als der Häuptling ihn mit seinem Namen ansprach, ließ ihm diese Unstatthaftigkeit jedoch durchgehen und sprach ruhig und gefasst weiter. Einmal Politiker, immer Politiker.

»Mein Freund, dieser Mann ist mit dir verwandt …«

»Nicht mehr, seit er zu einem verfluchten Verräter wurde!«

»Ganz offensichtlich hat dich sein Techtelmechtel mit deiner Tochter erzürnt. Doch Arminius ist mein treuer Offizier.«

»Er ist nur sich selbst treu!«, schrie Segestes. Er musste sich offensichtlich beherrschen, nicht auf seinen Neffen loszugehen. »Bei den Göttern, wenn du ihn nicht allein in den Kerker werfen willst, dann leg mich ebenfalls in Ketten. Leg jeden Adeligen meines Stammes in Ketten, auch jene, die dir die Treue geschworen haben. Ich werde mit Freuden in deinem tiefsten Verlies verrotten, wenn ich damit diesen Wurm davon abhalten kann, deine Armee in den Untergang zu führen und Tod und Verderben über mein Land zu bringen.«

Der Häuptling sprach mit einer solchen Aufrichtigkeit und Überzeugung, dass mir allmählich Zweifel kamen. Anscheinend ging es Varus nicht anders. Der Statthalter sah Arminius tief in die Augen, um sich davon zu überzeugen, dass die Anschuldigungen trotz der Inbrunst, mit der sie vorgetragen wurden, falsch waren. Ich sah selbst in diese Augen – es waren die Augen eines Mannes, der mit sich und der Welt im Reinen war. Eines Mannes, der zu seinem Wort stand. Dieser Anblick stellte mein Vertrauen wieder her, und mein Herz schlug wieder langsamer. Auch Varus schien überzeugt. Er brach vor Erleichterung beinahe zusammen.

»Lass ihn frei.« Er sprach so leise, dass er den Befehl wiederholen musste.

Segestes' Blick hätte die Welt in Brand stecken können. Er richtete diesen Blick auf seinen Neffen, spuckte aus, drehte sich auf dem Absatz um und ging davon. Seine Männer folgten ihm.

Der von den Ketten befreite Arminius richtete sich auf. Er drückte meinen Ellenbogen. »Felix«, flüsterte er so leise, dass nur ich es hören konnte, »egal, was auch kommen mag – in mir hast du einen Freund, und an meiner Seite wird immer ein Platz für dich sein.«

»Ich war dir noch einen Gefallen schuldig, Herr.«

»Du bist mir sogar zwei schuldig«, sagte er lächelnd. Ich war verwirrt, doch das war das Ende unseres Gesprächs. Varus umarmte Arminius. Seine Erleichterung darüber, dass dem von ihm bewunderten Offizier nichts zugestoßen war, ließ ihn alle Schicklichkeit vergessen.

Gemeinsam gingen sie davon. Varus hatte den Arm um die Schultern des jungen Fürsten gelegt. Die beiden Zenturien marschierten hinter ihnen her. Arminius' lädierte, aber glückliche Soldaten bildeten samt ihren Pferden die Nachhut.

Mich hatten sie völlig vergessen. Verwirrt sah ich ihnen hinterher. Als ich Arminius zu Hilfe geeilt war, hatte ich mir eingeredet, lediglich eine Schuld zu begleichen. Doch als er mich als seinen Freund bezeichnet hatte, hatte ich ihm geglaubt, erfreut über diese Vorstellung.

Langsam ging ich auf ein Knie und sog die Nachtluft tief in die Lunge.

»Glücklich und heldenhaft.« Der Standartenträger trat aus den Schatten, den Mund zu einem Grinsen verzogen.

»Oder einfach nur dumm«, stöhnte ich.

»Das auch, aber das Glück ist ja mit den Dummen.« Er hielt mir die Hand hin. Ich packte seinen Unterarm, und er zog mich auf die wackligen Beine. »Aber treib's nicht zu weit.« Er blickte in das nächtliche Dunkel. »Diese Germanen sind noch mal unser Untergang.«

Mit dieser Warnung verabschiedete er sich. Bei unserer nächsten Begegnung würde sein Bärenfell vor Blut triefen, aber davon ahnte ich zu diesem Zeitpunkt noch nichts.

Ich betrachtete meine zitternden Hände. Noch hatte sich meine Aufregung nicht gelegt. Doch trotz der bebenden Muskeln durchfuhr mich eine Wärme, und ich verspürte so etwas wie Stolz. Ich hatte das Leben eines tüchtigen Mannes gerettet.

Und dabei unwissentlich eine ganze Armee tüchtiger Männer zum Tode verurteilt.

Teil II

17

Der gewöhnliche römische Bürger hält den Anblick einer sich in Schlachtordnung bewegenden Armee – Tausende Soldaten, die wie ein Mann marschieren, eine Vielzahl von Menschen, vereint in einem gemeinsamen Ziel – sicherlich für viel beeindruckender, als er tatsächlich ist. Immerhin hat man uns diese Vorstellung seit den frühen Tagen der Republik eingetrichtert. Mit der Größe des Imperiums nahm auch dieser Irrglaube immer pompösere Ausmaße an. Die heldenhaften Eroberer, die unter dem Zeichen des Adlers unaufhaltsam vorwärtsmarschierenden Legionäre, waren uns durch Malereien, Statuen und Schauspiele bestens vertraut.

Und so mag es aus der Entfernung auch aussehen. Für den Bewohner eines fremden Landes dagegen erscheint eine Legion wohl eher wie ein vielbeiniges, giftiges Insekt, das über die Landschaft kriecht und dabei Felder kahl frisst und Städte in Schutt und Asche legt.

Diese Bestie hat nichts Herrliches oder Geheimnisvolles an sich. Sie ist keine einzelne, gewaltige Kreatur, sondern besteht aus vielen erschöpften menschlichen Wesen. Dies wird besonders in einer Marschpause sichtbar, wenn die einzelnen Glieder des gewaltigen Insekts neben dem Wegesrand scheißen und pissen – oder direkt auf dem

Weg, je nach dem Grad der Disziplin, den die Kommandanten durchzusetzen in der Lage sind.

Während des schweißtreibenden Marsches ist eine Position in den vorderen Reihen vorzuziehen, obwohl die Vorhut am ehesten der Gefahr eines Hinterhalts ausgesetzt ist. In den trockenen Sommermonaten wirbeln die Soldaten in den ersten Reihen Staub auf, der in die Kehlen, Augen und Ohren der Nachfolgenden dringt. Im Winter verwandeln ihre Stiefel die Straßen in einen zähen Morast, durch den sich die anderen mühsam kämpfen müssen, während der Regen den Tornister immer schwerer macht. Die Nachhut schließlich hat die Ehre, durch die Scheiße und Pisse einer ganzen Armee zu stapfen. Offene Wunden und Blasen an den Füßen entzünden sich bald zu schwärenden, eiternden Wunden.

In den seltenen Augenblicken, in denen der Staub vom Wind fortgeblasen wird, kann der erschöpfte Soldat den Kopf heben und womöglich einen Blick auf die Armee werfen, wenn sie gerade eine Anhöhe passiert. Doch die meiste Zeit bekommt er nur die Kameraden vor und neben sich zu Gesicht, ganz gleich, ob sein Trupp aus zwanzig oder zwanzigtausend Mann besteht. Nur die aristokratischen Offiziere und die berittenen Späher – die ihrerseits eine höchst gefährliche Aufgabe erfüllen – erahnen die wahre Größe der Armee.

Ein Veteran wie Hühnerkopf verfügte allerdings über gewisse Kniffe, diese Größe abzuschätzen.

»Fünfzehntausend«, teilte der dem Contubernium keuchend mit. »Der Späher hat gerade gesagt, dass wir uns ungefähr im ersten Viertel der Truppe befinden, und es liegt schon ziemlich viel Scheiße auf dem Weg.«

»Allerdings«, pflichtete ihm Stummel bei und schnitt eine Grimasse. »Man könnte denken, die Späher hätten ihre Pferde gegen Elefanten getauscht.«

»Der war schon letzten Sommer nicht witzig«, sagte Hühnerkopf müde. Seine Stimme klang gedämpft. Wie alle anderen hatte er sich das rote Halstuch der Legionäre zum Schutz vors Gesicht gebunden.

»Wer hätte gedacht, dass dein Gedächtnis so gut ist«, sagte Stummel. Als er keine Antwort erhielt, wandte er sich Titus zu, der neben ihm marschierte. »Liegt er da richtig?«

Der Hüne setzte einen Fuß vor den anderen, schien in Gedanken aber weit weg zu sein.

»Was?«, fragte er.

»Wie groß ist die Armee? Fünfzehntausend, schätzt Hühnerkopf.«

»Wen interessiert's?«, grummelte Titus, und Stummel beschloss, dem großen Mann nicht weiter auf die Nerven zu fallen.

»Was meinst du, wie viele Meilen marschiert ein Legionär im Laufe seiner Dienstzeit?«, fragte er Hühnerkopf.

»Eine Menge.«

»Kommt drauf an, wo man stationiert ist«, sagte Mondgesicht. »Wahrscheinlich wird hier viel mehr marschiert als im Süden. In der Wüste geht's gemütlicher zu.«

»Scheiße, was weißt du schon von der Wüste?«, knurrte Titus, der hellhörig geworden war.

»Gar nichts«, gab Mondgesicht verlegen zu.

»Genau. Gar nichts. Also halt dein verfluchtes Maul.«

Wir marschierten still weiter – oder zumindest stumm, da trotz aller Bemühungen der Soldaten, ihre Ausrüstung zu sichern, ständig Helme gegen Schilde und Schwertscheiden gegen Rüstungen klirrten.

»Wir klingen wie die schlechtesten Musikanten der Welt«, bemerkte Stummel.

Ich konzentrierte mich auf den Tornister vor mir und versuchte Titus' Beispiel zu folgen und meine Gedanken schweifen zu lassen, denn bedauerlicherweise hatte der Marsch nicht die erhoffte stimmungsfördernde Wirkung auf mich.

Der Grund dafür war folgender: Kurz nach dem Vorfall auf dem Exerzierplatz hatte mich ein Soldat aufgesucht und zum Quartiermeister gebracht. Meine Hoffnung, dass dieser über der vielen Arbeit, die eine abmarschierende Legion mit sich brachte, meine Schulden erst im Winterquartier eintreiben würde, hatte sich nicht erfüllt. Bis dahin hatte ich längst desertieren und das Geld für eine Überfahrt nach Britannien und ein neues Leben ausgeben wollen. Stattdessen warf ich meine verbliebenen Münzen diesem griesgrämigen Wucherer in den Rachen.

»Tote begleichen keine Schulden«, grunzte er, als er den aufmerksamen Blick bemerkte, mit dem ich die Reihe mürrischer Soldaten hinter ihm musterte.

»Glaubst du, dass sich die Germanen in einem offenen Kampf stellen werden?« Ich spekulierte auf seine Eitelkeit, und wie erwartet konnte er der Versuchung, sein überlegenes Wissen zur Schau zu stellen, nicht widerstehen.

»Ob sie sich *uns* zum offenen Kampf stellen? Auf keinen Fall, dafür sind zu wenig Stämme in Aufruhr. Allerdings haben die Ziegenficker Drusus und seine Legionen nicht durch ihre Feigheit aufgehalten. Die wissen genau, was sie mit ihren Überfällen heraufbeschworen haben, auch wenn Varus ein fauler Sack ist. Nein, wenn du mich fragst, halten die sicher noch ein paar Überraschungen für uns bereit. Wie auch immer, ich gehe lieber auf Nummer sicher. Da fehlt noch was«, schloss er seine Ansprache und wies auf das Geld in seiner Hand. Nachdem ich die restlichen Münzen aus der Tasche gefischt hatte, war ich wieder einmal völlig blank.

Wir waren am nächsten Tag aufgebrochen. Nach einem mehr oder weniger untätigen Sommer hatte plötzlich hektische Betriebsamkeit geherrscht. Varus wollte anscheinend so schnell wie möglich das Weite suchen, bevor der Streit zwischen Arminius und seinem Onkel erneut ausbrach. Schon kursierten Gerüchte über den nächtlichen Vorfall. Von meiner Rolle dabei ahnte meine Zenturie nichts – zum Glück, da Titus in letzter Zeit sowieso besonders übellaunig war. Keiner seiner Kameraden kannte den Grund dafür, und selbst Rufus machte einen weiten Bogen um seinen guten Freund. Er beaufsichtigte den Abbau des Zeltes, während Titus etwas abseits saß, vor sich hin grübelte und dabei seinen Dolch wieder und wieder in den Erdboden stieß.

Sobald die Maultiere mit den Zelten und Vorräten beladen waren, hatte Pavo die Zenturie auf einem weiten Feld Aufstellung nehmen lassen, wo sie sich erst ihrer Kohorte und schließlich der übrigen Legion angeschlossen hatten. Trotz aller Disziplin und Organisation ging es nur zäh voran. Als die Armee Minden endlich hinter sich gelassen hatte, stand die Sonne bereits hoch am Himmel. Zweifelsohne weinten die Einwohner den trunksüchtigen und wollüstigen Soldaten keine Träne nach. Die Münzen dagegen, mit denen diese ihre Ausschweifungen bezahlt hatten, würden sie schmerzlich vermissen.

Auf diesen Augenblick hatte ich gewartet, seit mich Fortuna in die Arme der Legion getrieben hatte: Dies war meine Gelegenheit, dem Meer und Britanniens Küsten ein gutes Stück näher zu kommen. Leider stellte mein mehr oder weniger leerer Münzbeutel eine schier unüberwindliche Schwierigkeit dar. Nach langem Grübeln gelangte ich zu folgendem Schluss: Entweder desertierte ich mit leeren Taschen und vertraute auf mein Glück, oder ich bestahl diejenigen, die ich, so sehr ich mich auch dagegen wehrte, allmählich als meine Kameraden ansah.

Keine dieser Möglichkeiten behagte mir, daher versuchte ich mich abzulenken, indem ich das Schweigen brach, das mir zur zweiten Natur geworden war. »Siebzehntausend«, sagte ich so laut, dass es die Reihe vor mir hören konnte. »Siebzehntausend und ungefähr dreitausend Zivilisten im Tross.«

Stummel warf mir einen Blick über die Schulter zu. Genau wie Titus konnte er mich nicht allzu gut leiden, doch ihm war ebenfalls langweilig. So langweilig, dass er sich sogar mit mir unterhielt. »Und das weißt du, weil …«

»Weil ich die Listen beim Quartiermeister gesehen habe«, log ich. Ich wollte ihnen nicht verraten, dass es mir der Standartenträger nach dem Vorfall mit Arminius gesagt hatte. Sonst hätte ich ihnen auch erzählen müssen, warum ich bei den Adlern gewesen war.

Stummel nickte, als hätte ich nur bestätigt, was er sowieso schon wusste. »Da hat er dir übrigens einen Gefallen getan«, rief er mir zu.

»Wer, der Quartiermeister? Wieso?«

»Es ist ein langer Marsch. Immerhin brauchst du jetzt die schweren Münzen nicht mit dir herumzuschleppen.« Er lachte, und ich sah das hämische Grinsen trotz des roten Tuchs. »He, mach dir nichts draus«, fuhr er fort. »Der nächste Zahltag ist schon in vier Monaten!« Er kicherte über seine eigene Bemerkung und wartete wohl auf eine Erwiderung. »Woher stammst du überhaupt?«, fragte er, als keine kam.

»Ich weiß es nicht.«

»Soso, du weißt es nicht. Naja, wie ein Italier klingst du nicht, und da du keine roten Sackhaare hast wie Rufus, bist du auch kein Gallier. Kannst du dich wirklich nicht erinnern?«, fragte er nach.

»Sie haben mich in diesem Hain gefunden, mehr weiß ich nicht«, log ich wieder.

Darüber dachte er einen Augenblick nach.

»Ich hab mal gesehen, wie einer verrückt geworden ist.«

»Wer denn?«, fragte Mondgesicht.

»Nicht in der Legion«, sagte Stummel, »sondern als Kind. Mein Nachbar hatte rausgefunden, dass seine Frau mit seinem Bruder vögelt. Er hat die beiden umgebracht. Und seine beiden Kinder. Irgendwann hat es so gestunken, dass sie bei ihm nachgesehen haben. Der Kerl saß in seinem Haus in seiner eigenen Scheiße und hat immer wieder gesagt, dass es ihm die Götter befohlen hätten.«

»Möglich«, sagte der gläubige Mondgesicht. »Sie hat mit ihrem Bruder gevögelt.«

»Mit *seinem* Bruder«, korrigierte Stummel ihn.

»Trotzdem.«

»Also, ich glaube, er war einfach nur verrückt. Wie der

hier«, sagte er und deutete mit dem Kinn auf mich. Dann drehte er sich um und blickte nach vorn. Das Gespräch war beendet.

Wenn nur der Marsch von ähnlich kurzer Dauer gewesen wäre.

Nach sechzehn Meilen staubiger Straße spürte ich meine Schultern nicht mehr. Bei einer Truppe von dieser Größe breitete sich jede Verzögerung und jeder Stillstand an der Spitze wie eine Welle nach hinten aus, sodass an die sonst übliche Marschgeschwindigkeit von sechzehn Meilen an einem halben Tag – regelmäßige Pausen zum Trinken und Pissen eingerechnet – nicht zu denken war. Stattdessen nahmen die Männer jede Gelegenheit wahr, um einen Schluck Wein zu trinken oder sich zu erleichtern. Nur wer es richtig eilig hatte, verließ die Kolonne, um zu scheißen, immerhin konnte sich das gewaltige Ungeheuer jeden Augenblick erneut in Bewegung setzen. Wie die anderen nutzte ich die unangekündigten Pausen, um mich vorzubeugen und die Hände auf die Knie zu stützen. So wurde der Druck auf die Schultern etwas verringert und das Blut konnte freier fließen. Ein alter Veteranentrick, bei dem man etwas Kraft schöpfen konnte, ohne den Rucksack abzusetzen. Schon bald folgten auch Micon und Cnaeus dem Beispiel der älteren Soldaten.

An diesem Tag hatte uns der Weg nach Norden durch eine flache, üppig grüne Wiesenlandschaft geführt, und so war es für die Pioniere und Späher am Anfang der Kolonne ein Leichtes, eine geeignete Stelle für das Nachtlager zu finden. Als wir dort ankamen, hatten die Pioniere bereits die Plätze der einzelnen Zenturien abgesteckt. Der Grundriss des Feldlagers entsprach exakt demjenigen des

Lagers in Minden oder eines beliebigen anderen Lagers im Imperium.

»Ich flehe den verdammten Jupiter und jeden einheimischen Gott, der gerade zuhört, an, dass nicht wir den Wall aufschütten müssen«, stöhnte Stummel.

Offenbar erhörten die germanischen Gottheiten seine Bitte. Pavo teilte uns kurz darauf mit, dass unsere Zenturie zu derjenigen Hälfte der Armee gehören würde, die in voller Kampfausrüstung Wache stand, während die andere die Zelte aufstellte und den Erdwall aufschüttete, der um das gesamte Lager herum verlief.

»Es wäre besser gewesen, wenn sie uns heute Abend zum Graben eingeteilt hätten«, sagte Hühnerkopf. »Jetzt sind wir morgen dran, und am zweiten Tag ist man immer völlig steif.«

»Als ob bei dir noch irgendwas steif werden würde, alter Mann.« Stummel griff sich grinsend in den Schritt. Doch alle waren vom Tagesmarsch erschöpft. Niemand schenkte ihm große Beachtung.

Das Contubernium nahm in einer Reihe in der friedlichen germanischen Landschaft Aufstellung. Die Abendsonne stand am Horizont, die Luft war warm. Ein Schweißtropfen lief auf der Innenseite der Wangenklappe meines Helms entlang. Ich steckte einen Finger hinein, um ihn abzuwischen.

»Also bist du doch ein Mensch?«, sagte Rufus, der nur selten den Mund aufmachte. Er sah mich mit einem melancholischen Lächeln auf dem geröteten Gesicht an.

»Ich bin ein Mensch«, antwortete ich vorsichtig. Weshalb hatte er mich gegen seine sonstige Gewohnheit angesprochen? Der rothaarige Gallier verlor selbst in Gegenwart seiner engsten Freunde kaum ein Wort. Vielleicht wollte er sich damit von der Trennung von seiner Familie ablenken – diese würde wie die meisten Angehörigen der Legionäre über die römischen Kastelle an der Lippe entlang zum Rhein reisen.

Er sah mich noch einen Augenblick an, dann wandte er sich dem südlichen Ende des stetig wachsenden Lagers zu. Ich folgte seinem interessierten Blick.

Eine Reitergruppe kam langsam auf uns zu. Sie hielt immer wieder an, um mit den arbeitenden Männern zu sprechen, die Rüstung und Speer gegen Schaufeln und Eimer eingetauscht hatten.

»Wahrscheinlich ein paar vornehme Offiziere, die die Arbeit der Truppe inspizieren und den einfachen Soldaten ein gutes Beispiel geben wollen«, spottete Stummel.

»Nein.« Hühnerkopf schüttelte den Kopf, nachdem er ein geübtes Auge auf sie geworfen hatte. »Normalerweise sind die Aristokraten dünn wie Bohnenstangen. Die sind recht kräftig gebaut. Wahrscheinlich germanische Hilfstruppen.«

»Quatsch«, stieß Stummel hervor. »Wieso sollten die die Befestigungen inspizieren? Wollen wir wetten?«

Hühnerkopf nickte heftig, sodass der Hautlappen an seinem Kinn flatterte.

»Mist«, fluchte Stummel, als die Reiter ein paar Minuten später deutlich als Germanen zu erkennen waren. Sie hielten am linken Rand unserer Zenturie an. Ein Finger deutete in unsere Richtung. Dann ritten sie auf uns zu. Es dauerte einen Augenblick, bis ich ihren Anführer erkannte, da sein Gesicht vom Schatten seines Helms verdeckt wurde.

Es war Berengar, Arminius' Leibwächter. »Felix«, begrüßte er mich.

»Die Ziegenficker scheinen ihn ja echt gern zu haben«, zischte Stummel hinter meinem Rücken. Glücklicherweise hatte der Germane, der sogar Titus überragte, ihn nicht gehört.

An genau diesen wandte sich Berengar nun. Offenbar ging er davon aus, dass der Größte von uns auch unser Anführer war. »Ich muss mit ihm reden. Befehl des Fürsten.« Ohne auf eine Antwort zu warten, riss er an den Zügeln und führte das Pferd von unserer Einheit weg.

Ich sah Titus an.

»Geh schon«, sagte er merkwürdig gleichgültig. Irgendetwas anderes schien ihn sehr zu beschäftigen, doch das war ein Rätsel, das ich ein andermal lösen musste.

Ich verließ die Reihe und ging zu Berengar, der sich außer Hörweite der römischen Soldaten begeben hatte. Er schwang sich aus dem Sattel und trat auf mich zu. Bevor ich wusste, wie mir geschah, umarmte er mich fest. Als er mich wieder losließ, waren seine Augen feucht.

»Vielen Dank«, sagte er. Dann schien er zu dem Schluss zu kommen, dass sein Latein nicht ausreichte, um seinen Worten die nötige Bedeutung zu verleihen. »Vielen Dank«, wiederholte er mit Nachdruck.

Mir hatte es die Sprache verschlagen, was Berengar offenbar als Einladung verstand, fortzufahren. Er legte mir seine schwere Pranke auf die Schulter.

»Arminius ist wie ein Vater für mich, aber auch wie ein Bruder, ein Sohn und ein Freund. Verstehst du?« Er deutete auf die Reiter hinter sich. »Für alle von ihnen. Du hast ihm das Leben gerettet. Von jetzt an bist auch du mein Bruder.«

Es waren aufrichtige, von Herzen kommende Worte von der Sorte, bei denen ich mich alles andere als wohl in meiner Haut fühlte. Ich spürte, wie ich errötete. »Wo ist er jetzt?«, fragte ich, um ihn von mir abzulenken.

»Er reitet zu seinem Stamm«, antwortete Berengar. »Er ruft die Krieger zusammen, dann kehrt er zur Armee zurück.«

»Wie viele Krieger?«

»Genug.« Er zuckte mit den Schultern.

»Und du?«

»Wir bleiben hier. Varus braucht Germanen, die das Land kennen. Aber er bittet uns nicht gern um einen Gefallen.«

»Aber er hat Arminius gern.«

»Wie einen Sohn«, pflichtete mir Berengar bei.

»Wird es zum Kampf kommen?«, fragte ich schließlich.

Der große Germane dachte lange über diese Frage nach. Er blickte sogar zum Himmel auf, als wollte er aus den Wolken weissagen.

»Arminius ist wie ein Sohn für Varus«, sagte er und zog mich in eine weitere Umarmung. »Du hast einen guten Freund in ihm. Und in mir einen Bruder. Vergiss das nicht.«

Während diese Sätze noch in meinen Ohren hallten, schwang sich Berengar in den Sattel und trabte mit seinen Kriegern Richtung Norden.

Weshalb mir seine Worte ein mulmiges Gefühl verursachten, hätte ich nicht zu sagen vermocht. Genau wie die Blutstropfen auf der Brücke damals lösten sie eine körperliche und völlig unerklärliche Reaktion aus. Mein Kopf hämmerte, mein Herz pochte, und auf diesem Marsch ins Ungewisse war ich mir nun zumindest einer Sache gewiss: Trotz der schweißtreibenden Arbeit des Tages graute mir vor dem Schlaf.

Denn der Albtraum würde zurückkehren.

18

Du bist wach«, stellte Hühnerkopf in nüchternem Ton fest. Er hatte das verkniffene Gesicht mit dem flatternden Kinn aus dem Zelt herausgestreckt. Die Sonne war noch nicht aufgegangen, sodass er meine vor Müdigkeit geröteten Augen im Zwielicht nicht erkennen konnte.

»Bin ich«, antwortete ich knapp.

Der Veteran kam heraus. Er setzte sich neben mich auf den Boden und rieb sich die Zehen seiner nackten Füße. »Das hältst du nicht ewig durch«, meinte er, nachdem er sich vom großen zum kleinen Zeh vorgearbeitet hatte.

»Nein«, sagte ich. Dann entschied ich, dass ich ihm eine freundliche Unterhaltung schuldig war. »Was ist da drin?«

Er zog den Korken aus einem kleinen Tongefäß, goss sich etwas von der Flüssigkeit darin auf die Hände und massierte sie in die gesprungene Haut seiner Füße.

»Das lässt die Haut härter werden. Wir haben den ganzen Sommer auf dem Arsch gesessen. Das macht einen weich. In jeder Hinsicht.«

»Stinkt nach Pisse«, murrte ich und wedelte mit der Hand.

»Die ist da bestimmt auch drin. Wein, Pisse, alles Mögliche.« Er zuckte unbekümmert mit den Schultern. »Wenn mir etwas Pisse an den Füßen Blasen erspart, warum nicht? Willst du auch?« Er hielt mir den übel riechenden Krug hin.

Ich lehnte ab, aber nicht aus Empfindlichkeit. Ich war beinahe ein Jahr allein durch die Lande marschiert. Die Haut meiner Füße war so dick wie eine Eisenrüstung. Das war auch Hühnerkopf nicht entgangen.

»Du hast einen weiten Weg hinter dir«, sagte er ohne Anklage in der Stimme. »Weiter als nur bis zu den Kastellen am Rhein.«

»Vielleicht habe ich mich ja in Italien verpflichtet.« Ich ließ mich auf die Unterhaltung ein, aber nur, weil mir die Aussicht auf Schlaf noch schlimmer vorkam.

»Vielleicht.« Der Veteran lächelte. Seine wenigen verbliebenen Zähne leuchteten in der Dämmerung. »Aber du bist nicht aus Italien ...«

Wir saßen schweigend da, bis er seine Füße mit der Tinktur eingerieben hatte. Die Soldaten versuchten alle Arten von Heilmitteln. Entweder stellten sie sie selbst her oder kauften sie von den fahrenden Händlern, die die Armee begleiteten. Die meisten dieser Mittel waren nutzlos, doch ein Veteran wie Hühnerkopf war erfahren genug, um die wirksamen berurteilen zu können.

»Willst du wirklich nicht?«, fragte er und hielt mir den Krug noch einmal hin. Als ich den Kopf schüttelte, steckte er den Korken wieder hinein. Lupus hatte offenbar bemerkt, dass der üble Geruch nachgelassen hatte. Er kroch aus dem Zelt und auf Hühnerkopfs Schoß.

»Guten Morgen, werter Herr.« Der Veteran begrüßte seinen kleinen Freund, streichelte ihn und blickte dabei zum Himmel auf. »Scheiße«, murmelte er, nun wieder mürrisch wie eh und je. »Ich dachte mir doch, dass es zu dunkel für die Tageszeit ist.«

Ich nickte. Der Himmel hatte sich im Laufe der Nacht zugezogen, und nun hingen die Wolken tief und bedrohlich über unseren Köpfen. »Fängt bald an zu regnen, oder?«

»Spätestens morgen.« Er zuckte mit den Schultern.

Wir saßen schweigend da, während das Lager um uns herum zum Leben erwachte. Kurz vor Sonnenaufgang wurde das Wecksignal gegeben. Die Männer taumelten aus den Zelten und machten sich sofort daran, sie abzubauen. Arbeitsgruppen trugen die Erdwälle wieder ab, damit wir dem Feind keinen Verteidigungsposten hinterließen, den wir eines Tages womöglich dann stürmen mussten. Für diese Aufgabe wurde unser Contubernium eingeteilt.

»Lieber jetzt schwitzen als später bluten.« Mit dieser alten Weisheit stach Hühnerkopf den Spaten in die Erde.

»Oder den verdammten Wall gar nicht erst aufschütten«, meinte Stummel und drückte den steifen Rücken durch. »Als hätten sie schon einmal eins unserer Lager angegriffen.«

»Weil wir den Wall aufschütten, du Vollidiot. Deshalb nicht.« Mondgesicht schüttelte den Kopf. »Disziplin, Stummel. Das unterscheidet uns von den Barbaren. Vielleicht wärst du bei denen besser aufgehoben.«

»Vielleicht«, sagte Stummel und hielt erneut inne. »Ach, nein«, sagte er schließlich und deutete mit großer Geste auf sein Gesicht. »Es wäre ein Verbrechen, diese edlen Züge hinter einem Bart zu verstecken.«

Mondgesicht tat seine Meinung darüber kund, indem er eine Schaufel Erde ins Gesicht seines Kameraden warf.

»Mondgesicht, wenn du von den Barbaren sprichst, wen genau meinst du da?«, fragte Rufus argwöhnisch.

»Das weißt du ganz genau.«

»Nein. Mich etwa?«, wollte der Gallier wissen.

»Natürlich nicht. Du bist römischer Bürger.«

»Dann meinen Vater? Meine Mutter? Meine Vorfahren?« Rufus ließ nicht locker. »Mein Großvater hat zwei Brüder in Cäsars Kriegen verloren. Und sie standen nicht auf der römischen Seite.«

Mondgesicht begriff, dass er seinen Kameraden beleidigt hatte und schwieg höflicherweise.

»Irgendwer ist immer für irgendwen ein Barbar«, sagte Rufus und widmete sich wieder seiner Arbeit. »Und diejenigen, die meinen, dass ihre Scheiße besser riecht als die der anderen, die stecken früher oder später bis zum Hals drin.«

Sobald der Wall abgetragen und das Gepäck aufgeladen war, legten die Soldaten der Arbeitsgruppen ihre Rüstungen an und gesellten sich zur anderen Hälfte der Armee, die Wache gestanden hatte. Gemächlich und geordnet verließ die Truppe den Lagerplatz, und zurück blieb nur aufgewühlte Erde.

Weiter ging es nach Norden. Geraume Zeit später kam es immer häufiger zu Verzögerungen. Selbst der schweigsame, in sich gekehrte Titus bemerkte dies und runzelte die Stirn.

»Irgendwas ist da vorne los«, meinte Hühnerkopf.

»Was du nicht sagst«, murrte Stummel und nahm das Tuch vom Mund, um ausspucken zu können. »Und was?«, fragte er.

»Gekämpft wird nicht. Sonst hätte man die leichte

Infanterie von den Flanken nach vorne beordert. Nein, da ist ein Hindernis auf dem Weg. Eine Brücke vielleicht.«

»Hätten sich die Späher und Pioniere nicht darum kümmern müssen?«

»Kein Plan überlebt den Kontakt mit einem Offizier«, stellte Hühnerkopf schulterzuckend fest.

Wir mussten noch eine ganze Weile auf des Rätsels Lösung warten. Die Kolonne kam weiterhin nur langsam voran. Allmählich gingen die freien Wiesenflächen in ein Waldgebiet über.

»Der Wald sorgt für die Verzögerung«, mutmaßte Hühnerkopf. »Zwischen den verfluchten Bäumen können wir keine Gefechtsformation bilden. Also suchen sie einen Umweg.«

»Und wenn sie keinen finden?«, fragte Mondgesicht.

»Dann stecken wir in der Scheiße«, entgegnete Stummel. Sein Kichern verwandelte sich in ein Stöhnen, als die Kolonne erneut zum Stillstand kam.

»Ich vermisse die Heimat«, seufzte Mondgesicht und betrachtete schwermütig den Wald um sich herum. »Sanfte Hügel. Blauer Himmel. Kein Wunder, dass die Barbaren … entschuldige, Rufus … dass die Germanen so sind, wie sie sind. Ein Wald ist ein grauenvoller Ort. Guckt euch doch um, hier gibt's kein Licht wie Zuhause.«

»Das hier ist kein Wald. Warte, bis wir weiter nach Norden kommen. Da gibt es richtige Wälder«, belehrte Rufus den aus Italien stammenden Legionär.

Die Kolonne schleppte sich weiter voran. Rufus sollte recht behalten. Bis zum Nachmittag wurde der Wald dichter und dichter – ein nicht enden wollender, grüner Schildwall unter finsteren Wolken. Obwohl es bis zum Sonnenuntergang noch lange hin war, schien es bereits Nacht geworden zu sein.

»So können wir nur schwer mit dem Flankenschutz Kontakt halten«, überlegte Hühnerkopf laut. Titus nickte. Seit wir im Wald waren, schien ihn sein soldatischer Instinkt zu mehr Wachsamkeit anzuhalten, doch er schwieg weiterhin.

Vor uns war das vertraute Schlurfen und Fluchen zu hören, mit dem die Soldaten in die Vordermänner hineinliefen. Wieder einmal kam die Kolonne zu einem ungeplanten Stillstand – zum ersten Mal, seit unsere Zenturie den Wald betreten hatte. In einem Augenblick war noch der Lärm einer marschierenden Armee zu hören gewesen, im nächsten herrschte tiefe Stille. Eingeschüchtert von der ungewohnten, drückenden Atmosphäre des Waldes schien die Kolonne wie ein Mann den Atem anzuhalten.

»Was jetzt?«, flüsterte Stummel.

Ich lauschte in den Wald. Zweige raschelten im sanften Wind. Die Krähen in den Baumwipfeln tauschten heisere Rufe aus.

»Warum flüsterst du?«, fragte Mondgesicht seinen Kameraden mit ebenso gedämpfter Stimme. Micon und Cnaeus hinter ihm starrten ängstlich in das Dunkel der Bäume. Bestimmt fragten sie sich gerade, welche Schrecken dort lauern mochten. Für Menschen, die am Mittelmeer aufgewachsen waren, war ein dichter Wald ebenso bedrohlich wie der tiefe Meeresgrund.

Die Stille und das Getuschel brachten den wütenden Titus dazu, sein Schweigen zu brechen. »Jetzt macht euch nicht ins Hemd«, herrschte er die beiden älteren Soldaten an. »Ein Wald, na und? Die Bäume tun euch nichts, ihr Memmen.«

Seine Kameraden erröteten und sahen zu Boden.

»Stellt euch den Wald einfach als Stadt mit Bäumen vor«, sagte Rufus mit sanfter Stimme zum Contubernium, wobei er Titus mit tadelndem Blick zu verstehen gab, dass dieser zu weit gegangen war. Auf Titus' finsterem Gesicht war jedoch keine Reue zu erkennen.

Nicht einmal, als ein Schrei durch den Wald hallte – ein lang gezogener Schmerzensschrei, der das Ende eines Lebens verkündete.

»Scheiße, was war das?«, rief Mondgesicht. Überall in der Kolonne legten die Soldaten die Hände um den Griff ihrer Kurzschwerter. Die Erfahrensten unter den Veteranen prüften unwillkürlich den Sitz ihrer Rüstung und lockerten ihre Schultermuskeln. Wenn es zum Kampf kam, waren sie bereit, entspannt und aufgewärmt.

Titus hatte sich nicht bewegt. »Ein Schrei, du Schisser. Hast du geglaubt, dass sich die Germanen einfach hinlegen und die Beine für uns breitmachen?«

»Greifen sie die Kolonne an?«, fragte Cnaeus und bemühte sich, unerschrocken zu klingen.

Titus betrachtete ihn, nicht ohne Wohlwollen. »Nur die Ruhe, Kleiner. Dafür haben wir ja die leichte Infanterie. Damit sie unsere Flanken schützt.«

»Besser die gehen drauf als wir.« Mondgesicht zuckte mit den Schultern. »Sind sowieso keine richtigen Römer. Nur Hilfstruppen.«

»Es sind trotzdem unsere Kameraden«, entgegnete Rufus und schüttelte den Kopf. »Manchmal bist du wirklich ein unausstehliches Arschloch.«

Eine Zeit lang herrschte nervöses Schweigen.

»Hey, Hühnerkopf«, rief Stummel schließlich, der es nicht länger aushielt. Er leckte sich über die Lippen. »Erzähl uns eine Geschichte. Um uns aufzumuntern.«

»Nein«, entgegnete der ältere Veteran. Er hatte Lupus aus der Tasche geholt und die Nase im Fell des kleinen Tieres vergraben. »Du machst dich nur lustig über mich.«

»Ehrlich nicht. Versprochen. Na los, Kumpel«, drängte Stummel und legte dem überraschten Cnaeus eine Hand auf die Schulter. »Du willst doch auch eine Geschichte hören, oder etwa nicht, du tapferer Soldat?«

»Ja, Herr«, brachte Cnaeus schließlich heraus.

»Hörst du, er hat dich sogar *Herr* genannt.« Stummel grinste. »Jetzt kannst du's ihm nicht abschlagen.«

»Also gut, eine Geschichte«, sagte der alte Soldat und steckte Lupus zurück in den Stoffbeutel, der um seinen Hals hing. »Als wir mit General Drusus auf Feldzug waren …« Er hielt inne und wartete auf den üblichen sarkastischen Kommentar von Stummel. Doch der lächelte nur aufmunternd. Hühnerkopf fuhr fort. »Als wir mit dem General auf Feldzug waren, stieß unsere Zenturie in einem Wald auf mehrere Frauen. Sie waren sehr schön, wunderschön sogar. Sie hatten langes, blondes Haar und trugen blütenweiße Kleider.«

»Hört, hört.« Stummel lächelte und zwinkerte dem staunenden Micon zu.

»Es waren Priesterinnen«, erklärte Hühnerkopf. »Sie hatten unseren Männern die Kehlen durchgeschnitten und das Blut in einem Kupferkessel gesammelt. Er lief schon beinahe über.«

»Verflucht nochmal, Hühnerkopf«, stöhnte Stummel. »Ich hab gesagt, eine Geschichte, die uns aufmuntert.«

»Also wollt ihr nicht hören, wie sie den Männern die Zungen rausgeschnitten und ihre Köpfe an die Bäume genagelt haben?«

»Nageln ist gut, aber nicht so, bitte schön«, sagte Stummel kopfschüttelnd. Micon und Cnaeus sahen aus, als müssten sie sich gleich übergeben.

»Seht euch die an!«, lachte Stummel und deutete auf die beiden. »Was ist los, Jungs? Ist euch nicht gut? Dann passt mal auf.« Er setzte zu einer Geschichte an, die ebenso grausam wie anzüglich war.

Ich hörte nicht zu. Hühnerkopfs Erzählung von Menschenopfern hatte an alten Erinnerungen gerührt. Unvermittelt überfielen mich die Schrecken, die ich im Hain gesehen hatte – die verbrannten Körper in ihren Käfigen, die ausgeweideten Toten auf dem Boden. Wie hatte ich ihre Schreie überhören können? Wieso hatte mich nicht dasselbe Schicksal ereilt?

Für eine Weile war ich wieder dort. Schwindel ergriff mich. Ich taumelte und musste mich bemühen, auf den Beinen zu bleiben.

Plötzlich spürte ich eine Hand auf der Schulter. Hühnerkopf. Er stützte mich, so unauffällig, dass es keiner von den anderen mitbekam.

»Danke«, murmelte ich, sobald mir meine Beine wieder gehorchten.

Er beugte sich zu mir vor. »Heute Nacht schläfst du, verdammt nochmal«, sagte er leise. »Schrei, soviel du willst. Aber ohne Schlaf hältst du in der Gefechtslinie nicht lange durch.«

In der Gefechtslinie? Rechnete er etwa mit einem Kampf?

Pavo kam von der Spitze der Zenturie zu uns herüber, als hätte er meine Gedanken gelesen. »Titus«, rief er mit wie üblich finsterer Miene. »Der Flankenschutz hat sich nicht mehr beim Legionskommandanten gemeldet.«

»Und?«, fragte Titus, der momentan nicht gerade sehr geduldig war.

»Und er hat befohlen, dass ihr rausfindet, was mit ihm passiert ist«, sagte Pavo und machte augenblicklich kehrt, um unangenehmen Fragen auszuweichen.

»Ist natürlich eine große Ehre, wenn einen der Legat persönlich mit so einer Aufgabe betraut.« Stummel lachte bitter.

»Tornister ablegen«, befahl Titus. »Nur Kurzschwerter. Nehmt die Helme ab.« Diese letzte Order war an die jüngeren Soldaten gerichtet. Sie sahen ihn verwundert an.

»Damit ihr besser hören könnt«, erklärte Hühnerkopf und rückte den Stoffbeutel mit Lupus zurecht.

»Willst du das Vieh nicht hierlassen?«, schnaubte Mondgesicht.

»Da lasse ich lieber dich hier.«

»Herhören«, knurrte Titus und scharte sein Contubernium um sich. Jetzt, da Gefahr im Verzug war, schien jede Spur seiner nachdenklichen Melancholie wie weggewischt. Dieser Mann wusste genau, dass er im Notfall jeden Funken seines Verstandes und jede Sehne seines Körpers zum Einsatz bringen musste, wenn er am Leben bleiben wollte. »Zwischen euch dürfen nicht mehr als zehn Fuß Abstand sein. Haltet die Köpfe unten, das ist kein Spaziergang. Wenn ihr etwas seht, gebt sofort Bescheid. Aber leise! Formation einhalten.«

»Und wenn wir angegriffen werden?«, fragte Stummel und leckte sich nervös die Lippen.

»Dann sind wir wahrscheinlich geliefert«, meinte Titus, ohne die Miene zu verziehen. »Wenn ihr schnell seid, schafft ihr es vielleicht zurück zur Kolonne. Aber dann seid ihr wegen Feigheit vor dem Feind dran.«

Und mit diesen ermutigenden Worten verließen wir den Weg und schlugen uns in den finsteren Wald.

19

Auf dem Waldboden unter den hohen Eichen- und Ahornzweigen, an denen noch das schwere Laub des Sommers hing, wucherten Büsche, Gestrüpp und dornige Ranken. Bäche und tiefe Rinnen querten unseren Weg – ideale Stellen für einen Hinterhalt des Gegners.

»Kontakt halten«, zischte Titus. Wir waren kaum zwanzig Schritt in den Wald vorgedrungen, und schon zwang uns das dichte Unterholz dazu, die Formation aufzubrechen. Jedes Geräusch wurde von den Bäumen gedämpft, und doch schien das Knacken eines trockenen Zweiges lauter als ein Schiff, das auf ein Riff aufläuft.

Mondgesicht spähte argwöhnisch in den Graben, dem wir uns näherten. Titus zu meiner Rechten blickte finsterer drein als je zuvor. Lichtsprenkel fielen durch das Blätterdach, und die Sonne zeichnete wirbelnde Muster auf die Rüstungen der Männer.

Mir war der Wald auch in Kriegszeiten nicht fremd, aber für eine römische Legion stellten die Wälder ein mehr als ungünstiges Terrain dar. Hier kämpfte jeder für sich allein und musste sich auf seine ureigensten Instinkte verlassen. Aufgrund der dichten Vegetation war die Sicht begrenzt, und unser Gehör – ein von der schweren Infanterie schmerzlich vernachlässigter Sinn – war unser größter

Verbündeter: ein Rascheln, obwohl kein Wind wehte; das Klirren von Metall; gedämpfte Stimmen wie die von Titus, als er dem Contubernium erneut befahl, die Formation zu halten.

Ich rutschte einen Abhang in ein trockenes Bachbett hinunter. Mit der Linken bremste ich ab, in der rechten Hand hielt ich das Schwert, das ich vorher in den Schlamm getaucht hatte, damit es nicht glänzte. Alle bis auf Mondgesicht waren meinem Beispiel gefolgt. Titus musste es ihm befehlen. »Spar dir deine Spucke und Politur fürs Lager auf«, hatte er geknurrt.

Nun lag ich flach auf der anderen Seite der Böschung, spähte über den Rand und ließ den Blick schweifen. Sobald ich mir einigermaßen sicher war, dass mich in unmittelbarer Umgebung kein germanischer Speer erwartete, kroch ich einige Schritte weiter und wiederholte das Ganze. Selbst dem fähigsten Mann ist es unmöglich, in der Bewegung die eigene Tarnung aufrechtzuerhalten und die des Feindes aufzuspüren. Dazu ist regelmäßiges Innehalten unabdingbar.

»Nicht schlecht«, flüsterte Titus, der sich im nächsten Graben neben mich legte.

Ich nickte. Jedes Wort war zu viel. Ich legte den Finger auf die Lippen, was Titus als Aufforderung verstand, die Hand zu heben, bis aus dem Unterholz kein Rascheln mehr zu hören war. Die Gruppe hinter uns hatte angehalten.

Titus fragte nicht, weshalb ich nichts mehr sagte oder warum ich ins Gebüsch starrte wie ein Jagdhund, der Witterung aufgenommen hat. Er kannte mich nicht, er konnte mich nicht leiden, aber inzwischen wusste er immerhin, dass meinen Instinkten in solchen Situationen in der Regel zu trauen war.

»Da hat etwas geblinkt«, flüsterte ich schließlich. »Zwanzig Schritt vor uns, zwei Handbreit rechts von der Eiche mit dem abgebrochenen Ast.«

Titus streckte den Arm in Richtung des Baums aus und ballte die Faust. Nachdem er den Eichenstamm als Bezugspunkt festgelegt hatte, öffnete er zweimal die Hand, um die Entfernung anzuzeigen.

Jetzt blinkte dort etwas, und die Natur bringt nur wenige blinkende Dinge hervor.

Titus bedeutete mir mit ausgebreiteter Handfläche, in Position zu bleiben, und verließ den Graben. Für einen so großen Mann war er erstaunlich leichtfüßig. Kein Wunder, dass er als herausragender Kämpfer galt. Nachdem er den anderen befohlen hatte, an Ort und Stelle zu bleiben, kehrte er zu mir zurück und schlug mir mit wenigen Handbewegungen vor, uns mitten in den Graben zu legen. Eine gute Idee. Je näher wir dem Boden waren, desto weniger war von dem Wortwechsel zu hören, den wir dringend führen mussten. Oder zumindest von den Befehlen, die er mir geben musste.

»Du gehst voraus. Ich bleibe ein paar Schritte hinter dir. Wenn sie angreifen, dann bleib bloß nicht stehen. Mach sie kalt, wenn's sein muss, und dann lauf los.«

Anscheinend bemerkte er meine Verwunderung darüber, dass er sich um mein Überleben kümmerte. Der Hüne lächelte, ohne eine Erklärung abzugeben. Vielleicht rechnete er auch einfach nur damit, dass er schneller war als ich und dass ich etwaige Verfolger lange genug ablenken würde, damit er sich in Sicherheit bringen konnte. Irgendwie konnte ich nicht recht an das Wohlwollen eines Mannes glauben, der mich bei unserer ersten Begegnung beinahe umgebracht hatte.

Titus ging in die Hocke und wartete darauf, dass ich die Böschung hinaufkletterte. Doch stattdessen kroch ich zunächst ein gutes Stück nach links. Ich spürte seinen Blick auf meinem Rücken und wartete darauf, dass er eine Erklärung für mein Verhalten verlangte. Die war einfach. Wenn mich jemand in den Graben hatte kriechen sehen, würde er auch erwarten, dass ich auf derselben Höhe wieder herauskam. Natürlich konnte ich nicht darauf hoffen, dass mich die paar Schritt unsichtbar machten. Aber vielleicht brachte ich den Feind dadurch dazu, sich zu bewegen und mir seine Position zu verraten. Das verschaffte mir unter Umständen wertvolle Zeit, um meine Haut zu retten.

Sobald ich aus dem Graben war, entspannte ich die Schultern. Den Griff um das Schwert lockerte ich jedoch nicht. Mein Arm war angewinkelt und die Spitze der Klinge zeigte nach vorn. So konnte ich bei einem Angriff sofort zustechen.

Ich hielt inne und lauschte. Bis auf Titus' leisen Atem hinter mir war alles ruhig. In der Entfernung glaubte ich Hörner und Trommeln zu hören, doch die Geräusche verstummten, bevor ich mir sicher sein konnte. Vielleicht hatte ich sie mir nur eingebildet. Ich schlich weiter.

Was da auch geblinkt hatte, aus diesem Winkel heraus war es nicht mehr zu sehen. Ich hatte mir den Punkt gut gemerkt und war ihm nun nahe genug, um durch die Äste eines Busches zu spähen, der viel zu dürr war, um sich dahinter zu verstecken. Hatte sich der Feind bewegt? Und falls ja, wohin?

Die Eiche bot die erste ordentliche Deckung. Ich näherte mich von der einen, Titus von der anderen Seite. Gemeinsam umrundeten wir mit gezückten Schwertern den Baum, nur um uns auf der anderen Seite gegenüberzustehen.

»Habe mich wohl getäuscht«, seufzte ich. Erst jetzt bemerkte ich, wie erregt ich war. Dies fiel einem immer erst auf, wenn die Gefahr vorüber war.

»Nein.« Titus schüttelte den Kopf und bedeutete mir, ihm zu folgen. Er ging zu dem dürren Busch hinüber, beugte sich vor und hob etwas auf – einen Fingerring. »Bronze«, verkündete er und hielt ihn mir hin. Er grinste, schließlich war er nun der neue Besitzer des Schmuckstücks. Ich grinste nicht.

Der Ring steckte noch an einem Finger.

Titus zog ihn ab und machte dann den anderen Zeichen, zu uns aufzuschließen. Gemeinsam suchten wir die nähere Umgebung ab. Wir entdeckten Blutspuren und Hinweise auf einen Kampf – zerbrochene Äste, aufgewühlte Erde.

»Aber wir haben die Hilfstruppen noch nicht gefunden«, sagte Mondgesicht, dem es gar nicht behagte, sich unnötig lange an dem Ort aufzuhalten.

Stummel hatte unterdessen den abgetrennten Finger an sich genommen und tat so, als wollte er Mondgesicht damit ins Auge stechen. »Von selbst wird der ja wohl nicht abgefallen sein, oder? Pavo hat gesagt, wir sollen herausfinden, was mit der leichten Infanterie *passiert* ist. Sie *selbst* finden sollen wir nicht. Stimmt's, Hühnerkopf?«

Hühnerkopf zuckte mit den Schultern. Er war lange genug Legionär, um zu wissen, dass jeder Befehl einen gewissen Ermessensspielraum hatte.

»Also, wir haben herausgefunden, was passiert ist«, sagte Titus, nahm Stummel den Finger aus der Hand und wedelte mit ihm herum. »Kehren wir zur Truppe zurück, bevor sie dasselbe mit uns machen. In Einerkolonne, dann geht's schneller. Abmarsch.«

Die Männer wandten sich um. Rufus übernahm die Führung. Er hatte den besten Orientierungssinn.

»Moment«, sagte Hühnerkopf plötzlich und hielt an. »Wo ist der Kleine?«

Alle blieben stehen. Tatsächlich – Micon fehlte. Der junge Soldat war so still und unauffällig, dass ihn niemand vermisst hatte. Jetzt wusste keiner so recht, wann er ihn zum letzten Mal gesehen hatte.

»Schöne Scheiße«, knurrte Titus. »Wenn ich ohne ihn zurückkomme, stehe ich da wie ein Trottel. Wer war sein Nebenmann?«

Stummel hob die Hand.

»Den könnt ihr vergessen«, protestierte er, wütend über seinen Fehler. »Ich hab ihm gesagt, dass er stehen bleiben soll. Ist ja nicht meine Schuld, wenn er einfach weitergeht.«

»Und Pavo soll mich dafür zur Sau machen?« Titus schnaubte. »Auf keinen Fall. Wir finden den verdammten Blödmann.«

»Ich suche ihn«, schlug ich vor, erhielt dafür jedoch nur einen warnenden Blick des Hünen.

»Nimm Aufstellung und vergiss nicht, wer hier das Sagen hat. Alle anderen schwärmen aus. Breite Gefechtslinie.«

Ich bezog links von Titus Stellung. Dass ich allein sein wollte, hatte mehrere Gründe. Zum einen war ich tatsächlich davon überzeugt, dass ich den verirrten Micon schneller fand ohne die anderen. Und je eher wir ihn fanden, desto früher konnten wir zur Kolonne zurückkehren. Der zweite und weitaus wichtigere Grund war, dass ich mich selbst prüfen wollte. Wie lauteten meine wahren Absichten? Wenn ich allein in den Wald schlich und nicht mehr zurückkehrte, würde man wohl annehmen, dass ich umgekommen und nicht desertiert war. Würde ich weglaufen oder zu meiner Kolonne und meiner Zeltgemeinschaft zurückkehren?

Auf diese Frage brauchte ich eine Antwort.

Doch vorerst durchkämmte ich mit den anderen Soldaten den dichten Wald und versuchte mich in Micon hineinzuversetzen. Was würde ich tun, sobald ich entdeckte, dass ich von den anderen getrennt war? Am schlauesten war es, sich einfach hinzusetzen, zu lauschen und die Ankunft des Suchtrupps abzuwarten.

Leider war Micon nicht für seine Schlauheit bekannt.

»Cnaeus!«, hallte in diesem Moment die gedämpfte Stimme des Jungen durch den Wald. »Cnaeus, wo bist du? Ich hab mich verirrt!«

»Bei Jupiters haarigen Eiern«, stöhnte Stummel. »Der Kleine ist wohl lebensmüde.«

»Ruhe«, befahl Titus, der versuchte, die Richtung zu bestimmen, aus der die Stimme gekommen war. »Da lang.«

»Wir werden ihn doch nicht etwa suchen, oder?«, fragte Mondgesicht beunruhigt.

»Du kannst ja hierbleiben, wenn du willst«, blaffte Titus. »Zusammenrücken«, befahl er, und wir stellten uns mit gezücktem Schwert und einer Armlänge Abstand voneinander auf.

»Cnaeus!«, rief der begriffsstutzige Junge, während wir langsam vorrückten. »Cnaeus, bist du das?«

»Er ist zu weit weg, um uns hören zu können«, flüsterte ich Titus zu. Der nickte.

»Das ist nur seine Einbildung«, grunzte er, obwohl der feste Griff um sein Schwert verriet, dass er selbst nicht daran glaubte.

»Cnaeus!«, rief der Junge wieder.

Nun sah ich ihn auf dem erhöhten Rand eines Grabens stehen. Verwirrung zeichnete sich auf seinem sonst so ausdruckslosen Gesicht ab. Sein Schwert hing nutzlos an seiner Seite herab.

»Cnaeus!«, rief er und sah sich nach Rettung um.

»Holen wir ihn«, zischte Titus so laut, dass alle es hören konnten.

Wie zuvor übernahm ich die Führung. Titus folgte mir.

»Cnaeus!«, rief Micon jetzt lauter denn je. Er hatte uns erblickt.

»Halt's Maul, du Idiot«, befahl ich.

Der junge Soldat sah mich an, als wäre nicht das Geringste passiert. Ich packte ihn an der Schulter und schüttelte ihn.

»Plötzlich waren alle weg«, sagte er mit einem scheuen Lächeln.

Und da erfolgte der Angriff.

Man musste ihre Geduld bewundern. Sie hatten ruhig auf fettere Beute gewartet, während der ahnungslose Köder vor ihren Augen um Hilfe gerufen hatte. Aus dem Augenwinkel heraus erkannte ich mindestens ein Dutzend Krieger, die über den Abhang schwappten wie eine Welle in der Brandung. Undeutlich nahm ich Speere, bärtige Gesichter und einen lauten Schlachtruf wahr, dann rannte ich los. Titus preschte wie ein Streitwagen vor mir durchs Unterholz.

»Lauf«, brüllte ich Micon zu und zerrte ihn an der Schulterplatte seiner Rüstung mit mir. Augenblicke später hatten wir die Stelle erreicht, an der Titus die anderen zurückgelassen hatte.

Doch sie waren weg.

Weder Titus noch ich selbst wurden deshalb langsamer. Dabei hoffte ich inständig, dass er uns zur Kolonne zurück und nicht tiefer in den vor Feinden strotzenden Wald führte.

Wir brachen durch das Gebüsch und umliefen so gut es ging die Gräben, ohne den Dornen, die unsere Haut zerkratzten, und die Äste, die uns ins Gesicht peitschten, weiter Beachtung zu schenken. Ich rechnete jeden Augenblick mit einem Speer, der sich in meinen Rücken bohrte. Doch ich wagte nicht, mich umzusehen. Jetzt auf keinen Fall stolpern.

Micon dagegen blickte sich um, im nächsten Moment stieß er mit dem Fuß gegen eine Wurzel. Der Junge geriet ins Straucheln. Ich versuchte ihn zu stützen, doch stattdessen riss er mich nur mit. Im Fallen wurden wir herumgewirbelt, sodass ich in die Richtung unserer Verfolger sah. Ihre Gesichter waren vor Jagdfieber und Blutdurst gerötet.

Sie verlangsamten ihren Schritt und hoben die Speere, schubsten sich förmlich gegenseitig aus dem Weg. Jeder wollte der Erste sein, der einen Römer zur Strecke brachte.

In diesem Augenblick gingen meine Kameraden aus dem Hinterhalt zum Gegenangriff über.

Es war ein perfekt ausgeführtes Manöver, das sich, wie ich später erfuhr, Hühnerkopf ausgedacht hatte. Beim ersten Anzeichen von Gefahr hatte er die Gruppe in einem Graben in Deckung gehen lassen. Die Germanen hatten nur Augen für ihre Beute und waren an ihnen vorbeigestürmt. Hühnerkopf und die anderen hatten die Verfolgung aufgenommen, und jetzt, da die Speerkämpfer innehielten, um mich zu stellen, fielen ihnen die Römer in den Rücken und machten ihnen mit schnellen, effektiven Schwerthieben den Garaus. Nur einem Germanen gelang es, seine recht unhandliche Waffe überhaupt in Position zu bringen.

»Mich hat's erwischt!«, kreischte Stummel und ging in die Knie. Die anderen standen vor Erschöpfung keuchend über ihren Feinden. Rufus schnitt den verwundeten Gegnern ohne mit der Wimper zu zucken die Kehlen durch.

Ich ließ Micon los und rannte zu dem Verwundeten hinüber. Stummel drückte die Handfläche auf die rechte Schulter. Blut sickerte zwischen seinen Fingern hervor. Hühnerkopf bemühte sich vergebens, die Hand wegzuzerren und die Wunde in Augenschein zu nehmen.

Stummel jaulte vor Angst. »Das war's! Ich bin erledigt!«

»Sei ruhig und lass mich sehen«, befahl Hühnerkopf.

»Nein! Nein! Wenn ich nicht auf die Wunde drücke, verblute ich! Ich verblute, Hühnerkopf! Scheiße!«

»So stark blutet es nicht, du Memme«, sagte Hühnerkopf.

Ich sah das ähnlich und sagte dies auch.

»Wer hat dich denn gefragt?«, schrie Stummel mich an. »Wir haben nichts als Pech, seit du aufgetaucht bist. Du bringst Unglück!«

Micon tauchte an meiner Schulter auf und bot dem Verwundeten unverzüglich ein neues Ziel für seine Beleidigungen.

»Das ist alles deine Schuld!«, herrschte Stummel den Jungen an, nahm die Hand von der Wunde und deutete mit einem blutigen Finger auf Micon. »Tu uns allen einen Gefallen und stürz dich in dein Schwert!«

»Keine Bange. Ist sauber durchgegangen«, sagte Hühnerkopf, der die Gunst des Augenblicks genutzt hatte, um die Wunde zu untersuchen. »Das wird schon wieder, du Heulsuse.«

»Wirklich?«, fragte Stummel ungläubig.

»Wenn du keinen Wundbrand bekommst.« Diese Bemerkung konnte sich Mondgesicht nicht verkneifen.

»O Scheiße!«, stöhnte Stummel, aufs Neue der Verzweiflung nahe. »Warum immer ich?«

Darauf hatte keiner eine Antwort. Nicht einmal Titus, der kurz darauf zurückkehrte.

»Na, macht die Rennerei Spaß?«, fragte Rufus seinen Freund.

»Leck mich«, keuchte Titus, lächelte aber. Anscheinend war er erleichtert, seine Kameraden mehr oder weniger unversehrt vorzufinden.

Ich rollte einen der Germanen auf den Rücken, wobei meine Sandalen im blutgetränkten Schlamm schmatzten. Der Mann war mehrmals in der Nähe der Nieren getroffen worden. Er hatte geblutet wie ein Schwein. Ich blickte ihm ins Gesicht. Dem noch spärlichen Bartflaum nach zu schließen, war er etwa in Micons Alter.

Die anderen Toten waren nicht viel älter, und keiner trug große Reichtümer bei sich. Das Wenige, das wir ihnen abnehmen konnten, erhielt Stummel als Entschädigung für seine Verwundung.

»Das sind ja noch Kinder«, murmelte Rufus. Vermutlich dachte er dabei an seine eigenen Söhne.

»Grünschnäbel«, meinte Hühnerkopf. »Kein gutes Zeichen.«

Da hatte er recht. Anders als die erfahrenen Krieger, gegen die wir auf der Brücke gekämpft hatten, waren diese jungen Männer unter der römischen Herrschaft aufgewachsen – ein Hinweis darauf, wie tief die Abneigung der hiesigen Bewohner gegen die Besatzer saß. Hätten sie es nur aufs Geld abgesehen, wäre der Tross ein weitaus lohnenderes Ziel gewesen als ein kleiner Trupp im Wald.

»Vielleicht wollten sie sich so einen Namen machen«, mutmaßte Hühnerkopf. In diesem Fall hoffte ich, dass dieser Brauch nicht allzu verbreitet war.

»Genug«, sagte Titus, was als Grabrede für die Gefallenen reichen musste. Womöglich wurde ihm gerade bewusst, dass es ohne Hühnerkopfs schnelle Reaktion genauso gut sein Leichnam hätte sein können, der jetzt auf dem Boden erkaltete. »Gehen wir zurück zur Kolonne.«

20

Leider war es nicht so einfach.

»Wo sind wir überhaupt?«, fragte Mondgesicht in die Runde und legte sein blasses Gesicht in Falten.

»In Germanien, du Depp«, sagte Stummel, der auf den Leichen wie auf einer Treppe aus dem Graben stieg. »Wo lang geht's zurück zur Kolonne, Titus?«, fragte er. Tote Luft wich aus der Lunge eines Gefallenen. »Titus?«, wiederholte er, als ihm dieser die Antwort schuldig blieb.

Der Anführer schwieg weiter, und das spöttische Lächeln verschwand allmählich aus Stummels Gesicht. »Hühnerkopf? Rufus? Ich dachte, ihr Pisser hättet so einen guten Orientierungssinn?«

»Halt die Klappe, Stummel«, meinte Hühnerkopf müde.

»Nein. Ständig gibst du damit an, dass …« Der Satz endete in einem erstickten Gurgeln, als sich Titus' gewaltige Pranke um Stummels Kehle legte.

»Halt. Den. Mund«, zischte der Hüne. Dann stieß er Stummel von sich.

Rufus trat zu Titus und flüsterte ihm etwas ins Ohr. Titus knurrte zustimmend, woraufhin Rufus Anstalten machte, die Rüstung abzulegen.

»Wo willst du denn hin?« Obwohl er sich noch den

wunden Hals rieb, konnte sich Stummel die gekrächzte Frage nicht verkneifen.

Rufus richtete den Blick zum dichten Blätterdach über uns. »Die Sonne suchen«, murmelte er.

Etwas Besseres wäre mir auch nicht eingefallen. Als wir den Schutz der Kolonne verlassen hatten, war sie nach Norden unterwegs gewesen. Unsere Suche nach der vermissten leichten Infanterie hatte uns nach Westen geführt, dann hatten wir nach dem Hinterhalt und dem Gegenangriff die Orientierung verloren. Ich bezweifelte zwar nicht, dass ich auf demselben Weg zurückfinden konnte, auf dem wir gekommen waren, doch das wäre viel zu umständlich gewesen. Außerdem war nicht auszuschließen, dass sich weitere Germanen auf die Suche nach ihren Kameraden machten. Nein, am schlauesten war es, die Sonne zu finden und anhand ihrer Position den Rückweg durch den Wald zu bestimmen.

»Ausschwärmen und zu allen Seiten verteidigen. Und geht in Deckung.« Wir verteilten uns um den Baum, auf den Rufus nun kletterte.

Erst wenn man bäuchlings auf dem Waldboden liegt, bemerkt man die Vielzahl von Insekten, die dort ständig um ihr Überleben kämpfen. Sie bewegten sich genauso vorsichtig und kampfbereit wie wir selbst. Der Geruch des feuchten, dunklen Erdreichs mischte sich mit dem Gestank germanischen Bluts und aufgeschlitzter Organe. Trotz des Todes um uns herum raschelte eine angenehme, beruhigende Brise in den Ästen. Am liebsten hätte ich die Augen geschlossen, um zu schlafen.

Anscheinend ging es nicht nur mir so. »Behalt die verfluchten Augen offen, Micon«, warnte Titus.

Ich drehte mich um und sah, dass Rufus den Wipfel erreicht hatte und durch das Blätterdach spähte. Einen Augenblick später machte er sich an den Abstieg.

Katzengleich ließ er sich von den untersten Ästen fallen. »Da lang.«

Titus drückte seinem Freund die Schulter. Einen ähnlichen Kameradschaftsbeweis hatte ich bisher noch nicht von ihm gesehen. Er half Rufus in die Rüstung, zog die Riemen stramm und überprüfte die Verschlüsse.

»Einerkolonne«, flüsterte Titus. »Rufus geht voraus, ich bilde die Nachhut. Damit nicht noch mal einer von euch Schwachköpfen verloren geht.«

Rufus setzte sich langsam in Bewegung. Er ging so tief gebückt, dass er fast auf allen vieren zu kriechen schien. Ich reihte mich hinter ihm ein. Mir behagte der Gedanke nicht, womöglich hinter einem Grünschnabel wie Micon herlaufen zu müssen.

»Nach dir«, sagte Stummel, als ich an ihm vorbeiging und mich auf die scheinbar gefährlichere Position begab.

Wir bahnten uns einen Weg durch das dornenreiche Dickicht. Der Himmel über dem Blätterdach war dunkler geworden, das Sonnenlicht blitzte nicht länger auf den Rüstungen. Stattdessen wurden die Schatten immer länger, sodass wir hinter jedem Baum einen Hinterhalt vermuteten. Wir hielten den Atem an, unsere Herzen schlugen schneller – nur um einen Augenblick später festzustellen, dass der kauernde Kämpfer ein Baumstumpf, der drohend erhobene Speer ein Ast war.

Wir durften auf keinen Fall erneut die Orientierung verlieren, daher führte uns Rufus auf möglichst direktem Weg durch Gräben und Bäche nach Westen. Eine anstrengende und nervenaufreibende Aufgabe, immerhin musste er jederzeit damit rechnen, dass im nächsten Gebüsch der Feind und ein schneller Tod auf ihn warteten.

Rufus kletterte gerade eine steile Anhöhe hinauf, als er plötzlich innehielt und erstarrte. Als er sich auch nach längerer Zeit nicht bewegte, wollte ich ihm bereits zuraunen, was er sah. Waren dort die Feinde? Und wenn ja wie viele?

Dann hörte ich einen Schrei, einen markerschütternden Schrei von jenseits der Anhöhe.

Dann einen zweiten, noch grässlicher als der erste.

Rufus schlich den Abhang wieder hinunter und stellte sich neben mich. Sein Gesicht war weiß wie Marmor.

Titus schloss zu uns auf und reckte in stummer Frage das Kinn vor. Rufus richtete den Daumen nach unten, dann spreizte er zweimal die Finger. Zehn feindliche Krieger.

»Haben sie Verwundete dabei?«, flüsterte Titus.

Rufus schüttelte den Kopf. »Einen Gefangenen«, formten seine Lippen.

Wie aufs Stichwort hallte ein weiterer Schrei durch die Bäume.

»Einer von den Hilfstruppen. Ein Gallier«, sagte Rufus und kniff die Augen zusammen. »Er schreit nach seiner Mutter.«

Sonst gab es nichts weiter zu sagen. Wir mussten einen Blick riskieren.

»Komm«, formte Titus lautlos mit den Lippen.

Wir ließen Rufus hinter uns und krochen wie die Kreuzottern die Anhöhe hinauf. Oben angekommen, lugten wir vorsichtig über den Rand

Der nackte, an einen Baum gefesselte Gefangene war halb hinter den Silhouetten lachender germanischer Krieger verborgen. Sein ganzer Körper war blutüberströmt. Das Kinn ruhte auf der sich hebenden und senkenden Brust.

Mir wurde übel, als ich sah, wie ein junger Germane mit einem Dolch in der Hand vortrat. Als der Junge dem Gefangenen das Ohr abtrennte, schrie dieser ein weiteres Mal.

»Ein Initiationsritus«, flüsterte Titus, während der zitternde Junge den Dolch an das nächste Milchgesicht der Gruppe weiterreichte.

»Wir müssen etwas unternehmen«, flüsterte ich.

Der nächste Schnitt mit dem Dolch. Der nächste Schrei.

Titus deutete auf den Feind. »Zwölf gegen acht.«

»Vier davon sind Kinder«, gab ich zu bedenken.

»Zwei von uns auch. Und Stummel ist verwundet.«

Diesmal war der Schrei etwas schwächer.

»Er stirbt«, murmelte ich.

»Er ist schon tot«, entgegnete Titus. An seinem Blick erkannte ich, dass er den Mann ebenso gern gerettet hätte wie ich, doch er war auch verantwortlich für die Männer seiner Zeltgemeinschaft, für seine Kameraden. Da begriff ich, dass er diesen Anblick zeit seines Lebens nicht vergessen würde. Er war der Anführer, er entschied, ob wir etwas unternahmen oder nicht. Und er musste mit der Schuld leben, die diese Entscheidung mit sich brachte.

Wir beobachteten schweigend die Germanen.

Nach weiteren fünf Minuten, sechs Schnitten und vier Schreien gab der Gallier den Geist auf. Mit seinem Tod hatten die Germanen ihr Spielzeug verloren und nahmen auf Befehl ihres Anführers ihre Waffen auf – ihre Ausrüstung dagegen ließen sie liegen.

»Sie ziehen in den Kampf«, flüsterte Titus. »Sie lassen ihren Krempel hier.«

Er hatte recht. Die Krieger verschwanden im Wald. Nur die beiden Knaben blieben zurück.

Ich blickte Titus an. Seine Lippen verzogen sich zu einem grausamen Lächeln.

Er hielt die offene Hand knapp über den Erdboden. Ich sollte bleiben, wo ich war. Dann kroch er den Abhang hinunter und zu den anderen. Es dauerte eine Weile, bis er den Männern die entsprechenden Befehle erteilt hatte. Anschließend hörte ich ihre Schritte im Unterholz.

Titus tauchte wieder neben mir auf. Es herrschte völlige Stille. Die beiden Germanen saßen gelangweilt auf ihrem Marschgepäck. Einer warf mit Steinen nach dem leblosen, gefesselten Körper. Die Geschosse prallten mit einem dumpfen Geräusch gegen das erkaltende Fleisch.

»Los«, zischte Titus schließlich und stand auf.

Durch jahrelange Übung war es ihm zur zweiten Natur geworden, sich praktisch lautlos durch den Wald zu bewegen. Dabei machte der große Mann keine Anstalten, sich zu verstecken. Ich erriet seinen Plan und marschierte neben ihm her.

Wir waren nur noch zwanzig Schritt entfernt, als einer der Jungen zufällig einen Blick in unsere Richtung warf. Er riss den Mund auf, aber vor Schreck bekam er keinen Laut heraus. Titus winkte ihm grüßend zu.

»Hallo, Jungs.«

Sie rannten davon.

Wir gingen weiter.

»Dann wollen wir mal sehen«, sagte Titus und durchstöberte das Gepäck der Germanen. Sie hatten ihre Habseligkeiten in Decken gewickelt und diese mit Lederbändern an Stäben befestigt.

Die Beute interessierte mich nicht. Ich betrachtete den Leichnam des Galliers. Sein Körper war mit Stichen und Schnitten übersät, Nase und Ohren waren abgetrennt. Die Augäpfel lagen zu seinen Füßen.

»Schau nicht hin«, sagte Titus und biss in ein Stück altbackenes germanisches Brot. »Da kommt nichts Gutes dabei raus.« Dann spuckte er das Brot aus. »Das ist ja widerlich. Verfluchte Ziegenficker.«

Ich wandte mich von der Leiche ab. Nun erschienen auch die anderen von uns zwischen den Bäumen. Sie hatten einen der germanischen Jungen dabei. Er war geknebelt. Mondgesicht trieb ihn wie ein Schaf vor sich her.

»So sieht man sich wieder«, sagte Titus grinsend.

Mondgesicht trat dem Jüngling die Beine unter dem Körper weg, sodass dieser mit dem Gesicht voraus auf den Boden fiel. Wir mussten nicht fragen, was mit dem zweiten Jungen geschehen war. Blut tropfte von Mondgesichts Schwert.

Niemand sagte etwas. Alle starrten den Leichnam an. Cnaeus setzte sich schwer auf den Boden.

»Was gefunden?«, fragte Stummel.

»Genug Proviant für mehrere Tage«, sagte Titus. »Bedient euch. Das Brot schmeckt leider beschissen.«

»Was ist mit ihm?«, fragte Mondgesicht und trat dem Jungen in die Seite.

»Nehmt ihm den Knebel ab.«

Mondgesicht gehorchte, wobei er die Spitze seines Dolches gegen den Hals des Jungen hielt. Dieser gab keinen Laut von sich.

»Sprichst du Latein?«, fragte Titus und riss ein Stück Brot ab.

Der Junge schwieg. Mondgesicht verstärkte den Druck auf die Klinge.

»Ein wenig«, gestand der Junge. Er war vielleicht sechzehn Jahre alt, das heißt, er war unter der römischen Besatzung aufgewachsen. Da Latein die Handelssprache war, lernten es sogar diejenigen, die Rom verachteten.

Mit dem Brot in der Hand deutete Titus auf den toten Gallier. Rufus und Hühnerkopf schnitten ihn vom Baum. Sie wollten ihm zumindest im Tod etwas Würde zurückgeben.

»Das waren die anderen«, protestierte der Junge und starrte auf die Ausrüstung, die er eigentlich hatte bewachen sollen.

»Ach ja?«, fragte Rufus.

Titus schüttelte den Kopf. »Ich hab den kleinen Scheißer gesehen.« Seine Stimme war so ruhig wie ein Meer bei Flaute. »Mit eigenen Augen«, fügte er leise hinzu.

Hühnerkopf breitete eine Decke über den Leichnam des Galliers. Niemand sagte etwas. Titus sah erst den verhüllten Toten, dann Cnaeus an. Der junge Soldat saß auf dem Boden und ließ den Kopf zwischen den Knien hängen. Er atmete schwer. Schließlich blickte Titus den Germanen an, der etwa so alt wie Cnaeus war. Die beiden hatten sogar die gleiche Statur – sie standen nur auf verschiedenen Seiten.

Titus stand auf und ließ das Brot in den Dreck fallen. »Bindet ihn an den Baum«, befahl er.

Mondgesicht machte sich eifrig ans Werk. »Hilf mir«, forderte er Micon auf.

Der Germane wehrte sich, bis ihm Mondgesicht mit der Faust auf die Nase schlug. Blut floss über das Kinn des

Jungen, während er anstelle des Galliers an den Baum gefesselt wurde.

»Hoch mit dir«, knurrte Titus und schlug Cnaeus mit der flachen Schwertseite auf die Schulter. »Steh verdammt noch mal auf.«

Der Soldat gehorchte. Seine Knie zitterten.

Titus drückte ihm die Waffe in die Hand. »Schneid ihm die Ohren ab«, sagte er tonlos. Mondgesicht, der neben dem angsterfüllten Jungen stand, lachte boshaft.

»Titus«, sagte Rufus leise. Doch der hörte nicht hin.

»Schneid ihm die verfluchten Ohren ab«, knurrte Titus.

Cnaeus stolperte auf den Baum zu. »Ich kann das nicht«, wimmerte er.

»Na los, du Memme«, spöttelte Mondgesicht.

»Seine Ohren oder deine«, warnte Titus den zögernden Jungen. Seine Stimme dröhnte wie ein Rammbock, der gegen ein Stadttor prallt. »Wir sind hier im Krieg und nicht bei einer verdammten Übung. Wenn du dich nicht zusammenreißt, wenn du nicht töten kannst, bist du bald die nächste Leiche, die hier verfault, hast du verstanden?«

Ich sah wie gelähmt zu. Natürlich wollte ich nicht, dass der Germane gefoltert wurde, und doch ... hatte Titus recht. Wir waren im Krieg. Wenn Cnaeus überleben wollte, musste er ein Krieger werden. Ein willenloses Instrument, das die ihm zugewiesene Aufgabe erfüllte.

Ich dachte an Arminius. Wäre er nur hier gewesen. Er hätte sicher einen Weg gefunden, aus dieser Situation herauszukommen.

Aber er war nicht hier. Nur das Contubernium und ich.

»Tu es einfach, Junge«, hörte ich mich sagen. »Danach

wird einiges einfacher.« Ein schwacher Trost, doch inzwischen war ich mir so gut wie sicher, dass weiteres Blutvergießen in diesem Wald auf uns wartete.

»Wer hat dich gefragt?«, ereiferte sich Rufus.

»Na los«, befahl Titus erneut.

Cnaeus hob das Schwert und schloss die Augen.

Doch bevor er etwas unternehmen konnte, stieß Hühnerkopf ihn mit der Schulter zu Boden. In einer fließenden Bewegung bohrte der Veteran seinen Dolch durch das Kinn tief in das Gehirn des Gefangenen.

Dieser starb lautlos, aber nicht ohne Angst. Urin tropfte auf Hühnerkopfs Füße.

»Wir haben keine Zeit für so was«, zischte der Veteran, trat zurück und zog die Klinge heraus. Blut floss über den schmalen Brustkorb des Germanen.

»Vergiss nicht, wer dieses Contubernium anführt«, bellte Titus und baute sich vor dem älteren Mann auf.

Hühnerkopf erwiderte seinen finsteren Blick. »Ich habe nicht vergessen, wer es angeführt *hat*.«

Das schien Titus tief zu treffen, und er verlegte sich auf Drohungen. »Die Jungs müssen ihre Lektion lernen. Vielleicht sollte ich sie ein bisschen an deiner Ratte da üben lassen«, höhnte er und deutete auf den Stoffbeutel auf Hühnerkopfs Rücken, in dem das Kätzchen steckte.

»Wenn du Lupus anrührst, frisst du eine verdammte Klinge«, zischte der Veteran durch zusammengebissene Zähne. Ich zweifelte nicht daran, dass er seine Drohung wahrmachen würde.

»Schluss jetzt.« Rufus stellte sich zwischen die beiden. Er sah Titus an. »Die Jungs sollen was lernen? Vielleicht, was einen guten Anführer ausmacht? Etwas verfluchte

Disziplin vielleicht?« Sein Gesicht war beinahe so feuerrot wie sein Haar.

Titus wandte sich ab. »Packt euren Krempel zusammen und nehmt euch, was ihr brauchen könnt. Ich gehe pissen, dann marschieren wir weiter.«

Niedergeschlagen, wütend und aufgebracht durchsuchten die Männer das Gepäck des Feindes. Während Titus' Urin gegen einen Baum plätscherte, machte sich Mondgesicht mit seinem Schwert am Hals des Germanen zu schaffen. Hühnergesicht und Rufus blickten auf, sagten aber nichts. Der Junge war tot und ihr Kamerad Mondgesicht hatte Angst – die er zu überspielen versuchte, indem er den abgetrennten Kopf auf einen Baumstamm stellte. »Für seine Kumpel«, grinste er, obwohl ihm Tränen in den Augen standen.

Wir marschierten weiter.

21

Wir verließen weit von unserer Zenturie entfernt den Wald. Rufus musste dem Speer eines nervösen Legionärs ausweichen. Durch den ungeschickten Wurf zog sich der junge Soldat den freundschaftlichen Spott seiner Kameraden zu. Sobald wir einen Offizier mit verkniffenem Gesicht nach dem Weg gefragt hatten, folgten wir Titus zum Anfang der gewundenen Schlange aus marschierenden Soldaten.

Dabei fiel mir auf, dass Stummel nicht der Einzige war, der Verletzungen erlitten hatte. Wir kamen an mindestens einem Dutzend Verwundeter vorbei, und auf mehreren Schilden waren Kratzer und Dellen zu erkennen. Anscheinend war die Armee in unserer Abwesenheit in Scharmützel verwickelt worden. Allerdings schienen diese nicht schlimmer als ein Flohbiss für einen Löwen.

»Was hat das so lange gedauert?«, fragte Pavo, sobald er Titus erblickte. Als Antwort warf ihm der Hüne den abgetrennten Finger zu. Pavo fing ihn auf und betrachtete ihn missmutig.

»Wir haben die leichte Infanterie gefunden«, erklärte Titus.

Pavo ließ den Finger auf den Boden fallen. »Da erzählst

du mir nichts Neues. Seit ihr weg seid, wird die Kolonne immer wieder angegriffen.«

»Angegriffen?«

»Attacken aus dem Hinterhalt, nichts Großes. Unsere Zenturie ist bisher verschont geblieben.« Pavo zuckte geradezu enttäuscht mit den Schultern. »Was ist passiert?«, fragte er Stummel, als er den Verband bemerkte.

»Ich allein gegen eine Übermacht von Germanen – das ist passiert«, verkündete der Verwundete und streckte das Kinn vor. »Das sollte mir wohl die *corona muralis* bringen, und doppelten Sold.«

»Eher bringt es dir Wundbrand. Aber dann bekommst du wenigstens dein Begräbnis bezahlt.« Pavo grinste und ging zurück zur Spitze der Zenturie.

»Scheiße, jetzt verarscht mich sogar dieser Korinthenkacker«, jammerte Stummel.

Wir reihten uns wieder in die Zenturie ein. Seit wir den Wald betreten hatten, ging es immer schleppender voran, was nicht zuletzt an den germanischen Angriffen lag. Bis zum Sonnenuntergang kamen wir an den Spuren dieser Scharmützel vorbei. Wir sahen etwa zwei Dutzend tote, geplünderte Germanen am Wegrand.

»Von uns ist keiner gefallen«, murmelte Cnaeus.

Mondgesicht sah ihn spöttisch an. »Schön wär's. Anders als die Ziegenficker lassen wir unsere Toten nur nicht liegen. Sie werden auf Karren geladen und kriegen im Lager ein ordentliches Begräbnis.«

»Aber den Gallier haben wir im Wald gelassen«, sagte Cnaeus leise vor sich hin.

»Was?«

»Nichts, nichts. Ich hoffe nur, wir haben genug Karren …«

»Natürlich!« Mondgesicht war von dem Selbstvertrauen eines Volkes erfüllt, das die halbe Welt erobert hatte. »Es braucht zehn Germanen, um einen römischen Soldaten zu töten. Du hast ja gesehen, was heute passiert ist.«

»Wir hatten Glück«, knurrte Hühnerkopf. »Es hätte genauso gut anders ausgehen können.«

Mondgesicht verdrehte die Augen, und das Gespräch war beendet.

Ich machte mir Sorgen, und ich vermutete, dass es Hühnerkopf ähnlich ging. Inzwischen waren Wolken am Abendhimmel aufgezogen, die am Horizont immer dunkler und bedrohlicher wurden.

»Hoffentlich schlagen wir unser Lager auf, bevor das Unwetter losgeht«, flüsterte der Veteran seinem vierbeinigen Gefährten zu.

Er hoffte vergebens. Wenig später gerieten wir in einen wahren Wolkenbruch. Der Regen prasselte urplötzlich und mit einer Wucht auf die Kolonne ein, die selbst einer rasenden Germanenhorde zur Ehre gereicht hätte.

Titus verließ die Formation, um bei Pavo die Wachshüllen zu holen, die verhindern sollten, dass die Lederschilde Wasser aufsogen. Er kehrte mit leeren Händen zurück. »Die sind alle beim Tross.«

»Ich kann sie holen«, bot Rufus sofort an.

»Vergiss es. Die sind ganz hinten. Bis du wieder da bist, ist es zu spät.«

»Versuchen kann ich es ja«, drängte Rufus.

»Vergiss es, hab ich gesagt. Es ist zu spät.«

Er hatte recht. Kurze Zeit später waren die Schilde doppelt so schwer. Und da jederzeit die Germanen angreifen konnten, durften wir sie uns nicht auf den Rücken binden, sondern mussten sie ständig in Position halten. Schon bald brannten Arme und Schultern vor Anstrengung. Dieses Gefühl war uns nicht unbekannt. Die Waffen und Schilde, die man in der Ausbildung trug, wogen doppelt so viel wie die Standardausrüstung. So bereitete man sich auf genau diese Situation vor.

Die Straße durch den Wald war nicht mehr als ein breiter Trampelpfad, der um die tiefsten Bäche und Gräben herumführte. Nur Augenblicke nach dem Wolkenbruch verwandelte sie sich in einen Morast. Je mehr Sandalen den Matsch durchwühlten, desto beschwerlicher wurde es für die nachfolgenden Soldaten. Die erschöpften Männer stolperten, und ihre Flüche wurden immer lauter und wütender.

»Warum bin ich nicht zur Marine gegangen?«, stöhnte Stummel. Regen hämmerte auf seinen Helm.

»Da kommt Pavo«, sagte Mondgesicht. »Du kannst ihn ja um eine Versetzung bitten.«

»Warum haben wir diesmal angehalten?«, fragte Stummel stattdessen.

»Behaltet den Wald im Auge«, blaffte Pavo. Mit gutem Grund. Die dunklen Regenwolken hatten die Sicht merklich eingeschränkt, und entlang der Straße gab es genug geeignete Positionen für einen Hinterhalt. Jeder Augenblick der Unachtsamkeit konnte gleichzeitig der letzte sein.

Pavo ging neben Titus her. Die beiden sprachen leise, aber ich konnte sie dennoch verstehen. »Die verfluchten Späher sind abgehauen«, sagte Pavo. Warum er Titus das verriet, war schwer zu sagen, doch seinem aufgewühlten Tonfall nach zu schließen hatte er Angst.

»Sie sind weg?«, fragte Titus und runzelte die Stirn. »Die Germanen?«

Pavo nickte so heftig, dass Wassertropfen von seinem Helmbusch spritzten. Er wandte sich mir zu. »Felix, du weißt doch sicher mehr darüber. Immerhin verstehst du dich doch so gut mit ihnen, oder nicht? Die Späher sind weg, und ein Teil des Flankenschutzes ebenfalls.«

»Aber die können doch nicht einfach verschwinden«, sagte Titus, bevor ich antworten konnte.

»Abgehauen, habe ich gesagt, nicht verschwunden«, gab Pavo zurück. »Vielleicht sind sie zu feige zum Kämpfen. Oder sie können den Regen nicht leiden, was weiß ich. Wie dem auch sei, eigentlich hätten sie uns den Weg durch diesen beschissenen Wald zeigen sollen.« Er wedelte mit der Hand in Richtung Bäume. »Jetzt müssen wir unsere eigenen Spähtrupps losschicken.«

Spähtrupps. Deshalb hatte er uns dies alles so freimütig erzählt. Ich wusste, was als Nächstes kommen würde. Und Titus auch.

»Kommt nicht in Frage!«, erklärte er rundheraus.

»Der Legionskommandant …«

»… hat damit sicher nichts zu tun«, schnaubte Titus. »Ihr wollt mich nur in den Tod schicken.«

»Soll das heißen, dass du dich weigerst?« Pavo streckte die Brust heraus.

Titus schnaubte wütend. »Natürlich nicht«, stieß er schließlich zwischen zusammengebissenen Zähnen hervor. »Ich gehe schon. Ich habe ja wohl keine andere Wahl.«

Titus hatte keine andere Wahl, als den Befehlen des Zenturios zu folgen, und dem Contubernium wiederum blieb nichts anderes übrig, als dem Hünen zur Spitze der

Kolonne zu folgen. Stummel hätte aufgrund seiner Verwundung zurückbleiben dürfen, aber er entschied sich dagegen. Er überspielte die Treue zu seinen Kameraden mit einem Witz.

»Wenn ich nicht mitkomme, erwischt es stattdessen einen von euch, und die Vorstellung, eure fetten Mütter an eurem Grab weinen zu sehen, ist mir unerträglich.«

Als wir den Anfang der Kolonne erreichten, erhielten die anderen Spähtrupps bereits ihre Befehle und brachen auf. Ein gedrungener, wettergegerbter Pionier kam auf uns zu.

»Ich bin Lucius«, begrüßte er Titus. »Wenn ihr Jungs auf mich aufpasst, während ich nach dem Weg suche, wäre ich euch sehr zu Dank verpflichtet.« Er lächelte.

Wieder schlugen wir uns in den Wald. Anders als beim letzten Mal waren wir jedoch nicht allein. Die anderen Gruppen blieben in Sichtweite. Es regnete weiterhin in Strömen, sodass nicht nur unsere Schritte, sondern auch unsere Stimmen gedämpft wurden. Wir konnten uns also ebenso gut auch normal unterhalten.

»Ist besser als gedacht.« Stummel grinste. »Gar nicht schlecht eigentlich. Wenigstens müssen wir nicht alle paar Minuten anhalten oder durch den Schlamm stolpern.«

»Anscheinend hast du zu viel Blut verloren«, grunzte Titus, der nur selten einen derart optimistischen Stummel erlebt hatte.

»Vermisst du die Wüste?«, fragte Rufus seinen Freund.

»Auf gar keinen Fall. Ob man nass vor Regen oder vom Schweiß ist, spielt keine Rolle. Aber der Regen hört irgendwann wieder auf.«

Lucius betrachtete die Straße vor uns mit erfahrenen

Pioniersaugen. »Sieht gut aus. Der Weg wurde kürzlich benutzt.« Er deutete auf den Boden. Die Hufabdrücke waren nicht zu übersehen. »Wahrscheinlich die germanischen Späher« vermutete der stämmige Kerl.

»Deine Freunde haben uns im Stich gelassen«, sagte Mondgesicht in anklagendem Ton zu mir. »Barbar bleibt Barbar, auch wenn du ihn in eine Uniform steckst.«

Ich verkniff mir eine Antwort, um keinen Streit vom Zaun zu brechen. Außerdem hatte er nicht ganz unrecht. Immerhin hatte ich miterlebt, wie ganze Kohorten von Hilfstruppen ihren Treueschwur gebrochen hatten. Die Aussicht auf die römische Bürgerschaft stellte keine Garantie auf ewige Loyalität dar. Und was Berengar und seine Männer anging: Waren sie wirklich meine Freunde? Nein. Er stand in meiner Schuld, aber Freunde waren wir nicht. Wie auch? Wir hatten weder miteinander getrunken noch Seite an Seite gekämpft, wir hatten uns nicht von unseren verflossenen Liebschaften, unseren Familien, unseren Hoffnungen oder Träumen erzählt. Er war genauso wenig ein Freund wie die Männer um mich herum. Ich hatte eine Kolonne von zwanzigtausend Mann hinter mir, und trotzdem war ich allein. Diese Erkenntnis ließ mich an die Zeiten denken, in denen ich von Kameraden umgeben gewesen war, Freunden, die mich besser gekannt hatten als meine Mutter. Kameraden, die jetzt nur noch Staub und Knochen waren.

Aus Niedergeschlagenheit und wegen des Regens, der auf meinen Helm prasselte, ließ ich den Kopf hängen. Und so bemerkte ich den Speer erst, als ich schon in seiner Reichweite war – doch sowohl die Waffe als auch ihr Besitzer konnten mir nichts mehr zuleide tun.

»Da soll mich doch …«, flüsterte Stummel neben mir.

Cnaeus hinter ihm beugte sich vor. Sein Erbrochenes klatschte zusammen mit dem Regen auf den Waldboden.

Titus ging unerschrocken weiter. Ich holte ein paarmal tief Luft und folgte ihm.

Das Gesicht des römischen Soldaten war wachsartig und grau. Das blonde Haar war dunkel vor Feuchtigkeit.

»Einer von den Hilfstruppen aus Batavia«, sagte Titus. »Hast du so was schon mal gesehen?«

Ich schüttelte den Kopf. Über dem grauenhaften Anblick vergaß ich völlig zu leugnen, dass ich schon einmal in einer Legion gedient hatte. »So was noch nicht«, sagte ich und schluckte die Galle hinunter, die in meiner Kehle aufstieg. Das war nicht gelogen. Ich hatte viele unvorstellbare Grausamkeiten gesehen, aber noch niemals einen Soldaten, den man über einen Baumstamm gelegt und seinen eigenen Speer in den Arsch gerammt hatte.

»Alles klar?«, fragte Titus.

Ich nickte und spuckte aus, um den beißenden Geschmack in der Kehle loszuwerden.

»Verdammt. Diese Ziegenficker schrecken vor nichts zurück«, knurrte er. »Ausgeweidet haben sie ihn auch noch.«

»Vielleicht war er vorher wenigstens tot«, sagte ich, doch ich glaubte selbst nicht dran.

Er zuckte mit den Schultern. »Vielleicht.«

»Hier sind noch mehr«, rief Rufus, der schon weitergegangen war.

Es waren insgesamt vier Soldaten, die man bestialisch abgeschlachtet und mit einem makabren Einfallsreichtum positioniert hatte.

»Dafür werden sie bezahlen«, knurrte Mondgesicht. Er wandte sich Hühnerkopf zu. »Da siehst du, was passiert, wenn man Erbarmen mit ihnen hat? Genau das hier passiert. Dafür werden sie bezahlen!«

»Das werden sie«, beruhigte ihn Titus mit fester Stimme.

»Dafür werden sie bezahlen!«, rief der trauernde Soldat ein weiteres Mal. Sein bleiches Gesicht war noch blasser als sonst. »Hühnerkopf, hörst du mir überhaupt zu, du verfluchter Bastard?«

»Sie werden bezahlen«, versprach Titus erneut.

Hühnerkopf dagegen beachtete Mondgesicht nicht weiter. Er hatte nur Augen für Lupus.

Mehrere Offiziere erschienen und betrachteten das grausige Werk. Sie unterrichteten uns darüber, dass die Kolonne einige weitere, diesmal auch schwerere Angriffe hatte abwehren müssen. Lucius wollte den Abtransport der Leichen überwachen. Der Pionier hatte seine Aufgabe sowieso erfüllt. Der einigermaßen brauchbare Pfad, auf den wir gestoßen waren, endete in offenem Gelände.

»Offenes Gelände!« Titus grinste fröhlich, als er diese Worte wiederholte. Die Regentropfen prallten von der Rüstung auf seinen breiten Schultern ab. Er verzog das Gesicht zu einer blutrünstigen Grimasse. Beim Anblick dieses gnadenlosen Kriegers konnte ich nicht umhin, sogar Mitleid für unsere Feinde zu empfinden.

Er blickte zum Himmel und rief: »O ihr Götter, gebt uns eine Schlacht!«

22

Der Wald endete abrupt. Das dichte Blätterdach war von einem Augenblick auf den nächsten verschwunden, und nichts als Regen war zwischen uns und dem schwarzen Himmel. Die kalten, schweren Tropfen waren nicht unangenehm. Außerdem konnten wir es kaum erwarten, auf freiem Gelände Aufstellung zu nehmen und den Feind in disziplinierter Schlachtordnung zu besiegen.

Doch dazu musste der Feind erst einmal auftauchen.

»Die wären schön blöd, wenn sie uns hier im Freien attackieren«, schnaubte Hühnerkopf.

Das Klirren von Waffen und Rüstungen aus dem Wald hinter uns übertönte den prasselnden Regen.

»Hört ihr das?«, sagte Mondgesicht. »Die greifen immer weiter an. Ist gerade bestimmt richtig gemütlich im Tross.«

»Sie machen uns das Leben schwer, solange sie noch können. Früher oder später müssen sie sich uns stellen«, verkündete Titus, der nach wie vor auf Vergeltung aus war. Rufus neben ihm dagegen war bleich und nervös. »Was ist los?«, fragte der Hüne.

»Nichts. Mir ist nur kalt.«

Dann wurde der Befehl erteilt, auf dem offenen Gelände ein Feldlager aufzuschlagen, damit die Armee ihre

Wunden lecken und die Befehlshaber die Lage neu einschätzen konnten. Unsere Zenturie war Teil der Wachmannschaft. Wir stampften mit den Füßen und rollten mit den Schultern, um uns in dem Regen warmzuhalten, während hinter uns – von allen Seiten durch eine drei Mann tiefe Gefechtslinie aus gut gerüsteten Soldaten geschützt – die Arbeitstrupps den Erdwall aufschütteten und die Zelte aus gewachsten Ziegenlederbahnen aufstellten.

»Wie es aussieht, fehlen eine Menge Zelte«, bemerkte Mondgesicht. »Ich hab's euch ja gesagt, den Tross hat es heftig erwischt.«

»Dann teilen wir uns die verfluchten Zelte eben«, bellte Rufus. Dieser Wutausbruch, der so gar nicht zu ihm passte, brachte alle zum Schweigen.

Ich stand in der letzten Reihe der Zenturie und versuchte verzweifelt, den Elementen und meinen Grübeleien zu trotzen, indem ich mich ausschließlich auf das Trommeln des Regens auf meinem Helm konzentrierte. Die schlaflose Nacht und die Anstrengungen des Tages forderten ihren Tribut, und so fiel ich schnell in eine Art Wachschlaf. Ein alter Veteranentrick, der zwar keinen richtigen Schlaf ersetzen konnte, mich jedoch eine Weile länger auf den Beinen hielt.

Hühnerkopfs Ellenbogenstöße rissen mich aus meiner Benommenheit. »Na los, wir werden abgelöst.«

Der Wall war fertig und die Wachtruppen zogen sich dahinter zurück. Damit jeder dem Unwetter – wenn auch nur kurz – entkommen konnte, wurde regelmäßig durchgewechselt. Noch wichtiger als Schlaf war jedoch eine warme Mahlzeit, die Mondgesicht in unserem überfüllten Zelt unter Stummels Aufsicht zubereitete.

»Du musst den Zwieback vorsichtig reinkrümeln. Reinkrümeln!«, schalt er seinen Lehrling.

Wir alle waren Hühnerkopfs Beispiel gefolgt und hatten die nasse Kleidung ausgezogen. Nur Rufus fehlte. Laut Titus holte er gerade Wein. Ich half dabei, ein Loch in den weichen, feuchten Boden zu graben. Das Feuer, das wir darin entzündeten, wärmte nicht nur uns selbst, sondern auch unser Essen.

»In Rom müsste man für so was bezahlen«, verkündete Stummel grinsend. »Das beste Badehaus in ganz Germanien. Wie geht's Lupus?«

Hühnerkopf hielt den Kater in der Hand und versuchte, ihn mit einem Stück Trockenfleisch zu füttern. »Wenigstens zittert er nicht mehr«, antwortete er besorgt. »Er ist eindeutig eine Hauskatze. In der Wildnis hat er nichts verloren«, fügte er hinzu.

»Ich hatte mal eine Katze«, sagte Micon, und ein warmes Lächeln breitete sich auf seinem einfältigen Gesicht aus.

»Tolle Geschichte, vielen Dank«, sagte Stummel schließlich, als Micon nichts darauf folgen ließ. »Jetzt hast du den Mund schon mal aufgemacht, Homer. Wie wär's, wenn du noch ein paar Schwänke aus deinem Leben erzählst. Hast du ein paar hübsche Schwestern? Woher kommst du überhaupt?«

»Pompeji.«

»War noch nie da. Sind die Mädels dort hübsch?«

Der junge Soldat zuckte mit den Schultern. »Ganz in Ordnung.«

»Quatsch«, lachte Stummel. »Du hast doch nur mit einer einzigen Muschi Bekanntschaft gemacht, und die gehört deiner Mutter. Du bist noch Jungfrau, oder?«

Micon antwortete nicht. Seine Wangen färbten sich rot.

»Keine Sorge, einmal ist immer das erste Mal. Sobald wir wieder am Rhein sind, zeigen dir Mondgesicht und ich die besten Freudenhäuser.«

»Danke.« Micon errötete wieder.

»Meine Familie war mal einen Sommer lang in Pompeji«, sagte Mondgesicht und rührte im Topf. »Mein Vater war Schreiner. Er hat in der Werft dort gearbeitet. War eine schöne Zeit.« Er lächelte bei der angenehmen Erinnerung. »Ich hab meine Leute seit acht Jahren nicht gesehen. Aber sie hören bestimmt von diesem Feldzug und wissen, dass ich dabei bin.« Der Stolz in seiner Stimme war nicht zu überhören.

»Ja, spätestens, wenn sie erfahren, dass du inzwischen germanisches Gemüse düngst«, feixte Stummel.

»Das wird bestimmt ausgezeichnet schmecken«, entgegnete Mondgesicht. »Hier, rühr du mal weiter.«

Stummel nahm seinem Freund den Löffel ab. Schweigen breitete sich im Zelt aus.

Seit wir im Lager und einigermaßen in Sicherheit waren, brütete Titus wieder vor sich hin. Wir wussten immer noch nicht, weshalb er sich so abschottete, doch seit wir die Leichen der Hilfssoldaten entdeckt hatten, war aus seinem stillen Grübeln kaum unterdrückte Wut geworden. Mondgesicht reichte Titus eine Schüssel voll heißer Gerstengrütze und riss ihn damit aus seinen Gedanken.

»Danke.« Er sah zu den beiden jüngsten Soldaten. »Du hast dich heute gut geschlagen, Cnaeus«, sagte er. »Und du«, er deutete auf Micon, »wenn du das nächste Mal allein irgendwohin marschierst, holen wir dich nicht mehr zurück, kapiert?«

Micon nickte gehorsam, doch er verzog wie immer keine Miene dabei.

Titus wollte gerade etwas hinzufügen, als Cnaeus zu unser aller Entsetzen zu weinen anfing. Es war ein klägliches Wimmern, nur unterbrochen von konvulsivischen Schluchzern, die den ganzen Mann erschütterten. Schließlich stieß er zwischen zwei Schluchzern hervor: »Ich … will nach … Hause.«

Alle schwiegen peinlich berührt. Stummel rührte angelegentlich im Topf. Mondgesicht legte mehr Holz aufs Feuer. Schließlich setzte Hühnerkopf Lupus in Cnaeus' Schoß. Der Junge klammerte sich an die Katze wie ein Ertrinkender an ein Baumstamm.

»Ich will nach … Hause«, schluchzte er in das feuchte Fell der Katze.

Ich sah aus dem Augenwinkel, wie sich Titus' gewaltiger Körper regte. Der Anführer stand auf, wobei er unter dem Zeltdach den Kopf einziehen musste. Er ging die wenigen Schritte auf Cnaeus zu, und ich rechnete damit, dass er ihm die Angst mit einer schallenden Ohrfeige austreiben würde.

Doch stattdessen setzte er sich neben ihn.

Alle betrachteten das unerhörte Schauspiel. Bis auf das Prasseln des Regens und das Miauen, mit dem Lupus die Pfote nach Cnaeus' Wange ausstrecke, war nichts zu hören.

Wieder schluchzte der junge Soldat, doch der hartgesottene Veteran neben ihm war wie ein Fels in der Brandung. Allmählich bekam der Junge seine Gefühle in den Griff. Nachdem er ein letztes Mal geschnieft hatte, öffnete Titus endlich den Mund.

»Wir alle haben Angst«, sagte er nur.

Cnaeus' feuchte Augen blickten seinen Kommandanten zweifelnd an.

»Wir alle haben Angst«, wiederholte Titus mit einer Stimme wie kaltes Eisen, »weil wir alle etwas zu verlieren haben. Wenn du das nicht vergisst, wirst du jedem Scheißkerl den Garaus machen, der es dir wegnehmen will. Und dann kehrst du auch nach Hause zurück.«

Cnaeus nickte eifrig und wischte sich die Augen mit dem Handballen ab. Unter den wohlwollenden Blicken der anderen Veteranen zog Titus sich wieder in seine Ecke zurück, um weiter vor sich hin zu brüten.

Wir alle haben etwas zu verlieren. Grübelte der Hüne deshalb so einsam vor sich hin? Was hatte er zu verlieren?

Was hatte *ich* zu verlieren? Ich hatte Angst, große Angst – vor dem Tod. Doch alles, was ich zu verlieren hatte, hatte ich bereits verloren. Es war verbrannt in den Feuern einer Rebellion, fortgespült von den Blutströmen, mit denen diese Feuer gelöscht worden waren. Warum kämpfte ich noch? Weil ich nichts weiter als ein Tier war, das seinen Instinkten gehorchte?

Nein. Ich wusste, weshalb, auch wenn mein Selbsthass so wütend dagegen ankämpfte wie der zäheste Feind.

Aus Hoffnung. Allein wenn ich mir ihre Existenz eingestand, schnürte es mir die Kehle zusammen. Doch tief in meinem Innersten wusste ich, dass es die Hoffnung war, die mich über den Kontinent getragen hatte und nun Richtung Britannien trieb. Die Hoffnung, dort ein Land zu finden, das noch nicht Rom unterstand. Die Hoffnung, dort den Gespenstern zu entkommen, die mich verfolgten. Die Hoffnung, mich dort an denjenigen zu erinnern, der ich vor dem Blut und dem Feuer gewesen war.

»Legt euch aufs Ohr«, befahl Titus, bevor er den narbigen Schädel in seinen dicken Armen vergrub.

Sechs müde Soldaten und ein Kätzchen gehorchten ohne Widerrede.

23

Ich schlief in dieser Nacht wie ein Stein. Doch die Nacht war viel zu kurz. Als ich von einem Tritt in die Rippen geweckt wurde, hatte ich das Gefühl, gerade erst die Augen geschlossen zu haben. Es war Hühnerkopf, der neben mir stand und sich bereits die Tunika über den Kopf zog. Zunächst dachte ich, dass er mich weckte, weil ich im Schlaf geschrien hatte.

»Hab ich …?«, begann ich.

Er erriet meine Frage. »Hast du nicht«, sagte er. »Wir haben Wachdienst auf dem Wall.«

Der Regen trommelte noch immer auf das Zelt. Ich zog mir ebenfalls die Tunika über. Der feuchte, kalte Stoff half nicht gerade, die Lebensgeister zu wecken. Meine Kameraden waren ähnlich gedrückter Stimmung. Stumm legten sie die Rüstungen an, suchten ihre Waffen zusammen und schleppten sich wie lebende Tote auf den niedrigen Erdwall, der das Lager umschloss.

»So eine Scheiße«, rief Stummel in die stürmische Nacht.

Wir rammten die Schilde und Speere in den Boden. Aus der Entfernung mussten wir wie Statuen aussehen. Erst aus der Nähe war erkennbar, dass wir im Wind schwankten und uns vor Müdigkeit kaum auf den Beinen halten konnten. Ich hielt nach dem Mond Ausschau, doch der war hinter einer dicken Wolke verborgen. Anscheinend war das Unwetter auch morgen noch nicht ausgestanden.

»Felix.« Der Wind trug meinen Namen mit sich. »Felix.«

Es dauerte einen Augenblick, bis ich die Richtung ausgemacht hatte, aus der die Stimme kam. Im schwachen Licht erkannte ich einen Rosshaarbusch, der sich quer über einen Zenturionenhelm zog.

»Felix«, zischte Pavo noch einmal.

»Ich bin hier, Herr«, antwortete ich und handelte mir damit einen tadelnden Blick von Titus ein.

Pavo stellte sich neben mich. »Titus, ich muss zu einer Lagebesprechung. Ich nehme Felix als Meldegänger mit.«

»Den? Als Meldegänger?« Ich sah förmlich vor mir, wie Titus unter dem Helm die Augenbrauen hob. »Wieso nicht einen von den Jungs?«

»Ich brauche jemanden, dem ich vertrauen kann. Ich nehme Felix mit.«

»Oh, ich verstehe. Wenn du jemanden brauchst, dem du *vertrauen* musst.« Titus schien sich königlich zu amüsieren.

Pavo kehrte zum Lager zurück, und ich folgte ihm. Obwohl ich bezweifelte, dass er mir vertraute, hatte er doch richtig erkannt, dass ich der andere Außenseiter der Zenturie war. Dieser Feldzug war Pavos erster Einsatz als Kommandant. Es war zwar noch nicht zu einer Schlacht gekommen, doch auch einen Gegner, der uns durch ständige Scharmützel zermürbte, durfte man nicht unterschätzen. Zweifellos machte er sich Sorgen um seine Zukunft. Und er hielt mich für einen erfahrenen Veteranen, dessen Wissen er sich leichter zunutze machen konnte als das der anderen Soldaten seiner Zenturie.

»Was hältst du von den Ereignissen des vergangenen Tages?«, fragte er ohne weitere Vorrede.

Natürlich durfte ich meine Vorsicht nicht fallen lassen – dafür war mir Pavo eine Spur zu ehrgeizig –, doch das Offensichtliche auszusprechen konnte nicht schaden.

»Die ganze Welt weiß, dass unsere Stärke in der disziplinierten Schlachtordnung liegt. Daher haben sie kurz und brutal zugeschlagen, bevor wir uns formieren konnten. Aber sie werden es nicht wagen, das Lager anzugreifen oder sich uns in einer offenen Feldschlacht zu stellen.«

»Ja, ja.« Er winkte ungeduldig ab. »Aber war das alles? Wird das den ganzen Feldzug lang so weitergehen?«

Ich blieb stehen, als ein Hund vor mir zwischen den Zelten hindurchrannte. Auch er war der Legion gefolgt, anstatt den einfachen Weg die Lippe entlang zum Rhein zurück zu nehmen.

»Sobald wir ihre Siedlungen erreichen, werden sie sich verteidigen«, antwortete ich vorsichtig. Er sollte hören, was er hören wollte. »Dann wird es eine Schlacht geben. Und Beute.«

Anscheinend beruhigten ihn meine Worte ein wenig, da er schwieg, bis wir das große Feldherrnzelt in der Mitte des Lagers erreichten. Dutzende Zenturionen, hauptsächlich die erfahrenen Anführer der ersten Zenturien einer jeden Kohorte, waren ebenfalls auf dem Weg dorthin. Weshalb man einen so jungen Offizier wie Pavo zu dieser Besprechung einberufen hatte, war mir ein Rätsel, doch ich konnte mir vorstellen, dass dies ein weiterer Grund für ihn war, sich Sorgen zu machen.

»Warte hier«, befahl er mir vor dem Zelteingang. Ich blieb bei etwa einem Dutzend anderer Soldaten im Regen stehen. Durch das Prasseln der Tropfen auf der Zeltplane war kein Wort von dem zu verstehen, was darin gesprochen wurde. Ich erfuhr es trotzdem, weil ein alter, mürrischer Soldat so gute Augen hatte – Caeonius, der Präfekt, der bei dem Spähtrupp gewesen war, der mich blutbeschmiert in dem heiligen Hain gefunden hatte.

»Bei den Göttern!« Sein Mund unter der großen Nase verzog sich zu einem breiten Grinsen. »Du bist wohl der Einzige in der Truppe, der jetzt besser aussieht als vorher.«

»Danke, Herr«, sagte ich, obwohl mir die Aufmerksamkeit unangenehm war. »Es überrascht mich, dass du mich wiedererkannt hast.«

»Diesen Anblick vergesse ich gewiss nicht so schnell. Was machst du hier? Hast du deine Erinnerung wiedergefunden?«

»Bedauerlicherweise nicht«, sagte ich, und erzählte, dass ich einer Zenturie zugeteilt wurde, um ihre Verluste auszugleichen, und jetzt für Pavo den Meldegänger spielte.

»Wer einrostet, kann keine Nachrichten überbringen. Komm rein.« Er bemerkte mein Zögern. »Stell dich in die Ecke und verhalte dich ruhig. Na los, keine Angst.«

Mir blieb keine andere Wahl. Er war einer der höchstrangigen Offiziere des Lagers. Ich folgte dem gedrungenen Mann ins Zelt, drückte mich gegen die Plane und hoffte, dass mich im Schatten niemand bemerkte.

Die im Zelt versammelten Offiziere gehörten den unterschiedlichsten Truppenteilen an: den Legionären, die den Großteil der Armee ausmachten; der leichten Aushilfsinfanterie; der Kavallerie, sowohl der römischen als auch der einheimischen; den Pionieren; der Artillerie.

Sie alle standen mit dem Rücken zum Ausgang. Pavo

war so groß, dass er aus der Menge deutlich herausstach. Er stand weit vorne – wie hatte er es geschafft, die Position zu erreichen, nach der er sich so sehnte?

»Danke, meine Herren. Bitte setzt euch.« Auf Caeonius' Befehl ließen sich die Offiziere auf Holzbänken nieder – gewisse Erscheinungsformen der römischen Zivilisation waren selbst im Feld unverzichtbar. Glücklicherweise gab es mehr als genug Platz, sodass ich nicht herumstehen musste und Aufmerksamkeit erregte. Zwar versperrten mir die von einem Kettenhemd bedeckten Schultern eines Kavallerieoffiziers ein wenig die Sicht, doch ich erkannte Statthalter Varus, der soeben das Podium bestieg, deutlich genug.

Es war ein offenes Geheimnis, dass er eher Politiker als Krieger war. Dennoch war es erstaunlich, welche Auswirkungen zwei Tage im Feld auf ihn gehabt hatten: Unter seinen Augen zeichneten sich dunkle Ringe ab, und seine Haut war ebenso wächsern und bleich wie die Zeltwand.

»Meine Herren«, begann er. »Ich habe schlechte Nachrichten.«

Sofort herrschte Totenstille. Alle hielten den Atem an und überlegten mit militärischem Sachverstand, welche Katastrophe sich ereignet haben könnte und wie ihr zu begegnen war. Auch ich dachte nach. Gut, die Kolonne war angegriffen worden. Das Wetter war schlecht. Aber nichts davon stellte ein unüberwindliches Hindernis für eine Armee im Feld dar. Was also war die schlechte Nachricht? Warum sah Varus so mitgenommen aus?

Er verriet es uns umgehend.

»Arminius ist tot.«

24

Um die stoische Gelassenheit der Offiziere war es augenblicklich geschehen. Die Versammelten tuschelten hektisch miteinander oder fragten sich laut, was dem germanischen Fürsten zugestoßen sein mochte und wie sich dies auf den Feldzug auswirkte.

Ich hörte ihnen nicht zu.

Mir wurde flau im Magen, und meine Hände begannen zu zittern. Eine grenzenlose Trauer trieb mir die Tränen in die Augen.

Arminius war ein einziges Rätsel gewesen. Ein Barbarenfürst, der gleichzeitig als verdienter römischer Offizier die Tugenden des Imperiums verkörperte. Einer jener seltenen Männer, die sich nicht von den Ängsten und Nöten gewöhnlicher Menschen aufhalten ließen und in deren Körper die Energie von einem Dutzend Legionen schlummerte. Dazu geistreich, gutaussehend und gütig.

Und, da war ich mir sicher, mein Freund.

Ich wusste *genau*, wie lächerlich es war, einen Adligen als meinen Freund zu bezeichnen, doch hatte Berengar, der Leibwächter des Fürsten, nicht genau das gesagt?

Nun, das war jetzt egal. Arminius war tot.

»Wie konnte das geschehen?«, fragte jetzt erneut eine Stimme.

Ich öffnete die Augen und sah, wie Caeonius vortrat, um dem Fragesteller zu antworten.

»Bisher wissen wir Folgendes«, sagte er. »Arminius hätte gestern mit seinen Kriegern eintreffen und sich der Kolonne anschließen sollen. Doch das ist nicht geschehen. Stattdessen erschien lediglich eine kleine Reitergruppe, die mit seinen Spähern sprach, woraufhin sie gemeinsam in vollem Galopp davonritten und …«

»Weshalb?«, wollte ein Legat – der Kommandant der neunten Legion – wissen.

»Mehrere Hilfssoldaten konnten das Gespräch zwischen den Reitern und den Spähern belauschen. Offenbar wurden Arminius und seine Männer angegriffen, und es sei unwahrscheinlich, dass der Fürst überlebt habe.«

Einen Moment herrschte Schweigen. Der Legat jedoch war ein neugieriger und misstrauischer Mann. »Also wissen wir nicht mit Sicherheit, dass er tot ist.«

»Nein. Wir werden im Morgengrauen Reitergruppen mit dem Befehl losschicken, Arminius zu finden und seine Krieger zur Kolonne zu bringen.«

»Was, wenn er tatsächlich tot ist? Werden sie dann weiter den Eid befolgen, den sie Rom gegenüber geleistet haben?« Der Legat klang skeptisch. Caeonius' gab keine Antwort. Offenbar hegte er dieselben Zweifel.

Endlich schien Varus aus seiner Betäubung aufzuwachen. Der Statthalter gab sich Mühe, Haltung zu wahren und Autorität auszustrahlen, doch seine Trauer war zu groß. Um sich abzustützen, legte er eine Hand auf Caeonius' Schulter. Er sah in die Runde. »Ich schlage vor, dass alle Offiziere zunächst ihre Verluste und ihre Truppenstärke nennen«, sagte er schließlich.

Die kommandierenden Offiziere standen einer nach dem anderen auf und nannten die Zahl ihrer Gefallenen. Zuerst kamen die Legaten der ersten drei Legionen an die Reihe. Ihre Verluste hielten sich in Grenzen. Viele Soldaten waren nur leicht verletzt, aber gefechtsfähig.

»Den meisten Schaden haben die Schleuderer angerichtet«, sagte der Legat der Neunzehnten. »Wir mussten einen Schildwall bilden und konnten daher unsere Wurfspeere nicht einsetzen. Das haben sie auch mitbekommen und ihre Speerkämpfer ins Gefecht geschickt. Auf diese Weise haben wir ein paar Männer verloren. Die Zenturionen geben künftig den Befehl, die Schilde unten zu lassen. Lieber Schleudergeschosse als Speere.« Dann lächelte er stolz. »Meinen Männern sind heikle Situationen ja durchaus nicht fremd.«

Die Verluste unter den Hilfstruppen waren weitaus höher, allerdings beschränkten sie sich größtenteils auf die wenigen Einheiten, die zur Flankensicherung abgestellt worden waren. Deren Vorhut hatte die Hälfte ihrer vierhundert Mann verloren. Sofort dachte ich an die Männer, die wir gefunden hatten – abgeschlachtet und wie Trophäen ausgestellt. Woher sie auch gekommen waren, sie waren fern der Heimat gestorben.

»Mir ist Beunruhigendes über die Vorhut zu Ohren gekommen.« Varus schluckte und wandte sich an den Befehlshaber der Hilfstruppen. »Was ist mit deinen Männern geschehen?«

»Ich weiß es nicht, Herr«, sagte er mit tonloser Stimme. »Sie sind einfach verschwunden.«

Die beunruhigendste Nachricht hatte der Kommandant des Trosses mitzuteilen, ein abgebrühter Veteran, der seinen linken Arm vor vielen Jahren auf einem Feldzug verloren hatte.

»Wegen der beschissenen Artillerie, Herr, entschuldige meine Ausdrucksweise. Die war schon vorher nicht besonders gut in Schuss, aber bei dem beschissenen Regen – entschuldige meine Ausdrucksweise, Herr – da könnten wir genauso gut einen Bullen aus einer jungfräulichen Muschi ziehen. Entschuldige meine Ausdrucksweise, Herr.«

»Vielen Dank für den Bericht, Zenturio.« Varus lächelte höflich, doch seine Abscheu vor der unflätigen Redeweise war ihm deutlich anzusehen.

»Das liegt nicht nur am Schlamm, Herr«, fuhr der Zenturio fort. »Der Pfad ist zu schmal, und wir sind über das ganze beschissene Germanien verteilt – entschuldige meine Ausdrucksweise, Herr. Wenn sie auch nur an einer Stelle durchbrechen und ein paar Wagen in Brand stecken, ist der Weg verstopft wie mein Arsch nach den Saturnalien. Entschuldige meine Ausdrucksweise, Herr.«

Nach dem eher betrüblichen Anfang der Lagebesprechung sorgte die Wortwahl des schrulligen Zenturios – oder besser gesagt: die Abneigung des Statthalters dagegen – dafür, dass sich die Atmosphäre im Zelt etwas auflockerte.

Der Legat der siebzehnten Legion stand auf. Das Gesicht des großen, streng dreinblickenden Mannes erinnerte mit der vorspringenden Stirn und der Hakennase an einen Habicht. Er war der Befehlshaber meiner Legion, obwohl er von meiner Existenz wohl ebenso wenig ahnte wie jeder andere anwesende Offizier – Caeonius und Pavo ausgenommen. Und auch die wussten nur, was ich ihnen erzählt hatte.

»Statthalter Varus«, setzte der Mann mit dem Taktgefühl an, das man von einem Mitglied des römischen Senats erwarten durfte. »Fürst Arminius ist ein herausragender Krieger und ein treuer Freund. Ich hoffe, dass er wohlauf ist und bald wieder an unserer Seite kämpfen und an unserem Ruhm teilhaben kann. Allerdings wäre es nicht besonders tragisch, wenn die Cherusker – aus welchem Grund auch immer – nicht mehr auftauchen. Zugegeben, Arminius hat achttausend Kämpfer hinter sich, doch wir sind siebzehntausend, noch dazu bestens ausgebildet. Dass uns der Feind gestern gefährlich werden konnte, war nicht mangelnder Truppenstärke, sondern dem unvorteilhaftem Gelände geschuldet. Statthalter, ich würde vorschlagen, die Wälder so schnell wie möglich hinter uns zu lassen und den Feind auf offenem Gelände zu stellen.«

Beipflichtendes Gemurmel erhob sich. Offenbar lautete die allgemeine Meinung, dass sich die Kolonne lediglich eine blutige Nase geholt hatte. Niemand zweifelte daran, dass die Armee, sobald sie sich auf vorteilhaftem Gelände befand und in Schlachtordnung marschieren konnte, die Germanen entweder in die Flucht schlagen oder vernichten würde. Selbst Varus schien diese Ansicht zu teilen. Wäre Arminius ein weniger guter Freund gewesen, hätte er wohl das Lager bei Dämmerung abbrechen lassen und wäre nach Norden weitergezogen. Doch dafür war die Verbundenheit zwischen Statthalter und Fürst zu stark.

»Der Regen wird im Laufe des Tages wohl nicht nachlassen, daher bleiben wir vorerst im Lager. Sollte Arminius noch am Leben sein, hat er einen Tag Zeit, zu uns zu stoßen. Vergesst nicht, dass seine Späher den schnellsten Weg aus diesem fürchterlichen Wald kennen.«

Bei der Erwähnung der Späher befiel mich eine düstere Vorahnung. Doch wahrscheinlich war es nur die Befürchtung, dass Berengar und seine Männer auf feindlich gesinnte Landsleute stoßen könnten, bevor sie ihren Fürsten erreichten.

»Wie du wünschst, Herr«, sagte der Legat. »Darf ich vorschlagen, dass wir den Tag dazu nutzen, mögliche Wege auszukundschaften, falls wir uns auf eigene Faust nach Norden durchschlagen müssen? Die Pioniere befürchten, dass Regen und Wind die Straßen unwegsam gemacht haben. Nun hätten wir Gelegenheit, sie in Vorbereitung auf unseren Vorstoß räumen zu lassen.«

»Ja, sehr gut. Kann deine Legion das übernehmen? Ich kann mir vorstellen, dass das keine leichte Aufgabe ist.«

»Meine Männer schrecken vor keiner Aufgabe und keinem germanischen Speer zurück, Statthalter«, versicherte ihm der Legat und deutete auf die Offiziere, die hinter ihm saßen. »Zenturio Pavo hat sich freiwillig zur Aufsicht der Arbeitsgruppen gemeldet.«

Als sein Name fiel, zuckte Pavo leicht mit den Schultern. Ob aus Stolz oder vor Überraschung, war schwer zu sagen.

Varus warf einen Blick auf den gut aussehenden Zenturio. »Ach ja? Sehr gut«, sagte er nur, bevor er zum nächsten Punkt überging. »Was den Tross angeht …«

Ich hörte nicht länger zu, sondern beobachtete Pavo.

In diesem festen, unerschütterlichen Bild von einem Soldaten zeigten sich erste Risse. Winzige Spuren der Angst – ein beinahe unmerkliches Schniefen, ein Rollen der Schulterblätter. Er hatte das Gesicht von mir abgewandt, doch ein anderes sah ich sehr gut – das des Legaten.

Er betrachtete Pavo mit einem schmallippigen Lächeln unter der Hakennase – ein Lächeln, das mir das Blut in den Adern gefrieren ließ. Es war nicht der Stolz eines Befehlshabers auf seinen mutigen Untergebenen, sondern das eines Siegers, der über den Besiegten triumphiert.

Da ich selbst mit Rachegelüsten wohlvertraut war, begriff ich sofort, was das zu bedeuten hatte.

Unsere Zenturie war dem Tod geweiht.

25

Ich blieb auch die restliche Lagebesprechung über im Zelt, froh über jeden Augenblick, den ich nicht im prasselnden Regen und dem zunehmend stärker werdenden Wind verbringen musste. Den Wachplänen und Inventarlisten schenkte ich allerdings wenig Aufmerksamkeit. Stattdessen kreisten meine Gedanken um die Frage, weshalb der Legat Pavo in den Tod schicken wollte. Hatte sich der ehrgeizige Zenturio etwa freiwillig für dieses Selbstmordkommando gemeldet? Oder war der Befehl tatsächlich so unvermittelt gekommen, wie aufgrund seiner schlecht verborgenen Nervosität anzunehmen war?

Die Antwort erhielt ich, als wir nach der Besprechung durch den Schlamm des Zeltlagers stapften. Pavo eilte mit gesenktem Kopf durch den Regen.

Ich folgte ihm in ein paar Schritten Entfernung. Da er mich noch nicht entlassen hatte, blieb ich vor dem Zelt stehen. Wütend riss er das Leder vom Eingang beiseite. Sobald er eingetreten war, konnte er den Zornesschrei nicht länger zurückhalten.

»Scheiße!«

Dem darauf folgenden Lärm nach zu schließen, warf er seinen Helm auf den Boden und trat danach.

»Scheiße! Scheiße! Scheiße!«

Der Wutausbruch war so schnell vorüber, wie er gekommen war. Nun war nur noch der Regen zu hören, der auf das Zelt und meinen Helm trommelte. Um mich bemerkbar zu machen, hustete ich laut, bis Pavo mich schließlich hörte.

»Was machst du noch hier?«, knurrte er aus dem Zelt heraus. Zweifellos war ihm meine Anwesenheit überaus peinlich.

»Du hast mich noch nicht entlassen, Herr.«

»Schön, du bist entlassen. Geh und überbring den anderen die gute Nachricht.« Er spuckte die Worte fast aus.

Meine Kameraden schliefen, gegen die Kälte eng aneinandergedrängt, im Zelt. Ich beschloss, dass die Nachricht warten konnte, doch Titus bemerkte mein Eintreffen und verlangte einen Bericht. Ich hielt mich an die Tatsachen und sagte ihm nur, was ich sicher wusste: Dass unsere Zenturie das Lager im Morgengrauen ohne Begleitung verlassen werde und die Straßen durch den Wald freiräumen solle. Titus' Wut weckte kurz darauf die anderen, und es dauerte nicht lange, bis alle die Neuigkeit vernommen hatten.

»Kämpfen ist ja in Ordnung«, stöhnte Stummel, »aber Kämpfen und körperliche Arbeit? Das ist zu viel.«

»Was hast du sonst noch mitbekommen?«, wollte Titus wissen.

Ich sagte, dass ich während der Lagebesprechung vor dem Zelt gewartet hatte. Nur einer aus meinem Contubernium bemerkte, dass ich log – und der wartete bis zum Morgengrauen und stellte mich zur Rede, während die anderen die Rüstungen anlegten.

»Irgendwas hat dir gewaltige Angst gemacht«, sagte Hühnerkopf leise. »Was verschweigst du uns?«

Ich sah dem Veteranen in der Dämmerung in die Augen. Abgesehen von Arminius war er der Einzige, der freundlich zu mir gewesen war.

Arminius.

»Er ist tot«, flüsterte ich. Ich hatte plötzlich das Bedürfnis, mich jemandem anzuvertrauen.

»Tot?«

Ich erzählte ihm, was ich im Zelt gehört hatte. Mit jedem Wort wurde die Last auf meinen Schultern leichter. In diesem Augenblick dachte ich nicht an die Konsequenzen, sondern nur daran, dass es Hühnerkopf als guter Soldat – und guter Mensch – verdient hatte, es zu erfahren. Deshalb, so redete ich mir ein, hatte ich es ihm verraten. Um der Sicherheit der Truppe willen. Aus Pflicht, nicht aus Kameradschaft.

»Er hat dich gut behandelt, nicht wahr?«, fragte er, sobald ich geendet hatte. Genau wie der Legat schien ihm die Möglichkeit, dass die germanischen Verstärkungen nicht eintreffen könnten, keine Angst zu machen. Er war überzeugt von der Überlegenheit der römischen Waffen und der Männer, die sie führten.

»Das war noch nicht alles, oder?«, fragte er und sah mich aus seinen geröteten Augen durchdringend an. »Das allein hat dich doch nicht so aus der Fassung gebracht.«

Gerne hätte ich ihn darauf hingewiesen, wie sehr er sich irrte, doch meine plötzliche Offenheit hatte mich selbst erschreckt, und ich konnte ihm unmöglich gestehen, wie sehr mich die Nachricht von Arminius' Tod erschüttert hatte. Dass meine Trauer – die mich während meiner einsamen Reise niemals völlig verlassen hatte – wieder so stark war wie vorher. Eine frische Wunde über altem

Schorf. Hühnerkopf mit seinen vielen guten Kameraden konnte ja nicht ahnen, wie viel ich dem Mann verdankte, der mich aus der Wildnis geführt und mir ein besseres Leben versprochen hatte. Für mich war Arminius ein Anführer gewesen, wie ihn die Welt verdiente. Ein erfahrener Krieger, der Streitigkeiten nicht mit dem Schwert, sondern mit dem Kopf und dem Herzen löste. Mein Verlust war nichts im Vergleich zu dem Verlust, den Rom erlitten hatte, und doch gab ich mich selbstsüchtiger Trauer hin.

Andererseits war die Beobachtung des scharfsinnigen Veteranen ebenfalls richtig gewesen. Beinahe hätte ich ihm übel genommen, dass er mich dazu zwang, mir einzugestehen, dass mir noch etwas anderes Sorgen bereitete. Es hatte als nagendes Gefühl des Zweifels begonnen, doch je länger ich alle Möglichkeiten in Betracht zog, desto stärker kam ich zu der Einsicht, dass mich mein Bauchgefühl nicht trog. Ich hoffte, dass sich meine Befürchtungen nicht bewahrheiteten, doch ich würde sie in jedem Fall für mich behalten. Was sollte es nützen, wenn ich sie anderen auf die Nase band?

Doch plötzlich traf mich eine schreckliche Erkenntnis. Ich hätte niemals so offen mit Hühnerkopf reden dürfen! Hatte mich der hässliche Drecksack nicht gemeinsam mit Titus und den anderen verprügelt? Hier im Feld war ich für sie nur ein nützliches Werkzeug. Sobald wir wieder in Sicherheit waren, würde ich erneut derjenige sein, der die Latrinen aushob. Der Zeltsklave.

Nun, dann sollte es wohl so sein.

»Nein, das war alles.« Jetzt konnte ich getrost weiter an meinem wackligen Lügengebäude bauen.

»Und wegen heute machst du dir keine Sorgen?«

»Nein«, sagte ich, und diesmal sprach ich die Wahrheit. Ich hatte meine nutzlose Grübelei so satt, dass ich den bevorstehenden Strapazen beinahe freudig entgegenblickte.

»Dann bist du vielleicht doch nicht so schlau, wie ich dachte«, sagte er. »Wir haben die ganze Nacht an derselben Stelle verbracht. Sie hatten alle Zeit der Welt, ihre Leute zusammenzuziehen. Und wenn es nur ein paar versprengte Gruppen sind, im Wald spielt unsere Überzahl keine Rolle.«

Als ich mich nicht dazu äußerte, schüttelte Hühnerkopf, verwundert über meine plötzliche Verschlossenheit, den Kopf. »Sag den anderen nichts davon, ja? Die armen Schweine müssen nicht unbedingt wissen, dass ihre Eier auf dem Hackblock liegen.«

Selbstverständlich hielt keiner der anderen diese Aufgabe für einen Spaziergang, doch was es tatsächlich bedeutete, dass sich unsere Zenturie ohne den Schutz der übrigen Kohorte in den Wald und damit in die Arme des wartenden Feindes wagte, hatten sie noch nicht begriffen. Nur dem erfahrenen Hühnerkopf war aufgefallen, dass hier etwas nicht stimmte, und er konnte sich auch den Grund dafür denken. Trotz oder gerade wegen meines plötzlichen Stimmungswandels teilte er mir seine Überlegungen mit.

»Hast du dich noch nie gefragt, wieso Pavo eine Zenturie bekommen hat, obwohl er keinerlei Kampferfahrung vorweisen kann?«

Ich tat so, als sei ich nur mäßig interessiert, während ich die Riemen meiner Rüstung und den Tornister festzog.

»Je nachdem, wen man fragt, hat er entweder die Frau

oder die Tochter des Legaten gevögelt«, fuhr Hühnerkopf fort. »Und entweder die eine oder die andere hat ihm so lange zugeredet, bis Pavo das Kommando über eine Zenturie hatte. Seitdem wartet der Legat auf eine Gelegenheit, um ihn loszuwerden. Und Pavo war so ehrgeizig, dass er ahnungslos in die Falle getappt ist.«

Ich zuckte mit den Schultern. »Irgendjemand muss die Straße räumen«, sagte ich kurz angebunden.

»Ja, so sieht's aus«, entgegnete der Veteran. »Irgendein armes Schwein muss immer die Drecksarbeit machen.«

Früher wäre ich das gewesen. Freiwillig. Mit einer Begeisterung, die an Wahnsinn grenzte. Doch damals war ich nicht allein gewesen, und dass ich noch lebte, lag nur an Männern wie diesem verdienten Veteranen vor mir. Männer wie er hatten mir oft genug aus der Patsche geholfen. Und was war ihr Lohn gewesen?

Ich schüttelte den Kopf, um die Bilder zu vertreiben, die in meiner Erinnerung aufstiegen. Ich musste mich auf das Hier und Jetzt konzentrieren, daher beobachtete ich genau, wie Hühnerkopf mit knackenden Gelenken in die Hocke ging und Lupus in beide Hände nahm. »Du bleibst hier, mein Kleiner. Hier ist es sicher und trocken.«

Er küsste das Tier auf den kleinen Kopf. Irgendwie beruhigte mich das zufriedene Schnurren der Katze etwas. Die Verbitterung und die Wut über mich selbst, die ich gegen diesen Mann gerichtet hatte, ebbten allmählich ab.

»Es war eine lange Nacht«, entschuldigte ich mich.

»Und es wird ein langer Tag«, sagte er und bleckte seine Zahnlücken zu einem Grinsen.

Im Zelteingang erschienen erst ein Helm und dann Titus' grimmiges Gesicht darunter. »Jungs, hört auf, an euch rumzuspielen«, knurrte er. »Die Zenturie nimmt Aufstellung.«

Die kurze Ruhepause war vorüber. Jetzt ging es zurück in den Wald.

Die Morgendämmerung brachte kaum Licht. Aus dunklen Wolken prasselte der Regen auf die kleine, vier Mann breite und zwanzig Mann tiefe Kolonne. Der Wind pfiff durch die Marschreihen, als wir uns auf den Weg zum Nordtor des Feldlagers machten.

Die Wachposten der Hilfstruppen sahen uns hinterher. Im Regen wirkten ihre Gesichtszüge finster, dabei bemitleideten sie sicher jeden, der das einigermaßen sichere Lager verlassen musste.

Pavo führte die Kolonne an. Er hatte das Schwert gezogen, und mit seinem Helmbusch war die hochgewachsene Gestalt durchaus ein beeindruckender Anblick.

»Der kann's ja kaum erwarten«, höhnte Stummel.

»Er will es nur so schnell wie möglich hinter sich bringen. Wie wir alle«, sagte Rufus. Der sonst so schweigsame Soldat sah sich mehrmals besorgt nach dem Lager um.

»Hast du was vergessen?«, fragte Titus.

»Meinen Mumm.« Der Gallier zwang sich zu einem Lächeln.

Inzwischen passierten wir den Erdwall. Der stille, dunkle Wald war noch etwa dreihundert Schritt entfernt. Durch den Regen konnte man unmöglich einzelne Bäume ausmachen, von einem Hinterhalt ganz zu schweigen.

»Die Kavallerie bricht auch auf«, sagte Stummel, als der erste Reitertrupp hinter uns auf dem Weg zu seinem eigenen Ziel vorbeidonnerte.

»Im Wald ist man ohne Pferd besser dran«, gab Hühnerkopf zu bedenken. »Man gibt ein kleineres Ziel ab und kann aus der Ferne nicht so leicht getroffen werden.«

»Mann, du bist heute Morgen ja bester Laune.«

»Maul halten«, befahl Titus.

Der Wald war noch zwanzig Schritt entfernt.

Eigentlich hatte ich mit Gebrüll und Kriegsgeschrei gerechnet, doch stattdessen dämpfte das Blattwerk alle Geräusche und bot zusätzlich Schutz gegen Wind und Regen.

Anscheinend war ich nicht der Einzige, der einen Angriff erwartet hatte. Dass dieser ausblieb, bedeutete keine Entwarnung. Helme hoben und senkten sich, als die Männer ihre Umgebung in Augenschein nahmen. Pavo marschierte unbeirrt weiter, bis wir auf das erste Hindernis stießen – mehrere vom Wind abgerissene Äste. Die Fußsoldaten konnten mühelos darübersteigen, doch für den sowieso nur langsam vorankommenden Tross mussten sie beiseite geschafft werden.

»Arbeitsgruppe vor«, kommandierte Pavo. Der Befehl wurde geflüstert durch die Reihen weitergegeben, als hofften die Soldaten allen Ernstes, im Wald unbemerkt zu bleiben. Acht mit Äxten, Sägen und Spaten ausgerüstete Legionäre machten sich an die Arbeit, während die anderen sich um sie herum gruppierten, hinter ihre Schilde kauerten und die Speere hoben.

Ich blickte über den eisernen Rand meines Schildes hinweg und suchte die Umgebung nach Unregelmäßigkeiten ab. Der Regen machte es unmöglich, Einzelheiten zu erkennen, und mit dem aufziehenden Tag stieg Nebel vom Waldboden auf. So würden wir den Feind nicht bemerken, selbst wenn er einen Steinwurf entfernt von uns lauerte.

Der Lärm der Äxte und Sägen mischte sich mit dem Prasseln des Regens. Ich drehte mich um und beobachtete die Arbeiter, die das Holz von der Straße schleppten.

Plötzlich begriff ich.

»Nicht!«, rief ich.

Zu spät.

Ein dicker Baumstamm, durch einen unachtsamen Legionär von seinem Gegengewicht befreit, schwang aus den Blättern, als hätte ihn ein Gott selbst geschleudert.

Mehrere Arbeiter warfen sich gerade noch rechtzeitig flach in den Schlamm. Andere hatten das Glück, sich außer Reichweite des Baumstammes zu befinden, und verfolgten seine Bahn mit schreckgeweiteten Augen.

Zwei Männern war Fortuna weniger gewogen.

Sie waren entweder vor Müdigkeit oder Schreck wie gelähmt und konnten sich nicht rechtzeitig in Sicherheit bringen. Der Baumstamm katapultierte sie wie Strohpuppen in die Luft. Ihre Körper landeten ganz in meiner Nähe mit einem feuchten Klatschen auf dem Boden.

Weshalb ich glaubte, noch etwas für diese schwer verletzten Soldaten tun zu können, wusste ich selbst nicht. Jedenfalls sprang ich ohne nachzudenken auf und lief zu dem nächsten Mann hinüber. Er war eindeutig tot. Der Brustkorb unter der Rüstung war zerschmettert, Blut strömte aus Ohren, Mund und Nase. Ich wandte mich dem zweiten Mann zu. Pavo stand bereits über ihm. Bevor ich ihm helfen konnte, legte sich eine schwere Hand auf meine Schulter.

»Zurück auf deinen Posten«, knurrte Titus. »Sein verfluchter Schädel ist nur noch Matsch. Der hat's hinter sich.«

Titus zerrte mich in die Gefechtslinie zurück. Nur wenige Schritt von mir entfernt klammerte sich der Soldat trotz seiner schweren Verletzungen noch mehrere Minuten an sein Leben. Währenddessen hielten die Männer ihre Speere in der Höhe und warfen unruhige Blicke umher. Sie waren davon überzeugt, dass der Feind seine Falle jeden Augenblick zuschnappen lassen würde.

Hinter mir waren Schritte im Schlamm zu hören. Pavo.

»Du hast es gewusst«, stellte er sachlich fest. »Du hast eine Warnung gerufen, bevor der Stamm runterkam.«

In dieser Feststellung lagen nicht nur eine, sondern einhundert Fragen. Doch Pavo wollte keine Antworten. Er wollte überleben.

»Ab mit dir an die Spitze«, sagte er. »Titus, deine Jungs sollen sich die Werkzeuge schnappen. Julius' Zelt muss die Toten tragen. Ihr seid die neue Arbeitsgruppe.«

Ohne auf eine Antwort zu warten, wandte sich der Zenturio ab, um die zerschmetterten Leichen seiner Soldaten zu betrachten.

»Scheiße. Siehst du, was du angerichtet hast?«, zischte Titus und funkelte mich mit wütenden Augen an. »Er hat mich sowieso schon auf dem Kieker, und jetzt hast du ihm die Gelegenheit gegeben, mich endgültig loszuwerden.«

»Ich …«

Sein Arm schoss mit der Schnelligkeit einer Viper vor. Seine dicken Finger umklammerten meine Kehle. Selbst als sich die schmutzigen Fingernägel in die Haut um meine Luftröhre bohrten, wehrte ich mich nicht. Ich konnte nicht mehr atmen, mir wurde schwarz vor Augen, und die Geräusche drangen so gedämpft an meine Ohren, als wäre ich unter Wasser. Ob es sich so anfühlte, wenn man starb?

Einen seligen Augenblick lang wünschte ich mir beinahe, dass er mich umbrachte und die albtraumhafte Reise meines Lebens beendete.

Doch dann sah ich durch einen immer dunkler werdenden Tunnel leblose Körper, die von ihren trauernden Kameraden aus dem Dreck gezogen wurden. Blut und andere Körperflüssigkeiten tropften wie Regen von ihnen herab. Hätte ich sterben wollen, dann hätte ich mein Ende schon vor langer Zeit weit von hier entfernt gefunden.

»Nimm deine verdammten Hände von mir«, keuchte ich. Die Schwärze in meinen Gedanken war tiefer als die vor meinen Augen.

Ich sah in seiner Miene, wie sehr ihn mein Trotz überraschte. Er ließ mich los, und ich sog die feuchte Luft tief in meine Lunge.

»Sieh gefälligst zu, dass du uns hier heil wieder rausbringst«, drohte er.

»Das werde ich«, versicherte ich ihm mit fester Stimme.

Und ich meinte es ernst. Ich schwor mir, Titus' Leben zu retten, und ich schwor mir, es ihm danach zu nehmen. Diesen Schwur leistete ich, weil ich mich, als seine Finger um meinen Hals gelegen hatten, wieder daran erinnert hatte, wer ich war.

Ich war ein Mörder.

26

Die Zenturie marschierte weiter durch den Wald. Ich bildete zusammen mit Pavo die Vorhut. Der Pfad – kaum breiter als drei Mann – schlängelte sich an uralten Bäumen und schnell dahinplätschernden Bächen vorbei.

Während ich den Trupp durch den Morast führte, versuchte ich, mich ausschließlich aufs Überleben zu konzentrieren. Doch der Ärger darüber, dass man mich an diese gefährliche Position beordert hatte, ließ sich nicht so leicht abschütteln. Titus hatte von mir verlangt, sein Contubernium in Sicherheit zu bringen. Pavo forderte dasselbe für seine Zenturie. Natürlich wollte ich keinen von beiden enttäuschen, doch ich hatte nur zwei Augen, während die erfahrenen germanischen Fallensteller in diesem Wald jeden Strauch kannten. Sie erwarteten das Unmögliche von mir. Wie sollte ich das schaffen? Ich war Soldat und kein verfluchter Gott.

Trotz dieser Ablenkungen gelang es mir tatsächlich, die nächste Falle des Feindes zu entdecken, wenngleich mir der Regen dabei half. Die unaufhörlichen schweren Tropfen hatten die Äste und Blätter niedergedrückt, die die Konstruktion verbargen: ein tiefes Loch, in dem spitze Pfähle aufragten. Sobald ich auch den Rest des Blattwerks mit meinem Wurfspeer beiseitegeräumt hatte, spähte Pavo in das Loch, in dem ein grauenvoller und schmachvoller Tod lauerte.

»Ist das da Scheiße?«, fragte er. Er meinte die dunkle Masse, die an den Spitzen der Pfähle klebte.

»Damit sich die Wunde entzündet, falls man es wider Erwarten aus dem Loch schafft.« Ich kannte die Folgen solcher Verletzungen. Die eiternden Wunden. Die Schmerzensschreie.

Ich ging weiter, ohne auf den Befehl zu warten.

Wir kamen nur langsam voran. Pavo war deutlich anzusehen, dass er mit dem Tempo nicht zufrieden war, doch er hatte die Fallgrube nicht vergessen und achtete darauf, stets in meine Fußstapfen zu treten. Der Zenturio lernte schnell.

Mehrmals lagen Hindernisse auf der Straße. Wenn einer dieser etwaigen Fallen in Sicht kam, legte ich mich auf den Bauch, robbte um das Hindernis herum und suchte nach einer Schlingpflanze, einem dicken Wurzelstrang, einem Seil oder etwas ähnlich Verdächtigem. Sobald ich Entwarnung gab, schlossen Titus und sein Trupp zu mir auf und machten sich daran, das Hindernis in Stücke zu hacken und von der Straße zu schaffen. »Ich hoffe für dich, dass das gutgeht«, flüsterte mir der Hüne jedes Mal drohend ins Ohr.

Bislang ging es gut, doch ich konnte unmöglich jede Falle erspähen. Es war nur eine Frage der Zeit, bis uns der Feind und sein mächtiger Verbündeter, der Wald, überlistete.

Dieser Augenblick kündigte sich mit einem Krachen an, dem kurz darauf ein hoher, gellender Schrei folgte.

Sofort ging ich in die Hocke und suchte die Gegend vor

mir nach möglichen Angreifern ab. Erst dann blickte ich hinter mich. Ein kaum dem Jünglingsalter entwachsener Soldat steckte bis zur Brust in einer Grube am Wegesrand. Seine Schreie durchschnitten den Regen wie Blitze den Himmel.

»Titus!«, rief Pavo. »An die Arbeit! Holt ihn da raus und bringt ihn zum Schweigen!«

Titus setzte sich mürrisch in Bewegung. Ich folgte ihm.

Der Junge brüllte mit vor Schmerz verzerrtem Gesicht. Ein Kamerad hatte die Arme unter seine Schultern geschoben und versuchte verzweifelt, ihn nicht noch tiefer auf die Pfähle rutschen zu lassen.

Ich kniete mich neben das Loch. Ein Pfahl hatte sich glatt durch den Oberschenkel des Jungen gebohrt, ein weiterer steckte in seinem Unterleib.

»Schnappt euch seine Arme!«, befahl Titus. »Wir müssen ihn da rausziehen!«

Hühnerkopf hielt ihn auf. »Nicht. Der Pfahl verschließt die Wunde. Wenn wir ihn rausziehen, verblutet er.«

Der Junge stieß einen weiteren grauenerregenden Schrei aus.

»Bald weiß jeder verfluchte Barbar, dass wir hier sind«, fluchte Titus, nahm dem Jungen das Halstuch ab und knebelte ihn damit.

»Warum habt ihr ihn nicht rausgeholt?«, blaffte Pavo, sobald er das Loch erreichte.

Hühnerkopf sah Pavo mit milchigen Augen an. »Wenn wir ihn rausziehen, stirbt er.«

»Dann zieht ihn raus. Siehst du hier irgendwo einen Feldarzt? Er ist bereits tot, und wenn er weiter so schreit, sind wir es auch bald«, fuhr ihn der junge Zenturio an.

Einen Augenblick lang war außer dem prasselnden Regen und dem gedämpften Stöhnen des geknebelten Verletzten nichts zu hören.

»Er wird sterben«, sagte Hühnerkopf schließlich. Pavo hatte so viel Anstand, zuerst ihm und dann dem Soldaten, den er zum Tode verurteilte, in die Augen zu sehen.

»Zieht ihn raus.«

Mit einem feuchten, schmatzenden Geräusch lösten wir den Körper des Soldaten aus der Falle.

Dann legten wir ihn in den Schlamm. Ein nur wenig älterer Kamerad nahm weinend seinen Kopf in den Schoß. Wie von Hühnerkopf prophezeit floss beunruhigend viel Blut aus den Wunde. Bald färbte sich der Schlamm unter unseren Sandalen rot.

Der Junge war wie betäubt. Hühnerkopf ging neben ihm in die Knie und nahm ihm den Knebel ab. »Lasst ihm zumindest seine Würde.«

Vielleicht verharrten wir aus Anstand an Ort und Stelle, unfähig, unseren Blick von dem sterbenden Jungen zu lösen. So bildeten wir eine Ehrenwache. Mehr konnten wir für ihn nicht tun, bevor er diese Welt verließ. Vielleicht waren wir aber auch nur starr vor Schreck. Selbst den Erfahrensten unter uns ging ein solcher Tod nahe. Auf diese Art sollte kein Soldat sterben.

Der Junge murmelte etwas, formte mit aller verbliebenen Kraft seine letzten Worte. »Mama«, wimmerte er. »Ich will zu meiner Mama.«

Hühnerkopf versuchte ihn zu beruhigen. »Schon gut, Kleiner.«

»Mama«, jammerte der Junge.

»Du siehst sie bald wieder.«

Aus dem Blutstrom wurde ein Rinnsal. Der Junge starb. Die Tränen seines weinenden Freundes fielen zusammen mit den Regentropfen auf sein Gesicht.

»Baut eine Trage für ihn«, befahl Pavo.

Wir gingen tiefer in den Wald.

Der Marsch war nervenaufreibend. Man konnte keinen Schritt tun, ohne darauf zu achten, wohin man den Fuß setzte. Kein Zweig durfte ohne gründliche Untersuchung beiseitegeschoben werden. Die Soldaten folgten meinem Beispiel und tasteten den Boden vor sich mit ihren Speeren ab.

Selbst ohne den Regen und den eiskalten Wind hätte eine solche Arbeit einen Mann in kürzester Frist erschöpft, und so war die Zenturie schon bald am Ende ihrer Kräfte. Die Truppe, die heute Morgen den Wald betreten hatte, war nicht mehr wiederzuerkennen. Und doch sorgte die Erinnerung an den sterbenden Jungen dafür, dass wir trotz aller Müdigkeit stets wachsam blieben. Unsere einzigen Gedanken galten dem Überleben.

Der Pfad hielt so manche Überraschungen für uns bereit, doch die größte von allen war, dass der Feind uns bisher noch nicht direkt angegriffen hatte. Ich hatte nur Zeit für kurze Dankesgebete, aber nicht, um mir den Grund dafür zu überlegen.

»Wieder ein Baumstamm auf dem Weg«, teilte ich Pavo mit. »Ein dicker diesmal.«

»Arbeitsgruppe nach vorn«, befahl er.

Titus erschien neben mir. Die Axt wirkte wie ein Kinderspielzeug in seinen großen Händen. »Na los, du Glücklicher.« Er grinste sarkastisch.

Ich ließ meinen Schild zurück und tastete mich mit dem Speer vor. Der Pfad machte einen unverdächtigen Eindruck. Genau wie der Baumstamm – zumindest aus der Entfernung.

Doch eins war merkwürdig. Bisher waren alle Baumstämme auf dem Weg verrottet und morsch gewesen. Doch das Holz dieses Eichenstamms war eindeutig frisch.

Ich spürte ein vertrautes Kribbeln im Nacken und bereitete mich auf einen Kampf vor. Der Baumstamm lag nicht zufällig hier. Nach einigen weiteren Schritten konnte ich selbst durch den Regen den eindeutigen Beweis dafür erkennen.

Sägespuren. Man hatte die Eiche gefällt.

Schon erwartete ich einen Hagel von Schleudergeschossen und Wurfspeeren, doch nichts geschah. Der Regen prasselte auf meinen Helm. Der Wind rauschte in den Ästen. Ich kehrte schnell zu Pavo zurück und erstattete Bericht.

»Na, dann räum den Weg frei«, befahl er, an Titus gewandt.

»Was? Du hast doch gehört, was er gesagt hat! Der Feind hat den Baum dorthin gelegt. Das ist eine Falle!«

»Dieser ganze Weg ist eine Falle«, entgegnete Pavo. »Und wir müssen sie unschädlich machen. Also, an die Arbeit.«

Einen Augenblick lang war ich mir sicher, dass Titus seine Axt im Hals des Zenturios versenken würde. Doch stattdessen wandte er sich ab und schlug sie mit blinder Wut in das Holz der gefällten Eiche. Was auch immer seit unserem Abmarsch aus dem Sommerlager in Minden an ihm genagt hatte, machte sich nun in einem wahren Wirbel aus Axthieben Luft.

»Der hört erst auf, wenn ich tot bin«, keuchte er. »Der hört erst auf, wenn ich tot bin.«

»Wer, Pavo?«, fragte Rufus. Als Titus' bester Freund durfte er es als Einziger im Contubernium wagen, ihm eine persönliche Frage zu stellen.

»Der verfluchte Pavo natürlich. Wer sonst?«

»Und warum?«, fragte der rotgesichtige Gallier – nicht zuletzt im Interesse aller Veteranen des Contuberniums.

»Würfel.« Titus kicherte und hielt inne, um den Schaden zu begutachten, den seine Axt angerichtet hatte. »Am Zahltag hat er sein ganzes Geld an mich und den Quartiermeister verloren. Und dann hat er Schulden gemacht. Wahrscheinlich glaubt er, dass die beglichen sind, wenn ich abkratze. Aber da hat er sich geschnitten. Rufus, wenn ich dran glauben muss, dann versprich mir, dass du diesem Schwanzlutscher jede Münze abnimmst, die er mir schuldet. Versprich's mir, jede einzelne Münze. Und dann bezahlst du irgendeinen Trunkenbold, dass er ihm das Gesicht zerschneidet. Nur die Augen nicht. Nein, ein Auge reicht! Damit er sieht, wie hässlich er ist.«

Dieser Ausbruch brachte die meisten zum Schweigen. Cnaeus blieb bei einer solchen Tirade gegen einen Vorgesetzten der Mund offen stehen. Rufus zuckte nur mit den Schultern. »Geht's dir jetzt besser?«

»Etwas«, gestand Titus und schwang erneut die Axt.

Es war ein dicker, harter Eichenstamm. Cnaeus und ich zerteilten ihn gemeinsam mit einer großen Trummsäge in Stücke, die anschließend an den Straßenrand gerollt werden konnten.

»Also, ich bin ja nicht gerade Julius Caesar«, sagte Stummel keuchend, »aber selbst ich kann sehen, dass es hier eine Menge Bäume, aber nur wenige Straßen gibt. Wenn Varus keinen Holzhandel aufmachen will, sollten wir uns einfach quer durch den Wald schlagen.«

»Der Tross schafft es schon jetzt kaum«, widersprach Mondgesicht. »Ohne Straße kommt Varus nicht weit.«

»Dann lassen wir ihn doch zurück.«

»Keinesfalls. Die Schande wäre zu groß«, stellte Mondgesicht fest. Stummel nickte schweigend.

Durch diese Unterhaltung und das ständige Heulen des Windes dauerte es einen Augenblick, bis ich bemerkte, dass zu den Geräuschen des Waldes ein weiteres hinzugekommen war. Ein feines Pochen, etwas Hartes, das auf Holz schlug.

»Ist das …?« Titus verstummte, als eines der aufgestellten Schilde von einem schwirrenden Geschoss getroffen wurde.

»Schleuderer!«, riefen mehrere Stimmen.

Gleichzeitig hörte man hektische Schreie vom Ende der Zenturie.

»Feindberührung! Feindberührung!«

Wir waren nicht die Einzigen, die unter Beschuss lagen.

»Sammelt die Werkzeuge ein, und dann nichts wie weg!«, befahl Titus. Wir liefen hinter ihm her zur Zenturie zurück. Mit einem scharfen Pfeifen zischte ein Geschoss an meinem Kopf vorbei. Vor mir ging ein Mann zu Boden. Sein Helm wurde durch die Wucht des Bleigeschosses in die Luft gewirbelt.

Es war Cnaeus. Der junge Soldat rappelte sich auf und suchte nach seinem Helm.

»Hab ihn!«, rief Hühnerkopf und scheuchte den Frischling vor sich her zur Zenturie.

Die Soldaten zu beiden Seiten des Weges schoben hastig ihre Schilde übereinander. Bleigeschosse prasselten wie zorniger Regen darauf.

Wir ergriffen unsere eigenen Schilde und reihten uns in die zwei Mann tiefe Verteidigungslinie ein. Ich selbst ging in die Hocke und stellte den Schild auf den Boden. Rufus, der hinter mir stand, hielt seinen Schild über mich und komplettierte so den Wall. In dieser Formation konnten uns die Geschosse wenig anhaben. Allerdings erinnerte ich mich an die Worte des Legaten, der während der Lagebesprechung erläutert hatte, wie die Germanen die Schildkrötenformation zu ihrem Vorteil genutzt hatten.

»Achtet auf Speerkämpfer!«, rief ich so laut, dass die Warnung durch die Reihen weitergegeben wurde. Und tatsächlich wandten die Germanen diese Taktik auch hier an.

»Feind zur Linken! Speerkämpfer!«, rief ein Contuberniumskommandant.

»Wurfspeere!«, befahl Pavo. Der Schildwall hinter mir wurde gesenkt, sodass die Legionäre ihre Waffen auf den anstürmenden Feind werfen konnten. Diese Anstrengung wurde mit einem halben Dutzend Schmerzensschreien beantwortet. Doch nicht jeder Speer hatte auch getötet.

»Schilde wieder hoch!«, rief eine Stimme. Sobald sie gesenkt worden waren, hatten auch die germanischen Schleuderschützen den Beschuss wiederaufgenommen.

Ein Legionär taumelte aus den hinteren Reihen, hielt sich das Gesicht und stöhnte vor Schmerz. Ich beobachtete, wie Pavo seine Hände wegriss und die Wunde untersuchte.

»Halt's Maul! Dir ist nichts passiert! Zurück ins Glied!«,

befahl er dem Mann, dessen Auge zu Brei zerschmettert war.

Sobald die zwei Schilde hohe Mauer erneut gebildet war, stellten die Schleuderer den Beschuss ein, um Munition zu sparen. Eine Gefechtspause trat ein.

Dies war die Gelegenheit für Pavo, sich in Szene zu setzen. Er musste die Initiative zurückgewinnen und uns aus der Gefahrenzone bringen. Egal, ob er die richtige oder falsche Entscheidung traf, das Wichtigste war, dass er eine traf.

»Was hat er vor?«, zischte Stummel, als wir nach einer Weile noch immer keine Befehle erhielten. »Wir können nicht den ganzen Tag hier rumsitzen.«

Doch genau das taten wir. Hin und wieder flog ein leichter germanischer Speer über unsere Schilde hinweg, doch ansonsten schien der Feind keine Lust mehr zu haben, gegen unsere enge Formation anzugehen, und hielt sich zurück. Mir wurde kalt, und allmählich bekam ich Krämpfe in den Füßen. Außerdem musste ich pissen.

»Das gefällt mir gar nicht«, sagte Hühnerkopf und schnalzte mit der Zunge. »Wahrscheinlich haben sie schon Boten losgeschickt, die Verstärkung holen. Aber uns hilft niemand.«

Stummel stupste mich an. »Jetzt wäre der richtige Zeitpunkt für deinen fürstlichen Freund, zu unserer Rettung herbeizueilen.«

»Wahrscheinlich sehen wir ihn bald«, entgegnete ich. »Im Jenseits.«

Stummel war anzusehen, dass er nicht wusste, ob ich es ernst meinte oder nicht. »Sehr witzig«, sagte er nur.

Ich nutzte die Gefechtspause, um mich nach Pavo umzusehen. Er stand in der Mitte der Formation und betrachtete die Leichen der drei Männer, die durch die Fallen des Feindes den Tod gefunden hatten.

»Er scheißt sich ins Hemd«, höhnte Mondgesicht, der ihn ebenfalls beobachtete.

»Nein.« Ich war mir sicher, dass es nicht die Furcht war, die den Zenturio lähmte. »Er will sie nicht zurücklassen, weil er weiß, was die Ziegenficker mit ihnen anstellen.«

Der leichte Speer eines Germanen riss Pavo schließlich aus seiner stummen Zwiesprache mit den Toten. Der Speer flog über den Schildwall und streifte die Wade eines Soldaten in der gegenüberliegenden Reihe. Im Regen glänzte die Wunde leuchtend rot.

»Wir lassen die Toten zurück«, befahl Pavo mit fester Stimme. Er hatte seine Entscheidung getroffen. »Nehmt ihnen die Waffen ab. Den Barbaren darf nichts in die Hände fallen. Wir kehren zum Lager zurück.«

Die Ausführung dieser Befehle wäre schon schwierig genug gewesen, hätten wir nur mit dem Wetter und dem zähen Schlamm auf dem Weg zu kämpfen gehabt. Aber jetzt hatten wir es mit einem Feind zu tun, der uns auf unserem langsamen Marsch ständig zusetzte. Meistens blieben die Germanen in der Deckung des Waldes und beschossen uns aus der Entfernung mit Bleikugeln und Speeren. Gelegentlich stürmte ein Krieger – zweifelsohne auf der Suche nach Ruhm und Ehre – mit seinem schweren Eschenholzspeer gegen unsere Schilde an. Unsere Formation war so dicht, dass wir uns kaum gegen solche Angriffe wehren konnten.

»Drecksack!«, rief Titus, als ein germanischer Speer durch eine Lücke zwischen den Schilden stieß und die eiserne Spitze seinen Unterarm aufschlitzte. »Jetzt reicht's!«, brüllte er und erteilte der Gruppe seine ganz persönlichen Befehle.

Beim nächsten Angriff hoben Rufus und Mondgesicht unerwartet die Schilde, sodass der feindliche Speer ins Leere stieß, ohne Schaden anzurichten. Titus packte den Schaft und zog daran. Sein eigener Schwung trieb den überraschten Germanen direkt in sein Schwert.

»Schilde wieder hoch, Scheiße!«, schrie Rufus, als der Bleiregen erneut einsetzte und ihn ein Geschoss an der Schulter traf.

»Verletzt?«, fragte Titus.

»Ich weiß nicht. Mein Arm ist taub. Ich kann den Schild nicht mehr heben.«

»Dann bleib hinter mir.«

Rufus war nicht der einzige Verwundete. Aus der Zenturie ließ sich ein ständiges Schreien und Stöhnen vernehmen, wenn das nächste Bleigeschoss sein Ziel traf oder ein Speer zwischen die Schilde drang.

Plötzlich kam unser Rückzug zum Stillstand.

»Baumstämme auf der Straße!«, ertönte es von der Spitze der Formation.

Der Feind hatte uns in aller Seelenruhe den Rückweg mit Hindernissen versperrt. Bisher hatten die Germanen nur mit uns gespielt. Und jetzt hatten sie uns da, wo sie uns haben wollten.

»Runter von der Straße!«, befahl Pavo ohne zu zögern. »Sucht einen Umweg!« Er drängte sich nach vorne, um selbst nach einem neuen Weg zu suchen. Er gab ohne Zweifel sein Bestes, doch der unebene Boden, die über die Ufer tretenden Bäche und die dichte Vegetation schafften, was den germanischen Kriegern bisher nicht gelungen war.

Die Formation begann sich aufzulösen.

Zunächst waren es nur kleine Lücken. Ein Soldat rutschte aus und verlor seinen Schild, ein anderer ließ beim Anstieg auf eine Anhöhe die Schienbeine ungeschützt. Doch unweigerlich vergrößerten sich diese Lücken, da sich die Männer zunehmend um ihr eigenes Fortkommen und nicht länger um den Zusammenhalt der Truppe kümmerten. Schmerzensschreie hallten aus den Reihen. Ich stieg über das erste Opfer des Rückzugs hinweg – ein bis auf eine kleine Delle in der Stirn unversehrt wirkender Soldat.

»Vielleicht ist er nur bewusstlos?«, sagte der junge Cnaeus verzagt. Er konnte den Blick nicht von dem reglosen Körper lösen.

»Lass ihn«, knurrte Titus. »Und behalt deinen Schild oben!«

Der Rückzug wurde zunehmend verzweifelter, als sich auch noch die Natur gegen uns verschwor. Der Regen wurde stärker, der heulende Wind ließ die Baumstämme erzittern. Wir kämpften uns durch den Sturm, und unsere Feinde kamen immer näher.

Nun erblickten wir auch zum ersten Mal größere Kampfverbände. Sie spürten unsere Schwäche, blieben aber noch auf Distanz. Sie verfolgten uns wie ein Jäger einen verwundeten Eber. Noch stellten wir eine Gefahr für sie dar, und sie hatten keine Lust, ein unnötiges Risiko einzugehen. Dass sie derart geduldig waren, war kein gutes Zeichen.

»Vor uns sind noch mehr«, prophezeite Hühnerkopf,

doch der Veteran irrte sich. *Überall* waren noch mehr. Je stärker ihre Zahl wuchs, desto näher wagten sie sich.

Cnaeus zitterte heftig und konnte nichts dagegen unternehmen. »Das ist nur die Kälte. Das ist nur die Kälte«, wiederholte er verzweifelt, um sich Mut zu machen.

Die Speerkämpfer wagten sich in größeren Gruppen vor. Dabei schleuderten sie ihre Waffen nicht, sondern stachen in die Lücken zwischen unseren Schilden.

»Sie werfen ihre Speere nicht«, bemerkte Hühnerkopf, als wäre dies eine wichtige Erkenntnis.

»Na und?«, knurrte Mondgesicht, wütend darüber, dass ein Speer seine Deckung durchbrochen und gegen sein Kettenhemd geprallt war. Die Rüstung hatte Schlimmeres verhindert, doch der Stoß hatte ihm den Atem geraubt.

»Ihr Vorrat ist demnach begrenzt«, erklärte Hühnerkopf. »Sie wollen uns nicht einfach nur kaltmachen und dann wieder nach Hause gehen.«

Jetzt begriff ich, worauf er hinauswollte. Diese Stammeskrieger hatten sich nicht auf eine einzelne Schlacht, sondern einen ganzen Feldzug vorbereitet.

Wieder stieg ich über einen Gefallenen. Seine Beine waren mit hellrotem Blut bedeckt. Bald wurden unsere Verluste so hoch, dass ich nicht mehr jeden einzelnen Toten betrachten konnte.

Ein blonder Riese führte einen Angriff auf unsere Flanke an. Wir stemmten uns gegen die Speerspitzen, die auf unsere erhobenen Schilde krachten. Titus und Cnaeus stachen aus dem Schildwall mit ihren Wurfspießen zu.

»Jetzt gib dir mal Mühe!«, schrie Titus den jungen Legionär an, der daraufhin trotzig in die bärtigen Gesichter schrie, bis seine Stimme vor Anstrengung brach.

Mehrere Germanen ließen ihre Speere in unseren vom Regen schweren Schilden stecken und griffen zu ihren Dolchen und Kurzschwertern. Ich zog meine eigene Klinge, schlug einen kräftigen Hieb beiseite und rammte meinen Ellenbogen in das Gesicht des Mannes. Dann trat ich zurück und zog die Klingenspitze quer über seine Kehle. Obwohl der Schnitt nicht tief war, quoll Blut hervor. Er ging in die Knie. Er würde einen langsamen Tod sterben.

Gut so.

Der Feind drang unablässig auf uns ein. Zu Beginn unseres Rückzugs hatten wir eine Reihe kurzer, brutaler Scharmützel ausfechten müssen. Jetzt warfen sich die Germanen von allen Seiten auf unsere Verteidigungslinie. Manche zerschmetterten mit Steinen unsere Schilde, damit ihre Kameraden mit Speer und Schwert in die Lücken stoßen konnten. Die Schreie der Verwundeten übertönten das Rauschen von Wind und Regen.

Ich sah mich unter den Legionären in meiner Nähe um. Wenn auch nur ein Mann die Flucht ergriff, würden ihm die anderen folgen, und wenn das geschah, war unser Schicksal endgültig besiegelt.

Das war offensichtlich nicht nur mir aufgefallen.

»Formation halten!«, bellte Titus. »Wenn mir einer von euch Schlappschwänzen den Rücken zukehrt, weide ich ihn aus und pisse auf seine Leiche.«

Ein Speer schoss auf mein Gesicht zu. Ich drehte mich herum, duckte mich darunter hinweg und trieb meine Klinge in die Eingeweide des Angreifers. Heißes Blut floss über meine Hand, als ich an dem in seinem Fleisch steckenden Schwert riss.

Dabei geriet ich kurzzeitig aus der Formation, und während ich mich beeilte, wieder zu ihr aufzuschließen, sah ich, was von unserer Zenturie noch übrig war. Etwa sechzig Männer, ein rotes Knäuel inmitten dunkel gewandeter Feinde.

»Meine Familie ist im Lager!«, rief Rufus plötzlich über den Lärm hinweg. Selbst in diesem verzweifelten Kampf trafen diese Worte seine Kameraden wie ein Schlag. »Kümmert euch um sie, wenn ich sterbe.«

»Du blöder Arsch!«, brüllte Titus seinen Freund an und zog sein Schwert aus einem germanischen Brustkorb.

»Kümmert euch um sie!«

»Kümmer dich selbst um sie! Und lenk mich nicht ab!«

Titus beugte sich vor, nahm ein Kurzschwert aus der Hand eines toten Germanen und steckte es unter seinen Ledergürtel.

»Schlechter Zeitpunkt zum Trophäensammeln«, rief Stummel, während er einen Speerkämpfer auf Distanz hielt.

»Kämpf du dein eigenes Gefecht«, knurrte Titus und ließ die Faust gegen die Schläfe des Speerkämpfers krachen. Der Schlag war so heftig, dass der Germane wie ein nasser Sack zu Boden ging. Titus brachte die Sache zu Ende, indem er auf den Schädel des Mannes trampelte. Ein Auge wurde aus der Höhle gedrückt.

»Aufschließen«, brüllte er, packte die Männer bei der Rüstung und zog sie enger zusammen.

Schritt für Schritt, Fußbreit für Fußbreit arbeitete sich die bedrängte Zenturie über den Waldboden vorwärts. Die Zahl der Schilde schwand, und immer mehr germanische Speere bohrten sich in ungeschütztes römisches Fleisch.

»Wir sterben aufrecht!«, schrie Mondgesicht. Sein breites Gesicht war mit Blut überzogen und im Kampfrausch verzerrt. »Wir sterben aufrecht!«

»Ich sterbe überhaupt nicht«, wies ihn Stummel zurecht. »Und du auch nicht!«

In seinen Worten lag mehr Gewissheit und in seinen Augen mehr Hoffnung, als es die Lage erlaubt hätte. Ich folgte seinem Blick zu einer offenen Fläche.

Eine offene Fläche!

Wir waren nur noch fünfzig Schritt vom Waldrand entfernt. Nun, da wir so kurz vor unserer Rettung standen, verstärkten die Germanen ihre Angriffe. Jeder blutige Schritt war hart erkämpft. In Sichtweite des Lagers fielen mehr Männer als während des gesamten bisherigen Rückzugs. Die Nachhut wurde völlig aufgerieben, und zurück blieb ein Kreis aus verängstigen Männern, die ihre Schilde übereinanderlegten und in dieser Formation aus dem Dunkel des Waldes und auf offenes Gelände traten. Die feuchte Wiese war ein schönerer Anblick als das Forum Romanum.

Einige Stammeskrieger folgten uns, um uns Speere und Flüche entgegenzuschleudern, doch der Angriff einer patrouillierenden Kavallerieeinheit schlug sie schnell in die Flucht.

Der Befehlshaber der Reiterei, ein junger Dekurio, brachte sein Pferd neben den keuchenden, blutenden Männern unter Pavos Kommando zum Stehen.

»Ihr seid die zweite Zenturie der zweiten Kohorte«, stellte er fest.

Pavo trat aus den Reihen. Der Hieb eines germanischen Schwertes hatte den Pferdehaarbusch seines Helms deutlich gestutzt. Seine Unterarme waren mit dem Blut aus einem Dutzend leichter Speerwunden bedeckt. Er hatte sich nicht vor dem Kampf gedrückt, und mit seinem hochgereckten Kinn und den funkelnden Augen bot er einen heldenhaften Anblick. »Woher weißt du das?«, fragte er verwundert.

»Ihr seid die Einzigen, die noch nicht im Lager sind.«

»Die anderen Arbeitstrupps haben es zurückgeschafft?«

»Teilweise«, antwortete der Kavallerieoffizier zweideutig und drehte sich im Sattel zum Wald um. Die Bäume wirkten so uneinnehmbar wie die Steinwände einer Festung. »Anscheinend hat jemand was dagegen, dass wir weiterziehen«, meinte er mit der grimmigen Schicksalsergebenheit, die allen Soldaten zu eigen ist.

Pavo verlor keine Zeit. Er marschierte – oder humpelte – an der Spitze der Zenturie zum Lager zurück. Ich beobachtete die Männer, die neben mir durch den Regen schritten. Unser Contubernium hatte es lebend, aber nicht unversehrt zurück geschafft: Stummels Schulterwunde hatte sich wieder geöffnet, als er einen anderen mit seinem Schild geschützt hatte. Titus hatte einen tiefen Schnitt in den Unterarm davongetragen. Rufus' Schulter war von dem Schleudergeschoss immer noch gelähmt. Mondgesicht drückte vorsichtig die Hand auf seine Rippen, die geprellt, wenn nicht gebrochen waren. Micons Helm war eingedellt, der Junge starrte geistesabwesend ins Nichts, sein Gesicht war blutig von der Schnittwunde auf seiner Stirn.

Als ich diese Männer eingehend betrachtete, wusste ich, dass ich sie nicht im Stich lassen würde. Nicht, solange wir in diesem Wald vom Feind und dem Sturm bedrängt wurden. Sie hatten mich heute vor dem Tod bewahrt, und diesen Dienst würde ich ihnen ebenfalls erweisen. Eine Stimme in meinem Innern warnte mich zwar vor solchen Vorsätzen, doch ich schwor mir ja lediglich, mein Contubernium lebend aus diesem Wald herauszubringen. Danach konnte ich meiner eigenen Wege gehen und im Norden, in Britannien, ein Leben fernab der römischen Herrschaft führen. Fernab der Legionen. Fernab des Krieges.

Durch die Mühen und das Blutvergießen dieses Tages hatte sich die Situation geändert. Seit man mich in dem Hain entdeckt hatte, war ich fest entschlossen gewesen, alle Kameradschaft zu meiden. Nun konnte ich dies nicht länger verhindern. Nur zu gerne hätte ich mir eingeredet, dass allein der Kampf Seite an Seite dafür verantwortlich war.

Doch die Wahrheit lautete: Ich fühlte mich schuldig.

Schuldig, weil meine Taten das Schicksal dieser Männer besiegelt hatten, so wie es schon einmal geschehen war. Schuldig, weil ich keine Toten wieder zum Leben erwecken konnte. Schuldig, weil mir trotz der Strapazen, die wir im Wald hatten ertragen müssen, trotz der Erleichterung, wieder im Lager zu sein, die Worte des Dekurio noch förmlich im Kopf hallten.

Anscheinend hat jemand was dagegen, dass wir weiterziehen.

Plötzlich wusste ich genau, wer dieser Jemand war.

27

Häuptling Segestes steckt hinter dieser Sache«, sagte ich zu Pavo. »Arminius ist mit seiner Tochter durchgebrannt, und jetzt will er seinen Tod.«

Wir befanden uns im Zelt des Zenturios. Pavo hatte nur widerstrebend zugestimmt, mich anzuhören. Er polierte gerade seinen Helm auf Hochglanz, der bis eben noch voller Blutspritzer gewesen war.

»Er muss die Armee hier aufhalten, weil er genau weiß, dass Varus zu Arminius' Rettung eilen wird«, fuhr ich fort. »Er hat die anderen Stämme dazu gebracht, uns hier festzusetzen, bis er seine eigene Armee zusammengetrommelt hat. Erst dann wird er uns gestatten, weiterzumarschieren.«

Pavo tat meine Theorie mit kühlen Worten ab, ohne mit der Putzerei innezuhalten. »Der Häuptling bricht seinen Treueeid zu Rom und greift eine Armee an, die doppelt so viele Männer zählt wie sein Stamm. Und das nur, weil er seinen Schwiegersohn nicht leiden kann? Das kommt mir nicht gerade vernünftig vor«, schnaubte er und betrachtete kritisch den gestutzten Helmbusch.

»Ein Familienstreit, Herr. Das hat mit Vernunft nichts zu tun.«

Meine Theorie stieß eindeutig auf taube Ohren. Ich musste es anders versuchen. Auch wenn es riskant war.

»Der Legat«, sagte ich. Bei seiner Erwähnung blickte Pavo schlagartig auf. »Ist es vernünftig, eine Zenturie ohne Verstärkung in den Wald zu schicken? Nein. Doch er hat es nicht aus Gründen der Vernunft, sondern aus Leidenschaft getan. Für seine Familie.«

Langsam stellte Pavo den Helm auf den Boden ab. Er sah mich mit einem verächtlichen Blick an.

»Du hast nicht die leiseste Ahnung«, flüsterte er. Ich wollte mich nicht mit ihm anlegen, doch damit er meine Schlussfolgerungen seinen Befehlshabern vortrug, musste ich persönlich werden.

»Ich weiß, dass du eine seiner Frauen gevögelt hast, Herr.«

Ich wartete auf den Schlag, der wohl am ehesten in den Magen erfolgen würde. Vielleicht rammte er mir noch das Knie ins Gesicht, wenn ich mich zusammenkrümmte.

Doch nichts geschah.

Er lachte.

Wie zu erwarten, war es ein bitteres Lachen, doch in seinem Blick war nicht länger Wut zu erkennen.

»*Du* sprichst von Geheimnissen? Ausgerechnet du? Der Fremde, den mir der Fürst in die Zenturie gesteckt hat? Der Mann, der mehr über germanische Fallen weiß als die Germanen selbst? Der Soldat, der angeblich nie gedient hat, aber erfahrener ist als jeder andere Mann unter meinem Kommando?«

Er lachte wieder. Dann spuckte er auf den Zeltboden.

»Vergiss es. Ich will es gar nicht wissen, weil ich irgendwie das dumpfe Gefühl habe, dass dieses Wissen gefährlich sein könnte. Aber wer immer du auch bist, lass dir eins gesagt sein: Du bist nicht so schlau, wie du glaubst.«

Er wandte sich ab.

»Weißt du, das geht schon mein ganzes Leben lang so«, sagte er schließlich mit dem Rücken zu mir. »Sobald mir irgendetwas gelingt, wird gleich getuschelt. *Mit wem hat er dafür gevögelt?* Was den Leuten nie in den Sinn kommt – was dir nicht in den Sinn gekommen ist – ist die Frage: *Mit wem hat er nicht gevögelt?*«

»Mit dem Legaten«, antwortete ich leise.

Er fuhr herum. »Er hat mir die Zenturie gegeben«, sagte er mit neuem Zorn. »Weil ich so ein guter Soldat bin. Dachte ich Idiot. Weil er weiß, dass ich zu Großem bestimmt bin ... Wie hätte ich ahnen können, dass er *das* als Gegenleistung erwartet? Aber da konnte er mir das Kommando schon nicht mehr entziehen, solange ich keinen Fehler mache. Leider bin ich zu *gut*, um einen Fehler zu machen. Jedenfalls wartet er seitdem auf eine Gelegenheit, mich loszuwerden. Ich garantiere dir, das heute war nicht die letzte brenzlige Situation, in die wir deshalb geraten.«

Die Wut des Zenturios schwand.

»Diese Männer heute sind wegen mir gestorben«, sagte er mit leiser Stimme. »Mir war immer klar, dass einfache Soldaten dafür bluten müssen, damit ich nach oben komme. Aber die Männer heute sind nicht durch meinen Ehrgeiz, sondern wegen meiner verfluchten Dummheit gestorben.«

Das war nicht gespielt. Hinter der Maske des stets grimmigen Zenturios war ein junger, von Schuldgefühlen geplagter Mann zum Vorschein gekommen. Kein Wunder, dass er so verzweifelt versuchte, das Blut von seiner Rüstung zu polieren. Doch dass sich das Gewissen nicht so leicht reinwaschen ließ, wagte ich ihm nicht zu sagen.

Stattdessen wies ich ihn auf die naheliegende Lösung hin.

»Gib deinen Posten auf, Herr«, sagte ich. »Lass dich in eine andere Kohorte versetzen.«

Er schüttelte den Kopf. Offensichtlich hatte er sich das bereits überlegt. »Es geht nicht um meinen Rang. Ich habe ihn abgewiesen. Und ich kenne ihn. Er wird keine Ruhe geben, bis ich tot bin. Egal, wohin ich gehe. Und andere werden mit mir sterben.«

»Da ist es besser, wenn nur einer stirbt«, folgerte ich.

»Selbstmord? So will ich nicht abtreten. Ich bin Soldat, verdammt noch mal, und ich werde auch sterben wie ein Soldat.«

Ich schüttelte den Kopf. Der Zenturio hatte mich missverstanden. Ich musste deutlicher werden.

»Töte den Legaten.«

Pavo sah mich mit großen Augen an. Lange herrschte Schweigen. Dann setzte er sich wortlos an den kleinen Klapptisch und bedeutet mir mit einem Kopfnicken, mich ebenfalls zu setzen. Schließlich forderte er mich auf, weiterzusprechen.

Das tat ich, und rasch entwickelte sich ein Gespräch, das bald hitzig, bald kühl und sachlich geführt wurde, als ginge es darum, ein Stück Vieh zu schlachten. Als wir schließlich einen Plan geschmiedet hatten, hatte ich das Gefühl, wieder ganz der Alte zu sein.

»Du legst dich ja ziemlich ins Zeug«, bemerkte Pavo misstrauisch. »Was springt für dich dabei heraus?«

»Ich darf weiterleben.«

»Das ist noch nicht alles.«

Ich dachte nach.

»Titus, Herr«, sagte ich schließlich. »Hör auf, seinem Contubernium die gefährlichsten Aufgaben zu übertragen.«

»Glaubst du, dass ich das tue, weil ich ihn loswerden will?« Er lachte, dass seine weißen Zähne blitzten. »Zugegeben, ich kann ihn nicht leiden. Er ist ein Rohling, aber auch ein guter Soldat. Unter seiner Führung ist es am wahrscheinlichsten, dass die Männer überleben. Deshalb diese Aufgaben.«

»Nicht wegen der Spielschulden?«

»Wenn jeder Soldat mit Schulden seine Gläubiger umbringen würde, wäre die römische Armee nicht stärker als zehn Mann.«

Das leuchtete mir ein, und sein Blick verriet mir, dass er die Wahrheit sprach. Ich beschloss, meinen Vorteil auszunutzen.

»Hast du … hattest du auch bei … Arminius Schulden?«, fragte ich und dachte mit Trauer an den Tod meines Freundes.

»Nach allem, was wir gerade besprochen haben, kann ich dir das nun auch noch verraten. Ja, ich hatte Schulden bei ihm. Und die erließ er mir dafür, dass ich dich in die Zenturie aufgenommen habe.«

»Warum das?«

»Ich habe ihn nicht gefragt. Für mich war es ein Gewinn.«

Ein weiteres Rätsel.

Ich ging zum Zelteingang

»Du wirst auch etwas von mir verlangen«, sagte Pavo, bevor ich das Zelt verließ. »Wenn du mir bei dieser Sache hilfst, wirst du es bekommen.«

Ohne zu antworten, ging ich in den Regen hinaus.

Dass unsere Zenturie so große Verluste hatte hinnehmen müssen, machte uns nicht gerade beliebt. Wir wurden dazu verdonnert, noch am selben Tag auf dem Erdwall des Lagers Wache zu stehen.

»Ich war gerade dabei, mich aufzuwärmen«, knurrte Stummel, als wir Posten bezogen. Die Männer hatten die wenige freie Zeit dazu genutzt, sich die Bäuche mit einer warmen Mahlzeit vollzuschlagen. Cnaeus war noch immer so mitgenommen, dass er keinen Bissen bei sich behalten konnte. Sowohl er als auch Micon schlotterten vor Kälte.

»Hüpft auf und ab«, riet Hühnerkopf. »Das bringt das Blut in Wallung.«

Die Jungen vollführten ein paar erbärmliche Sprünge, die die Veteranen zum Grölen brachten.

»Zum Glück seid ihr Soldaten geworden«, meinte Stummel gutmütig. »Als Akrobaten hättet ihr es nicht weit gebracht.«

Dann förderten ihre Sprünge eine weitere Überraschung zutage. Aus Micons Rüstung fiel etwas heraus.

Ein Ohr.

Stummel lachte schallend, hob das abgetrennte Stück Fleisch auf und sprach hinein. »Hallo, Kumpel, ich hab leider schlechte Nachrichten. Der Barbier hat an den Seiten etwas zu viel weggenommen.«

Die Veteranen grölten erneut. Nur Titus konnte ihren Reden nichts abgewinnen. Er hatte ein Schwert in der Hand und drehte es herum, als wollte er es genau in Augenschein nehmen. Sein eigenes Schwert steckte in seiner Scheide, und mir fiel ein, dass Titus die Waffe einem toten Feind abgenommen hatte. Doch weshalb? Ich vermutete, dass er wie so viele Soldaten auf der Jagd nach Trophäen war.

Ich beobachtete den großen Mann mit dem bandagierten Unterarm und der grimmigen Miene. Erst heute Morgen hatte ich ihm den Tod gewünscht, doch nach dem Blutvergießen heute Nachmittag hatte sich mein Zorn gelegt. Jetzt bewunderte ich ihn dafür, dass er seine Gruppe zusammengehalten und die Männer furchtlos in Sicherheit gebracht hatte. Pavo hatte recht – Titus war ein Rohling, aber auch ein guter Soldat.

»Hunger?«, fragte Stummel und hielt Micon das Ohr vor den Mund.

Der Junge zuckte zurück.

»He, Mondgesicht.« Stummel stupste seinen Freund an. »Worauf könntest du eher verzichten? Auf deine Augen, deine Ohren oder deine Nase?«

»Auf meine Nase natürlich«, antwortete Mondgesicht, ohne zu zögern. »Dann müsste ich deinen stinkenden Arsch nicht mehr riechen.«

»Diesen Duft zu genießen ist ein Privileg. Was ist mit dir, Hühnerkopf?«

»Meine Ohren, damit ich mir deine dummen Fragen nicht mehr anhören muss.«

»Und meine Augen«, fügte Mondgesicht hinzu. »Dann müsste ich mir deine Fratze nicht mehr ansehen. Sieht aus wie eine verschrumpelte Weintraube.«

»Bei allen Göttern! Euch hat unser kleiner Ausflug in den Wald wohl die Stimmung verhagelt. Das hört sich ja so an, als wärt ihr nicht stolz darauf, in der siebzehnten Legion zu dienen. Wind, Regen und Schlamm … was könnte sich ein Soldat Schöneres wünschen?«

»Stummel, halt die Klappe«, sagte Rufus, der den Waldrand im Auge behielt. »Da vorne ist was.«

Die Männer sahen zum Wald und schlossen die Hände unwillkürlich fester um die Wurfspeere. Sie spähten durch den unaufhörlichen Regen.

»Ein Pferd«, sagte Rufus.

Es war ein reiterloses Pferd – das erste von einem Dutzend, das an diesem Abend noch eintraf. Jedes Mal kreiste eine Kavallerieschwadron das Tier ein und führte es ins Lager. Dabei kamen sie uns einmal so nahe, dass wir deutlich die hellrote Wunde erkennen konnten, die auf dem Hinterteil eines Pferdes klaffte.

Stummel schnaubte. »Na, das Abendessen für den Statthalter wäre gesichert.«

»Was ist mit den Reitern?«, fragte Micon. Der begriffsstutzige Junge erhielt als Antwort nur finstere Blicke.

Doch wie sich wenig später zeigte, war es keine so unberechtigte Frage. Wieder bemerkte Rufus Bewegung in der Ferne. Doch diesmal waren es keine Pferde.

Es waren Männer.

Legionäre, wie anhand ihrer roten Tuniken selbst bei dem Regen zu erkennen war. Die dunkel gewandeten Germanen hinter ihnen waren schwerer auszumachen. Wir sahen sie erst, als sie die Gefangenen auf die Knie zwangen und in ihrer kehligen Sprache gegen den Sturm anbrüllten.

»Ihr Götter, nein!«, murmelte Hühnerkopf.

Ein Kavallerietrupp zu unserer Linken hatte den Feind ebenfalls bemerkt und galoppierte in dem verzweifelten Versuch, die Geiseln zu retten, auf ihn zu.

Sie würden es nicht rechtzeitig schaffen.

Die Germanen hoben die Klingen mit beiden Händen hoch in die Luft und hieben dann mit voller Wucht zu.

Anschließend hielten die Stammeskrieger die abgetrennten Köpfe mit Triumphgeheul in die Höhe.

Die Reiter kamen näher. Die Germanen rannten davon. Sie hatten den Wald noch nicht erreicht, als die Kavallerie kehrtmachte und davonritt.

»Schleuderer«, vermutete Hühnerkopf.

»Sie haben sie enthauptet«, stellte Mondgesicht erschüttert fest.

Ich sah zu Titus hinüber.

Während des gesamten Massakers über hatte er den Blick nicht ein einziges Mal von dem erbeuteten Schwert genommen.

Später saß ich auf meinem Schlafplatz im Zelt und schaufelte mir heiße Gerstengrütze in den Mund. Die Ruhe würde nicht lange währen, doch obwohl ich wusste, was mir bevorstand, war ich merkwürdig ruhig. Ruhiger, als ich es seit langer Zeit gewesen war. Durch den Plan, den ich zusammen mit Pavo in die Tat umsetzen wollte, konnte ich mich auf ein einziges Ziel konzentrieren. Mein Vorhaben war gefährlich, doch wenn ich Erfolg hatte, gelang es mir womöglich, nicht nur mein Leben zu retten, sondern auch das der anderen – das der gesamten Zenturie. Vielleicht würde das die Schreie der Toten zum Verstummen bringen.

Vielleicht.

Titus und Rufus standen auf. Sie trugen Rüstungen und waren bewaffnet.

»Wir sehen mal nach seiner Familie«, verkündete Titus, obwohl mir nicht klar war, weshalb er dafür Rufus' Verstärkung brauchte.

Cnaeus und Micon saßen in der anderen Ecke des Zelts und zitterten immer noch wie Espenlaub. Der Wachdienst auf dem Wall hatte ihre Kräfte völlig aufgezehrt.

»Die kriegen noch eine Lungenentzündung«, sagte Hühnerkopf. Der Veteran drückte Lupus an seine Brust. Sobald er ihn nach der Rückkehr aus dem Wald wieder in der Hand gehalten hatte, war eine Träne über sein faltiges, hässliches Gesicht gelaufen. Nach den Gräueln dieses Tages hatte niemand gewagt, dies mit einer spöttischen Bemerkung zu kommentieren.

Stummel kam den Frischlingen zu Hilfe. »Runter mit den nassen Klamotten, Jungs.«

Unter Mondgesichts Anleitung zogen die Veteranen den zitternden Jungen die Kleider aus. Sie legten ihnen trockene Umhänge um die Schultern, dann fütterte Stummel sie wie eine fürsorgliche Mutter mit Gerstengrütze. Durch ihre Leistung am heutigen Tag hatten sich die jungen Soldaten ihren Platz im Contubernium redlich verdient.

Jemand betrat das Zelt. Der heulende Wind ließ die Flammen in der Feuerstelle tanzen.

»Felix.« Pavo hatte die gewohnt grimmige Maske wieder aufgesetzt. »Mitkommen.«

Ich stand auf.

»Wo ist Titus?«, fragte der Zenturio in die Runde.

Mondgesicht deckte ihn. »Zur Latrine.«

»Wir haben eine Lagebesprechung. Ich brauche Felix als Meldegänger.«

Hühnerkopf hob eine Augenbraue, sagte aber nichts. Der Veteran wusste genau, dass die Lagebesprechungen erst nach Sonnenuntergang stattfanden. Doch die Sonne stand noch am Himmel – auch wenn sie nicht hinter den Regenwolken nicht zu sehen war.

Als wir aus dem Zelt und in den Regen traten, standen wir mehreren Elitesoldaten der ersten Kohorte gegenüber.

»Du.« Ein narbengesichtiger Zenturio deutete auf mich. »Bist du der, den sie im Wald gefunden haben?«

»Ja«, sagte ich unsicher.

»Komm mit«, befahl er. »Statthalter Varus will mit dir sprechen.«

28

Pavo machte Anstalten, mich zum Statthalter zu begleiten, doch dies ließ der dienstältere Zenturio nicht zu.

»Wann bekomme ich ihn wieder?«, fragte Pavo ungehalten. »Ich habe dreißig Mann verloren, und er gehört zu meinen besten.«

»Bald«, lautete die knappe Antwort.

Offensichtlich war ich kein Gefangener. Noch steckten Dolch und Schwert in meinem Gürtel, und ich marschierte neben dem Zenturio an der Spitze seiner Männer her. Trotzdem hatte ich ein mulmiges Gefühl. Was wollte Varus von mir? Hatte es etwas mit jener Nacht zu tun, in der ich auf dem Exerzierplatz Arminius' Leben gerettet hatte? Woher wusste Varus überhaupt, wer ich war? Ich hatte dem Standartenträger zwar gesagt, wie ich hieß, doch Felix war unter Legionären ein weit verbreiteter Name. Hatte womöglich Arminius selbst mit dem Statthalter über mich gesprochen? Ich konnte mir keinen Grund dafür vorstellen.

Verflucht. Hatte ich nicht meinen Namen und meine Einheit genannt, als ich dem Fürsten die Klinge an die Kehle gehalten hatte? Im Eifer des Gefechts hatte ich nicht daran gedacht, mir etwas auszudenken. Doch Varus hatte meine Worte bestimmt sofort wieder vergessen. Dass der Statthalter sich solche Einzelheiten über einen einfachen Soldaten merkte, kam mir höchst unwahrscheinlich vor.

Nein, es ging sicher nicht um jene Nacht auf dem Platz. Der Zenturio hatte nach dem Soldaten gefragt, den man im Wald gefunden hatte. Ich war der Einzige, der an diesem Tag eingetroffen war, und anhand der Verzeichnisse und Soldbücher des Quartiermeisters hatten sie mich leicht ausfindig machen können.

Dann fielen mir der Zenturio und die beiden Legionäre ein, deren Leichen wir in Minden aus dem Misthaufen gezogen hatten. Verflucht! Ich hatte geglaubt, dass mein Geheimnis mit ihnen gestorben war. Hatten sie es jemandem verraten, bevor man ihnen die Kehle durchgeschnitten hatte?

Mir lief es eiskalt den Rücken herunter, als ich mir vorstellte, was sie mit mir anstellen würden. Die Kreuzigung. Ein schreckliches Ende. Ich würde vor Schmerzen schreien. Pisse und Scheiße würden meine Beine hinunterlaufen. Und wenn ich diese Welt schließlich verließ, dann in Schande und unter dem Spott der anderen.

Niemals.

Was sollte ich tun? Ich hatte zwar noch meine Waffen und vielleicht mein Contubernium als Verbündete. Aber in der ersten Kohorte gab es keine begriffsstutzigen Micons, sondern nur handverlesene, kampferprobte Soldaten. Ich würde kalten Stahl im Rücken spüren, noch bevor es mir gelang, mein Schwert aus der Scheide zu ziehen. Bestenfalls konnte ich noch den Zenturio mit mir in den Tod reißen, doch was hatte dieser Mann getan, um ein Ende in dieser schlammigen Gasse zwischen zwei Zelten zu finden? Ich hatte keine Scheu davor, einen Römer zu töten, doch ich musste zwischen den Unschuldigen und denen, die es verdient hatten, unterscheiden. War ich nicht zuletzt deshalb hier gelandet?

Mir wurde klar, dass jeder Widerstand zwecklos war. Was auch immer mich erwartete, ich musste mich meinem Schicksal stellen.

Ich hatte bei diesen Gedanken trübsinnig vor mich hingeblickt. Als ich wieder aufsah, nahm ich sofort die Veränderung im Verhalten der Männer wahr. Im nächsten Moment war es bereits geschehen. Einer der Wachsoldaten zog mir einen Leinensack über den Kopf, ein anderer entriss mir die Waffen.

Die Männer der ersten Kohorte verstanden ihr Geschäft. Sie hatten abgewartet, bis ich außer Sichtweite meiner eigenen Zenturie war, damit mir diese nicht aus Kameradschaftsgeist zu Hilfe eilte. Ich hielt die Luft an und wartete auf die unvermeidlichen Hiebe. Sobald ich in den kalten Schlamm sank, prasselten die Tritte auf mich ein.

Ich weiß nicht, wie lange sie so auf mich eintraten. Irgendwann war es vorüber, und man zerrte mich hoch, sodass ich saß. Ich fuhr mit der Zunge über Lippen und Zahnfleisch, spürte alle Zähne an der richtigen Stelle und schmeckte kein Blut. Alles schmerzte, aber nichts fühlte sich gebrochen an. Sie hatten mir nur zeigen wollen, wer hier das Sagen hatte. Das war ihnen gelungen.

Ich hörte Stimmen um mich herum. Befehlsgewohnte Stimmen. Wahrscheinlich der Kommandostab der Armee.

Unvermittelt zog man mir den Sack vom Kopf.

Varus stand vor mir, flankiert von einem halben Dutzend Männern in weißen Tuniken, manche mit breiten, purpurfarbenen Streifen an den Ärmeln, andere mit schmaleren Bändern in derselben Farbe. Es waren Varus' Tribune – die jungen Aristokraten, die sich um die Organisation seiner Armee kümmerten. Wir befanden uns offensichtlich im Feldherrnzelt. An den Seiten brannten mehrere Feuer in offenen Schalen.

»Arminius hat dich in einem Hain gefunden«, sagte Varus ohne jede Einleitung.

Ich spürte einen drohenden Schatten hinter mir. Und ich ahnte, dass dieser Schatten jede Antwort aus mir herausprügeln würde, die ich nicht freiwillig gab.

Doch warum hätte ich weitere Prügel einstecken sollen? Ich musste ja nur bestätigen, was der Statthalter bereits wusste.

»Jawohl, Herr«, sagte ich trotz der Schmerzen in meinen Rippen so demütig wie möglich.

»Und wo warst du davor?«, fragte ein Tribun mit breiten Streifen. Seine Adlernase zuckte ungeduldig.

»Ich … das weiß ich nicht, Herr«, stammelte ich und bereitete mich auf den Schlag vor.

Der nicht kam.

»Du weißt es nicht?«, hakte der Tribun nach und kniff misstrauisch die Augen zusammen.

»Fürst Arminius hat mich gefunden, Herr. Ich weiß nicht, was zuvor geschehen ist. Er hat mich gefunden. Meine Kameraden waren tot.«

Diesmal war es so weit. Ich erhielt einen kurzen, harten Schlag in die Nieren und sog vor Schmerz scharf die Luft ein.

»Deine Kameraden«, wiederholte der Tribun und trat näher. »Und bei welcher Legion waren diese Kameraden?«

»Bei der ersten, Herr«, antwortete ich schnell.

»Aha. Daran kannst du dich also erinnern?«

»Der Fürst hat es mir gesagt.«

»Wie praktisch.«

Ich schwieg. Varus beobachtete mich genau. Der Statthalter hatte schon gestern nicht gerade wie das blühende Leben ausgesehen. Jetzt schien er um weitere zehn Jahre gealtert.

Irgendetwas war geschehen.

Ich beschloss, ein Risiko einzugehen. »Der Fürst lebt?«, fragte ich mit einer Verzweiflung, die nicht nur gespielt war. Durch diese ungebetene Frage handelte ich mir wie erwartet weitere Schmerzen ein. Doch auch ich hatte einen Treffer gelandet.

Die Brust des Statthalters hob sich, als er vor Kummer seufzte.

»Arminius ist nicht hier«, sagte er geheimnisvoll und trat näher. Er beugte sich zu mir herab und umfasste mein Kinn mit der Hand. »Ich habe dich doch schon einmal gesehen.«

Ohne Geistesschärfe und Beobachtungsgabe wurde man kaum Statthalter am Rhein. Varus kramte einige Augenblicke in seinem Gedächtnis, dann fiel es ihm wieder ein.

»Auf dem Exerzierplatz. Das warst *du*. Du hast ihm das Leben gerettet.«

Nun würde mich die Wahrheit nicht mehr weiterbringen. »Herr?«, sagte ich und runzelte die Stirn.

Diesmal folgte kein Schlag. Stattdessen bohrten sich Varus' Fingernägel tiefer in meine Haut.

»Du warst das«, stellte er erneut fest und erhob sich wieder.

Es waren harte, schnelle und bösartige Schläge. Ich krümmte mich zusammen und schnappte würgend nach Luft. Wieder wurde ich hochgezerrt, sodass ich schließlich kniete.

Jetzt trat der Tribun mit den breiten Streifen auf der Tunika vor. »Du bist ein Spion in Arminius' Auftrag«, behauptete er, doch es klang nicht, als wäre er restlos davon überzeugt. »Er hat die Männer im Hain getötet und dich dadurch in die Legion eingeschleust. Warum?«, rief er.

Diese Schlussfolgerung war angesichts der Umstände durchaus plausibel, doch es war unübersehbar, dass sich der Tribun keinen Reim auf dieses »Warum« machen konnte. Ein Spion in Varus' Befehlsstab war von unschätzbarem Wert. Einer unter den Zenturionen war durchaus denkbar, doch einer in den Reihen der einfachen Soldaten – das ergab einfach keinen Sinn.

Es war keineswegs unwahrscheinlich, dass ein Verbündeter seine Freunde ausspionierte. Immerhin förderte es den Zusammenhalt, wenn man die Geheimnisse des anderen kannte. Auch Varus hatte mit Sicherheit Spitzel bei den ihm treu ergebenen Häuptlingen – alles andere hätte mich schwer enttäuscht.

»Du bist ein Meuchelmörder«, verkündete der Tribun jetzt, obwohl er ganz offensichtlich selbst nicht daran glaubte. Kein gedungener Mörder, der sein Blutgeld wert war, hätte sich ohne Gegenwehr dem Statthalter vorführen lassen.

Der Tribun fischte im Trüben. Deshalb war ich also hier – er hatte nichts gegen mich in der Hand. Das Einzige, was mich verdächtig machte, war die Tatsache, dass man mich in jenem Hain gefunden und in die Legion gesteckt hatte. Was wollten sie also von mir?

Arminius. Er war die Verbindung. Was war heute geschehen, das sie so in Angst versetzte? Gestern noch hatte Varus zwar getrauert, seine Befehlshaber waren jedoch zuversichtlich gewesen. Nun waren starke Zweifel, wenn nicht gar Panik zu spüren.

Ich sah Varus an. Sein gehetzter Blick erinnerte mich an Männer, denen der Schrecken der Schlacht in den Knochen steckte. Dabei hatte der Statthalter sein Schwert bisher noch kein einziges Mal gezogen. Ob ihn der Verlust der Soldaten des Arbeitstrupps so erschüttert hatte? Unmöglich.

»Arminius hat dich in diese Armee gebracht«, sagte er in leisem, anklagendem Ton. »Warum bist du nicht mit seinen Spähern davongeritten?«

Die Späher. Also war ich nicht der Einzige, den ihr Verschwinden beunruhigt hatte. Ich hatte mich bereits gefragt, wie sie – und die wenigen Reiter, die sie abgeholt hatten – unbehelligt durch den von Feinden wimmelnden Wald gelangt waren. Anfangs hatte ich vermutet, dass es ihnen durch Bestechung und Überredungskunst gelungen war, doch inzwischen glaubte ich nicht mehr an eine derart harmlose Erklärung. Hatte Segestes befohlen, seine Cherusker passieren zu lassen – in dem Wissen, dass sie unweigerlich zur Rettung des Fürsten eilen und damit Varus und seine Armee gelähmt und ohne Späher zurücklassen würden?

»Herr«, sagte ich in flehendem Ton. »ich bin nur ein einfacher Soldat.«

»Du bist ein Spion«, rief der Tribun verächtlich aus,

bevor Varus etwas sagen konnte. »Und du wirst uns jetzt alles sagen, was du weißt.«

Nun würden sie mir wohl weitere Fragen stellen und die Antworten aus mir herausprügeln.

Doch weit gefehlt.

»Nehmt ihn mit«, befahl der Tribun den Männern hinter mir. »Findet heraus, was er weiß, und dann schickt seinen Freunden im Wald seinen Kopf.«

»Wie soll er sterben, Herr?«, fragte eine tiefe Stimme hinter mir.

Der Tribun dachte über diese Frage nach wie über ein mathematisches Problem. »Er ist ein Spion«, sagte er schließlich. Das Urteil war gefällt. »Dafür kann es nur eine Strafe geben.«

Ich kniete auf dem kalten Boden und musste mit aller Macht gegen den Brechreiz ankämpfen. Ich wusste, welches Schicksal mich erwartete – das, welches ich am meisten fürchtete.

»Kreuzigt ihn.«

29

Wieder zog man mir den Sack über den Kopf. Dann zerrte man mich aus dem Zelt.

Der Regen prasselte erneut auf meine Haut. Das Wissen darum, was mich erwartete, brachte mich an den Rand des Wahnsinns. Mein Verstand wollte meinem Körper entfliehen und war doch in ihm gefangen. Er rüttelte an den Gitterstäben dieses Gefängnisses, sodass meine Muskeln zitterten, meine Zähne klapperten und das Blut in meinen Ohren rauschte.

Nach einer Weile stießen die Männer mich auf die Knie und drückten meinen Kopf in den Schlamm. Dann traten sie mehrmals halbherzig nach meiner zusammengekrümmten Gestalt, um mir zu verstehen zu geben, dass ich mich nicht rühren sollte. Ich lag im Dreck und atmete feuchte Luft, die nach dem herben, dicken Leintuch schmeckte.

Im nächsten Moment wurden Kommandos gerufen. Durch den heulenden Wind waren die einzelnen Worte nicht auszumachen, doch das Hämmern, mit dem die Balken des Kreuzes zusammengenagelt wurden, war deutlich zu vernehmen. Schon sah ich den Hammer vor mir, der das kalte Eisen der Nägel durch mein Fleisch trieb. Natürlich würde ich schreien. Götterverdammt, ich schrie sogar in meinen Träumen. Wie sollte ich da unter Folter die Fassung bewahren?

Ich weiß nicht, wie lange ich wie ein elender Wurm im Schlamm lag. Genau wie der junge Soldat, der verblutet war – war das wirklich erst am heutigen Tag geschehen? –, galten meine Gedanken allein meiner Mutter. Ich hatte sie seit über zehn Jahren nicht gesehen, und obwohl ich mich nach ihrem Trost sehnte, konnte ich mich nur undeutlich an ihr Gesicht erinnern. Das Unvermögen, ihr Antlitz heraufzubeschwören, machte mich wütend. So wütend, dass sich, als man mich auf die Beine stellte, mein Selbstmitleid in unbändigen Zorn verwandelt hatte. Ich wehrte mich nach Kräften und beachtete die Schläge, die man mir verabreichte, kaum.

Meine Peiniger lösten schließlich die Fesseln um meine Hände und zogen meine Arme auseinander. Ich spürte Holz unter meiner Haut und warf den Kopf nach vorne, sodass er gegen den Schädel eines anderen Mannes prallte. Ich wurde mit einem lauten Fluch und einem heftigen Hieb belohnt.

»Halt still, Arschloch!«, brüllte jemand in mein Ohr und verlieh dieser Forderung mit weiteren Schlägen Nachdruck.

Doch dafür war meine Wut viel zu groß. Der menschliche, vernunftbegabte Teil meiner selbst hatte sich verabschiedet. Ich war nur noch animalischer Instinkt, wollte um jeden Preis überleben.

Sie schlangen ein raues Seil um meine Handgelenke und fesselten meine um sich schlagenden Glieder an das Holz. Ich knurrte unter dem Leinensack und wartete auf den Biss der Nägel in meinem Fleisch.

Doch stattdessen zog man mir den Sack vom Kopf.

Die Sonne war längst untergegangen. Im flackernden Licht der Fackeln waren die Gesichter der Umstehenden nicht mehr als schwarze Schatten unter den Helmrändern.

Jetzt, wo sie ihr Opfer einigermaßen gebändigt hatten, traten sie zurück und schnappten nach Luft.

Dann kam einer der Männer auf mich zu. Aus seiner mehrmals gebrochenen Nase rann Blut. Doch anstatt es mir heimzuzahlen oder seiner Wut freien Lauf zu lassen, wählte mein Henker seine Worte ruhig und mit Bedacht. »Hör mal, Freundchen, das ist nichts Persönliches, ja? Also, warum hörst du nicht mit dem Blödsinn auf und sagst uns, was du weißt? Ich und die Jungs wollen so schnell wie möglich ins Trockene, und je länger wir deinetwegen hier draußen sind, umso erfinderischer werden wir, kapiert? Wenn du jetzt auspackst, dann schlagen wir dich bewusstlos, bevor wir was richtig Unangenehmes mit dir anstellen. Versprochen. Glaub mir, ich hab das schon ein paarmal gemacht. Du willst das nicht miterleben.«

Er sprach in ruhigem Tonfall, und einen Augenblick lang hätte ich beinahe vergessen, dass er mich soeben dazu aufgefordert hatte, ohne Widerstand das Zeitliche zu segnen.

Ich wollte etwas sagen, doch mein Mund fühlte sich an, als wäre er mit Asche gefüllt. Daher fuhr ich mit der trockenen Zunge über meine Lippen. Der Soldat begriff.

»Gebt ihm Wein.«

Ich trank gierig aus dem angebotenen Schlauch, genoss den vollen Geschmack des Weines.

»Danke«, krächzte ich.

»Redest du jetzt?«

»Ich rede«, sagte ich. »Aber besser im Zelt. Es ist eine lange Geschichte.«

»Netter Versuch.« Er lachte, griff in seine Tasche und holte einen langen Eisennagel heraus. Dann trat er vor und fuhr mit der Spitze des Nagels über meinen rechten Arm.

»Das ist die letzte Gelegenheit.«

Was hatte ich zu verlieren? Selbst wenn ich nicht an die Holzbalken gefesselt gewesen wäre, es stand einer gegen vier – und meine Gegner hatten die Nacht nicht damit zugebracht, sich windelweich prügeln zu lassen. Meine einzige Hoffnung bestand darin, ihnen eine Geschichte zu erzählen. Vielleicht waren die Germanen ja irgendwann so nett, das Lager zu überfallen und mir die Kehle durchzuschneiden. Doch bis dahin würde ich reden, und sie würden mehr zu hören bekommen, als ihnen vielleicht lieb war.

Sie sollten ihre Geschichte haben.

»Ich werde euch alles erzählen«, sagte ich. »Aber es ist wirklich eine lange Geschichte.«

Der Fackelschein beleuchtete sein hämisches Grinsen. »Nur zu.«

Doch ich schwieg.

Wahrscheinlich war es die Nähe des Todes, durch die sich meine Sinne über das gewöhnliche Maß hinaus schärften. Ich sah Bewegung hinter den flackernden Fackeln, und bevor ich für die ausbleibende Antwort bestraft wurde, hallte eine gebieterische Stimme durch die Finsternis.

»Hör auf, Hadrian.«

Eine Gestalt baute sich vor mir auf. Das Antlitz mit den schweren Lidern und der empört gerümpften Knollennase, in das ich blickte, kam mir geradezu engelsgleich vor: Es war Caeonius.

»Binde ihn los.«

Die Männer wagten nicht zu widersprechen. Ohne zu zögern, schnitten sie mich los.

»Befehl des Statthalters«, erklärte der Präfekt. »Bringt ihn ins Zelt.«

Die Soldaten wollten mich aufheben, doch aus trotzigem Stolz scheuchte ich sie hinfort. Ich weigerte mich, die Hilfe derjenigen anzunehmen, die mich noch vor wenigen Augenblicken hatten umbringen wollen. Caeonius bedeutet ihnen mit einer wedelnden Handbewegung, dass sie mich in Ruhe lassen sollten. Mühsam stand ich auf.

»Du scheinst den Ärger ja förmlich anzuziehen«, stellte der Präfekt staunend fest. »In den vierzig Jahren, die ich bei den Adlern bin, ist mir niemand wie du über den Weg gelaufen.«

»Entschuldige, Herr«, murmelte ich und versuchte Haltung anzunehmen.

»Wofür entschuldigst du dich? Dass du zur falschen Zeit am falschen Ort warst?«

Offenbar sah der Präfekt die Frage in meinen Augen: Warum war ich überhaupt in diese Situation geraten?

»Es war ein harter Tag, mein Freund. Und an harten Tagen brauchen die Befehlshaber einen Sündenbock. Zu deinem Unglück hat Tribun Paterculus die Vermutung angestellt, dass Arminius einen Spion im Lager hat. Nachdem sie sich eine Weile den Kopf zerbrochen haben, sind sie wohl auf dich gekommen.«

»Aber ich habe nichts verbrochen, Herr«, sagte ich.

»Du bist aus der Reihe getanzt. Das hat ihnen gereicht. Wie gesagt, sie brauchten einen Sündenbock.«

Seinem Tonfall nach zu schließen hatten sie einen anderen gefunden. Ich fragte ihn danach.

»Die Germanen sind nicht die Einzigen, die sich im Wald auf die Lauer legen können«, antwortete Caeonius stolz. »Ich war mit ein paar Freiwilligen von der Neunzehnten draußen. Wir haben eine feindliche Einheit in einen Hinterhalt gelockt und zum Verhör mitgenommen.«

Wie aufs Stichwort durchschnitt ein qualvoller Schrei die Stille der Nacht.

»Der Tribun ist eine blutrünstige Bestie.« Caeonius trat näher und legte eine väterliche Hand auf meine Schulter. »Du, ein Spion? So ein Unsinn.« Er grinste. »Ich habe ihnen erzählt, dass wir dich mehr tot als lebendig in dem Hain gefunden haben. Jetzt hat der Tribun ein paar Germanen zum Hinrichten und hat wahrscheinlich schon vergessen, dass es dich überhaupt gibt. Es ist wohl besser, wenn du dich die nächste Zeit nicht in der Nähe des Hauptquartiers blicken lässt. Die Jungs sollen dich zurück zu deiner Einheit bringen.« Damit wandte er sich zum Gehen.

»Herr«, rief ich. »Eins verstehe ich nicht.« Er wandte sich erneut um und bedeutete mir durch das Heben seiner Augenbrauen, fortzufahren. »Man hat mich zum Tode verurteilt, weil mich Arminius in diesem Hain gefunden hat. Und dann sagt der Statthalter, dass Arminius nicht mehr unter uns weilt? Das ergibt doch keinen Sinn, Herr. Wenn Arminius tot ist, kann es uns doch egal sein, ob er hier Spione hatte. Es ist eine Schande für uns, aber mehr auch nicht.«

Caeonius zögerte, bevor er antwortete. In seinen vierzig Dienstjahren hatte er gewiss so manchen Moment der Verzweiflung erlebt. Er war nicht so leicht aus der Fassung zu bringen wie die jüngeren Kommandanten, die ihre Posten durch Beziehungen erlangt hatten.

»Furcht ist ein schlechter Ratgeber«, sagte er und setzte seinen Weg fort.

»Wovor haben sie solche Angst?«, rief ich ihm hinterher.

»Wovor wir alle Angst haben«, antwortete Caeonius, ohne seinen Schritt zu verlangsamen. Dann erschien ein Grinsen auf seinem wettergegerbten Gesicht. »Vor dem Tod.«

30

Auf dem Rückweg zu meiner Zenturie schwankte ich so sehr, dass man mich wahrscheinlich für betrunken hielt. Ich rutschte ständig im Schlamm aus, in meinem Kopf dröhnte die Trommel einer Sklavengaleere und meine Muskeln schmerzten und brannten wie Feuer. Der Sturm war noch immer so stark, dass mich die Windböen in den Dreck zu werfen drohten, doch immerhin kühlte der peitschende Regen meine Haut.

Endlich erreichte ich Pavos Zelt. Ohne mich um Formalitäten oder Rangordnung zu kümmern, schlug ich das Leder vor dem Eingang zurück.

»Scheiße«, sagte der Zenturio, sobald ich hineinstolperte und auf ein Knie ging. Er schloss den Eingang wieder und sperrte den Sturm aus, dann baute er sich über mir auf und musterte mich. »Das ist nicht meine Schuld, hoffe ich?«, fragte er vorsichtig, als hätte ich die Pest.

»Nein.«

»Was ist passiert?« Er bedeutete mir, mich auf die Decke seines Schlaflagers zu setzen, bot mir aber keine Hilfe an. Stöhnend nahm ich Platz und lehnte den Kopf gegen die Zeltwand.

»Der Hain«, sagte ich. »Sie halten mich für einen Spion.«

Er setzte sich auf einen Klappstuhl. »Und, bist du einer?«, fragte er unumwunden. Nach allem, was wir bereits in diesem Zelt besprochen hatten, gab es keinen Grund mehr, etwas voreinander zu verbergen.

»Nein.«

Pavo knurrte zufrieden, als wären die Folter und der grässliche Tod, dem ich nur knapp entronnen war, nur eine Lappalie gewesen. Er hatte seine eigenen Pläne – Pläne, die wir gemeinsam geschmiedet hatten und die durch meine Festnahme durchkreuzt worden waren.

»Wir haben die Gelegenheit verstreichen lassen, uns um den Legionskommandanten zu kümmern«, sagte er und nahm einen Schluck aus einem Weinschlauch. Ich sah ihn fragend an. »Er hat bereits die Befehle für den morgigen Tag ausgegeben. Jetzt ist es auch schon egal, ob er lebt oder stirbt. Wir sind im Arsch.« Er gab mir den Weinschlauch.

»Die Vorhut?«, fragte ich und nahm einen Schluck vom Wein. Pavo nickte ohne großen Zorn. Er schien sich in sein Schicksal ergeben zu haben.

»Die ehrenvollste Position überhaupt.« Er zwang sich zu einem Lächeln und breitete die Arme aus. »Und ein ehrenvoller Tod für jeden von uns.«

»Wissen sie es schon?«, fragte ich und deutete mit dem Kopf in Richtung der anderen Zelte.

Pavo nahm mir den Weinschlauch ab. »Ich sage es ihnen morgen.« Er zuckte mit den Schultern. »Die Jungs haben heute Nacht schon genug Ärger.«

»Warum?«, fragte ich, und bei der Aussicht auf die nächste drohende Gefahr krampfte sich mein Magen zusammen.

Pavo nahm einen großen Schluck Wein, steckte den Korken in den Schlauch zurück und stand auf. »Kannst du gehen?«, fragte er.

Ich nickte und hoffte, dass der Wein und die kurze Pause meine Kräfte einigermaßen wiederhergestellt hatten.

»Dann auf die Beine, du Glücklicher.« Er lächelte traurig und überraschte mich ein weiteres Mal, indem er mir die Hand hinhielt. »Komm mit und sieh dir an, was aus Varus' glorreicher Armee geworden ist.«

Der Rest der Zenturie nahm in der Dunkelheit Aufstellung: achtundvierzig Männer, die gegen den Sturm die Köpfe einzogen. Ich war bei Weitem nicht der Einzige mit Beulen und Schrammen, doch keiner der Soldaten wies Schlimmeres als eine Fleischwunde auf. Alle, die auf dem Weg durch den Wald so schwere Verletzungen davongetragen hatten, dass sie die Stellung in der Formation nicht halten konnten, hatten ein schreckliches Ende durch die Germanen gefunden.

Und nun teilte uns Pavo mit, dass es vor dem Morgengrauen weitere Strapazen zu erdulden gab. »Der Statthalter hat befohlen, das Lager vor der Dämmerung zu verlassen. Wir werden im Schutz der Dunkelheit an den feindlichen Linien vorbeischleichen, bevor die Germanen mitbekommen, in welche Richtung wir marschieren«, rief er gegen das Rauschen des Regens an.

»Wir bauen das Lager nicht ab?«, fragte ein Veteran.

»Das Lager bleibt, wo es ist«, sagte Pavo. Mondgesicht blieb bei diesem Verstoß gegen alle Legionsgepflogenheiten der Mund offen stehen. »Und der Tross auch.«

Diese Ankündigung hatte mehrere ungläubige Rufe und Flüche zur Folge. Den Tross zurückzulassen war das Eingeständnis des Oberkommandos, dass die Legion in weitaus größeren Schwierigkeiten steckte, als man den Soldaten bisher mitgeteilt hatte.

Ich ließ den Blick über meine Zeltkameraden schweifen. Hühnerkopfs verkniffenes Gesicht war so starr wie Marmor. Rufus zitterte vor Wut. Für mich selbst bestätigte dieser Befehl nur, was ich aufgrund des Verhaltens unserer Befehlshaber bereits vermutet hatte: Sie waren in Panik.

»So eine Scheiße!«, rief eine Stimme, der mehrere andere Soldaten lautstark zustimmten.

»Ruhe!«, befahl Pavo und bemerkte einen Wimpernschlag später, dass ihm die Männer tatsächlich gehorchten. Durch seine Taten im Wald hatte er sich den Respekt der Soldaten – Titus ausgenommen – verdient.

»Noch etwas«, begann er und nahm den Helm ab, um mit seinen Legionären von Soldat zu Soldat, von Mann zu Mann reden zu können.

Das war so untypisch für den arroganten Schnösel, dass ich mich auf das Schlimmste gefasst machte.

Nicht zu Unrecht.

»Wir lassen die Verwundeten zurück.«

Entrüstete Flüche übertönten das Heulen des Windes. Gerade noch waren die Soldaten lediglich überrascht und in ihrem Stolz verletzt gewesen, doch diese Nachricht rief Wut, Scham und Furcht bei ihnen hervor.

»Scheiße nochmal!«, rief Stummel. »Steht's wirklich so schlimm mit uns?«

Darauf hatte Pavo keine Antwort. Er stand so unbeweglich da wie eine Statue. Der Regen peitschte sein ungeschütztes Gesicht.

»Eine Schande ist das!«, brüllte ein Veteran. »Wir können sie nicht zurücklassen! Die Ziegenficker werden ihnen bei lebendigem Leib die Haut abziehen!«

Optio Cato, Pavos rechte Hand, trat vor die versammelte Mannschaft. Jedermann wusste, dass er eigentlich überflüssig war. Wenn Pavo fiel, würde es Titus sein, der seinen Platz einnahm. Jetzt, wo sich die Armee in einer derart misslichen Lage befand, zählte die Rangordnung nicht mehr viel. Nun würde der Stärkste und Fähigste die Führung übernehmen.

»Beruhigt euch, Männer«, rief Cato und hob die Hände. »In unserer Zenturie ist keiner ernsthaft verwundet. Wir lassen niemanden zurück!«

Diese Worte besänftigten die Männer etwas. Aus den gebrüllten Flüchen wurde leises Knurren.

Pavo schickte Cato mit einer Handbewegung in die Formation zurück, dann setzte er den Helm wieder auf. Der geschorene Helmbusch flatterte im Wind. »Wir nicht«, bestätigte er. »Aber andere Zenturien schon.«

»Was soll das heißen, Pavo?«, knurrte Titus aus den hinteren Reihen. Er hatte es satt, dass der Zenturio weiter um den heißen Brei herumredete. »Sag uns endlich, was hier vor sich geht.«

Der Zenturio blickte den großen Mann an. Es war nicht zu übersehen, dass er seine nächsten Worte nicht leicht über die Lippen brachte. Als er schließlich ausgesprochen hatte, was er sagen musste, standen selbst die hartgesottensten Soldaten wie vom Donner gerührt da.

»Wir sollen uns im Lazarett melden und die Verwundeten von ihren Kameraden trennen«, sagte er schließlich mit ausdrucksloser Stimme. »Wir sollen dafür sorgen, dass sie auch wirklich zurückgelassen werden.«

31

Pavo führte die Zenturie in Zweierreihen durch den Morast zwischen den Zeltreihen.

Überall in der Dunkelheit um uns herum trafen die Soldaten Vorbereitungen für den hastigen Abmarsch. Sie holten sich, was sie aus dem Tross brauchten, und fügten es ihrem Marschgepäck hinzu. Anders als in Minden lag über diesem Aufbruch eine Atmosphäre der Verzweiflung. Hühnerkopf, der neben mir herging, konnte über die ängstlichen Soldaten nur lachen.

»Zeitverschwendung. Die sollten sich lieber noch eine Runde aufs Ohr hauen«, sagte er. »Wir werden uns den Weg aus diesem Wald freikämpfen müssen, Felix. Den ganzen Krempel, den sie da an ihren Tragjochen mitschleppen, werden sie im Laufe des Tages wegschmeißen. Jede Wette. Schilde, Schwerter und Weinschläuche, mehr brauchen wir nicht.«

Wir stapften durch den Matsch. Der Veteran sah mich an.

»Das wird nicht einfach werden«, sagte er mit einem Blick auf die jüngeren Soldaten der Zeltgemeinschaft.

Ich sagte nichts darauf, weil es nichts zu sagen gab. Ich wusste genau, was er meinte. Es würde an den Veteranen hängen bleiben, die Verwundeten von ihren Kameraden zu trennen. Eine weitere Bürde auf unserem bereits so sehr belasteten Gewissen.

»Zenturie«, rief Pavo von der Spitze unserer erbärmlichen Kolonne aus. »Halt!«

Unsere Sandalen klatschten in den Schlamm. Wir hatten das von Kohlebecken und Fackeln erleuchtete Lazarett erreicht. Im Schein der heftig flackernden Flammen erkannte ich weitere Soldatengruppen. Wir waren nicht die Einzigen, die man mit dieser Aufgabe betraut hatte.

Wir warteten mehrere Minuten im Regen. Dann bemerkte ich, dass ein weiterer Zenturio neben Pavo stand, wie an dem Helmbusch zu erkennen war. Wahrscheinlich der Kommandant der ersten Zenturie der Kohorte, der Pavo seine Befehle gab. Und tatsächlich marschierte Pavo kurz darauf die Reihe entlang und erteilte seine eigenen Anweisungen. Schließlich erreichte er Titus.

»Titus, dein Contubernium hat bei Weitem die meiste Erfahrung«, begann der Zenturio.

»Spar dir den Scheiß«, fiel ihm Titus ins Wort. »Sag mir einfach nur, was du willst.«

Das tat Pavo schließlich, und das Herz wurde uns schwer.

»Ich dachte, wir sollen das Lazarett nur bewachen oder so«, sagte Stummel.

Das hatte ich auch gehofft. Doch stattdessen würden wir die Verwundeten und Sterbenden aus den Armen ihrer Kameraden reißen.

»Na los«, sagte Titus. »Wer zögert, kriegt was auf die Fresse.« Harte Worte, doch gut gemeint. Er wusste so gut wie jeder andere, dass der Kampf auf Leben und Tod, den wir im Wald geführt hatten, gegen diese Aufgabe der reinste Sommerspaziergang war. Hier konnten wir nicht darauf vertrauen, dass uns der Kampfesrausch auf den Beinen hielt. Stattdessen machten wir uns mit flauem Magen und flatterndem Herzen an die Arbeit.

Titus führte uns in eines der großen Zelte, die zum Feldlazarett gehörten. Im Fackelschein sah ich weitere Soldaten, die links und rechts von uns hineinmarschierten. Als Titus das Zelt betrat, versperrten mir seine breiten Schultern die Sicht. Doch ich wusste bereits aus Erfahrung, welch grässlicher Anblick mich erwartete.

In der Mitte des Zeltes stand ein Kohlebecken. Der Schein der rötlichen Flammen tanzte auf den gewachsten Zeltbahnen. Der dicke, graue Rauch, der daraus aufstieg, konnte den Gestank nach schwärenden Wunden und Kot nicht überdecken. Ein schmaler Holzsteg führte über den Schlammboden. Zu beiden Seiten lagen zusammengekrümmte Gestalten, deren scheußliche Wunden mit blutgetränkten Verbänden bedeckt waren. Diese armen Teufel nahmen unsere Anwesenheit kaum zur Kenntnis, ihre wachsamen Kameraden dagegen bemerkten uns sehr wohl.

Sie funkelten uns böse an, denn sie wussten genau, weshalb wir hier waren.

»Ihr seid nicht von der Neunzehnten«, sagte ein Veteran anklagend und erhob sich von der Seite eines Soldaten, dem man das Bein unterhalb des Knies amputiert hatte.

»Stimmt«, sagte Titus knapp.

»Was wollt ihr dann hier?«, fragte der Soldat, während ein halbes Dutzend anderer Legionäre der Neunzehnten ebenfalls aufstand.

Titus schwieg. Das war Antwort genug.

»Niemals.« Der Soldat legte reflexartig die Hand auf den Schwertgriff.

»Ihr habt keine Wahl«, warnte ihn Titus mit finsterer Miene.

»Die habe ich sehr wohl.« Er umfasste den Schwertgriff fester.

»Deine Kameraden sind bereits tot.« Titus machte eine fragende Miene. »Willst du dich ihnen anschließen?«

»Das ist mein *Bruder.*« Der Soldat hatte die Worte zwischen zusammengebissenen Zähnen hervorgestoßen. Dann brach seine Stimme. »Er ist mein Bruder«, flehte er, und seine Augen wurden feucht. »Die Germanen kennen kein Erbarmen.«

Hühnerkopf schob sich an Titus vorbei und stellte sich in die Mitte des Zeltes. »Du hast recht«, sagte er und blickte dem Legionär in die tränennassen Augen. »Sie kennen kein Erbarmen, weder hier noch im Wald. Willst du deinem Bruder diese Qualen zumuten? Deinen Kameraden?« Er wandte sich an die anderen Soldaten. »Dieser Feldzug wird zum Rückzug, Freunde. Gewährt euren Brüdern die Ehre, mit Stolz und Würde abzutreten, und lasst nicht zu, dass die Barbaren sie in die Hände bekommen.«

Für einen Moment herrschte bedrücktes Schweigen im Zelt.

»Gibt es wirklich keine Hoffnung mehr?«, wollte der Veteran schließlich von Hühnerkopf wissen.

Ich schluckte schwer. »Nicht für die Verwundeten«, sagte ich und erntete hasserfüllte Blicke dafür. »Das habe ich mit eigenen Ohren aus Varus' Mund gehört«, fügte ich hinzu und errötete. »Arminius und seine Verbündeten werden nicht mehr zu uns stoßen. Wir sind auf uns allein gestellt.«

»Es ist vorbei«, sagte Titus in einem Ton, der keinen Widerspruch duldete.

Auch der Veteran wusste, wann ein Kampf verloren war. Langsam ließ er sich auf ein Knie nieder und ergriff die Hand seines bewusstlosen Bruders. »Vergib mir«, stammelte er. Tränen liefen seine wettergegerbten Wangen hinab.

Überall im Lazarett nahmen die Soldaten Abschied von den Männern, die sie zu beschützen geschworen hatten, denen sie versprochen hatten, unter keinen Umständen von ihrer Seite zu weichen. Glücklicherweise waren die Schwerverwundeten, die in diesem Zelt lagen, ohnehin nicht bei Bewusstsein. Leider traf dies nicht auf alle Legionäre im Lazarett zu. Manche schrien so grauenvoll um Erbarmen, dass uns die Haare zu Berge standen.

»Zurück zu euren Einheiten«, befahl Titus. Langsam und mit vor Scham gesenkten Köpfen trotteten die Männer an uns vorbei.

Nur zwei Legionäre weigerten sich bis zum Schluss, ihre Kameraden zu verlassen. Wahnsinnig vor Trauer klammerten sie sich an die Trage der Verwundeten.

Um einen von ihnen kümmerte sich Titus selbst. Er hob ihn auf wie ein Vater seinen zappelnden Sohn. Den anderen konnten Mondgesicht, Rufus und ich nur mit vereinten Kräften entfernen.

»Lasst mich! Lasst mich!«, kreischte er und schlug um sich. »Ihr Feiglinge! Stellt euch und kämpft! Stellt euch und kämpft!«

Wir warfen ihn unsanft in den Schlamm vor dem Zelt,

was ihn jedoch nicht zur Besinnung brachte. Im nächsten Moment war er wieder aufgesprungen und lief auf den Zelteingang zu. Titus trat vor, holte aus und schickte den Mann mit einem Faustschlag gegen die Schläfe zu Boden. Sobald er im Dreck lag, deckte ihn Titus mit Tritten ein. Wir ließen ihn als Warnung für die anderen liegen.

Titus kehrte ins Zelt zurück. Micon und Cnaeus sahen ihn mit entsetzter Miene an. Ihre Naivität brachte unseren Anführer erneut zur Weißglut.

»Wir sind im Krieg, verdammt«, knurrte er. »Ihr habt euch freiwillig gemeldet. Und? Gefällt's euch?«

Die jungen Soldaten gaben keine Antwort.

»Raus!«, bellte er. »Raus mit euch!«

Wir gehorchten eilig, stellten uns in die regnerische Nacht und waren froh, den Anblick der Todgeweihten nicht länger ertragen zu müssen. Niemand sprach, niemand wagte es, ein Geräusch zu machen. Umso deutlicher war daher zu hören, wie Titus jetzt das Schwert zog, es wieder und wieder in Fleisch stach und mit einem schmatzenden Laut herauszog.

Eine Weile später verließ er das Zelt. Seine Augen waren so dunkel wie ein Grubenschacht. Wenn ein Mann in wenigen Augenblicken um Jahre altern konnte, so war dies soeben geschehen.

Niemand brachte es fertig, ihm in die Augen zu sehen. Niemand sagte etwas. Wir folgten Titus in der Gewissheit, dass die Schrecken noch lange kein Ende gefunden hatten.

32

Bis zur Dämmerung war es noch eine Weile hin, als unsere Zenturie den nächsten Wachdienst übernehmen musste. Seit dem Vorfall im Lazarett hatte niemand gesprochen. Wir hatten weder geschlafen noch etwas gegessen, sondern nur über unser weiteres Schicksal nachgegrübelt. Inzwischen war sogar Micon und Cnaeus jenes eigentümliche, für Veteranen typische Starren ins Nichts zu eigen.

Ich hing meinen eigenen Gedanken nach. Ich stellte mir gerade meinen eigenen Tod vor, dem ich so knapp entgangen war, das qualvolle Ende am Kreuz – als ich aus den Augenwinkeln eine Bewegung bemerkte.

Pavo.

»Titus.« Der Wind trug seine Worte zu uns herüber. »Deine Gruppe folgt mir. Wir wagen uns etwa hundert Schritt hinter den Erdwall. Wenn wir auf Germanen stoßen, töten wir sie oder nehmen sie gefangen. Das entscheide ich an Ort und Stelle. Ihr wartet auf meinen Befehl.«

Ich rechnete damit, dass Titus Widerspruch einlegen würde, doch er zog mit steinerner Miene sein Schwert. Er wollte Blut sehen.

Wortlos folgten wir Pavo. Der Sturm verschluckte jedes Geräusch unserer Schritte und jedes Klirren der Ausrüstung. Die Vorstellung, den schützenden Erdwall hinter mir zu lassen, machte mir seltsamerweise keine Angst. Inzwischen war es mir egal, ob ich überlebte oder starb. Vielleicht war der Speer eines Germanen der Folter durch meine eigenen Kameraden ja vorzuziehen. Wenn der Tod dem Schlaf auch nur entfernt ähnelte, würde ich ihn mit offenen Armen empfangen.

»Runter!«, zischte Pavo. Das Contubernium folgte seinem Beispiel und legte sich bäuchlings ins nasse Gras.

Selbst auf diesem unbequemen Lager drohte mich der Schlaf zu übermannen. Um dagegen anzukämpfen, fuhr ich mir mit den Fingernägeln über die Wange, bis Blut floss, und drückte gegen meine Augen, bis sie zu zerspringen drohten. Nichts half. Ich wollte einfach nur schlafen. Tief und fest schlafen.

Doch stattdessen lag ich einfach nur da. Ich spürte, wie die Kälte des Erdbodens durch meinen sehnigen Körper bis ins Mark meiner Knochen kroch. Als wir schließlich aufstanden, knarrten und knackten meine Gelenke wie die eines Hundertjährigen. Micon stieß ein klägliches Wimmern aus. Der Junge war am Ende seiner Kräfte.

Oder wenigstens glaubte er das. Aus Erfahrung wusste ich, dass die Menschen weit mehr ertragen können, als sie selbst für möglich halten. Auch wenn sich Micons Verstand verabschiedete, sein Körper würde weitermachen.

»Zurück«, zischte Pavo, erleichtert darüber, dass in der Nähe offensichtlich keine Feinde lauerten.

Dessen war ich mir nicht so sicher. Angesichts des starken Regens und des heulenden Windes hätte eine ganze Armee in zehn Schritten Entfernung unbemerkt an uns vorüberziehen können. Doch das lag nicht in meiner Verantwortung, daher folgte ich meinem Befehlshaber in die Dunkelheit.

Auf dem Erdwall hatte eine weitere wachsame Zenturie Posten bezogen und wollte der Ordnung halber die Parole der heutigen Nacht wissen. Pavo antwortete, und sobald sie den Weg frei gemacht hatten, stellte er sich auf den Wall und zählte jeden Mann, der an ihm vorüberging, bis er Gewissheit hatte, dass niemand fehlte.

»Zeitverschwendung«, grummelte Titus beleidigt, doch Pavo ließ sich nicht beirren.

Und er sollte recht behalten.

Ein Mann fehlte.

»Rufus«, sagte Titus, ohne auch nur in die Runde sehen zu müssen.

Pavos Gesicht lag im Dunkel, doch der mühsam unterdrückten Wut in seiner Stimme nach zu urteilen, war es mit Sicherheit vor Zorn verzerrt.

»Wo steckt er?«

»Beim Tross«, antwortete Titus höflich.

»Und weshalb?«

»Seine Familie ist dort.«

»Ihr Götter!«, stöhnte Pavo »Er hat seine Familie mitgenommen?«

»Ja, er hat seine Familie mitgenommen«, entgegnete Titus, der allmählich die Geduld verlor.

»Und das hast du zugelassen?«

»Ich hatte keine Ahnung. Aber jetzt ist es zu spät, und wenn wir den Tross tatsächlich zurücklassen, werde ich ihn nicht davon abhalten, sich von seiner Familie zu verabschieden.«

»Es ist deine Aufgabe, ihn davon abzuhalten«, zischte

Pavo. »Du bist der Contuberniumskommandant, und er ist ein götterverdammter Deserteur.«

Das letzte Wort brachte das Fass zum Überlaufen. Titus' Arm schnellte vor wie ein Pfeil. Er packte Pavo am Kragen seines Kettenhemds und funkelte ihn mordlustig an.

Man musste dem Zenturio zugutehalten, dass er bemerkenswert ruhig blieb. »Mondgesicht«, sagte er langsam und deutlich, »wie lautet die Strafe für einen tätlichen Angriff auf einen Vorgesetzten?«

»Tod durch das Schwert«, sagte Mondgesicht nach einer Weile.

Was Titus, seinen nächsten, hasserfüllten Worten nach zu schließen, völlig egal war. Sein Gesicht näherte sich Pavos bis auf wenige Fingerbreit. »Ich habe heute Nacht acht römische Soldaten mit meinem Schwert getötet, du aufgeblasenes Stück Scheiße. Acht Männer, die die verfluchten Ziegenficker ausgeweidet und gefoltert hätten, wenn es nach Varus gegangen wäre. Und jetzt willst du mir erzählen, dass es von Bedeutung ist, ob ein einzelner Mann seine Familie besucht oder nicht?«

Titus' hitzige Worte trafen alle wie ein Schlag in den Magen. Natürlich war mir klar gewesen, dass Titus die Männer im Zelt umgebracht hatte, um ihnen weiteres Leid zu ersparen. Doch dies aus seinem eigenen Mund zu hören war dennoch bestürzend. Es gab nichts Verdammenswerteres, als einen Kameraden zu töten – aus welchen Gründen auch immer.

»Das hast du getan?«, fragte Pavo schließlich.

»Natürlich, verfluchte Scheiße.« Titus' Stimme war so hart und schneidend wie sein Schwert. »Hatte ich denn eine Wahl?«

Behutsam versuchte Pavo, Titus' Hand von seiner Kehle zu lösen. Einige Augenblicke später lockerte der Hüne seinen Griff.

»Nein«, stimmte ihm Pavo schweren Herzens zu. »Aber ich darf nicht zulassen, dass sich Rufus von der Truppe entfernt. Glaubst du, dass außer ihm keiner Familie im Tross hat? Wenn sich herumspricht, dass er sie ungestraft besucht hat, zählt die Zenturie bei Sonnenuntergang nicht mehr als zwanzig Männer.«

»Dann sag einfach, dass du ihn losgeschickt hast, um etwas zu erledigen«, schlug Titus mit ruhigerer Stimme vor. »Wenn du das tust, erlasse ich dir auch deine Schulden. Haben das alle gehört?« Er wandte sich dem Contubernium zu. »Der Zenturio und ich sind quitt. Schreib ihn als Schwerverwundeten ab, und ich schreibe deine Schulden ab, Herr. Wenn wir heute schon hier sterben müssen, dann lass Rufus bei seiner Familie sterben.«

Pavo brauchte eine halbe Ewigkeit, um die Sache zu durchdenken. Schließlich richtete er ebenfalls das Wort an die Gruppe.

»Rufus wurde heute Nacht beim Wachdienst getötet. Seine Leiche konnte nicht geborgen werden. Jeden, der etwas anderes behauptet, werde ich höchstpersönlich ausweiden.«

»Endlich sprichst du wie ein vernünftiger Kommandant.« Titus grinste höhnisch. »Und jetzt verpiss dich.«

Bei diesen Worten flackerte Pavos Wut erneut auf, doch da er sich soeben hatte bestechen lassen, um einen Deserteur zu decken, war er kaum in der Position, um auf seiner Autorität zu bestehen.

Ich sah der hochgewachsenen Gestalt mit dem Helmbusch nach, bis sie in der Dunkelheit verschwand. Pavo war ein Mann mit vielen Gesichtern. Im Laufe eines Tages hatte ich ihn als geborenen Anführer in der Schlacht erlebt, als ehrgeizig, reumütig und nicht zuletzt als gierigen und bestechlichen Befehlshaber. Ich wollte ihm unter keinen Umständen vertrauen, doch wenn wir bald in den Wald marschierten, musste ich genau das tun.

Und bis es so weit war, zitterte ich in der Dunkelheit vor mich hin.

33

Ich war allein im Wald. Es war dunkel, und doch konnte ich jede Einzelheit erkennen – die verwitterten, fauligen Äste, den blutroten Boden.

»Was macht ihr hier?«, rief ich. Ich wusste, dass ich beobachtet wurde. Und ich wusste auch, von wem.

Sie antworteten nicht.

Ich taumelte zwischen den Bäumen umher, suchte verzweifelt einen Ausweg aus dem Wald. Der Gestank verwesenden Fleisches ließ mich würgen. Mit jedem Schritt stöhnte der Boden vor Schmerz auf.

»Ruhe!«, zischte ich. Ich wusste genau um die Seelen, die unter dem Schlamm gefangen waren. »Seid ruhig!«

Sie gehorchten mir nicht.

Federn fielen vom Himmel. Schwarze, mit verbranntem Blut verklebte Federn.

»Raus aus meinem Kopf!«, schrie ich.

Die dunklen Federn hingen an mir wie Insekten. Wie rasend versuchte ich sie wegzuwischen.

»Raus aus meinem Kopf!«, schrie ich erneut, als der Regen fiel. Ein Blutregen. Er drang in meine Augen und in meine Rüstung. Er bedeckte mich völlig.

Das war zu viel. Ich fing an zu weinen.

Dann hörte ich ein Lachen durch meine Tränen. Ein

Lachen, das ich sehr gut kannte. »Marcus?«, krächzte ich.

Eine raue Stimme drang aus den Tiefen des Blutwalds. »Feigling.«

»Warum tust du mir das an?«, wimmerte ich.

»Das weißt du genau.«

»Es tut mir leid!«

»Lügner.«

Meine Beine gaben nach, und meine Knie sanken in den roten Schlamm.

Dann hörte ich Schritte hinter mir. Ich wollte mich umdrehen, doch ich konnte mich nicht bewegen. Mein Körper war wie gelähmt.

»Du hast mich im Stich gelassen«, sagte die Stimme anklagend.

Langsam trat er in mein Blickfeld. Durch Blut und Tränen sah ich ihn: Marcus. Mein ältester Freund. Mein Zenturio.

»Du hast mich im Stich gelassen.« Marcus konnte nur noch röcheln. Sein Unterkiefer baumelte herab.

Ich weinte.

»Du hast mich im Stich gelassen.« Er spielte mit einer Eingeweideschlinge, die aus seinem aufgeschlitzten Bauch hing.

»Es tut mir leid.«

»Es tut dir leid?«, fragte er mit einem weiteren hässlichen Lachen im verstümmelten Gesicht. »Es tut dir leid?«

Darauf wusste ich nichts zu sagen. Blut fiel vom Himmel. Ich wollte nur noch sterben.

»Dann bring es zu Ende«, sagte Marcus schließlich, und ein Schwert landete vor meinen Füßen. »Töte mich.«

»Ich kann nicht«, stammelte ich. »Ich kann nicht.«

Marcus schnaubte höhnisch. Ich betrachtete die Klinge. Hatte ich die Kraft, sie gegen mich selbst zu richten?

Eine zweite Stimme erklang aus den Bäumen. »Töte ihn«, sagte sie. »Töte ihn.«

Es war eine kräftige, selbstsichere Stimme. Irgendwie erfüllte sie meine Glieder mit neuer Kraft. Ich stand auf, das Schwert in der Hand.

»Töte ihn«, sagte die Stimme abermals.

»Ich kann nicht«, log ich.

»Töte ihn.«

Marcus lächelte. Sein Kiefer schlackerte unter dem einst hübschen Gesicht meines besten Freundes hin und her.

»Töte ihn.«

Er lächelte auch dann noch, als ich das Schwert in sein Herz stieß.

34

Ich riss die Augen auf.

»Willkommen zurück«, grunzte Stummel.

»Habe ich geschrien?«

»So laut wie alle anderen auch.« Er zuckt mit den Schultern.

Ich holte tief Luft und sah mich um. Die Zeltgenossen saßen zusammengekauert um ein armseliges Feuer herum. Die Flammen waren so schwach wie unser Verlangen, das Lager zu verlassen und erneut den Wald zu betreten. Stattdessen drängten wir uns aneinander, die kalten Hände in die Achselhöhlen oder zwischen die Beine geklemmt. Nur Titus hatte sich abgesondert und starrte mit finsterem Blick das Schwert in seinem Schoß an. Jenes Schwert, das er dem Germanen abgenommen hatte.

Irgendwann stand er wortlos auf und verließ das Zelt.

»Titus?«, rief ihm Stummel hinterher.

Keine Antwort.

»Vielleicht will er nach Rufus sehen«, sagte Mondgesicht mit klappernden Zähnen.

Eine schlüssige Erklärung, die mir allerdings wenig wahrscheinlich vorkam. Ich weiß nicht, warum ich mich auf die müden Beine stellte, das schützende Zelt verließ und in den heulenden Sturm trat. Die anderen sahen mich an, als wäre ich von Sinnen. Doch vielleicht wollte ich nur den Albtraum vollends abschütteln und meinen Schreckgespenstern entfliehen.

Titus war selbst in der Dunkelheit nicht zu übersehen. Seine gewaltige Silhouette zeichnete sich wie ein Berg vor dem tintenschwarzen Himmel ab. Ich folgte ihm in einiger Entfernung. Ich gab mir keine Mühe, mich unsichtbar zu machen. Der Sturm sorgte dafür, dass meine Anwesenheit unbemerkt blieb.

Ich folgte ihm durch den Schlamm zwischen den Zeltgassen. Mir wurde schnell klar, wohin er wollte. Dem Lageplan des Lagers zufolge, den ich im Kopf hatte, ging er zum Quartiermeister.

Ich behielt recht.

Um die Zelte des Quartiermeisters herum herrschte hektische Betriebsamkeit. Soldaten und Sklaven verteilten die Ladung von den Karren auf die Rücken der Legionäre und Maultiere. Die Sklaven, die sich um die Lasttiere des Trosses kümmerten, umhüllten die Glocken der Mulis mit Lumpen, damit sie nicht durch ihr Läuten den nächtlichen Aufbruch der Armee verrieten. Meinetwegen hätten sie sich die Mühe sparen können. Für mich stand außer Zweifel, dass die Germanen noch vor unseren Befehlshabern mitbekommen würden, wenn wir uns aus dem Lager wagten. Bisher waren die Stammeskrieger Varus stets einen Schritt voraus gewesen. Wieso sollte das morgen anders sein?

Titus drängte sich im Fackelschein durch die Sklaven und Soldaten und sah sich stirnrunzelnd um. Ich konnte mir denken, nach wem er Ausschau hielt. Schließlich deutete ein Sklave in Richtung der Latrinen.

Im Schutz der Schatten folgte ich dem Hünen.

Die Latrinen bestanden aus nicht mehr als einem drei Fuß tiefen Graben. Die dabei ausgehobene Erde hatte man zur Errichtung des Walls verwendet. Angesichts des tosenden Sturms und des Zustands der Armee wurde die Latrine kaum benutzt – zwischen den Zelten war es zumindest etwas windstiller. Lediglich eine einsame Gestalt kauerte über dem Graben. Titus ging auf sie zu. Gestank schlug mir entgegen. Doch der Wind trug auch Titus' hasserfüllte Worte mit sich.

»Du verlogener Scheißkerl!«

Der kauernde Mann richtete sich zu voller Größe auf. Auch wenn ich die Muttermale nicht sehen konnte, erkannte ich ihn doch an der Stimme: Es war der Quartiermeister.

»Wie kannst du es wagen, einen Vorgesetzten beim Scheißen zu stören?«, blaffte er. Meinte er das ernst?

»Du hast gesagt, dass sie für Britannien bestimmt sind«, sagte Titus entrüstet.

»Waren sie auch«, sagte der Quartiermeister einen Augenblick später.

»Und warum werden unsere Männer mit ihnen getötet?«, rief Titus, trat vor und verpasste seinem Vorgesetzten einen heftigen Stoß gegen die Brust.

»Immer mit der Ruhe!«, befahl der Quartiermeister mit einem Anflug von Furcht in der Stimme. »Wir können über alles reden.«

Titus dachte nicht daran, sich zu beruhigen.

»Reden wir darüber«, bat der Quartiermeister beinahe flehentlich.

Einen kurzen Augenblick lang öffneten sich die dunklen

Sturmwolken, und ein schmaler Streifen Mondlicht durchschnitt die Schwärze.

Es war hell genug, um die Angst auf dem Gesicht des Quartiermeisters erkennen zu können.

Hell genug, dass man Titus' hassverzerrte Miene und das Schwert in seiner Hand sah.

Er trieb es dem Quartiermeister durch die Kehle in den Schädel.

Irgendwie schaffte ich es, nicht aufzuschreien. Stattdessen war in der Stille nur das Röcheln des Mannes zu hören, der vergebens um Hilfe rufen wollte. Ohne die Klinge herauszuziehen, stieß Titus den Mann von sich. Wenig anmutig rollte der Quartiermeister in den Graben. Hätte ich ihn nicht gekannt, hätte ich wohl Mitleid mit ihm gehabt. Er hauchte sein Leben inmitten der Scheiße einer ganzen Armee aus.

Ich verzog mich in den Schatten, falls der Mond sich erneut zeigte und mich verriet. Von dort beobachtete ich Titus, der seinerseits den Mann betrachtete, den er getötet hatte. Als hätte er den Mord genossen.

Den Mord.

Doch weshalb?

Das galt es herauszufinden.

Titus ging auf demselben Weg zurück zur Zenturie. Zweifellos war er der Ansicht, dass ihm der Sturm genug Tarnung bot, sodass er keine Umwege machen musste. Er schien nicht zu ahnen, dass ich ihm folgte, und meine Grübelei darüber, was dieser Mord zu bedeuten hatte, ließ mich unvorsichtig werden.

Und dieser Augenblick der Unachtsamkeit reichte Titus, um mich zu erwischen.

Irgendwie war es ihm gelungen, mit dem Schatten eines Zeltes zu verschmelzen. Als ich daran vorbeikam, ließ er seinen dicken Arm vorschnellen. Es war, als würde ein Eichenstamm gegen meinen Hals prallen. Ich fiel in den Schlamm und schnappte wie ein Fisch auf dem Trockenen nach Luft.

»Du!« Der Hüne baute sich bedrohlich über mir auf. Ich hatte ihn unterschätzt und würde dafür mit dem Leben bezahlen.

»Du«, wiederholte er. »Du hast es gesehen«, stellte er unumwunden fest.

Ich versuchte krampfhaft, zu atmen. Leugnen war zwecklos. Wenn Titus mich umbringen wollte, würde er das auch tun. Also nickte ich.

»Willst du wissen, wieso?«

Ich nickte wieder und wartete auf den Stoß der Klinge. Doch stattdessen hielt er mir die Hand hin und zog mich auf die Beine. Der Hüne grinste, als ich ihn verwirrt ansah. »Das Schwert«, sagte er.

Mehr brauchte er nicht zu sagen.

»Die Waffen unter dem Stroh«, krächzte ich. Ich hatte nicht vergessen, dass Titus und der Quartiermeister gemeinsame Sache gemacht hatten, um sie aus Minden hinauszuschmuggeln.

»Sie hätten nach Britannien gebracht werden sollen«, sagte er. Seinem Tonfall nach zu urteilen war das nicht geschehen.

»Aber stattdessen hast du sie im Wald gefunden.«

»Ich habe sie im Wald gefunden«, bestätigte er mit bitterer Stimme. »Römische Klingen in germanischen Händen.«

»Aber das heißt nicht unbedingt, dass es deine Waffen sind«, warf ich ein und rieb mir die brennende Kehle.

»Es sind meine.« Titus hob eine vernarbte Faust. »In Minden gab es nur einen Einzigen, bei dem man Waffen kaufen konnte. Dafür habe ich gesorgt.«

»Und jetzt ist er tot.« Ich dachte an den Leichnam des Quartiermeisters im kotgefüllten Graben.

»So ein schnelles Ende hatte der Mistkerl nicht verdient«, lautete Titus' Grabrede.

Ich sagte nichts darauf. Wir starrten uns schweigend an, während der Regen auf unsere Gesichter fiel.

»Und jetzt?«, fragte ich schließlich. Ich war Zeuge gewesen, wie Titus einen Vorgesetzten ermordet hatte, und machte mir nach wie vor wenig Hoffnung, diese schlammige Gasse lebend zu verlassen.

Der Mörder schnaubte. »Rufus ist bei seiner Familie und wird nicht zurückkommen. Hühnerkopf ist ein guter Soldat, aber bei diesem Wetter rostet er langsam ein. Und die anderen? Nichts als Schafe«, urteilte Titus mit hartem Blick.

»Also lässt du mich leben?«, fragte ich und machte vor Schreck einen Satz, als der Hüne bellendes Gelächter von sich gab.

»Du bist ebenso schuldig wie ich, *Felix.*« Er grinste breit. »An deinen Händen klebt Blut. Da würde ich mein Leben drauf verwetten.«

Ich schwieg. Titus grinste wieder. Anscheinend gefiel es ihm, mich zu quälen. Oder er genoss die Klarheit, mit der man das Leben betrachtet, wenn man an der Schwelle zum Tod steht.

»Ich kann dir nicht versprechen, dass du diesen Tag überleben wirst«, sagte er. »Aber du wirst nicht durch meine Klinge fallen.«

Das war wahrscheinlich die aufrichtigste Freundschaftsbezeugung, die ich von diesem Mann erwarten durfte. Ich hielt ihm die Hand hin, um den Waffenstillstand zu besiegeln. Was war durch eine Leugnung unserer Taten auch zu gewinnen? »Auf unsere Geheimnisse.«

Titus hielt inne. Seine vollen Lippen verzogen sich belustigt. »Auf unsere Geheimnisse.« Er nahm meine Hand und sah mir tief in die Augen. »Und auf alle Mörder«, fügte er hinzu. Er wandte sich zum Gehen.

Für einen Moment war ich wie erstarrt. Er wusste, was es mit meinem Geheimnis auf sich hatte, wusste, was ich getan hatte. Trotz unserer Differenzen waren wir uns in diesem einen Punkt erschreckend ähnlich.

Es kostete mich Überwindung, ihm zurück zum Zelt zu folgen. Seine letzten Worte hallten in meinem Kopf wider.

Auf alle Mörder, hatte er gesagt.

Auf alle Mörder.

35

Gemeinsam betraten wir unser Zelt.

»Wir dachten, du holst Rufus«, murmelte Stummel. Er war ganz offensichtlich erleichtert, seinen Anführer wiederzusehen.

Titus betrachtete die Soldaten. Die fünf Männer saßen noch immer um das Kohlebecken herum. Das Feuer spendete kaum Licht. Aber auch so sah man die Verzweiflung in den Blicken der Männer.

»Seht mich an«, befahl er.

Alle wandten die Köpfe in seine Richtung. Ich stand hinter Titus, und ihr Anblick machte eines schmerzhaft deutlich: Das waren nicht mehr dieselben Männer, die aus Minden aufgebrochen waren.

Hühnerkopfs Gesicht war eingefallen und grau. Er hatte Lupus in einen Schal gewickelt und hielt ihn an seine Brust gedrückt wie ein kostbares Juwel. Mondgesicht und Stummel waren trotz ihrer Jugend so hohläugig wie zum Tode verurteilte Verbrecher auf dem Weg in die Arena. Micon und Cnaeus, beinahe noch Kinder, hatten nichts Kindliches mehr an sich.

In Zeiten der Not zeigte sich, wer führte und wer folgte, wer Wolf war und wer Lamm.

Unser eigener Wolf trat vor, nahm den Helm ab und

ließ ihn auf den Boden fallen. »Was heute Nacht im Lazarett passiert ist«, sagte Titus und sah den zitternden Männern der Reihe nach in die Augen, »das wird uns nicht passieren. Niemals.«

Der Hüne wollte weitersprechen, dann zögerte er. Wollte der hartgesottene Veteran etwa falsche Versprechungen von Unbesiegbarkeit, ewigem Leben und Ruhm von sich geben?

Weit gefehlt.

»Unser Contubernium wird niemals einen Verwundeten zurücklassen. Wenn es einen von euch so schwer erwischt, dass er nicht mehr weiterkann, dann ...« Nun schienen ihn die Gefühle schließlich doch zu übermannen. Seine Kiefer mahlten wie Mühlsteine. »Dann werden wir tun, was getan werden muss.«

Sobald er seine kleine Ansprache beendet hatte, schluckte er so schwer, als hätte er einen Stein im Hals. Die verzagten Gestalten vor ihm sahen ihn unverwandt an. Sie versuchten zu begreifen, was sie gehört hatten. Die Vorstellung, den Tod durch die Hände der eigenen Kameraden zu finden, fand nur mühsam Zugang zu ihrem Verstand.

»Habt ihr das verstanden?«, fragte Titus mit erhobener Stimme. »Antwortet!«, bellte er, als er keine Antwort erhielt.

Hühnerkopf brach das Schweigen. Er nickte und verzog das Gesicht. »Was haben wir für eine andere Wahl? Wir haben doch alle gesehen, was die Ziegenficker nur zum Spaß mit uns anstellen.« Lupus an seiner Brust miaute leise, und der Veteran widmete sich wieder voll und ganz seiner geliebten Katze.

Das reichte Titus als Zustimmung. Er wandte sich dem Nächsten zu.

»Verstanden«, brachte Mondgesicht beim zweiten Versuch heraus.

»Stummel?«, fragte Titus.

»Ich bin sowieso unsterblich«, sagte der Soldat und nahm alle Kraft zu einem Grinsen zusammen. Niemand lachte. »Aber wenn nicht, dann tut, was ihr tun müsst«, fuhr Stummel fort. »Bitte.«

»Jungs?«, fragte Titus und sah die jüngsten Soldaten der Zeltgemeinschaft an. »Benehmt euch mal wie Männer, wischt euch den Rotz aus dem Gesicht und antwortet.«

»Ich hab verstanden«, sagte Micon mit gewohnt tonloser Stimme.

»Verstanden«, murmelte Cnaeus.

Titus rieb sich mit der Pranke über das Gesicht. »Ich erwarte von jedem von euch dasselbe, falls es mich erwischt. Wir lassen niemanden zurück. Und jetzt hoch mit euch. Packt zusammen«, befahl er. Die fünf erschöpften Gestalten erhoben sich vom Boden. Sie waren selbst zum Fluchen zu müde.

Titus wandte sich um und sah mich fragend an. »Was?«, fragte er mit zusammengekniffenen Augen.

»Du hast mich nicht gefragt«, sagte ich verwirrt. Gehörte ich nach allem, was wir durchgemacht hatten, noch immer nicht zum Contubernium?

Titus' Antwort wurde von einem wölfischen Lächeln begleitet. »Irgendwie habe ich das Gefühl, dass du uns alle überleben wirst, du Glücklicher«, sagte er und drängte sich an mir vorbei zum Zelteingang. »Na los, Jungs. Es dämmert bald«, rief er ihnen über die Schulter zu.

Ich wandte mich den anderen zu. Die Männer legten sich die Rüstung auf die müden Schultern. Wahrscheinlich sah ich kaum besser aus – eher schlimmer. Und doch mussten wir uns in diesem erbärmlichen Zustand dem Feind und dem Sturm stellen. Es war Zeit, das Lager zu verlassen.

Es war Zeit, erneut den Wald zu betreten.

36

Die Männer unserer dezimierten, vor Kälte zitternden Zenturie nahm drei Reihen tief in der Dunkelheit Aufstellung. Trotz der schweren Schilde und der Ausrüstung drängten wir uns eng zusammen, um uns gegenseitig zu wärmen und die Furcht vor dem Unbekannten zu lindern.

Ich stand an der rechten Flanke, was mich in die unvorteilhafte Position brachte, entweder das Schwert mit der linken Hand zu führen – womit ich nur wirklich unerfahrenen Kämpfern gewachsen war – oder meine rechte Seite ungeschützt dem Wald und seinen Gefahren auszusetzen. Links von mir befand sich Cnaeus. Titus hatte die jüngsten Soldaten in die Mitte der Formation beordert und einen Gürtel aus Veteranen um sie gebildet.

Wir brachen auf, ohne das Zelt abzubauen. Außerdem hatte Pavo befohlen, alles Gepäck zurückzulassen. Wie von Hühnerkopf prophezeit, nahmen wir nur unsere Waffen, die Schilde und den nötigsten Proviant mit. Die Maultiere, die nicht länger die Karren ziehen mussten, wurden mit zusätzlicher Last beladen, darunter auch mit Zelten, die höchstwahrscheinlich der Bequemlichkeit der Befehlshaber oder auch den Elitesoldaten der ersten Kohorte dienen würden. Für den einfachen Fußsoldaten, der das

Rückgrat der Armee bildete, lag die einzige Hoffnung auf Schutz vor dem Unwetter in einem der römischen Kastelle jenseits des Waldes am Rhein.

»Mögen die Götter uns gnädig sein«, murmelte Mondgesicht. Der götterfürchtige Soldat war anscheinend ebenfalls zu dem Schluss gekommen, dass das Elend so schnell kein Ende haben würde, selbst wenn sich die Germanen vom Schlachtfeld entfernten. Trotz seiner Bitten ließen sich die himmlischen Mächte nicht dazu bewegen, den Krieg oder das Wetter zu unseren Gunsten zu beeinflussen. Sobald der erste schmutzig gelbe Lichtstreifen am Horizont erschien, wurde mit gedämpfter Stimme der Befehl zum Abmarsch erteilt.

Diesmal ertönten keine Hörner und Trommeln. An diesem Morgen schlich sich die Armee so leise in westlicher Richtung davon wie ein geprügelter Hund.

Unser Elend war so groß, dass niemand protestierte, als mit der Dämmerung die Marschordnung sichtbar wurde: Die zweite Kohorte, zu der auch wir gehörten, führte die Legion und damit die Kolonne an. Ich befand mich in der zweiten Zenturie und damit ungefähr in der dreißigsten Reihe. Somit hatte ich etwa hundert Mann vor und mehr als fünfzehntausend hinter mir. Nur die Götter wussten, wie viele Feinde sich im Wald verbargen, doch ich vermutete, dass wir ihre Zahl noch früh genug erfahren würden.

Mit diesen finsteren Gedanken im Kopf kniff ich die Augen zusammen. Der Wind hatte an Stärke zugenommen, als wollte er uns von den Schrecken des Waldes fernhalten und zurück hinter die Erdwälle des Feldlagers drängen.

Dennoch näherten wir uns unaufhaltsam dem schwarzen

Waldrand und damit den Fallen und Hinterhalten der Feinde. Dies war nun einmal die Aufgabe der Infanterie.

Keine Stimme war zu hören, nur das Klirren der Ausrüstung. Wir hatten den breiten dunklen Waldgürtel, der sich über den gesamten Horizont erstreckte, fast erreicht. Sobald ihn die ersten Soldaten betreten hatten, wurde aus dem gleichmäßigen Marsch über offenes Gelände ein zähes Dahinschleichen. Jene Soldaten, die noch die Kraft dazu hatten, fluchten, wenn sich ihre Sandalen in halbvergrabenen Baumwurzeln verfingen oder im zähen Schlamm versanken. Hatte Varus allen Ernstes vor, auf diesem Weg den Germanen zu entkommen, die uns bisher stets einen Schritt voraus gewesen waren? Hätte ich nicht so viel Angst gehabt, mir wäre zum Lachen zumute gewesen. Tief in meinem Inneren wusste ich, dass wir verloren waren. Doch um zu überleben, musste ich mir das Gegenteil einreden.

Wenn der unvermeidliche Angriff erfolgte, konnte ein fester Stand den Unterschied zwischen Leben und Tod bedeuten. Daher bemühte ich mich, alle Gedanken aus meinem Kopf zu verscheuchen und lediglich darauf zu achten, wo ich meine Füße auf den tückischen Waldboden setzte. Ich war müde, durchnässt und hungrig. So war es mir viele Monate lang gegangen, als ich allein durch die Lande gezogen war. Erst in der Legion hatte ich Schutz vor den Elementen gefunden und regelmäßige Nahrung bekommen. Nun kehrten meine tierischen Instinkte zurück. Ich verbannte jegliches Selbstmitleid aus meinem Kopf und konzentrierte mich auf das Wenige, was um mich herum zu sehen und zu hören war. Was bedeutete, dass ich anders als die anderen nicht in meinen Vordermann hineinlief, als die Kolonne zum Stillstand kam.

Sofort wurde geflüstert.

»Ein Hindernis auf dem Weg.«

»Scheiße. Und jetzt?«

Wir warteten angespannt in der Dunkelheit. Die Männer drehten sich nach außen, um unsere verwundbaren Flanken zu schützen. Sie hielten ihre Schilde so dicht an die Körper gepresst wie Mütter ihre Kinder. Während wir in der Dunkelheit kauerten, untersuchten die Späher das Hindernis, und die Offiziere beratschlagten, was als Nächstes zu tun war. Ich konnte mir schon denken, zu welchem Schluss sie kamen.

»Zweite Zenturie nach vorn.«

Meine Befürchtung bewahrheitete sich.

Wir bewegten uns im Gleichschritt nach vorn. Die erste Zenturie sicherte bereits die Flanken. Wir mussten uns durch den Schildwall wie durch einen Trichter hindurchzwängen, bis wir das Hindernis erreicht hatten.

Pavo stieß zu uns. »Baumstämme auf dem Weg«, teilte er uns mit. Er war ganz eindeutig mit den Nerven am Ende.

»Ich habe bereits zwei Trupps damit beauftragt, die dicksten Stämme aus dem Weg zu räumen«, fuhr der Zenturio mit einem beinahe unmerklichen Zittern in der Stimme fort. »Titus, nimm deine Männer und räum die kleineren auf der anderen Seite.«

»Und wer deckt uns?« Die tiefe Stimme des Hünen klang wie entferntes Donnergrollen.

»Die erste Zenturie hat ein paar Mann abgestellt.«

»Sind die vor uns?«, fragte Titus.

Er erhielt keine Antwort, was Antwort genug war. Wir mussten uns also allein in die Höhle des Löwen wagen.

Ohne ein weiteres Wort zog Titus das Schwert und wollte davoneilen.

Bevor er den ersten Schritt machen konnte, packte Pavo den Ärmel seines Kettenhemds.

»Das ist noch nicht alles«, flüsterte er und bemühte sich, ruhig und gefasst zu klingen. Er versagte. Seine Stimme brach. »Über den Stämmen. Da …« Er brach ab. »Sei vorsichtig, Titus«, meinte er stattdessen.

Hinter mir murmelte Stummel einen Fluch. Die anderen schwiegen. Unwillkürlich stellten wir uns vor, welche albtraumhaften Überraschungen die Germanen für uns in der Dunkelheit bereithielten. Im Osten verfärbte sich der Horizont bereits grau, doch der Wald lag noch immer im tiefen Schatten.

Titus führte uns an. Diesmal hielt ihn Pavo nicht zurück. Wie aus Gewohnheit nahm ich meinen Platz hinter dem Hünen ein, die anderen folgten mir in Einerkolonne. Der besonnene Hühnerkopf bildete die Nachhut. Titus hatte ihn dazu abgestellt, falls einer der Soldaten auf die Idee kam, im Angesicht des Feindes die Flucht zu ergreifen.

In dieser Anordnung gingen wir an dem ersten Arbeitstrupp vorbei. Es waren Soldaten unserer Zenturie, deren vor Anstrengung gefletschte Zähne im Zwielicht gelb leuchteten, während sie die dicken Eichenstämme aus dem Weg räumten.

»Nicht so laut!«, wurde im Dunkel ein Befehl gezischt.

»Dann mach's doch selbst, du Arsch«, lautete die Antwort. Die Nacht verbarg den Urheber dieser Aufmüpfigkeit.

Angeführt von einem Soldaten der ersten Zenturie, umrundeten wir die emsigen Soldaten, bis wir unser Ziel erreicht hatten.

In diesem Moment hallte ein Schrei aus dem Wald. Mir krampften sich alle Eingeweide zusammen.

»Jetzt sind wir an der Spitze der Kolonne«, flüsterte Stummel aufgeregt hinter mir. »Unser Contubernium führt die Armee an.«

Da irrte er sich. Auch vor uns waren noch Soldaten. Römische Soldaten.

Sie warteten auf uns.

Jemand erbrach sich auf den Waldboden. Ich stand mit offenem Mund da.

»Ihr Götter«, flüsterte Stummel. »Bei allen beschissenen Göttern!«

Die wartenden Soldaten waren zunächst nur als Umrisse zu erkennen, doch sobald sich meine Augen an die Lichtverhältnisse gewöhnt hatten, konnte ich die Riemen ihrer Sandalen, den Stoff ihrer Tuniken und die dicken Seile ausmachen, an denen man sie aufgeknüpft hatte.

Sie hingen von den Bäumen wie faulendes Obst.

Mein Magen rebellierte, als ich die im Todeskampf erstarrten oder bis zur Unkenntlichkeit verstümmelten Gesichter sah.

Neben mir keuchte jemand vor Schmerz so laut auf, dass ich zunächst an einen Angriff glaubte. Ich wirbelte instinktiv herum, meinen Schild hoch erhoben.

Doch es kam nicht zum Kampf. Stattdessen stand ein vor Trauer wie gelähmter Titus vor mir, der vergebens versuchte, erstickte Worte aus seiner zugeschnürten Kehle zu pressen.

Nie hätte ich erwartet, ihn so erschüttert zu sehen. Ich

folgte seinem Blick, um den Grund seiner Verzweiflung zu erkennen, und sah einen Soldaten, der in den Bäumen darauf wartete, seine Kameraden zu begrüßen.

Es war Rufus.

Der Leichnam unseres Kameraden baumelte im Sturmwind hin und her. Bei jeder Schwingung ächzte der Baum wie ein Mensch, als würde Rufus selbst einen Seufzer ausstoßen. Ich blickte Titus an. Er rang mit der Fassung.

»Nein.« Er keuchte schwer. »Nein, Rufus. Nein.«

Er trat vor. Ich blickte mich um. Im schmutzigen Licht der ersten Sonnenstrahlen waren die schreckgeweiteten Augen der trauernden Kameraden zu erkennen.

»Sieh zu, dass sie bei der Zenturie bleiben«, schärfte ich Hühnerkopf ein und schlug ihm zur Bekräftigung fest auf die Schulter. Er nickte mir zu. Vorsichtig ging ich zu Titus hinüber.

Dieser schritt, ohne mich zu beachten oder das Gesicht seines Kameraden aus den Augen zu lassen, auf den Baum zu.

Ich suchte unterdessen fieberhaft den Waldboden nach Fallen ab, falls der Feind unsere toten Kameraden als Köder nutzte. Wieder knarrte der Ast, an dem Rufus hing. Ich sah zu dem Mann auf, der – eine kurze Zeit lang – mein Kamerad gewesen war, seiner Familie ein liebender Vater und seinen Freunden wie ein Bruder.

Rufus hatte ein grausames Ende gefunden. Seine Eingeweide hingen wie ein langes Seil aus seinem Bauch. Man hatte ihn aufgeschlitzt wie ein Schwein. Sein Kiefer hing widernatürlich tief herab. Offenbar hatte man ihm den Kiefer gebrochen und ihm seine eigenen Geschlechtsteile in den Mund gestopft.

»Scheiße«, murmelte ich. Ein schmachvollerer Tod war kaum vorstellbar.

Diese Demütigung seines Kameraden war zu viel für Titus. Jeder Soldat hätte wohl beim Anblick eines so übel zugerichteten Kameraden die Fassung verloren. Und genau darauf hatten die Germanen gehofft.

»Ihr Schweine!«, brüllte er und stürzte los, als wollte er den Baum hinaufklettern und seinen Kameraden losschneiden, um seine Würde einigermaßen wiederherzustellen.

Obwohl ich keine Fallen im Schatten erkennen konnte, wusste ich aus Erfahrung, dass er uns alle damit in Gefahr brachte.

»Schweine!«

»Titus, nicht«, fuhr ich ihn mit gedämpfter Stimme an.

Er beachtete mich nicht, sondern kletterte den Baum hinauf.

»Ich bringe euch alle um!«

»Titus«, rief ich erneut gepresst, während er von Ast zu Ast stieg.

Er wollte nicht auf mich hören. Meine nächste Handlung würde mich wohl so sicher töten wie eine feindliche Falle, doch ich hatte keine andere Wahl.

Ich ergriff Titus' am Fuß und zog mit meinem ganzen Gewicht daran. Die dünnen Äste gaben nach, und gemeinsam stürzten wir zu Boden. Der Hüne landete auf mir und drückte mir die Luft aus der Lunge.

»Du Arschloch«, knurrte er und hob die gewaltige Faust.

Ich rollte mich schnell zur Seite, sodass sich Titus' Faust in den Schlamm neben meinem Kopf bohrte. Während ich auf den nächsten Hieb wartete, fiel Titus' Blick erneut auf die baumelnden Beine seines Kameraden, und abermals wurde er von Trauer übermannt. Er vergaß mich völlig. Wie von Sinnen rappelte er sich auf dem rutschigen Waldboden auf und wollte Rufus vom Baum ziehen, so wie ich ihn heruntergezogen hatte.

»Nicht!«, rief ich und sprang auf ihn zu.

Es war zu spät.

Titus zog mit aller Kraft an den blutigen Beinen seines Kameraden. Der Ast brach entzwei, und Rufus klatschte samt seiner Eingeweide auf den Erdboden.

Das löste die Falle aus.

Ein mächtiges Gegengewicht brach durch die Äste und kam auf uns zu. Holzsplitter regneten auf den Waldboden. Mein Schwung verlieh mir genug Kraft, um meine Schulter in Titus' Flanke zu rammen und ihn so aus der Gefahrenzone zu stoßen. Dabei geriet ich aber aus dem Gleichgewicht und fiel neben Rufus' Leichnam auf den Boden. Meine Hände glitten über seine kalten, feuchten Eingeweide. Mit aller Kraft, die ich noch aufbringen konnte, stieß ich mich ab und rollte zur Seite.

Einen Wimpernschlag später zermalmte der mächtige Stamm, der durch die Luft geflogen kam, die Leiche des Mannes, der Titus' bester Freund gewesen war. Blut und Schlamm spritzten auf.

»Rufus!«, heulte Titus. In seinem grenzenlosen Kummer riss sich der Hüne den Helm vom Kopf und warf ihn ins Dunkel des Waldes – wo er gegen Metall prallte.

Und sofort ging der Feind zum Angriff über.

37

Die Gewalt, mit der die Germanen aus dem Zwielicht hervorbrachen, stand der Kraft des Unwetters in nichts nach.

Trotz ihrer blutrünstigen Kriegsschreie schien es beinahe, als lächelte Titus. Er hatte das Schwert beim Auslösen der Falle verloren und stellte sich dem Feind mit bloßen Fäusten und gefletschten Zähnen.

»Titus!«, rief ich, warf ihm mein eigenes Schwert zu und zog meinen Dolch. Wir hatten keine Zeit mehr, uns hinter die schützenden Schilde der Zenturie zurückzuziehen, allein beim Versuch wären wir sofort hinterrücks von den germanischen Speeren durchbohrt worden. Uns blieb nichts anderes übrig, als dem Ansturm standzuhalten und um jeden kostbaren Augenblick zu kämpfen, von denen uns – wie ich annahm – nicht sehr viele bleiben würden.

Im Dämmerlicht wirkten die Umrisse der Germanen geradezu riesig. Um meine geringere Körpergröße zu meinem Vorteil zu nutzen, drückte ich mich mit dem Rücken an einen Baum. So war ich wenigstens vor einem Angriff von hinten geschützt.

Schon ging der erste Krieger auf mich los – die Axt erhoben, das Schild gesenkt. Die typischen Fehler eines Anfängers, der noch an keiner Schlacht teilgenommen hatte.

Es würde sein erster und letzter Kampf werden. Ich wich seinem ungeschickten Hieb aus, trat vor und tötete ihn mit einem einzigen Dolchstoß. Die Klinge drang durch seine ungeschützte Brust direkt in sein Herz. Sein Todesschrei verwandelte sich in ein ersticktes Gurgeln.

Ich hatte kaum Zeit, den Schild des Jungen aufzuheben, als schon die erste Klinge dagegenprallte. Ich zielte tief, schnitt in den Unterschenkel meines Angreifers, schwang den Dolch dann nach oben und bohrte ihn in seine Weichteile. Der Mann heulte vor Schmerz und taumelte zurück in den Wald. Ich setzte ihm nicht nach. Mit einer solchen Verwundung hatte er nicht mehr lange zu leben.

Ich drückte den Rücken erneut gegen den Baumstamm und hielt mir den Schild vor die Brust. Im Nebel, der mittlerweile um die Baumstämme waberte, wirkten die heranrückenden Gestalten wie Lemuren, wie eine Armee von Totengeistern. Die meisten Germanen rannten an mir vorbei und stürzten sich in das Gefecht, das inzwischen hinter mir tobte. Es galt eine Schlacht zu gewinnen, da waren Titus und ich nur eine Ablenkung für die Wenigen, die den Kampf Mann gegen Mann bevorzugten.

In diesem Moment erblickte ich Titus. Er stand da wie ein Rasender, hackte und hieb und brachte all jenen den Tod, die sich ihm auf Armeslänge näherten. Er übte furchtbare Rache. Ich sah mit eigenen Augen, wie er über ein Dutzend Männer niedermachte. Das Schwert, das ich ihm zugeworfen hatte, war in einem Gegner stecken geblieben. Nun schwang er eine Axt in jeder Hand, durchtrennte feindliches Fleisch mit ihren Klingen, als wäre er der Metzger und die Germanen die ängstlichen Lämmer auf der Schlachtbank.

In den vielen Gefechten, an denen ich teilgenommen

hatte, war mir nie ein Mann begegnet, der sich derart leidenschaftlich dem Blutvergießen gewidmet hatte.

Ich zog meine Klinge aus einem toten Germanen und wischte mir das Blut aus den Augen. Allmählich erhellte sich der Wald. Die Sonne wollte sich nicht zeigen, doch es gab genug Licht, um die Gesichter meiner Feinde und nicht zuletzt den über und über mit Blut besudelten Titus erkennen zu können.

Durch einen animalischen Instinkt, der stärker als der Blutrausch war, spürte er meinen Blick und drehte sich zu mir um. Aber er erkannte mich nicht – nur blanke Mordlust funkelte in seinen Augen. Ein Anblick, der mir das Blut in den Adern gefrieren ließ.

Plötzlich bemerkte ich, dass das Scharmützel vorüber war. Von einem Augenblick auf den nächsten waren wir die Einzigen, die noch aufrecht standen, umringt von toten und sterbenden Germanen. Letztere machte Titus einen nach dem anderen nieder.

Im Wald hinter uns wurde weitergefochten, doch die Kampfgeräusche nahmen auch dort ab. Wir liefen Gefahr, von unserer Einheit getrennt zu werden.

»Titus!«, rief ich. »Wir müssen zur Zenturie zurück.«

Er beachtete mich nicht.

Ich näherte mich ihm langsam und vorsichtig. Dabei hielt ich ein germanisches Schwert vor mich, damit ich mich im Notfall gegen den Hünen verteidigen konnte. Doch Titus kniete vor einem verwundeten Speerkämpfer und war viel zu sehr damit beschäftigt, diesem die Gurgel zu durchschneiden.

»Titus!«, rief ich ihm zu. »Sieh mich verdammt noch mal an!«

Das tat er schließlich. Er schien mich kaum zu erkennen.

»Titus«, rief ich erneut.

Der Mörder stand auf. Sein Opfer stöhnte vor Todesqualen, denn Titus hatte sich keine Mühe gegeben, den Schnitt besonders tief zu führen.

»Bei allen Göttern«, rief ich. »Lass von ihm ab. Wir müssen zurück zu den anderen.«

Titus musterte mich erneut. In seinem Blick war nur Hass. Wenn er es darauf anlegte, konnte er mich ohne Mühe in Stücke hacken.

Endlich sprach er. »Rufus ist tot«, sagte Titus mit tonloser Stimme.

»Ich weiß«, sagte ich. »Wir müssen zurück zur Zenturie und nach den anderen sehen.«

Darüber schien er nachzudenken. Er wandte sogar den Kopf in die Richtung, aus der der Kampfeslärm kam, doch als er erneut etwas sagte, wurde mir klar, dass er nicht vom Leichnam seines Kameraden weichen würde. Nicht, solange noch verwundete Germanen im Schlamm lagen.

»Rufus ist tot«, wiederholte er und ging daran, den nächsten Feind zu massakrieren.

38

Titus ließ sich viel Zeit damit, die verwundeten Germanen zu töten. Ich bekam nicht viel davon mit. Ich hatte Titus den Rücken zugekehrt, weniger aus Abscheu, sondern weil ich um unsere Sicherheit fürchtete. Noch war der Kampfeslärm nicht verstummt. Durch den Wind, der in den Bäumen rauschte, war die Entfernung zum Gefecht unmöglich abzuschätzen. Ich wollte nicht von germanischen Nachschubtruppen überrascht werden, die auf dem Weg in die Schlacht waren. Als der letzte Germane endlich sein Leben aushauchte, nahm ich ein weiteres Geräusch war.

Jemand weinte.

Ich drehte mich um. Titus kauerte auf dem Boden, hielt die blutigen Mörderhände an das Gesicht gepresst und schluchzte, dass sein ganzer Körper erbebte. Einerseits wollte ich seine Trauer nicht stören, andererseits durfte ich ihn nicht alleinlassen. In seinem Zustand hätte er ohne mich nicht überlebt.

Doch da täuschte ich mich. So schnell wie der Damm gebrochen war, versiegten Titus' Tränen auch wieder. Nach einigen wenigen Schluchzern richtete er sich mit der Geschmeidigkeit eines Raubtiers auf und starrte mich an.

Die Tränen hatten feuchte Bahnen auf seinem blutbeschmierten Gesicht hinterlassen. Mit seinem von allen Gefühlen freien Blick ähnelte er einer Kreatur aus einem Albtraum.

So musste ich damals im Hain auf Arminius gewirkt haben.

»Wir müssen zur Kolonne zurück«, sagte er, als würde sein bester Freund noch atmen, und das morgendliche Blutvergießen hätte nie stattgefunden.

Überrascht von diesem Sinneswandel, blickte ich unwillkürlich zu dem Baumstamm hinüber, der Rufus' verstümmelten Körper unter sich begraben hatte.

»Rufus ist tot«, sagte Titus mit dem Tonfall eines Mannes, dessen Gefühle verbraucht waren, der nichts weiter als eine leere Hülle war.

»Wir müssen zur Kolonne zurück«, wiederholte er, legte den Kopf schief und lauschte dem Schlachtenlärm. »Rufus ist tot.«

Wir ließen unseren Kameraden im Wald zurück.

Überall lagen tote und sterbende Römer und Germanen auf dem Waldboden. Sobald der Sturm nachließ, würden sich Krähenschwärme zum Festmahl einfinden. Bis dahin waren die Leichen im Gestrüpp ungestört.

Unter dem ständigen Krachen von Schwertern auf Schilden kehrten wir zur Kolonne zurück, folgten der Spur der Toten zu unseren Kameraden, die hoffentlich noch am Leben waren.

»Soldat.« Der Wind trug ein verzweifeltes Flehen zu uns her. »Soldat.«

Die Stimme gehörte einem im Sterben liegenden Veteranen unserer Legion. Man hatte den Schwerverletzten in einem wassergefüllten Graben zurückgelassen. Irgendwie hatte er es geschafft, den Abhang hinaufzukriechen, bevor ihn die Kräfte verlassen hatten. Er lag auf seinen herausquellenden Eingeweiden.

»Bitte«, stöhnte er durch die zusammengebissenen Zähne und deutete auf die Waffe in seiner Hand. »Ich schaffe es nicht allein.«

Ich blickte dem Mann in die geröteten Augen, ging auf ihn zu und legte ihm die Hand auf die Schulter – nicht zuletzt, um mich selbst zu stützen. Bevor ich es mir anders überlegen konnte, trieb ich meinen Dolch in das Herz des Veteranen. Ich spürte, wie er erbebte. Blut floss über seine Lippen. Er verdrehte die Augen.

Als ich mich von dem Mann abwandte, bemerkte ich Titus. Er sah mich wortlos an, dann verschwand er zwischen den Bäumen.

Ich taumelte ihm hinterher.

Ich weiß nicht, wie lange wir so dahin gingen. Noch zweimal baten mich Legionäre, sie zu ihren Ahnen zu schicken. In ihren toten Augen lag Dankbarkeit dafür, dass ich ihrem Leben ein Ende gesetzt hatte – und die Furcht vor dem Unbekannten, das sie erwartete.

»Die Kolonne«, grunzte Titus ohne große Erleichterung. Es dauerte eine Weile, bis ich sie als solche erkannte.

Titus rief den Männern etwas zu. Sie kämpften nicht länger, sondern trotteten über einen schmalen Pfad und hielten ängstlich nach dem nächsten Hinterhalt Ausschau.

»Eure Kohorte ist weiter vorne«, sagte uns ein Veteran, der das Kommando über seine Zenturie übernommen hatte, nachdem sein Zenturio und sein Optio in einem nur wenige Augenblicke währenden Kampf gefallen waren.

»Oder das, was von ihr übrig ist«, fügte er hinzu und spuckte auf einen germanischen Leichnam.

Titus' massige Gestalt bahnte sich einen Weg durch die Kolonne, die schon lange keine Ähnlichkeit mehr mit der stolzen Formation hatte, die aus Minden ausgezogen war. Nach und nach verwandelte sich die Armee in einen Haufen verängstigter Männer, die eng zusammengedrängt Wind, Regen und feindlichen Speeren trotzten. Der Anblick eines sich in Auflösung befindlichen Heeres war mir nicht neu. Sobald die Disziplin nachließ, war es nur eine Frage der Zeit, bis alles in sich zusammenbrach. Solange wir uns in diesem Wald befanden, würden uns die Germanen mit tausend kleinen Scharmützeln nach und nach aufreiben.

Während ich diesen düsteren Gedanken nachhing, hörte ich eine vertraute Stimme.

»Titus! Titus!«

Ich drehte mich gleichzeitig mit dem Hünen um und sah Stummel vor mir.

Er war allein.

»Wo sind die anderen?«, fragte Titus.

Bevor er antwortete, umarmte Stummel erst seinen Freund und dann ohne zu zögern auch mich. »Weiter vorne«, sagte er. »Ich bin noch mal zurück, um ein paar Wurfspeere aufzutreiben.« Er schluckte. »Ich dachte, ihr seid tot.«

»Rufus ist tot«, sagte Titus mit tonloser Stimme.

Stummel nickte nur.

»Bring uns zu ihnen«, befahl Titus.

Wir gingen weiter durch den blutgetränkten Schlamm. Schon bald hatten wir die anderen erreicht. Wundersamerweise waren sie noch am Leben.

»Wir haben schlimme Verluste erlitten«, sagte Mondgesicht, nachdem er Titus mit einer Umarmung begrüßt hatte. »Sehr schlimme Verluste. Optio Cato ist tot. Er hat einen Speer in den Hals gekriegt. Quintus und Gnaeus werden vermisst. Pferdegesicht hat einen Arm verloren und ist verblutet. Sogar den Legionskommandanten hat es erwischt.« Er fluchte. »Ein Tribun hat übernommen und die Kohorten durchgewechselt. Die vierte Kohorte bildet jetzt die Vorhut. Wir laufen am Ende und versuchen, nicht in einen Hinterhalt zu geraten.«

Am Wegesrand lagen ein halbes Dutzend toter germanischer Krieger und mehrere Legionäre.

»Am Anfang haben sie sich voll ins Zeug gelegt, aber inzwischen sind die Angriffe etwas abgeflaut. Wenn man von diesem beschissenen Sturm nur dasselbe sagen könnte«, bemerkte Stummel, dem die Leichen ebenfalls aufgefallen waren.

Erst jetzt, da ich mit meinen Kameraden vereint war, spürte ich wieder den heulenden Wind und den peitschenden Regen.

Ich beobachtete die Überreste meiner Zenturie vor mir und bemerkte einen Helmbusch. Der Zenturio hatte überlebt.

»Seit sie den Legaten aufgeschlitzt haben, hat er nicht aufgehört zu grinsen«, sagte Stummel.

Von den Soldaten um mich herum grinste keiner. Ich sah nur die erloschenen Blicke von Männern, die mehr erlebt hatten, als ein Mann ertragen konnte. Ich sah Hühnerkopf, der mit gesenktem Kopf dahinmarschierte.

Stummel legte eine Hand auf meine Schulter.

»Der Katze geht's nicht gut.« Er zuckte mit den Schultern. »Das nimmt ihn ziemlich mit. Lupus wird es wohl nicht mehr lange machen.«

Ich konnte Hühnerkopf nicht in die Augen sehen und ihm auch keinen Trost spenden – niemand von uns hätte das vermocht.

Wir marschierten schweigend weiter. Hin und wieder zischte ein Schleudergeschoss oder ein Speer aus dem Wald, manchmal brüllte ein Römer vor Angst oder Schmerz, rief nach seiner Mutter oder einem anderen geliebten Menschen. Die Verwundeten wurden am Wegesrand zurückgelassen. Ihre Schreie waren erschütternd.

»Im Namen der Götter, nicht mich zurücklassen!«, flehte ein Hilfssoldat in schlechtem Latein. »Nicht mich zurücklassen!«

Was hatten wir für eine Wahl? Wir ließen ihn zurück.

Ihn und noch viele andere.

»Augen nach vorn!«, befahl Titus im Versuch, seine Einheit zusammenzuhalten. »Wenn es ihre Freunde nicht übers Herz bringen, ist das nicht unsere Schuld.«

Mit der Zeit verlor der Begriff einer geschlossen marschierenden Armee seine Bedeutung. Nun ging es jedem Soldaten nur noch darum, seine Kameraden zu schützen und selbst mit heiler Haut davonzukommen.

»Tötet mich! Tötet mich!«, bettelte ein verwundeter Soldat.

»Mach's selbst!«, rief Stummel mit starr geradeaus gerichtetem Blick.

An den Verwundeten vorbeizumarschieren war für viele unerträglich. Mehrere Frischlinge und auch Veteranen verloren angesichts der vielen Sterbenden und der ständigen Bedrohung die Beherrschung und liefen unvermittelt mit wilden Kriegsrufen in den Wald. Wir sahen sie nicht wieder – lediglich ihre Schreie hallten noch durch die Bäume.

»Was für ein Albtraum«, jammerte Mondgesicht.

»Aus einem Albtraum wacht man irgendwann auf.« Stummel umfasste die Schulter des Kameraden und schüttelte ihn. »Das ist eine Prüfung, Mann. Also reiß dich zusammen, kapiert?«

Es wirkte. Mondgesicht gewann die Fassung zurück. Er fluchte leise und schwor, jedes Haus in Germanien niederzubrennen und seine Bewohner zu töten. Er schwor, die Männer zu foltern, die Frauen zu vergewaltigen und die Kinder zu versklaven. Seinem Hass Ausdruck zu verleihen schien ihn von dem Elend um ihn herum abzulenken, und den anderen ging es offensichtlich ähnlich. Deswegen wagte ich zu hoffen, dass unser Contubernium diesen Marsch einigermaßen unbeschadet überstehen könnte.

Doch diese Hoffnung erwies sich als trügerisch, als plötzlich Hühnerkopf aufschrie. »Nein!« Der Veteran hielt die tote Katze in Händen. »Nein! Nicht! Nicht!« Er ging auf dem schlammigen Weg in die Knie, drückte das hässliche Gesicht in das regennasse Fell des kleinen und bereits starren Körpers, den keine Macht der Welt mehr zum Leben erwecken konnte.

»Hühnerkopf.« Stummel streckte den Arm nach ihm aus.

»Geh weg!«, schrie Hühnerkopf, zog das Schwert und hielt seine Kameraden damit auf Distanz. »Ich will sterben!«, jammerte er und lief in den Wald, um den Tod durch die germanischen Speere zu suchen.

Stummels und Mondgesichts schnelle Reaktion retteten ihn. Sie hoben die Schilde, um ihn aufzuhalten, wobei sie ihr eigenes Leben aufs Spiel setzten. Ihr Kamerad erinnerte mich an Titus, wie er – mehr Tier als Mensch – in rasender Trauer zahllose Feinde niedergemetzelt hatte.

»Ich will sterben!«, rief Hühnerkopf in den Wald. »Ich will sterben!« Er ließ das Schwert in den Schlamm fallen. Tränen liefen über seine pockennarbigen Wangen.

Was konnte ich anderes tun, als den Mann in die Arme zu nehmen? Schläge und Drohungen hätten uns nicht weitergebracht.

»Lasst mich einfach hier zurück«, schluchzte der Veteran an meiner Schulter. Er hatte zwanzig Jahre lang Kameraden sterben sehen und im Namen Roms getötet, doch der Verlust seines kleinen Freundes war zu viel für ihn.

Auf Titus' Gesicht dagegen war keine Gefühlsregung zu erkennen. Als er auf Hühnerkopf zuging, erwartete ich einen Fausthieb, der den Veteranen wieder zur Vernunft brachte. Doch stattdessen warf Titus sich den alten Soldaten wie einen Getreidesack über die Schulter. Hühnerkopf wehrte sich nicht, sondern ließ sich wie ein kleines Kind forttragen.

Ich sah ihnen ungläubig nach. Überall lagen Soldaten sterbend in ihrem Blut und flehten um Gnade, und dieser Hüne und Mörder brachte einen verzweifelten Veteranen und sein totes Haustier auf seinen Schultern in Sicherheit.

In Sicherheit ... Wie ein Lauffeuer verbreitete sich das Gerücht, dass vor uns eine Lichtung lag.

Wenigstens eine Weile lang durften wir den Wald verlassen.

39

Regen peitschte mir ins Gesicht. Jeder Schritt war eine Qual. Sämtliche Knochen im Leib schmerzten.

Doch sobald wir den Wald verließen, war es, als würde das Gewicht der Welt von meinen Schultern genommen.

Offenes Gelände, in denen wir uns in römischer Gefechtsordnung aufstellen konnten. Die Formation verhieß Sicherheit – und Sieg, falls die Germanen auf die Idee kommen sollten, uns hier anzugreifen.

Damit rechnete ich natürlich nicht, doch zumindest mussten wir fürs Erste nicht vor jedem Schritt und jedem Schatten zittern.

Mit einem Blick auf den Horizont vor uns wurde mir jedoch klar, dass es noch nicht ausgestanden war – im düsteren Grau war deutlich dichter Wald zu erkennen.

»Wir sind immer noch nicht raus«, stöhnte Stummel. »Nimmt dieser Wald denn gar kein Ende?«

Niemand antwortete ihm. Stattdessen brüllte Pavo seine knappen Befehle in den Wind. »Zenturie! Gefechtslinie bilden!«

Unsere ausgedünnte Zenturie stellte sich elf Mann breit und vier Mann tief auf. Da ich in der ersten Reihe stand, konnte ich beobachten, wie die Flügel sich immer weiter ausdehnten, je mehr Soldaten aus dem Wald kamen.

Außerdem konnte ich deutlich erkennen, dass vor uns kein feindliches Heer Position bezogen hatte.

Mondgesicht spuckte aus. »Sie werden nicht kommen. Feige Ziegenficker.«

Als wir Aufstellung genommen hatten, setzte Titus schließlich Hühnerkopf ab.

»Sie werden nicht kommen«, wiederholte Mondgesicht.

Irgendwie sorgten diese verzagten Worte dafür, dass sich Hühnerkopfs Trauer in Zorn verwandelte. Unvermittelt riss er Micon den Speer aus der Hand, und bevor ihn jemand aufhalten konnte, stürmte er aus der Formation.

»Na los, ihr Schweine!«, schrie er und rannte mit hocherhobener Waffe über das feuchte Gras. »Kommt und sterbt. Kommt und sterbt, verdammte Scheiße!«

»Titus!«, rief Pavo wütend, obwohl jeder Befehl vergeblich war. Schon lief ich mit den Veteranen unserer Einheit dem verwirrten Kameraden nach. Mondgesicht erreichte Hühnerkopf als Erster und brachte ihn zu Fall, indem er ihm auf den Rücken sprang.

»Sie wollen nicht kämpfen!«, knurrte der am Boden liegende Hühnerkopf und fletschte wie ein Jagdhund die Zähne.

»Wenn du noch mal davonrennst, werden dich deine eigenen Kommandanten hinrichten lassen, du verrückter alter Sack!«, brüllte Mondgesicht seinen Kameraden an.

»Sollen sie doch!«, gab Hühnerkopf zurück. Der wilden Verzweiflung in seinen Augen nach zu urteilen, schien er es ernst zu meinen. »Sollen sie mich doch umbringen!«, schrie er noch einmal herausfordernd.

Wir zerrten ihn in die Zenturie zurück.

Pavo, der seit unserer letzten Begegnung eine Gesichtswunde davongetragen hatte, kam auf uns zu. »Es war ein harter Tag. Trotzdem, der Nächste, der die Formation verlässt, wird es bereuen. Bitter bereuen«, drohte er.

»Herr, seine Katze ist gestorben«, sagte Micon, als würde das alles erklären.

Pavo klappte der Kiefer herunter. Die Bemerkung war so absurd, dass der Zenturio nichts darauf zu entgegnen wusste.

»Die Germanen werden uns nicht auf offenem Feld angreifen«, brachte er schließlich heraus und sah sich um. »Ich schätze, wir werden hier unser Lager aufschlagen.«

Kurz darauf bestätigte sich die Ahnung des Zenturios. Statthalter Varus hatte den Marsch durch den Wald überlebt und befahl, auf dem offenen Gelände ein Feldlager zu errichten.

»Seine Katze ist gestorben?«, wiederholte Stummel ungläubig, nahm den verbeulten Helm ab und schüttelte über Micons Bemerkung den Kopf. »Seine beschissene Katze ist gestorben?«

Nach einem langen Morgen des Blutvergießens konnte die Armee ihre Wunden lecken.

Meinen schwachen Muskeln gelang es kaum die Spitzhacke zu schwingen, so erschöpft war ich. Auch die anderen Soldaten um mich herum mussten gegen die Müdigkeit ankämpfen, während sie den Graben aushoben und den Wall um das Feldlager herum auftürmten.

Der Wind trug leises Schluchzen mit sich. Ich warf einen Blick über meine Schulter. Stummel schaufelte eifrig.

Anscheinend bemerkte er die Tränen nicht, die durch die dicke Schmutzschicht auf seinen Wangen liefen.

»Seine beschissene Katze ist gestorben«, wiederholte er nun wohl zum hundertsten Mal.

Hühnerkopf saß etwas abseits. Sein Kopf hing zwischen den knochigen Knien, Regentropfen prasselten auf seinen Helm.

»Grab weiter«, grunzte Titus, als er meinen Blick bemerkte. »Der wird schon wieder.«

Da war ich mir nicht so sicher. Hühnerkopfs Katze war der Anker gewesen, der seinen Verstand davon abgehalten hatte, auf dem Meer der Trübsal davonzutreiben. Jetzt gab es nichts, was ihm Halt bot. Aus Erfahrung wusste ich, dass ein solcher Schlag so vernichtend wie ein Speer in den Eingeweiden sein konnte.

Bedauerlicherweise hatte ich viel Zeit, um über solche Dinge nachzudenken. Es dauerte den halben Tag, bis die Verschanzungen fertig waren. Die Legionäre waren so erschöpft, dass die Errichtung des Lagers trotz aller Drohungen und Ermutigungen der Zenturionen und Optiones doppelt so lange wie beim letzten Mal dauerte.

Obwohl ich ebenfalls mit meinen Kräften am Ende war, erfüllte mich die Tatsache, dass die Befehlshaber auf vorschriftsmäßige Befestigungen bestanden, mit Genugtuung. Dies hielt die Disziplin aufrecht, die vonnöten war, um uns das Überleben zu sichern. Für meine mit Blasen übersäten Hände war es allerdings nur ein schwacher Trost.

Endlich stellte sich Pavo auf den Erdwall und nickte. »Gute Arbeit. Esst was und ruht euch aus.«

»Haben wir denn Zelte?«, fragte Stummel hoffnungsvoll.

Pavo erwiderte nichts darauf.

»Felix«, sagte Titus. »Komm mit.«

Ich sah Pavo an. Der Zenturio legte keinen Widerspruch ein, und so folgte ich meinem Anführer, während sich unsere Kameraden auf dem nassen Boden zusammenkauerten. Eine Decke über ihren Köpfen war ihr einziger Schutz vor dem Sturm.

»Wo willst du hin?«, fragte ich Titus, sobald wir außer Hörweite waren.

»Zu den Zivilisten.«

»Suchst du Rufus' Familie?«

Er nickte. Also hatte er seinen Kameraden noch nicht vergessen. Ich versuchte mich an einer halbherzigen Beileidsbezeugung.

»Er war ein guter Mann.«

»Er war ein guter Mann«, grunzte Titus, »und ein hervorragender Soldat.«

»Hat man ihm nicht die *corona muralis* verliehen?«, fragte ich, als ich mich wieder an die Tapferkeitsauszeichnung erinnerte.

»Vor vier Jahren. Wir befanden uns auf einer Strafexpedition jenseits des Rheins. Keine große Sache. Wir sollten ein stinkendes Dorf dem Erdboden gleichmachen. Es sah verlassen aus.«

»War es aber nicht«, riet ich aufgrund seines Tonfalls.

»War es aber nicht.« Er verzog das Gesicht. »Die halbe Zenturie fiel, auch unser Zenturio und der Optio. Rufus hat die Truppe zusammengehalten.«

Das überraschte mich. Von den beiden war mir immer Titus als der geborene Anführer erschienen.

»Ich wurde ebenfalls verwundet«, sagte er, als hätte er

meine Gedanken gelesen, und lächelte traurig. »Rufus hat mich aus einer brennenden Hütte gezerrt. Er hat mir das Leben gerettet.«

Ich schwieg. Kein Wunder, dass die beiden Männer so enge Freunde gewesen waren.

»Danach haben sie ihm eine Zenturie angeboten, aber er wollte keine Beförderung. Das hat ihn nicht interessiert. Seine Familie und seine Kameraden, mehr hat er nicht gebraucht.«

Und so machten wir uns auf die Suche nach seiner Familie.

Diejenigen Zivilisten, die es bis hierher geschafft hatten, drängten sich in der Mitte des Lagers zusammen. Hunderte vor Kälte zitternde Menschen mit römischen und germanischen Waffen in den Händen. Auch sie durften von Roms Feinden keine Gnade erwarten. Bestenfalls konnten sie darauf hoffen, in die Sklaverei verkauft zu werden. Schlimmstenfalls drohten ihnen Folter, Vergewaltigung und Tod.

In der Hoffnung auf Reichtum waren Kaufleute aus aller Herren Länder der Armee gefolgt. Jetzt hatten die Germanen ihre Waren erbeutet, und sie konnten von Glück reden, wenn sie mit dem Leben davonkamen. Auch viele Huren waren hier. Eine starrte mich mit finsterem Blick an, als wir durch eine Wiese stapften, die sich zusehends in ein Schlammloch verwandelte.

»Kämpft gefälligst, ihr feigen Bastarde!«, zischte sie uns an, um ihrem Ärger Luft zu machen.

»Verzieh dich, du Ratte«, knurrte Titus. Ich zweifelte nicht daran, dass er sie niederschlagen würde, wenn sie nicht klein beigab. Die Hure schien dies ebenfalls zu spüren. Sie hielt den Mund und funkelte ihn böse an.

»Huren«, murmelte Titus leise. Doch nicht alle Frauen hier waren den Soldaten aus Geldgier gefolgt, manche auch aus Liebe – die, wenn auch nicht offiziell anerkannten, Familien der Legionäre.

Sie boten einen jämmerlichen Anblick. Ich schluckte, als ich ihr Elend sah. Kinder mit wächserner, von der Kälte grauer Haut jammerten, Mütter mit geröteten, großen Augen hielten sich sterbende Säuglinge an die Brust und weinten in ihr triefend nasses Haar. Wie viele würden diesen oder die nächsten Tage überleben? Die meisten würden wohl den Germanen zum grausamen Vergnügen oder den wilden Tieren als Nahrung dienen, und ihre Knochen würden sich über dieses Feld und die angrenzenden Wälder verstreuen.

»Felix.« Titus stieß einen dicken Finger gegen meine Brust und riss mich so aus diesen düsteren Gedanken. »Steh nicht nur rum. Erkundige dich lieber nach Rufus' Familie.«

Ich gehorchte. Die meisten Frauen und Kinder, die ich fragte, konnten mir nicht weiterhelfen. Sie starrten mich nur mit leeren Augen an. Andere schickten mich weiter oder überzogen mich mit derben Flüchen. Doch niemand hatte einen brauchbaren Hinweis.

Dann stieß Titus auf eine Spur von Rufus' Familie. Die Frau eines Veteranen aus unserer Kohorte hatte in Minden im Nachbarzelt gewohnt.

»Anfangs waren wir noch zusammen«, sagte die Frau mit steinerner Miene und wischte sich die unablässig laufende Nase. »Im Wald haben sie sich dann von uns getrennt. Sie dachten, dass sie auf eigene Faust besser dran wären.«

»Und danach habt ihr sie nicht mehr gesehen?«, fragte Titus.

»Nein.« Sie zuckte mit den Schultern. Genau wie die Soldaten hatte sie im Laufe eines Tages so viele grässliche Dinge gesehen, dass sie der Tod nicht länger schrecken konnte. »Was ist mit Rufus?«, fragte sie schließlich.

Titus ging einfach weiter.

Ich folgte ihm, konnte mir aber einen letzten Blick über die Schulter nicht verkneifen. Hunderte Unschuldiger zitterten vor Kälte und erwarteten wie die Lämmer ihre germanischen Schlächter. Sie waren der Armee in der Hoffnung auf Reichtum und Ruhm gefolgt und hatten den Tod gefunden.

Was Titus vorgehabt hatte, wenn er tatsächlich auf Rufus' Familie gestoßen wäre, spielte nun keine Rolle mehr. Es war so gut wie sicher, dass sie ihrem Gatten und Vater ins Jenseits gefolgt waren.

»Ich werde nie erfahren, was mit meinem Kameraden passiert ist«, sagte Titus wie aus heiterem Himmel und riss mich aus meinen Gedanken.

»Was?«, fragte ich verdattert.

»Ich werde es nie erfahren. Ich habe ihn weggeschickt, sobald wir hinter dem Erdwall waren. ›Geh zu deiner Familie‹, habe ich gesagt. Und was dann? Hat er sich verirrt? Sind die Ziegenficker ins Lager eingedrungen und haben ihn entführt? Ich werde es nie erfahren, Felix. Ich kann nur hoffen, dass er tot war, bevor sie …«, er zögerte, »bevor sie ihm diese widerwärtigen Schmach angetan haben.«

»Wir sind im Krieg, Titus«, brachte ich schließlich heraus. Als Veteran wusste er, worauf ich hinauswollte: In jedem Krieg gab es Fragen, auf die man keine Antwort erhielt. Und gute Männer starben.

Ich hätte den sonst so hartgesottenen Hünen gerne weiter getröstet, doch sobald ich seinem Blick in die graue Finsternis folgte, verstummte ich. Mehrere Männer samt Pferden versammelten sich hinter dem Wall.

»Was ist da los?«, fragte ich.

»Die Kavallerie macht sich bereit zum Ausrücken«, sagte er und kniff die Augen zusammen.

»Weshalb?«, fragte ich. Wir hatten uns hinter Wall und Graben einigermaßen in Sicherheit gebracht. Warum also einen größeren Reitertrupp losschicken?

»Keine Ahnung«, sagte er, doch der Neugier in seiner Stimme nach zu schließen, würden wir es bald erfahren.

40

Zusammen gingen wir auf die Kavalleristen zu, die gerade dabei waren, die Hufe ihrer Pferde sowie den Sitz von Sattel und Rüstung zu überprüfen. Viele der Tiere und ihre Reiter wiesen Narben auf oder trugen Verbände. An diesem Tag hatten sie ebenso viel einstecken müssen wie die Fußsoldaten.

»Bruder«, grüßte Titus den nächsten Reiter. Seine Tunika war beinahe schwarz von Blut.

»Das ist schon mein zweites Pferd heute«, sagte er, als er meinen Blick bemerkte. »Es hat einem Freund von mir gehört.«

Der Soldat erzählte selbst einem Fremden nur zu bereitwillig von seinen Erfahrungen – ein Hinweis darauf, wie ängstlich und nervös er war.

»Du siehst aus, als hättest du einen miesen Tag hinter dir«, sagte Titus und legte eine Hand auf die nasse Flanke des Pferdes. Die Gegenwart der sanftmütigen Tiere wirkte irgendwie beruhigend. Kein Wunder, dass der Verlust seines vierbeinigen Freundes Hühnerkopf so schwer getroffen hatte.

Der Kavallerist musterte uns kopfschüttelnd. »Eurer war anscheinend auch nicht besser.«

»Und jetzt?«, fragte Titus und sah sich unter den Reitern

um, die sich mit großen Schlucken aus ihren Weinschläuchen Mut antranken. »Habt ihr eine Feier geplant?«

Der Reiter quittierte den Scherz mit einem Grunzen. »Wir nicht, aber der Statthalter.« Er hielt uns seinen Weinschlauch hin. Wir lehnten ab. Die Vorräte waren knapp genug, und wir wollten dem Mann nicht seinen Wein wegtrinken.

»Varus schickt uns erst nach Norden, dann nach Westen«, sagte er nach einem ordentlichen Schluck. »Wir sollen zu den Legionen am Rhein vorstoßen und mit Verstärkung zurückkehren.«

Die Worte des Soldaten klangen hohl. Anscheinend glaubte er nicht an einen Erfolg. Kein Wunder: Die Armee hatte bereits ihren Tross und damit den Großteil der Vorräte zurückgelassen. Mit jeder Stunde, der wir im Feldlager Wind und Wetter ausgesetzt waren, sank unsere Kampfkraft. Ewig konnten wir nicht aushalten, und die Kastelle am Rhein waren weit entfernt.

»Wie lange werdet ihr unterwegs sein?«, fragte Titus niedergeschlagen.

Als Antwort hielt uns der Mann einfach nur den Weinschlauch hin. Diesmal nahmen wir beide einen gierigen Schluck.

»Den könnt ihr behalten«, sagte der Kavallerist. »Ich bekomme mehr Wein, wenn ich am Rhein bin. Oder im Jenseits.« Er lachte heiser.

»Danke«, sagte Titus, reichte dem Mann die Hand und nannte ihm seinen Namen und seine Einheit. »Such nach mir, wenn wir zurück im Kastell sind, und ich werde es dir vergelten.«

»Atticus«, stellte sich der Reiter vor. »Und jetzt entschuldigt mich. Sieht ganz so aus, als würden wir aufbrechen.«

»Aufsitzen!«, rief eine Stimme. Atticus schwang sich in den Sattel.

»Auf bald.« Er lächelte und führte seine Stute zu den anderen, grimmig dreinblickenden Reitern hinüber.

Schweigend gingen Titus und ich weiter zum nächsten Wallabschnitt. Nicht nur, um dem freundlichen Kavalleristen hinterher zu blicken. Wir waren uns darüber im Klaren, dass die Hoffnung der ganzen Armee auf den Schultern dieser Reiter lastete. Während wir vom Wall aus beobachteten, wie die Trupps sich formierten, wurde uns bewusst, dass Varus alles auf eine Karte setzte. Ohne Kavallerie geriet selbst eine römische Armee in einer offenen Feldschlacht in Schwierigkeiten. Die germanische Reiterei würde ungestraft über unsere Formationen herfallen, ihnen so lange zusetzen, bis sie sich auflösten, und die Fußsoldaten danach einzeln niedertrampeln.

Wir waren nicht die Einzigen, die auf die Idee gekommen waren, hier Ausschau zu halten. Schon bald drängten sich Soldaten aus jeder Legion und Hilfstruppe auf dem Wall.

»Das ist entweder ein Anfang oder das verdammte Ende«, sagte ein Veteran hinter mir.

»Viel Glück, Kameraden!«, schrie einer, und mehrere andere wiederholten den Ruf.

Ich drehte mich zu Titus um. Er erwiderte meinen Blick, doch zum Jubeln war keinem von uns beiden zumute.

Ein Befehl ertönte, die Pferde trabten in einem gemäßigten Tempo Richtung Norden. Die Reiter achteten darauf, ihren Tieren, die bereits einiges durchgemacht hatten, nicht zu viel zuzumuten.

Ich sah, wie sie sich durch den heftigen Sturm dem Wald näherten, durch den sie sich anschließend bis zum Rhein durchschlagen wollten. Um uns herum war bis auf das Heulen des Windes und dem Prasseln des Regens auf den Rüstungen nichts zu hören. Die Jubelrufe waren verklungen. Allmählich verschwammen die einzelnen Reiter in der Entfernung zu dunklen Flecken.

Da zeigte sich das erste Anzeichen der nahenden Katastrophe.

»Scheiße, nein!«, fluchte ein junger Soldat. Seine scharfen Augen hatten im trüben Licht etwas erkannt.

Einen Wimpernschlag später sahen wir es ebenfalls.

Reiter. Eine ganze Schar. Und es waren nicht unsere Truppen.

Sie brachen in dichter, todbringender Formation aus dem Wald. Der Wind trug ihre Schlachtrufe zu uns herüber. Selbst von hier aus war nicht zu übersehen, dass unsere eigenen geschwächten Truppen hoffnungslos in der Unterzahl waren. Sie hatten keine Chance.

Nicht die geringste.

Einen Augenblick später kreiste die germanische Reiterei unsere erschöpften Kavalleristen ein. Waffen prallten auf Rüstungen, als einige Römer versuchten, sich einen Weg durch den feindlichen Stahl zu bahnen. Andere wendeten ihre Pferde und preschten zum Lager zurück.

In wenigen Augenblicken hatte sich die Hoffnung der Armee auf Rettung zerschlagen.

»Mögen die Götter ihnen gnädig sein«, murmelte ein Veteran, doch seine Worte stießen auf taube Ohren. Starr vor Entsetzen beobachtete ich, wie die jubelnden Germanen unsere Reiter wie Jagdwild zur Strecke brachten.

Kein einziger Reiter schaffte es zurück ins Lager. Als die letzten Todesschreie im Wind verhallten, näherte sich jedoch ein Trupp stolzer, siegreicher Krieger.

An der Spitze der Germanen ritt ein Edelmann. Der funkelnde goldene Halsreif war auch durch den Regenschleier deutlich zu erkennen. Er hielt einen abgetrennten Kopf an seinem Haar in die Höhe, paradierte damit vor der römischen Armee umher wie der Vorbote des Todes. Teilnahmslos vor Erschöpfung nahm ich zur Kenntnis, dass dieser Anführer mehr wollte, als seinen Feind nur zu vernichten. Er wollte ihn vorher wissen lassen, dass das Ende nahe war und schrecklich sein würde. Er wollte ihn leiden sehen, weil er ihn ganz ohne Zweifel inbrünstig hasste. Er hasste Rom. Er hasste die Legionen. Er hasste mich.

Als ich das Gesicht des glorreichen Kriegers im Sattel sah, empfand ich gleichzeitig Verwunderung und Abscheu. Es war das Gesicht des Mannes, der wie ein rachdurstiger Gott den Untergang einer ganzen Armee geplant hatte.

Es war ein Gesicht, das ich sehr gut kannte.

Es gehörte Arminius.

41

Arminius war ein Verräter.

Ich spürte, wie mir die Galle hochkam und meine Beine nachgaben. Ich streckte den Arm nach Titus aus. Dieser bemerkte meinen Schwächeanfall und stützte mich wie einen alten Mann.

»Jetzt sind wir im Arsch«, sagte er nüchtern.

Um uns wurden unruhige Stimmen laut, sobald klar wurde, wer der einsame Reiter war. Die Männer verlangten Antworten auf ihre dringendsten Fragen. Hatten sich alle germanischen Stämme gegen Rom aufgelehnt? Hatten sie die Kastelle am Rhein überrannt? Würde sich der germanische Fürst mit unseren Befehlshabern treffen, um die Bedingungen eines Waffenstillstands auszuhandeln, oder wollte er uns bis zum letzten Mann vernichten?

»Er will uns töten«, knurrte Titus und nickte in Richtung des Germanen. »Seht ihn euch doch an.«

Das tat ich.

Auf seinem kräftigen grauen Ross erschien Arminius wie ein leibhaftiger Kriegsgott. Die breiten Schultern waren von einer Rüstung und einem Bärenfell bedeckt, das regennasse lange blonde Haar hing in ein Gesicht, in dem nicht die leiseste Andeutung eines Lächelns zu erkennen war. Scheinbar unbeeindruckt vom heulenden Sturm und mit einem römischen Kopf in der blutigen Hand strotzte er vor Selbstvertrauen und verströmte die Zuversicht eines Mannes, der seinem Gegner fünf Spielzüge voraus ist.

»Er hat das alles geplant«, sagte Titus und sah mich an.

Ich konnte keinen Argwohn in seinem Blick erkennen, obwohl mich das nicht überrascht hätte. Wir hatten zu viel durchgestanden und zu viel gelitten, als dass er meine Treue jetzt noch infrage gestellt hätte.

»Tut mir leid.« Titus zuckte mit den Schultern. Eine seltene Geste dieses sonst so verschlossenen Mannes. »Du hast ihn gemocht, nicht wahr?«

»Er ist dein Feind«, stieß ich hervor. »Er ist unser Feind«, verbesserte ich mich sofort.

Titus wollte etwas antworten, aber er wurde unterbrochen. Ein Raunen ging durch die Soldatenreihen auf dem Wall. Ich drehte mich um und sah die Befehlshaber der Armee auf uns zukommen: Die Aristokraten wollten mit ihren eigenen, schreckgeweiteten Augen sehen, dass sich ihre größte Furcht bestätigt hatte. Sie erklommen den rutschigen Wall, und einige stießen sogar ein verzweifeltes Heulen aus, als sie den einsamen Reiter erblickten.

»Verräter!«, rief einer wütend.

Arminius schien davon unbeeindruckt.

Er wartete.

Er wartete, bis derjenige erschien, den er zu sehen wünschte – Varus.

Der Statthalter humpelte wie ein Krüppel auf den Wall zu. Die Anstrengungen des Marsches und nun dieser Verrat waren mehr, als er ertragen konnte. Arminius war wie ein Sohn für ihn gewesen. Als er den schlammigen Abhang hinaufklettern wollte, rutschte Varus aus und ging im Dreck auf die Knie. Die Soldaten, die diese Schwäche als schlechtes Omen deuteten, flüsterten bereits, dass die Götter die Legionen aufgegeben hatten und die Armee dazu verdammt war, von Varus' aufsässigem Ziehsohn vernichtet zu werden.

Angesichts der Zuneigung, die der ältere Mann dem Fürsten gegenüber gehegt hatte, erwartete ich zumindest ein Gespräch zwischen dem Statthalter und dem Germanen, erwartete, dass Varus eine Antwort verlangte oder wenigstens um Frieden bat.

Doch nichts dergleichen geschah.

Es gab keine Anklage und keine Erklärung. Arminius richtete lediglich seinen finsteren Blick auf Varus und schleuderte den abgetrennten Kopf in Richtung Wall. Er landete mit einem feuchten Klatschen im Schlamm und rollte dann ins Gras. Arminius hatte seine Botschaft überbracht, riss am Zügel und trabte auf seinen größten Verbündeten zu – den Wald.

Und so einfach hatte er ein ganzes Heer zum Untergang verdammt.

Varus war der Erste, der sich in sein Schwert stürzte.

Es gab keine Rede, keine geschliffenen Worte. Zum ersten Mal während dieses Feldzugs zog der Statthalter sein Schwert, richtete es gegen sich selbst und ließ sich nach vorne fallen, sodass das Gewicht seines massigen Körpers die Klinge in seine Brust trieb. Vielleicht zitterten seine Hände vor Kälte oder vor Angst – jedenfalls verfehlte Varus sein Herz, lag noch eine Weile zappelnd auf dem Boden und versuchte, Luft in seine aufgeschlitzte Lunge zu saugen.

Die Männer auf dem Wall beobachteten das Ganze. Stumm. Niemand schritt ein. Sie hatten bereits zu viel gesehen. Nur Augenblicke, nachdem Varus sein Schwert gezogen hatte, lagen auch seine engsten Vertrauten, von ihren eigenen Klingen durchbohrt, in ihrem Blut auf dem schlammigen Boden des Lagers, von dem sie sich eigentlich Schutz versprochen hatten. Alles ging so schnell, dass es mir fast unwirklich vorkam. Ich sah Titus an, um mich zu vergewissern, dass er dasselbe gesehen hatte wie ich.

»Scheißkerle«, knurrte Titus neben mir. Er hatte sich bereits wieder gefangen. »Na los.« Er zerrte an dem Ärmel meiner Tunika. »Es bringt nichts, hier rumzustehen und zuzusehen, wie sich diese Bastarde selbst richten.«

Viele andere Soldaten wandten sich ebenfalls angewidert ab und kehrten zu ihren Zenturien zurück. Manche dagegen gingen auf die Knie, gaben sich schweigend der Verzweiflung hin und klagten laut ihr Leid.

Es war der Anfang vom Ende, so viel war sicher.

Wie ich neben Titus her stolperte, erkannte ich einen alten Soldaten, der mit einem Ausdruck ohnmächtiger Wut auf dem Gesicht zwischen den toten Befehlshabern stand. Es war Caeonius, der Präfekt des Lagers, der mich vor der Kreuzigung bewahrt hatte. Er war sowohl vom germanischen Fürsten als auch von seinem Statthalter verraten worden und nun der ranghöchste Soldat im Lager. Wie es aussah, lastete das Schicksal der drei Legionen jetzt auf seinen breiten Schultern.

Er tat mir leid. Diese Schlacht konnte er nicht gewinnen, doch was blieb ihm anderes übrig, als zu kämpfen? Was blieb uns allen anderes übrig? Im Gegensatz zu unseren adeligen Befehlshabern verpflichtete uns der Verlust unserer Ehre nicht dazu, uns in das Schwert zu stürzen. Wir wollten überleben.

»Felix«, sagte jemand. Ich drehte mich um.

Es war der Standartenträger vom Exerzierplatz. Blut klebte in dem Bärenfell auf seinem Kopf und seinen Schultern. Er hatte ständig mitten im Gefecht gestanden.

»Standartenträger«, begrüßte ich ihn.

»Dein Freund will uns alle umbringen«, sagte er, allerdings ohne Feindseligkeit. Er hatte sich bereits in sein Schicksal ergeben.

Mein Freund.

»Er ist mein Feind«, sagte ich. Die Unsicherheit war mir deutlich anzuhören. »Er hat mich angelogen.«

Der Mann wandte sich ab und beobachtete die Menge, die sich um die toten Kommandanten gebildet hatte. »Pass gut auf deine Kameraden auf«, sagte er und hielt mir die Hand hin. »Es ist ein weiter Weg nach Hause.«

Ich schüttelte seine Hand, dann ging er auf die ängstlichen Soldaten zu. Das waren die letzten Worte, die wir miteinander wechselten.

Schweigend verließen Titus und ich diesen Ort und kehrten zu unserer Zenturie zurück. Auf dem Weg dachte ich fieberhaft nach: Wie hatte Arminius einen solchen schändlichen Verrat begehen können? Wie nur? Er war als Sohn Roms aufgewachsen. Er hatte für Rom gekämpft und Blut vergossen. Weshalb dieser Verrat, den er ganz offensichtlich seit Monaten geplant hatte? Er hatte Varus Honig ums Maul geschmiert und Provokationen inszeniert, um die Legionen zum Handeln zu bewegen. Und sie dann in seine sorgfältig vorbereitete Falle gelockt.

Ich war kein gefühlsduseliger Idiot und kannte Roms

Schwächen besser als die meisten, doch selbst ich begriff nicht, wie dieser leidenschaftliche, beliebte Fürst hatte trügen und täuschen können, während er diejenigen, die er vernichten wollte, auch noch zur Treue ermutigt hatte. Das war für mich das größte Rätsel überhaupt.

Die Kunde von seinem Verrat verbreitete sich wie ein Lauffeuer unter den Legionen. Sobald wir unsere schlotternden Kameraden erreichten, bestürmten sie Titus mit tausend Fragen. Als dieser mit knappen Worten bestätigte, dass Varus und sein Stab den Tod gefunden hatten, ging Mondgesicht in die Knie.

»Hoch mit dir«, befahl Titus. »Varus war ein elender Feigling. Wage es ja nicht, um ihn zu weinen.«

Stummel und Cnaeus stellten den verzweifelten Soldaten wieder auf die Beine. Mondgesicht lebte für den Ruhm der römischen Legionen, und nun war der Nimbus ihrer Unbesiegbarkeit in wenigen Tagen zerschlagen worden.

»Wir sind geliefert«, stöhnte er. Niemand widersprach.

Ich blickte in die hoffnungslosen Mienen meiner Kameraden. Hühnerkopf war nicht länger Soldat oder Mann, sondern ein hohläugiges Gespenst in Rüstung. Micus und Cnaeus wirkten verstört, als begriffen sie kein Wort. Stummel versuchte, eine spöttische Miene zum bösen Spiel zu machen, es wollte ihm aber nicht gelingen.

»Ich will nicht sterben«, sagte Micon tonlos. Sein Gesicht war ausdruckslos.

Dabei war sein Tod gewiss. Die Falle war zugeschnappt, die Armee ohne Führung. Angesichts des drohenden Untergangs erinnerte ich mich an das, was Pavo in Minden zu mir gesagt hatte, bevor wir in den Wald gezogen waren.

Niemand sollte unter Fremden sterben.

Und er hatte recht.

Ich wollte nicht als Außenseiter in den Tod gehen. Daher wandte ich mich den Männern zu.

»Mein Name ist nicht Felix«, teilte ich den sechs Soldaten mit, die inzwischen meine Brüder geworden waren.

Alle Augen waren auf mich gerichtet. Niemand sprach.

»Ich heiße Corvus«, fuhr ich fort.

Ich schluckte, dann besiegelte ich mein Schicksal.

»Und ich bin ein Verräter.«

Teil III

42

»Ich bin ein Verräter«, flüsterte ich erneut, als hörte ich die Worte selbst gerade zum ersten Mal.

Noch immer kam keine Reaktion. Alle starrten mich nur an. Sie waren so erschöpft, dass meine Beichte an ihrem Verstand abprallte wie ein Kieselstein an ihrer Rüstung.

»Ich bin ein verdammter Verräter!«, schrie ich daher laut. Vor dem blutigen Ende, das uns alle hinter dem Wall erwartete, wollte ich unbedingt mein Gewissen erleichtern.

Titus reagierte als Erster. Er zuckte mit den Schultern. »Also hast du früher schon mal unter dem Adler gekämpft.« Es war eine Feststellung, keine Frage. Selbstverständlich hatte er, genau wie die anderen Veteranen und sogar die Frischlinge, etwas Ähnliches vermutet. Wer einmal Legionär gewesen war, konnte das nicht so leicht verbergen. Meine Erfahrung hatte mich verraten, ob beim Exerzieren oder beim Kampf im Wald.

»Dann raus mit der Sprache«, befahl er.

Ich nickte. »Ich habe schon einmal unter dem Adler gekämpft«, bestätigte ich. »Aber nicht hier. Meine frühere Einheit war in Pannonien stationiert.«

Pannonien. Allein den Namen dieser Provinz auszusprechen war Folter für mich. Als ich das Land zum ersten

Mal erblickt hatte, war ich fasziniert von seiner Schönheit gewesen. Eine wahre Oase, jedoch gebeutelt von einer blutigen Rebellion. Seit ich desertiert war, erinnerte ich mich glücklicherweise nur dunkel an jenen Feldzug, hatte nur Bilder von Leid und Tod vor meinen Augen.

»Du hast dort gekämpft?«, fragte Stummel.

Ich nickte. Wie gerne hätte ich ihm eine ausführlichere Antwort gegeben, doch es war unmöglich. Die Erinnerung an meine Zeit dort war verschwommen, und sobald ich versuchte, diese wenigen, lebhaften Eindrücke zu beschreiben, die durch meinen Kopf spukten, blieben mir die Worte wie Widerhaken im Hals stecken.

»Ich bin weggelaufen«, brachte ich schließlich heraus.

»Warum?«, fragte Stummel.

»Ich … das weiß ich nicht mehr. Ich bin einfach losgerannt. Es war ein Blutbad. Daran kann ich mich noch deutlich erinnern. Jeder Tag … war ein Blutbad. Ich wollte das Sterben nicht länger mit ansehen.«

Ich weiß nicht, was ich erwartete. Wahrscheinlich wäre die Lage anders gewesen, hätten wir nicht selbst kurz vor unserer Vernichtung gestanden, hätten sich unsere Kommandanten nicht soeben in ihre Schwerter gestürzt. Wenn sich die Aristokraten und angeblichen Vorbilder das Leben nehmen, anstatt sich dem Feind zu stellen, ist es wohl auch mit der Ehre eines einfachen Fußsoldaten nicht weit her. Daher erwarteten mich statt Anschuldigungen und Fausthiebe nur Fragen.

»Ich wollte nach Britannien«, gestand ich ihnen.

»Britannien?«, fragte Titus.

Ich zuckte mit den Schultern. »Auf der anderen Seite des Meeres. Das römische Recht gilt dort nicht. Alles andere war mir egal, dachte ich. Ich hatte Freunde dort. Vielleicht leben sie ja noch.« Selbst wenn – ich würde sie nie wiedersehen. Aus dieser Falle gab es kein Entkommen.

»Von Pannonien bis hierher. Ein langer Weg«, bemerkte Titus.

Pannonien war weit entfernt, tief im Süden an der Adria. Ich hatte unzählige Felder, Wälder und Bergzüge durchwandert, bis mich Arminius schließlich in dem heiligen Hain gefunden hatte. Dies alles erzählte ich ihnen, dann sah ich schamerfüllt zu Boden.

Ein bellendes Lachen ließ mich aufblicken.

Es war Stummel. Er starrte mich mitleidig an. »Du bist vor einem Krieg weggelaufen, nur um …« Er verstummte, breitete die Arme in einer Geste aus, die das Elend und die Not einer sterbenden Armee einschloss.

Niemand ließ sich von seinem Lachen anstecken.

Mondgesicht trat einen Schritt auf mich zu, und ich erkannte ein gefährliches Funkeln in seinen Augen. Obwohl Varus' Heer vor der Vernichtung stand, glaubte er immer noch an die römischen Ideale.

»Arschloch«, zischte er.

Und dann holte er aus.

Es war ein schlecht gezielter und nicht besonders fester Schlag, dafür war er zu erschöpft. Ich machte gar nicht erst den Versuch, auszuweichen. Seine Faust traf meine Wange. Sie brannte wie Feuer.

»Zurück!« Titus stieß Mondgesicht beiseite. »Er ist abgehauen, na und? Hast du dich mal hier umgesehen? Weißt du, in welcher Lage wir uns befinden?«

»Du willst aufgeben?«, fragte der plötzlich todernste Stummel.

»Natürlich nicht!«, verkündete Titus. »Ich werde das hier überleben, und ihr kleinen Scheißer auch. Mondgesicht!« Er funkelte ihn böse an. »Vergiss die verdammten Adler, den Kaiser und alles andere. Sieh dich um. Wir sind zu siebt. Sieben Soldaten, die es irgendwie hier raus schaffen müssen. Und wenn du der Meinung bist, dass wir das nicht fertigbringen, dann stürz dich in dein Schwert wie der Feigling von Statthalter und seine verdammte Bande.«

Titus' Worte hatten die Wucht eines Kriegshammers. In diesem Augenblick erschien mir der Hüne wie ein wahrer Held aus grauer Vorzeit, mächtig und unverwundbar. Vielleicht – vielleicht – konnte er das Unmögliche möglich machen und uns in Sicherheit bringen.

Stummel schien sich wieder gefangen zu haben. »Schöne Rede, Titus«, sagte er und lächelte auf seine gewohnte spöttische Art.

»Bist du dabei oder nicht?«, fragte Titus, der nicht zum Scherzen aufgelegt war.

»Natürlich bin ich dabei, du Weichling.« Zur Bekräftigung spuckte er auf den Boden.

»Was ist mit euch?« Titus sah die anderen Männer an.

Keiner antwortete mit Stummels Begeisterung, doch dem Hünen reichte auch ein mürrisches Nicken. Nur Hühnerkopf schwieg und rührte sich nicht.

»Ich bringe ihn zum Rhein zurück, und wenn ich ihn tragen muss«, verkündete Titus mit einem Blick auf den Veteranen. Ich zweifelte nicht daran, dass er es ernst meinte.

Schließlich blieb nur noch ich übrig.

»Ich bin ein Verräter«, sagte ich erneut, als wäre das Erklärung genug.

»Du bist ein Soldat«, erwiderte Titus und schlug mit der Handfläche gegen meinen Helm. Plötzlich wusste ich, dass ich für ihn sterben würde. Ich würde für einen Mann sterben, den ich hatte töten wollen, und ich würde einen Mann töten, den ich bewundert hatte.

Arminius.

Wir hatten uns wie die Schafe unter die durchnässte Decke gekauert und dösten vor uns hin – bis sie ohne Vorwarnung plötzlich zurückgeschlagen wurde.

»Verpiss dich«, stöhnte Stummel mit geschlossenen Augen.

»Aufstehen«, befahl eine Stimme.

Pavo. Ich sah zu ihm auf – ein schwarzer Umriss vor dem grauen Himmel.

»Arbeitsdienst.«

Der Zenturio wandte sich zum Gehen.

Jede Faser in meinem Körper schmerzte, als ich mich aufrichtete. Taumelnd folgten wir Pavo durch den Schlamm zur restlichen Zenturie. Anscheinend waren wir noch weniger geworden, seit wir das Feldlager aufgeschlagen hatten. Meine Vermutung wurde bestätigt, als ich das Gespräch zweier Veteranen belauschte. Drei Männer aus der Zenturie hatten Selbstmord begangen. Einer war an Unterkühlung gestorben.

Und das würde nicht der letzte bleiben. Arminius musste nichts weiter tun, als im Wald zu warten, bis wir einer nach dem anderen krepiert waren. Ein Ausfall war unsere einzige Chance. Eine Chance, die wir trotz der geringen Erfolgsaussichten so schnell wie möglich ergreifen mussten.

Doch davor gab es noch eine andere Aufgabe zu erledigen. Unsere Einheit war dazu abkommandiert worden, die Toten zu bestatten.

»Ein Massengrab«, sagte Pavo. »Schaufelt einfach ein Loch.«

Und das taten wir. Es ging nur langsam voran. Schon den Wall aufzuschütten war Knochenarbeit gewesen – und da hatten uns unsere Befehlshaber noch nicht im Stich gelassen.

»Wetten, dass die nicht im Massengrab enden?«, sagte Stummel.

Er hatte recht. Ein Veteran der neunzehnten Legion, der mit Titus befreundet war, verriet ihm, dass man Varus und seinen Stab einäschern wollte, damit die Germanen ihre Leichen nicht schänden konnten.

»Leider wollten die Jungs nicht warten, bis der Scheißkerl richtig brennt«, sagte der Veteran verächtlich. »Sie haben ihm nur das Haar vom Kopf gesengt und ihn dann verscharrt.«

»Nicht mal das hat er verdient«, sagte Titus. Sein Freund pflichtete ihm bei und ging seiner Wege. Ich beobachtete, wie die Veteranen sich verabschiedeten. Sie rechneten nicht damit, einander noch einmal wiederzusehen.

Die Grube war gerade mal knietief, als uns die Zenturionen befahlen, das Graben einzustellen und die gewöhnlichen Fußsoldaten hineinzuwerfen.

»Was für eine Scheißarbeit!«, rief Stummel. Er hatte einen Arm in der Hand. Das Schultergelenk ragte aus dem zerrissenen Fleisch.

»Ist abgegangen, als ich ihn hochgehoben habe«, sagte er mit einem gequälten Lächeln.

Viele der Leichen wiesen Wunden von den Kämpfen des heutigen Morgens auf, doch Dutzende schienen scheinbar unversehrt. Meistens waren es junge Soldaten, die von den allgemeinen Strapazen oder von Krankheiten dahingerafft worden waren. Auch trugen nicht alle die roten Tuniken der Legionäre. Unter den Toten waren viele Zivilisten, auch Frauen und Kinder.

»Den kannte ich«, sagte Titus und deutete auf einen Veteranen mit einer Brustverletzung. »Guter Mann.«

»Wie hieß er?«, fragte Cnaeus.

Titus zuckte verärgert mit den Schultern. »Was spielt das noch für eine Rolle?«, sagte er leise.

Wir stießen auf weitere bekannte Gesichter. Mondgesicht trauerte um seine Lieblingshure, die ebenso unter den Toten war wie ein Kamerad von Stummel aus Rekrutenzeit. Ich sah, wie ihm Tränen über die Wangen liefen. Hühnerkopf saß regungslos daneben. Er interessierte sich für die Welt der Lebenden nicht mehr als die Toten im Massengrab. Wenn es so weit war, würde er den Tod willkommen heißen. Das schmerzte mich, da er freundlich und wie ein echter Kamerad zu mir gewesen war. Leider hatte ich nicht die leiseste Ahnung, wie ich ihn wieder zur Vernunft bringen konnte. Wie überzeugt man jemanden davon, dass das Leben lebenswert ist, wenn man bis zu den Knien in den Leichen seiner Freunde und Kameraden steht?

»Wir brauchen ein zweites Loch«, rief Pavo, sobald das erste gefüllt war.

Also gruben wir ein zweites Loch.

Als wir den letzten Toten beerdigt hatten, war es bereits dunkel. Wir bedeckten die Gefallenen mit Schlamm, obwohl wir genau wussten, dass die Germanen sie sofort wieder ausgraben würden. Unsere Feinde waren berüchtigt dafür, die Leichen unserer Toten zum Vergnügen zu schänden.

Ich hatte wie im Rausch vor mich hingearbeitet, hatte schon bald keinen Gedanken mehr daran verschwendet, was ich da eigentlich tat. Jetzt, da die Arbeit beendet war, kam mir die Aussichtslosigkeit sofort wieder zu Bewusstsein. Ich spürte, wie die Verzweiflung von mir Besitz zu ergreifen begann.

Später machten Gerüchte die Runde, dass zahlreiche Soldaten im Schutze der Dunkelheit aus dem Lager geflohen seien. Andere hätten Selbstmord begangen. Es gab aber noch immer Männer, die die Nerven bewahrten und der Gefahr trotzig ins Gesicht sahen. Diese Männer waren der Grund, warum wir uns immer noch als Armee bezeichnen konnten.

Zu diesen Männern zählte Caeonius. Er hatte in seinem langen Soldatenleben dem Tod unzählige Male ins Auge geblickt. Zwar war nichts, was er bisher erlebt hatte, mit dieser Tragödie zu vergleichen, dennoch führte er das Heer unerschrocken an.

»Wir bilden zwei Kampfgruppen«, teilte Pavo seiner Zenturie mit. Wir hatten durch die Soldaten einer anderen Einheit, deren Zenturio gefallen war, wieder Sollstärke erreicht. »Präfekt Caeonius führt die erste Gruppe an, zu der auch wir gehören. Im Morgengrauen brechen wir auf.«

Pavo versuchte zwar, uns Mut zu machen, doch es wollte ihm nicht recht gelingen. Das konnte ihm keiner übel nehmen. Welche Aussichten hatte eine Armee aus erschöpften, hungrigen, schutzlos den Elementen ausgesetzten und von einem unbarmherzigen Feind umzingelten Männern auf eine erfolgreiche Flucht?

Gar keine.

Doch hatten wir denn eine Wahl?

Wir würden kämpfen.

43

Es war eine grauenvolle Nacht. Unser Contubernium saß zusammengekauert unter durchnässten Decken. Unser dampfender Atem stank unter der Wolle. Titus zauberte eine Handvoll Zwieback hervor, den er auf uns sieben verteilte. Niemand fragte ihn, wie der Hüne daran gekommen war. Wir kauten dankbar.

Den Wachdienst auf dem Wall versahen wir nur noch halbherzig. Inzwischen war es uns egal, ob die Germanen angriffen oder nicht. Spätestens bei Sonnenaufgang würden wir uns ihren Speeren ohnehin stellen müssen.

Wir hörten von Soldaten, die desertiert waren.

»Na, dann viel Glück«, sagte Stummel, als wir erfuhren, dass auch zwei Männer aus unserer Zenturie die Beine in die Hand genommen hatten. Die anderen Veteranen reagierten nur mit einem Nicken oder leerem Starren. Sollten sie es nur versuchen – wenn unsere Anführer uns im Stich ließen, so lautete die allgemeine Meinung, dann waren auch die einfachen Soldaten ihren Befehlshabern nicht länger verpflichtet.

Ob meine damaligen Kameraden Verständnis für meine Entscheidung aufgebracht hätten, wenn ich sie verlassen hätte? Varo und Priscus hätten mir womöglich vergeben, doch so sehr ich mir auch das Gegenteil einreden wollte, eines war gewiss: Mein bester und ältester Freund Marcus hätte mich dafür auf ewig verdammt. Vielleicht beobachtete er mich in diesem Augenblick aus dem Jenseits und konnte mein jämmerliches Ende kaum erwarten.

»Nicht mehr lange, Marcus«, flüsterte ich in den Wind.

In den Männern, die neben mir kauerten, erkannte ich die Züge früherer Kampfgefährten wieder. Priscus und Stummel wären mit Sicherheit gute Freunde geworden. Varo und Titus hätten sich wohl zuerst in die Haare gekriegt, dann aber gemeinsam den Schwarzmarkt des Heeres mit eiserner Hand regiert. Marcus und Mondgesicht wären sich in ihrer Bewunderung des glorreichen Imperiums und der Notwendigkeit weiterer Eroberungen einig gewesen.

Aus Trauer über die Kameraden, die ich verloren hatte und noch verlieren würde, schüttelte ich den Kopf.

»Gehen wir«, rief Pavo.

Als wir den Wachdienst endlich beendeten, war noch kein Licht am regnerischen Himmel zu erkennen.

»Bleibt in der Nähe«, befahl er, und die Zenturie sammelte sich um ihren Kommandanten. »Wir werden am Ende der nächsten Wache losmarschieren. Wenn ihr noch scheißen oder eure Götter anrufen müsst, dann jetzt.«

Sobald sie ihre Befehle erhalten hatte, blieb die Zenturie einfach an Ort und Stelle. Die Männer waren müde, und wohin hätten sie auch gehen sollen, um Schutz zu finden? Nur Titus' riesige Gestalt trat aus den Reihen. Ich war ebenso erschöpft wie die anderen, doch meine Neugier war größer, und so folgte ich dem Hünen.

»Wo willst du hin?«, fragte ich. Ich fand, dass ich durch die gemeinsamen Erfahrungen der letzten Tage das Recht zu einer solchen Frage hatte.

»Wir brauchen was zu essen.«

Und das fanden wir bei den Zivilisten, die den Legionen gefolgt waren. Einige geschäftstüchtige Seelen hatten sich, nachdem sie Waffen und Rüstung losgeworden waren, mit den Vorräten eingedeckt, die wir auf Varus' Befehl beim Tross gelassen hatten. Nun verkauften sie diesen mageren Proviant zu einem Hundertfachen seines Wertes.

Um ihre Waren zu schützen, nahmen die Händler die Dienste der Hilfstruppen in Anspruch, deren Kommandanten sich dafür sicher bestens bezahlen ließen. Titus näherte sich einem jener batavischen Soldaten, zog einen Münzbeutel aus der Tunika und erhielt dafür ein kleines, in ein Tuch gewickeltes Päckchen. Es hatte kaum die Größe seiner Faust, doch Titus beschwerte sich nicht.

Schweigend gingen wir davon. Um Proviant für die Einheit zu kaufen, hatte Titus einen beträchtlichen Teil seines persönlichen Vermögens gegeben – wenn nicht alles. Ein selbstloser Akt der Kameradschaft, was ich ihm auch sagte.

»Wenn ihr zu schwach zum Kämpfen seid, gehe ich auch mit drauf«, sagte er nur.

»Wenn du das sagst.« Ich war mir sicher, dass er mit dieser Antwort nur den Schein wahren wollte.

»Darf ich dich was fragen?«, hakte ich nach, in dem verzweifelten Versuch, auf andere Gedanken zu kommen.

»Wenn's sein muss.« Titus hatte wohl ähnliche Beweggründe.

»Warum hast du dich ein zweites Mal verpflichtet?« Ich sah ihn an. Als sich in seiner Miene kein Protest zeigte, fuhr ich fort: »Du hast deine zwanzig Jahre in der Wüste abgerissen. Wie kommt es, dass du hier, am anderen Ende der Welt, in dieser Legion gelandet bist?«

Mehrere schmatzende Schritte lang herrschte Schweigen.

»Bei meiner Entlassung erhielt ich einen Bauernhof«, sagte Titus schließlich. »Einen *Bauernhof.* Eigentlich nur ein unfruchtbares Stück Land auf einer so steilen Anhöhe, dass man kaum darauf stehen konnte.«

»Du konntest das Feld nicht bestellen?«, fragte ich voreilig.

»Natürlich habe ich das verdammte Feld bestellt«, zischte er. »Ich habe die Anhöhe abgetragen, bis der Boden flach war. Dann habe ich aus allen Himmelsrichtungen fruchtbares Erdreich herangekarrt.«

»Und warum bist du wieder zur Armee? Deswegen?« Ich deutete auf das Chaos um mich herum.

»Du weißt genau, warum«, sagte er mit der sanftesten Stimme, in der ich ihn je hatte sprechen hören. Poliertes Holz statt Stahl. »Ein Mann braucht eine Familie.«

Ich hätte ihn gerne mehr gefragt, doch irgendetwas in seiner Stimme verriet mir, dass ich besser darauf verzichtete. Mehr würde ich aus dem Hünen nicht herausbekommen.

Kurz darauf kehrten wir zu unserer eigenen kleinen Familie zurück. Und wir waren tatsächlich nicht nur sieben Brüder, sondern eine richtige Familie. Titus nahm gleichzeitig die Rolle von Mutter und Vater ein, Hühnerkopf war der verrückte Onkel. Keine glückliche Familie vielleicht, aber sie hielt zusammen, bis zum Ende.

»Hier.« Titus verteilte das Essen an seine Schützlinge. »Runter damit. Und trinkt Wasser dazu.«

»Willst du nichts?«, fragte Stummel.

Titus schüttelte den Kopf. »Ich hab meine Ration schon verdrückt«, log er. »Und jetzt halt den Mund und iss.«

Währenddessen wurde der schiefergraue Himmel über uns stetig heller.

»Antreten! Bereitmachen zum Abmarsch!« Endlich ertönte der Befehl, den wir fürchteten und gleichzeitig herbeisehnten. Auf die eine oder andere Weise würde unser Leid bald ein Ende finden. Wir nahmen Aufstellung und bereiteten uns nicht nur auf den Abmarsch vor. Wir bereiteten uns auf unser Ende vor.

In der Dunkelheit war unmöglich auszumachen, aus wie vielen Reihen die Formation bestand, doch offenbar hatte Präfekt Caeonius beschlossen, zwei kompakte Trupps anstatt eine lange Kolonne zu bilden, die an den vorherigen Tagen im Wald so verwundbar gewesen war.

Ich stand am Rand der Formation. Titus war vor mir, Stummel zu meiner Rechten. Hinter mir befand sich ein Soldat aus einem anderen Contubernium, der hörbar mit den Zähnen klapperte – entweder vor Kälte oder aus Furcht. Niemand konnte ihm einen Vorwurf machen.

Der Wind zerrte an unseren Tuniken. Schild prallte gegen Schild, Waffen wurden gezogen, letzte ermunternde Worte zwischen Freunden ausgetauscht. Aus einem anderen Teil des Lagers waren die grässlichen Schreie der Verwundeten zu hören. Einmal mehr wurden diejenigen, die zum Marschieren nicht mehr in der Lage waren, zurückgelassen, um einen grässlichen Tod durch Feindeshand zu finden. Man konnte nur hoffen, dass ihre Kameraden so anständig waren und ihrem Leiden ein schnelles Ende bereiteten.

Der Druck, der auf allen lastete, war unerträglich. Ich warf einen Blick auf Micon und Cnaeus, weil ich erwartete, dass sie jeden Moment die Nerven verloren. Doch zu meiner Überraschung war es Hühnerkopf, der die markerschütternden Schreie nicht länger aushielt. Der Veteran scherte sich nicht länger um sein Leben und damit auch nicht mehr um soldatische Disziplin.

»Aus dem Weg!«, rief er und verließ den Platz in der Mitte der Formation, den Titus ihm zugewiesen hatte. »Aus dem Weg!« Mit wilden Augen sah er sich um.

Doch Titus' Hand schnellte hervor und packte ihn an der Gurgel.

»Lass los«, stöhnte Hühnerkopf.

»Zurück ins Glied«, knurrte Titus.

»Leck mich«, stammelte Hühnerkopf und versuchte, ihn anzuspucken. Doch nur ein dünner Speichelfaden lief sein Kinn hinunter.

»Wo willst du überhaupt hin?«, fragte Stummel seinen Freund.

»Ich bleibe bei den Verwundeten.«

»Die Verwundeten sind schon tot«, entgegnete Stummel kühl.

Ein ersticktes Lachen drang aus der Kehle des Veteranen. »Wir sind doch alle schon tot, verdammt! Bringen wir's lieber hier hinter uns. Wozu erst noch in den Wald laufen?«

Titus' Geduld war am Ende. Er rammte die freie Hand so heftig gegen Hühnerkopfs Brustplatte, dass es diesem die Luft aus der Lunge drückte. Er riss die Augen auf. Seine Knie gaben nach.

»Schluss mit dem Scheiß«, fluchte Titus und nahm die

Hand von Hühnerkopfs Hals. Mondgesicht und Stummel hielten ihn aufrecht. »Reißt euch zusammen.«

»Kampfgruppe!«, rief eine Stimme durch die Dunkelheit. »Im Gleichschritt – marsch!«

Wir trotteten los. Den Wald als dunklen Schatten vor Augen.

Kurz darauf tauchte eine Gestalt außerhalb der Formation zu meiner Linken auf. Es war Pavo, der sich zu Titus vor mir gesellte.

»Zwei Kampfgruppen«, teilte er dem Anführer seines Vertrauens mit. »Caeonius befehligt unsere. Wir sollen durch die germanischen Linien brechen.«

Titus nahm dies schweigend zur Kenntnis. Dies war weder die Zeit noch der Ort für ausgefeilte Schlachtpläne. Nur brutale Gewalt und unbedingter Überlebenswille konnten uns retten.

»Ich glaube nicht, dass wir viel Platz für Manöver und Formationswechsel haben werden«, fuhr Pavo fort. »Das wird ein Gemetzel, Titus. Halt deine Männer zusammen und bleib nicht stehen. Lass niemanden zurück. Mehr können wir nicht tun.«

Und mit diesen Worten entfernte sich der Zenturio.

»Hindernis voraus!«, riefen mehrere Stimmen. Die Gruppe kam vor dem Waldrand zum Stehen, während die Vorhut über die Baumstämme kletterte, die auf dem Weg lagen. Nun würden keine Hindernisse mehr beiseitegeschafft werden. Jeder Mann musste sie so gut es ging überwinden, wodurch unweigerlich Lücken in der Formation entstanden. Doch die Erfahrung hatte gelehrt, dass eine koordinierte Truppenbewegung im Wald sowieso unmöglich war.

»Helft euch gegenseitig rüber«, befahl Titus, sobald wir den ersten auf dem Weg liegenden Baumstamm erreichten. In besserer Verfassung wären wir samt Marschgepäck mühelos hinübergesprungen, doch in unserem Zustand krochen wir über die Hindernisse wie ein Haufen Greise.

Trotzdem kamen wir einigermaßen gut voran. Inzwischen hatten wir uns an den ständigen Nebel gewöhnt und konnten ihn sogar nutzen, um in seinem Schutz ordentlich Strecke zu machen.

Das fiel nicht nur mir auf. Zuversichtliches Gemurmel war zu hören. Die Männer wagten wieder zu hoffen, den dichtesten Teil des Waldes hinter sich gelassen zu haben. Womöglich erhielten wir am heutigen Tag die Gelegenheit, die Formation zu halten und den Germanen in offener Feldschlacht entgegenzutreten.

Die Germanen … sie sahen unserem Ausbruch nicht untätig zu. Schon bald waren Kampfgeräusche, Rufe und Schreie zu hören.

»Sie greifen die Nachhut an«, sagte Stummel mehr zu sich selbst.

Anscheinend gab sich Arminius nicht länger damit zufrieden, die Armee langsam im Wald ausbluten zu lassen. Auch wenn es nur ein Scharmützel war, er wagte es, uns auf offenem Gelände anzugreifen.

»Er ist der Einzige, der noch über Kavallerie verfügt, oder?«, fragte jemand.

Es war Cnaeus. Der Junge hatte recht: Ohne eigene berittene Einheiten, die die feindlichen Reiterhorden abwehrten, konnte die germanische Kavallerie ungehindert über unsere Infanterie herfallen und ihnen mit Wurfspießen und Speeren schwer zusetzen. Ob im Wald oder auf freiem Feld – Arminius war stets im Vorteil.

Dennoch schien ein offener Angriff geradezu tollkühn für einen Mann, der bisher jeden seiner Schritte sorgfältig geplant hatte. Warum den Vorteil aufgeben, den ihm der Wald bot? Warum unsere Nachhut angreifen, wenn unsere Flanken weitaus verwundbarer waren? Die Germanen befanden sich hier auf ureigenem Terrain. Selbst ohne ihre Angriffe hätten wir Tage gebraucht, um die nächste Zuflucht zu erreichen.

»Was ist das?«, fragte Stummel und kniff die Augen zusammen. Allmählich zeichnete sich eine große dunkle Linie ab, die auf einem Hügel am Horizont verlief. »Eine Schlachtordnung? Wollen sie sich wirklich zum Kampf stellen?«

»Nein«, entgegnete Cnaeus, dessen wachsame Augen etwas schärfer waren. »Das ist ein Wall.«

Allmählich lichtete sich der Nebel, und als wir näher kamen, sah ich, dass der junge Soldat recht hatte.

Dies also war der letzte Bestandteil der Falle. Arminius hatte einen Wall errichten lassen, und wenn wir dem Wald entkommen wollten, mussten wir ihn überwinden.

Die Scharmützel im Wald waren vorüber.

Die Schlacht begann.

44

Der Wall verlief entlang des untersten Abhangs eines Hügelkamms. Zu ihren Füßen befand sich der Pfad, auf den wir angewiesen waren, um die Sümpfe im Osten und den dichten Wald im Westen zu umgehen. Wieder einmal hatte Arminius strategisches Geschick bewiesen: Anstatt die Verteidigungsanlagen direkt auf dem Pfad zu platzieren, hatte er sie in einem schrägen Winkel dazu errichten lassen. Dadurch waren wir auf unserem Weg dem ständigen Beschuss durch Speere, Steine und Wurfspieße ausgesetzt. Der Wall selbst bestand aus ineinander verflochtenen, ebenso kräftigen wie nachgiebigen Weidengerten. Arminius hatte Öffnungen hineinhauen lassen, durch die seine Männer hinausstürmen und jede Lücke in den Flanken unserer bedrängten Kampfgruppe ausnutzen konnten.

»Der Dreckskerl hat das schon vor Wochen bauen lassen«, bemerkte Stummel. Niemand widersprach. Der Höhe des Walls nach zu schließen hatte Arminius seinen Verrat schon sehr lange Zeit vorbereitet. Mit List und Tücke hatte er Varus' Armee hierher gelenkt, wie zu einer Richtstätte. Dieser Wall war der Hackklotz, auf den die Legionen soeben ihren Hals gelegt hatten.

»Wir können die Wallanlage nicht umgehen«, sagte ich halblaut vor mich hin. »Sie haben den Höhenvorteil und müssen uns nur so lange beschießen und angreifen, bis sie uns aufgerieben haben. Sobald die Formation eine Lücke aufweist, schickt Arminius seine Stoßtruppen vor und gibt uns den Rest. Wenn unser Schildwall bricht, ist alles aus.«

Titus dachte darüber nach. Schließlich spuckte er aus. »Die Zeit der Scharmützel ist vorüber«, sagte er. »Uns bleibt nur noch ein Frontalangriff.«

Präfekt Caeonius, der die Truppe anführte, kam zu derselben Schlussfolgerung. Er hatte keine andere Wahl. Kurze Zeit später überbrachte uns Pavo die entsprechenden Befehle.

»Wir rücken im *testudo* vor«, rief Pavo. Seine Stimme überschlug sich fast vor Aufregung. »Schilde dicht beieinander lassen! Dicht zusammenbleiben! Sobald wir durchgebrochen sind, müsst ihr die Formation halten. Dann können wir die Ziegenficker abschlachten!«

Seine Worte stießen auf wenig Begeisterung. Nur Stummel konnte sich ein Grinsen nicht verkneifen. »Den ganzen verfluchten Feldzug lang heißt es schon: ›Wartet, bis wir sie in Schlachtordnung bekämpfen‹.« Er kicherte nervös. »Naja, jetzt ist es endlich soweit. Was für ein Witz.« Er spuckte über die Schulter.

Ich sah mich um. Der Morgennebel war so gut wie verflogen, und der germanische Wall ragte wie eine Mauer vor uns auf. Dahinter waren die Umrisse der Krieger zu erkennen, die darauf herumkletterten und uns verhöhnten. Um mich herum sah ich gerötete Augen unter Helmrändern. Darunter rissige Lippen, die sich murmelnd an die Götter um Beistand wandten. Es stank. Bevor wir den Wall überhaupt erreichten, würden sich noch viele weitere Männer in die Tunika scheißen.

Nun warteten wir auf den Befehl zum Angriff. Wie lange wir so ausharrten – ich weiß es nicht. Für manche Soldaten verstreicht die Zeit im Gefecht wie im Flug. Für andere dagegen dehnt sie sich scheinbar in die Ewigkeit aus. Manche litten schweigend, andere schlugen gegen ihre Rüstung oder flüsterten Schwüre oder Zauberformeln, die sie beschützen sollten. Jeder bereitete sich anders auf die Schlacht vor, doch alle taten dies aus demselben Grund. Aus Furcht vor dem Unbekannten. Vor dem Schrecken des Todes.

»Legionäre! *Testudo*!«

Mit einem Lärm wie Donnerhall schoben die Männer an der Außenseite ihre Schilde übereinander, während diejenigen in der Mitte sie mit müden Armen hoben. Sobald die Schildkrötenformation gebildet war, herrschte Dunkelheit. Nur das graue Licht, das durch die wenigen Schlitze drang, erhellte unsere eingefallenen Gesichter. Es stank nach Schweiß, schlechtem Atem und eiternden Wunden.

»Na los, ihr Pisser!«, rief Stummel. »Vorwärts. Macht schon! Auf ins Gefecht! Hurra!«

Ein Hornstoß ertönte, und der Schildwall setzte sich in Bewegung. Die Dunkelheit und der rutschige Boden sorgten dafür, dass es nur langsam voranging.

Im Wissen, dass jeder Schritt sie dem Feind näherbrachte, fingen die Legionäre an, immer lauter vor sich hin zu murmeln. Manche wünschten dem Feind den Tod oder baten die Götter darum, selbst von ihm verschont zu werden. Ich hingegen versuchte, gleichmäßig und tief zu atmen und die zitternden Gliedmaßen unter Kontrolle zu bekommen.

Ich hatte eine Scheißangst.

Ich wollte nicht sterben. Und doch trug mich jeder Schritt dem Tod entgegen. Mehr als auf ein schnelles Ende durfte ich nicht hoffen. Ich bat die Götter um ein schnelles Ende.

Scheiße, scheiße, scheiße. War es zu spät, um davonzulaufen?

Natürlich war es zu spät. Wenn ich jetzt loslief, endete ich wie Rufus als groteskes Spielzeug der Germanen. Wollte ich mit meinem Schwanz und meinen Eiern im Mund sterben? Nein. Wenn ich schon abtreten musste, dann in den Wirren der Schlacht.

Ich schnaubte wie ein verängstigter Stier. In einiger Entfernung hörte ich die kehligen Kriegsschreie der Germanen. Sie waren so siegessicher, dass ihre Rufe beinahe neckend klangen. Weit konnte es nicht mehr sein bis zum Wall. Gleich wäre es so weit.

Zeit, zu sterben.

Schon prallte Stein auf Leder. Die Germanen beschossen die Schilde mit ihren Schleudern. Die Legionäre schrien – manche vor Schmerz, die meisten jedoch, um den Mut aufzubringen, weiter vorzurücken.

Auch ich gehörte zu ihnen.

»Leckt mich!«, schrie ich niemanden und alle an. »Scheiß auf euch!«

Unvermittelt kam die Formation zum Stehen. Meine Nase wurde in das kalte Metall von Titus' Kettenhemd gedrückt. Wir hatten den Wall erreicht.

»Werkzeuge nach vorn! Reißt ihn nieder! Reißt den verdammten Wall nieder!«

Im Schutz der erhobenen Schilde gingen die Männer in

die Knie und hackten fieberhaft auf die Weidengerten ein. Wir brauchten eine Öffnung, durch die wir hindurchstoßen und den Feind angreifen konnten.

Die Germanen blieben nicht untätig, sondern ließen einen Steinhagel auf unsere Schilde und Schädel niedergehen. Selbst die stärksten Arme hätten diesem höllischen Beschuss nicht standgehalten. Unsere geschwächte und müde Vorhut hatte nicht die geringste Chance. Die Steine durchschlugen die Schilde, die germanischen Speere und Spieße bohrten sich in Fleisch. Schon waren erste Schreie zu hören. Der Gestank nach Pisse und Scheiße wurde stärker.

»Macht den Weg frei! Macht den Weg frei!«, rief jemand wieder und wieder. Irgendwann bemerkte ich, dass es Hühnerkopf war. Speichel spritzte aus seinem Mund.

»Mehr Männer an die Werkzeuge!«, rief Pavo. Ich konnte weder ihn noch sonst jemanden erkennen, nur Titus' breiten Rücken. »Zweite Zenturie, vorrücken! Vorrücken!« Wir bemühten uns, dem Befehl Folge zu leisten, Zoll um Zoll, Schritt für Schritt.

Zu meiner Rechten kroch der erste Verwundete zwischen den Beinen seiner Kameraden hindurch. Er zog eine Blutspur hinter sich her. Andere lagen an der Stelle, an denen die Steine ihre Schädel zerschmettert hatten. Ihre Gliedmaßen zuckten noch, dann gaben die müden Körper den Kampf auf.

Nun waren nur noch Kreischen und Kriegsgeschrei, Flüche und Verwünschungen zu hören. Gelegentlich drang ein Befehl durch den Lärm. Unsere Zenturie drang weiter vor, hielt die Schilde in die Höhe und nahm den Toten und Sterbenden die blutbespritzten Werkzeuge ab.

»Reißt den Wall ein!«, rief Pavo. Nun sah ich auch die Weidenruten zwischen den Beinen und Rüstungen vor mir. Lichtstrahlen drangen zusammen mit Steinen und Speerspitzen von oben durch den Schildwall.

Wir marschierten direkt in dieses Gemetzel.

Ich konnte keinen klaren Gedanken mehr fassen. Aufregung und Furcht übernahmen die Kontrolle über meinen Körper. Ich brüllte irgendetwas. Plötzlich hatte ich eine Axt in der Hand, kniete vor dem Wall und hackte wie wild darauf ein. Holzsplitter stoben, ein erster Spalt vergrößerte sich.

Während sich die Ersten durch die Barriere zwängten, griffen die anderen die Stammeskrieger über uns an. Es war hoffnungslos. Unsere Wurfspieße waren kürzer als die germanischen Speere. Jeder Römer, der tapfer genug war, die Deckung zu verlassen, um einen Speerwurf zu versuchen, wurde umgehend aufgespießt.

Und auf diese Weise starb auch Hühnerkopf.

In seinem Blutrausch stieß der Veteran den Schild seines Nebenmanns beiseite. Er holte gerade mit dem Wurfspieß aus, als die erste Speerspitze gegen seine Schulterrüstung prallte. Das Kettenhemd hielt, doch ein zweiter Speer bohrte sich an der ungeschützten Stelle zwischen Schulter und Hals tief in seinen Körper. Blut spritzte, und Hühnerkopf schrie vor Wut und Schmerz auf. Bevor Titus ihn mit seinem Schild decken konnte, rollte ein mächtiger Stein über den Wall und zermalmte Hühnerkopfs Helm wie eine Nussschale. Tödlich verwundet, sackte der Veteran in sich zusammen.

»Lass ihn«, befahl Titus, sobald er sah, dass Stummel Hühnerkopf zu Hilfe eilen wollte, ohne sich um seine eigene Sicherheit zu kümmern. »Lass ihn. Nimm das Werkzeug und reiß diesen verfluchten Wall ein!«

Erneut gingen wir mit Axt und Spitzhacke auf die Verteidigungsanlage los. Wie wilde Tiere rissen wir mit den bloßen Händen daran, bis sich unsere Fingernägel lösten. Von oben stachen Speere und Spieße auf uns herab, und die Schreie der Sterbenden übertönten die Jubelrufe der Germanen hinter dem Wall.

Ich weiß nicht, wie lange wir so arbeiteten. Ich nahm nichts mehr um mich her wahr. Alles versank in einem ohrenbetäubenden Lärm. Und so hörte ich weder die Hörner noch den Rückzugsbefehl. Wahrscheinlich hätte ich weiter mit einer stumpfen Axt auf den Wall eingeschlagen, bis ich einem germanischen Speer zum Opfer gefallen wäre, hätte mich Titus nicht aus dem Gemetzel gezogen.

Irgendwie schaffte ich es, unbeschadet zu entkommen. Hunderte meiner Kameraden hatten weniger Glück gehabt. Vor lauter gefallenen Legionären war der Boden vor dem Weidenwall kaum noch zu sehen. Gelegentlich erhob sich aus dem Pulk von Leichen ein Verwundeter und versuchte, davonzukriechen. Weit kam keiner. Die Germanen stürmten nun johlend aus den Öffnungen in dem Wall. Sie ließen keinen Verwundeten am Leben und waren fest entschlossen, jeden Mann, der noch stand, niederzumachen.

»Rückzug!«, brüllte eine heisere Stimme. »Schneller!«

Ich sah mich mit wildem Blick um. Bis auf Hühnerkopf hatten alle Soldaten meines Contuberniums wie durch ein Wunder überlebt. Wir taumelten, stolperten zurück, weg von dem Wall. Sobald die Germanenhorde den Abhang hinunter auf uns zugestürmt kam, rannten wir ebenfalls los. Die Männer schubsten und stießen sich gegenseitig aus dem Weg, um sich in Sicherheit zu bringen.

Die Armee war in Auflösung begriffen, und aus dem Rückzug wurde ein Blutbad.

Dies entging auch Präfekt Caeonius nicht. In einer solchen Situation gab es nur eine richtige Entscheidung, und er gab die entsprechenden Befehle.

»Halt!«, riefen die Zenturionen. »Halt, ihr Feiglinge! Formieren! Formieren! Schlachtordnung einnehmen!«

Die Disziplin blieb gewahrt. Die Zenturionen und Contuberniumskommandanten hielten ihre Männer auf und drängten sie in eine Schlachtreihe, die den anstürmenden Stammeskriegern standhalten konnte. Doch nur ein Narr hätte noch zu hoffen gewagt, dass dies nicht unser Ende sein würde.

Und so bereiteten wir uns keuchend und zitternd auf den letzten Kampf unter den Adlern der Legion vor.

45

Unsere Armee starb. Das Imperium wurde in die Knie gezwungen. Vor dem Wall auf der Anhöhe stapelten sich unsere Gefallenen. Unzählige germanische Krieger trampelten in Vorfreude auf den nahenden Sieg über sie hinweg. Arminius' Falle hatte sich um uns geschlossen.

Die Ironie der Geschichte traf mich wie ein Pfeil. Ich hatte einen Kontinent durchquert, um einem Krieg zu entkommen, und nun befand ich mich inmitten einer Niederlage von so gewaltigen Ausmaßen, dass die ganze Welt ihre Nachwirkungen spüren würde. Trotz oder vielleicht gerade wegen der Toten und Sterbenden um mich herum fing ich an zu lachen.

»Wir sind im Arsch.« Ich grinste Cnaeus an meiner Seite an.

Es war ein leeres Grinsen. Das Grinsen eines Mannes, der bereits mit einem Fuß im Jenseits stand. Doch in der Nähe des Todes konnte ich ihm entweder ins Gesicht lachen oder mir bei seiner Berührung in die Tunika scheißen.

Warum also nicht mit einem Lächeln im Gesicht sterben?

Das Imperium bedeutete mir nichts. Kultur? Romanisierung? Schöne Worte für fette Politiker. Meine Welt war das Contubernium, die Zeltgemeinschaft, die Kameraden an meiner Seite. Meine Welt waren die wenigen Schritt Boden, die ich über den von Axthieben schartigen Rand meines Schilds hinweg erblicken konnte. Eine kleine Welt. Eine Welt des Schreckens.

»Sie kommen!«, rief Pavo überflüssigerweise, und mein Lächeln war wie weggewischt. Eine Horde von mit Speeren und Schildern bewaffneter, schreiender Kämpfer brach aus dem Schutz der Bäume.

Frische Truppen, unversehrt, mit lebhaft funkelnden Augen. Sie hatten weder im Wald gekämpft noch auf dem Wall Blut vergossen. Ihre Unerfahrenheit erlaubte es mir womöglich, einige weitere Augenblicke an diesem grauen Morgen zu überleben.

»In Formation!«, rief Pavo. Ich legte meinen Schild über den meines Nachbarn Cnaeus und verlagerte mein geringes Körpergewicht auf das vordere Bein. So schwach meine Glieder auch waren, sie gehorchten. Ich spürte, wie meine Sandalen über den Matsch rutschten, und stemmte sie fester in den Boden. Im nun folgenden Handgemenge konnten wenige Fußbreit über Leben und Tod entscheiden.

Ich wechselte einen Blick mit Cnaeus, der vor drei Tagen noch ein junger Krieger gewesen war. Jetzt waren die Bartstoppeln auf seinem ungeschützten Hals ergraut. Er hatte seine Pflicht erfüllt. Ein vielversprechender Soldat, der es in einem anderen Leben wohl weit gebracht hätte. In diesem jedoch war sein Leben so gut wie verwirkt.

Ich scheuchte diese Gedanken aus meinem Kopf und wandte meinen Blick wieder der Front zu: Die Germanen waren nur noch wenige Schritte entfernt. Sie schrien und fluchten, die Gesichter von Hass und der Vorfreude auf den Sieg verzerrt.

Dann prallten wir aufeinander, Schild auf Schild. Es krachte, splitterte. Metall bohrte sich in Fleisch und zerschmetterte Rippen, bis die Klinge auf Knochen stieß und mit einem schmatzenden Geräusch wieder herausgezogen wurde. Die Männer spuckten und knirschten mit den Zähnen. Ihre Augen waren leer vor Hoffnungslosigkeit oder funkelten in Todesverachtung.

Dies war die letzte Schlacht.

Cnaeus neben mir brüllte wie ein Tier und versenkte seine Klinge im Leib eines Germanen. Als er sie wieder herauszog, schoss eine Blutfontäne in die Höhe und spritzte auf meine Haut. Dann schlitzte mein eigenes Schwert einen Bauch auf, und warme Eingeweide klatschten auf meine Sandalen. Auch mein Schrei hatte kaum etwas Menschliches an sich.

»Stirb!«, brüllte ich in das bärtige Gesicht meines Feindes. »Stirb!«

Und das tat er auch. Wie viele allein meinem Schwert zum Opfer fielen? Es spielte keine Rolle. Nur das Überleben zählte, und um zu überleben, brauchten wir einen Sieg.

Doch den hatte sich der Feind bereits gesichert.

Ich stand noch, doch Hunderte waren gefallen. Schließlich brach die römische Linie zusammen, die Germanen strömten in die Lücke und die Schlachtordnung löste sich in eine Reihe kleinerer Scharmützel auf.

Ein Krieger nach dem anderen stellte sich mir entgegen. Die meisten nahm ich nur undeutlich wahr. Ich schlug zu, parierte, stach auf den Gegner ein, marschierte weiter. Nur wenige Einzelheiten nahm ich wahr: Ein Römer, der verwirrt auf den Stumpf des Armes blickte, den ihm eine germanische Axt vom Leib getrennt hatte; eine Frau, eine Hure aus dem Tross, die die Speerkämpfer mit wilden Stabhieben auf Distanz hielt; ein Maultier im Todeskampf, dem die Augen vor Entsetzen aus dem Schädel quollen.

»Sammeln, sammeln, sammeln! Alle zu mir!« Der über den Schlachtenlärm hinweg gebrüllte Befehl hatte zur Folge, dass sich die in Auflösung begriffene Formation wieder um mich herum schloss. Erst jetzt wurde mir bewusst, dass die bellende Stimme mir gehörte. Meine Zunge hatte aus eigenem Antrieb gehandelt – wie mein Schwertarm, der ohne mein Zutun die tausendmal geübten Hiebe ausführte.

»Tötet sie!«, schrie Stummel. Sein Ohr war halb abgetrennt und Blut floss an seinem Hals herab. »Tötet sie!«, schrie er erneut.

Wir versuchten es. Hieb, Parade, Stich: Eine endlose Wiederholung der tödlichen Bewegungen, die erst ihr Ende fand, als eine Hand meinen Schwertarm umklammerte.

Ich drehte mich um und sah, wie Cnaeus zusammenbrach.

Während er in die Knie ging, winkte er mit der linken Hand verzweifelt, um meine Aufmerksamkeit zu erregen. Die rechte hielt er auf eine Wunde an seinem Hals gepresst, aus der das Blut spritzte.

Er war ein toter Mann. Ein Blick in seine großen, panischen Augen verriet mir, dass er das ebenfalls wusste.

Die Germanen ließen mir keine Zeit, das Unvermeidliche hinauszuzögern. Weder konnte ich ihm versichern, dass alles gut werden würde, noch mich von ihm verabschieden. Mir blieb nur, den Jungen mit seinem Schild zu schützen und die Angreifer abzuwehren, während er wimmernd an seinem eigenen Blut erstickte. Erst nachdem ich einen Schwertkämpfer mit einem Stoß in seine Eingeweide ins Jenseits geschickt hatte, konnte ich nach dem jungen Soldaten zu meinen Füßen sehen. Cnaeus lag mit offenen, reglosen Augen da.

Er war tot.

Ich musste später um ihn trauern. Jetzt kam es darauf an, dass unsere kleine Gruppe den germanischen Kriegern, die uns umkreisten, standhielt. Andere Soldaten schlossen sich uns an, schoben die Schilde übereinander und ergriffen Schwerter und Speere mit zitternden Händen.

Die Hitze des Gefechts ließ nach. Ein derart wütender Kampf ließ sich nicht ewig fortsetzen. Die Männer brachen vor Erschöpfung zusammen oder zogen sich zurück, um ihre Lungen mit Luft und ihre Bäuche mit Wein zu füllen. Zwar wurde noch gestorben, doch der anfängliche Zusammenprall war zu einer Reihe einzelner Gefechte abgeebbt. Die Verwundeten wurden von ihrem Leid erlöst. Männer schrien in allen Sprachen des Imperiums und der germanischen Stämme nach ihren Müttern. Ich kannte den Verlauf einer Schlacht. Diese Kampfpause war nur die Ruhe vor dem nächsten Sturm. Es war noch nicht vorbei. Auch der Wald selbst schien den Atem anzuhalten und darauf zu warten, was als Nächstes geschah.

»Alles in Ordnung, Felix?« Ich drehte mich um und erblickte Titus. Er hielt ein germanisches Langschwert in der einen und den Schild eines Hilfssoldaten in der anderen Hand.

»Cnaeus ist tot«, rief ich heiser.

Stummel, Mondgesicht und sogar Micon waren noch am Leben.

»Hör auf zu heulen«, brüllte Titus dem Jungen ins Gesicht.

»Cnaeus«, schluchzte Micon.

»Willst du etwa auch sterben, du Idiot?«, fragte Titus herausfordernd. »Oder willst du leben?«

»Ich will leben«, jammerte Micon.

»Dann heb deinen verfluchten Schild auf.«

Der Junge gehorchte und stellte sich an meine Seite.

»Es ist noch nicht vorbei«, zischte mir Titus ins Ohr, obwohl selbst ein Blinder das hätte sehen können.

Wir überblickten die wogende germanische Gefechtslinie, die uns kampfbereit gegenüberstand.

»Sie warten auf irgendetwas«, sagte ich.

Sie warteten auf ein Donnern vom Ende der Straße. Das Donnern von Hufschlägen.

Titus spuckte aus. »Kavallerie. Scheiße.«

Stummel verzog das Gesicht. »Bis später im Jenseits, Jungs.«

Die Reiter strömten auf dem schmalen Pfad durch die Bäume wie Blut aus einer durchtrennten Schlagader.

»Schilde hoch!«, rief Titus. »Standhalten!«

Der unaufhaltsame Ansturm der Reiter begrub jene Legionäre, die sich nicht in Schlachtordnung befanden. Sie wurden einfach niedergetrampelt oder mit den Reiterspeeren aufgespießt.

Andere Gruppen lösten sich im Angesicht des nahenden Unheils auf. Der animalische Fluchtreflex war stärker als jede Disziplin, und sie liefen auf die trügerische Sicherheit der Bäume zu.

Einige widerstanden diesem Drang. Bissen die Zähne zusammen und kämpften dagegen an. Diese Männer waren das Rückgrat der Legion, einer Legion, die längst keine mehr war.

»Haltet die Stellung, ihr verdammten Feiglinge! Stellung halten!«, rief Pavo den Soldaten hinterher, die um ihr Leben rannten. Dies war der Augenblick, auf den er gewartet hatte – die heldenhafte Schlacht. Die Gelegenheit, sich zu beweisen, sich einen Namen zu machen.

Es endete in donnerndem Hufgetrappel. Ich sah, wie Pavos vom Schlachtross eines germanischen Adligen niedergetrampelt wurde. Der Helm mit dem geschorenen Busch flog wie zum letzten Gruß durch die Luft.

»Pavo ist tot«, rief ein Veteran.

So kam es, dass unsere Zenturie endgültig auseinanderbrach. Die Soldaten, die ich zumindest vom Sehen her kannte, nahmen Reißaus. Lediglich die letzten Überlebenden meines Contuberniums hielten zusammen. Wir waren Blutsbrüder, hatten das Zelt geteilt, hatten zum Scheißen zusammengesessen, waren beinahe zu einem einzigen Organismus verschmolzen. Dieser Zusammenhalt gewährte uns nun einen gewissen Aufschub, da die gegnerischen Reiter einen Bogen um unsere erhobenen Schilde machten und sich nach leichterer oder ruhmreicherer Beute umsahen.

Und es gab nichts Ruhmreicheres als den Adler der Legion. Diese silberne Standarte war die Seele der Truppe. Als die römischen Soldaten im Dreck starben oder in den Wald flohen, wankte der Adler. Der Standartenträger wurde durch seine vielen Wunden in die Knie gezwungen. Das Bärenfell um seine Schultern troff von Blut.

Ich sah, wie der Mann zu Boden ging, wurde Zeuge des letzten Gefechtes der Infanterie, die den Adler verteidigte. Erst als der Standartenträger nicht mehr weiterkämpfte, begriff ich, dass der Mann mit dem heiligen Stab in den Händen gestorben war – jener Mann, der es für besser gehalten hatte, glücklich denn tapfer zu sein. Wie um seine Worte zu bestätigen, brachte der Stiefeltritt eines feindlichen Kavalleristen seinen Leichnam zu Fall. Ein Blutstrom schoss aus seinem geöffneten Mund. Dann hob ein langhaariger Krieger die Standarte hoch in die Luft und schrie aus Leibeskräften. Seine Landsmänner hielten im Kampf inne und jubelten ebenfalls. Sie hatten eines der heiligsten Symbole Roms erbeutet.

Dies war der Todesstoß. Sobald die Soldaten den Adler in den Händen des Feindes sahen, dachten sie nur noch an das eigene Überleben.

Sie flohen.

»Lauf!«, schrie mir Stummel ins Gesicht. »In den Wald! Lauf! Na los!«

Ich blickte auf Cnaeus' lebloses Gesicht herab. Die Wunde in seinem Hals klaffte so weit auf wie seine toten Augen, und auch sie befahlen mir die Flucht.

Also floh ich.

Quer über das mit Toten und Sterbenden übersäte Schlachtfeld, den Blick fest auf den zweifelhaften Schutz des Waldes gerichtet. Ich rannte wie ein Olympionike, und als ich über ein totes Pferd sprang, erblickte ich plötzlich einen treuen Begleiter der Legionen, der still und heimlich in den tiefgrünen Schatten des Waldes verschwand.

Bei diesem Begleiter handelte es sich um ein Maultier. Ich wusste genau, was sich in den Kisten befand, die auf seinen schweißnassen Flanken befestigt waren – die Soldkasse der Legion. In diesem Wald der Gefallenen konnte sie die Gelegenheit zu einer Wiedergeburt darstellen.

Ich beschloss, sie zu ergreifen.

46

Zweige peitschten mir ins Gesicht, als ich in den Wald rannte. Ich wollte die gequälten Schreie so schnell wie möglich hinter mir lassen.

Für den Augenblick zumindest waren keine Feinde in Sicht. Ich stolperte über eine Wurzel. Meine völlig ausgelaugten Beinmuskeln gaben nach, und ich ging zu Boden wie ein gefällter Baum.

Keuchen lag ich da. Speichel floss mir aus dem Mund. Wie ein Kleinkind versuchte ich mich aufzurappeln. Wo war das Maultier mit den Geldkisten?

Doch sobald ich mich auf die zitternden Arme gestemmt hatte, erblickte ich statt des Maultiers die Spitze einer Klinge, die auf meinen Hals gerichtet war.

»Du bist weggelaufen«, sagte der Mann anklagend. Ich sah zu ihm auf und schluckte.

Die riesige Gestalt war völlig blutverschmiert. Seine Augen funkelten vor Hass. Eine Kreatur wie aus einem Albtraum.

»Wir sind alle weggelaufen«, brachte ich endlich heraus.

Titus ließ die Waffe sinken. »Wir müssen weiter«, sagte er, hielt mir die Hand hin und zog mich auf die wackligen Beine.

Er hatte recht. Wir mussten weiter. Die Schreie hinter uns wollten nicht abreißen. Und doch ...

»Hier ist gerade ein Maultier vorbeigelaufen«, sagte ich.

»Wir haben keine Zeit für ein beschissenes ...«

»Mit der Soldkasse der Legion«, fiel ich ihm ins Wort.

Titus machte große Augen. »Bist du sicher?«

Ich nickte. Titus würde keinesfalls die Flucht ergreifen, wenn solche Reichtümer zum Greifen nahe waren. Dazu war er ein zu raffgieriger Mensch. Bei seinem Waffenhandel mit dem Quartiermeister hatte er viel riskiert. Für eine Soldkasse würde er noch mehr riskieren.

»Wo genau ist das Maultier langgelaufen?«, wollte er wissen. Ich wies in die Richtung, wo ich es zuletzt gesehen hatte, und wir machten uns auf den Weg.

Das Tier war noch nicht weit gekommen.

»Da!«, rief Titus.

Das Maultier trottete gemächlich vor sich hin. Als wir es erreichten, machte es keine Anstalten, davonzulaufen. Ich nahm den Strick in die Hand, während Titus ohne zu zögern eine Kiste auf seiner schmutzigen Flanke öffnete.

»Da soll mich doch ...«, flüsterte er und starrte den Münzhaufen mit großen Augen an. »Das Schicksal hat uns nicht ohne Grund hierhergeführt, Felix. Das gehört alles uns. Du kannst nach Britannien gehen. Ich habe die nötigen Verbindungen. Damit können wir es schaffen.«

Britannien. Jenes Land, das ich bei jedem mühseligen Schritt auf meiner Wanderung vor Augen hatte. Jenes Land, von dem ich mir Erlösung erhofft hatte, das mir

Zuflucht vor den Geistern bieten sollte, die mich heimsuchten.

Auf diesen Augenblick hatte ich gewartet, seit mich Arminius in dem Hain gefunden hatte. Ich war nicht länger Teil der Armee mit ihrer Disziplin und ihren Strafen für Ungehorsam. Ich hatte Geld, mehr Geld, als ich es mir je hätte träumen lassen. Ich hatte sogar einen starken Krieger als Weggefährten.

Und doch …

»Wir dürfen die anderen nicht zurücklassen«, hörte ich mich sagen.

»Du hast doch gesehen, was da hinten passiert ist«, entgegnete Titus. »Sie sind tot, Felix. Die anderen sind tot. Jetzt sind nur noch wir beide übrig.«

»Hast du sie sterben sehen?«, fragte ich. »Cnaeus ist tot, aber was ist mit Micon? Mit Stummel und Mondgesicht? Hast du gesehen, wie sie gestorben sind?«

Titus schüttelte den Kopf.

Ich sah ihn an. »Dann komm mit mir zurück. Wir bleiben in Deckung. Vielleicht sehen wir sie ja. Wenn nicht«, sagte ich, »komme ich mit dir. Versprochen. Wir fliehen.«

Titus sah mich an. Er war alles andere als ein Feigling, doch er wusste so gut wie ich, dass unsere Chancen, aus dem Wald zu entkommen, mit jedem Augenblick schwanden.

»Wir sehen uns kurz um«, sagte er, spuckte aus und zog am Strick des Maultiers.

Ich führte uns auf den Pfad zurück, auf dem eine Armee ihr Ende gefunden hatte.

Dachten wir zumindest.

»Scheiße. Was ist denn das?«, flüsterte Titus und spähte durch die Bäume.

Vor uns stand eine Geisterarmee. Irgendwie war es einer schwer mitgenommenen Kohorte römischer Soldaten gelungen, dem Zusammenbruch des Heeres zu entkommen. Sie hatten sich auf offenem Gelände gesammelt – eine aus den drei Legionen und den vielen Hilfseinheiten zusammengewürfelte Truppe von etwa tausend Mann, die nun in einer gemeinsamen Schlachtordnung ums Überleben kämpften.

»Wahrscheinlich die zweite Kampfgruppe«, vermutete ich. »Ich habe gar nicht mitbekommen, was aus ihr geworden ist. Du?«

Der Hüne schüttelte ungläubig den Kopf.

Der Anblick einer derart großen, zusammenhängenden Streitmacht überraschte nicht nur uns, sondern auch Arminius' Armee. Die Germanen hatten die Schlacht bereits gewonnen geglaubt, doch dieser eng aneinandergedrängte Haufen von Legionären weigerte sich, zu sterben. Keiner der siegestrunkenen Stammeskrieger hatte große Lust, jetzt, wo die Schlacht entschieden war, noch im Kampf zu fallen, und so senkte sich eine angespannte Ruhe über das Schlachtfeld.

»Es hat aufgehört zu regnen«, sagte Titus staunend.

Ich sah zum Himmel auf. Zum ersten Mal seit Tagen fielen keine Tropfen auf uns herab. Auch die Zweige der Bäume bewegten sich kaum noch. Der Wind hatte sich fast vollständig gelegt. Der letzte Akt des großen Dramas von Arminius' Verrat würde sich unter einem sonnigen, blauen Septemberhimmel abspielen.

Es überraschte mich kaum, dass sich die verbliebenen

römischen Soldaten bereits in ihr Schicksal gefügt hatten. Ihr Blick war leer. Ihre Wangen eingefallen. Es gab kein Entkommen. Sie konnten lediglich die Art und Weise bestimmen, wie sie starben.

Meine Kameraden. Meine Freunde.

Stummel. Micon. Mondgesicht. Sie standen in der ersten Reihe, die Schilde übereinandergelegt, die blutigen Schwerter erhoben. Noch lebten sie, doch schon ging ein Ruck durch die germanischen Reihen. Lange würde die Gefechtspause nicht mehr anhalten. Der Sturm hatte sich gelegt, doch das Blutbad, das bevorstand, würde mit derselben Heftigkeit toben.

»Titus.« Ich zog an seiner Tunika, doch der Hüne hatte die Männer seines Contuberniums bereits bemerkt – seine großen Augen glänzten feucht.

Und dann ging er ohne ein weiteres Wort in den Wald zurück.

47

Wo willst du hin?«, zischte ich Titus zu, als der große Mann das Maultier mit sich in den Wald führte.

»Nach Hause«, sagte er nur.

»Titus«, beschwor ich ihn, »das sind unsere Kameraden. Sie leben noch. Hast du sie nicht gesehen?«

»Ich habe sie gesehen.« Er drückte einen Zweig vor seinem Gesicht zur Seite.

»Wo willst du dann hin?«, fragte ich erneut.

»Nach Hause.«

Das war zu viel.

Ich hob das Schwert. Ich stellte mich vor ihn hin.

»Töte mich oder geh mir aus dem Weg«, sagte er. Ich hatte ihn noch nie so ruhig erlebt. So im Reinen mit sich. Was um alles in der Welt hatte ihn nur dazu bewegen können, seine Kameraden im Stich zu lassen?

»Ich habe einen Sohn«, antwortete Titus auf die unausgesprochene Frage. »Er war bei der Marine. Drei Jahre lang dachte ich, sein Schiff sei gesunken.«

Mir fehlten die Worte.

»Deshalb hast du dich ein zweites Mal verpflichtet«, rief ich aus.

Titus nickte. Nach dem Verlust seines Sohnes war er zur Armee zurückgekehrt, weil sie das war, was einer

Familie am nächsten kam. Und diese Familie wollte er nun im Stich lassen.

Ich flehte ihn förmlich an, mir den Grund dafür zu nennen.

»Mein Sohn lebt«, sagte Titus und die Andeutung eines Lächelns umspielte seine Lippen. »Das habe ich kurz vor unserem Aufbruch aus Minden erfahren. Mein Junge lebt, Felix. Er steckt in Schwierigkeiten, aber er lebt.«

Mir fiel ein, dass Titus vor dem Abmarsch aus dem Lager einsam und verschlossen vor sich hingebrütet hatte. Damals hatte ich gedacht, dass ihm der bevorstehende Feldzug zu schaffen machte, dabei hatten ihn die Geister der Vergangenheit heimgesucht.

»Also schön, Titus«, sagte ich, »du hast einen Sohn, aber das da auf dem Schlachtfeld sind deine Brüder. Wir können sie nicht einfach so sterben lassen.«

»Du und ich, was können wir schon ausrichten?«, flüsterte er und ließ den Blick durch den Wald schweifen. »Wir sind nur zwei einfache Soldaten, Felix. Arminius hat drei beschissene Legionen so gut wie ausgelöscht. Wenn Stummel und Mondgesicht jetzt hier stünden und wir an ihrer Stelle wären, würde ich ihnen zurufen, dass sie so schnell wie möglich abhauen sollen.«

Zugegeben, ich hätte dasselbe getan.

Und doch …

»Wir können sie doch nicht einfach so sterben lassen.«

Titus fuhr mit einer vernarbten Hand über das wettergegerbte Gesicht. Er seufzte so tief, dass sich sein Brustkorb hob wie ein Berg bei einem Erdbeben. »Felix, wir alle sind gestorben, sobald wir diesen Wald betreten haben. Aber dies könnte für dich und mich ein neues Leben sein. Von allen Soldaten dieser Armee solltest du das doch am ehesten verstehen.«

Ich antwortete nicht, und so blieben dies die letzten Worte, die Titus an mich richtete. Ich sah einfach nur schweigend zu, wie er das Maultier mit der Soldkasse in den Wald führte, bis seine breiten Schultern schließlich im Dickicht verschwanden.

Am liebsten hätte ich losgeschrien. Losgeheult. Ich hatte eine Tausende Mann starke Armee und eine Handvoll guter Kameraden gehabt. Nun war ich wieder allein.

Doch ich musste nicht allein sterben, begriff ich. Ich hatte die Wahl.

Und so kehrte ich Titus den Rücken und suchte den Tod.

Auf dem Weg durch den Wald nahm ich einem gefallenen Germanen den Speer ab. Die Lippen des Mannes hatten sich im Todeskampf verzerrt, sodass er mich anzugrinsen schien. Selbst die Toten verspotteten mich für die Entscheidung, die ich getroffen hatte.

Die römischen Überlebenden waren leicht zu finden. Die Gefechtspause war noch nicht vorüber, doch ich musste nur den Schreien der Verwundeten und den hämischen Rufen der immer noch nach Blut und Ruhm dürstenden Angreifer folgen wie ein Schiff einem Leuchtfeuer.

Um meinen erschöpften Körper möglichst zu entlasten, warf ich den verbeulten Helm weg und zog das Kettenhemd über den Kopf. Dabei keuchte ich vor Schmerz. Meine Schultern unter der leichten Tunika waren völlig wundgescheuert. Meine Muskeln brannten selbst bei dieser einfachen Tätigkeit wie Feuer.

Etwas leichter auf den Beinen schlich ich mich zum Waldrand zurück. Nur die Toten leisteten mir zwischen den Bäumen Gesellschaft – der Feind hatte eine fettere Beute in Aussicht als einen versprengten Armeesoldaten.

Die Armee. Ich betrachtete, was davon übrig war. Eintausend blutende Männer, die im Kampf mit der unwirtlichen Natur und dem unerbittlichen Feind die schlimmsten Strapazen durchgemacht hatten. Und doch standen sie noch aufrecht. Natürlich machte ich mir ebenso wenig wie diese tapferen Krieger die Illusion, diese Prüfung lebend zu überstehen. Genau wie ich würden sie unter dem blauen germanischen Himmel den Tod finden.

Anders dagegen die Stammeskrieger. Unter Arminius hatten die Germanen einen großen Sieg davongetragen. Einen Sieg, der das Imperium in Angst und Schrecken versetzen würde und der dennoch einen hohen Preis gefordert hatte – der Boden war mit gefallenen Germanen übersät. Ich hatte mit eigenen Augen Hunderte im Wald fallen sehen. Und um die letzte römische Bastion aufzureiben, würden noch mehr Germanen fallen. Außerdem war ein Mann, der die Kriegsbeute vor Augen hat, nur schwer dazu zu bringen, erneut Schwert und Schild aufzunehmen. Allein aus diesem Grund hielten sich die römischen Soldaten noch auf den Beinen und wurden von einem gefechtsbereiten, aber nervösen Feind beäugt.

Arminius selbst ritt denjenigen entgegen, die er einst Verbündete, Kameraden und Brüder genannt hatte.

Ihn zu sehen, jagte mir Schauer über den Rücken, doch sofort musste ich mir eingestehen, dass ich ihn nicht für seinen Verrat verachtete – sondern dafür, dass jede seiner Bewegungen voller Anmut und Erhabenheit war, seine

Haltung makellos. Trotz allen Schreckens und Blutvergießens war dieser Mann fest davon überzeugt, dass er für die gerechte Sache kämpfte.

Und war es nicht auch so?

»Soldaten Roms!«, rief er. Seine Stimme war kräftig und klar und war weithin zu hören. »Bald soll euer Leid ein Ende finden!«

»Verpiss dich, du Arschloch!«, kam es aus den römischen Reihen. Andere Stimmen wurden laut und bedachten den Germanen mit Verwünschungen, doch die meisten Männer blieben teilnahmslos. Sie waren zu erschöpft.

»Eure Kommandanten haben euch im Stich gelassen«, fuhr Arminius schließlich fort. »Sie haben sich in ihre Schwerter gestürzt, statt euch beizustehen. Warum für solche Schwächlinge kämpfen? Warum für sie sterben? Ihr habt tausend Mal mehr getan, als die Soldatenehre von euch verlangt. Eure Niederlage ist keine Schande. Im Gegenteil. Sie ist so ruhmreich wie die des unvergessenen Hektor. Sie wird in die Geschichte eingehen. Beenden wir das Blutvergießen.«

Diesmal folgten keine Schmährufe aus den römischen Reihen. Die Legionäre waren bereit, jede Gelegenheit zu nutzen, die sich ihnen bot, um lebend hier herauszukommen. Sie schöpften bereits Hoffnung.

Der römische Befehlshaber trat vor.

Präfekt Caeonius. Er lebte. Als ranghöchster Offizier würde er über das Schicksal der Armee entscheiden. Wieder einmal lag mein Leben in den Händen der beiden Soldaten, die mich damals blutverschmiert in dem Hain gefunden hatten.

Selbst aus der Entfernung war deutlich zu erkennen,

wie verbeult und blutig Caeonius' Rüstung war. Wir hatten einen wahren Anführer vor uns, einen, der an unserer Seite gekämpft hatte, der erfahrenste Veteran der Legionen, der die Soldaten unter sich aufrichtig liebte. Er würde sie nicht ohne Not in den Tod schicken.

»Wie lauten deine Bedingungen?«, rief er.

Eigentlich hatte ich eine Bemerkung zu Arminius' Verrat erwartet, doch Caeonius hatte im Laufe seines Lebens schon vieles erlebt, hatte Roms Verbündete – und sogar römische Senatoren – aus reinem Machtstreben heraus die Seiten wechseln sehen.

Arminius hatte sich als herausragender Befehlshaber erwiesen. Er betrachtete Caeonius als seinesgleichen und stieg aus dem Sattel, sodass sich beide Männer auf der blutigen Erde gegenüberstanden.

Arminius wählte einfache, deutliche Worte mit unmissverständlicher Bedeutung. »Caeonius, sag deinen Soldaten, sie sollen sich ergeben. Dann wartet die Sklaverei auf sie.«

Sklaverei. Ich stand wie vom Donner gerührt. Je nach den Umständen konnte dies ebenso den Tod bedeuten, wie sich Arminius und seinen Germanen auf dem Schlachtfeld zu stellen. Schwerste Knochenarbeit auf Feldern und in Bergwerken – was waren das für Bedingungen?

Doch so schändlich dieses Angebot auch war, es hielt etwas bereit, das ein letztes Gefecht nicht bieten konnte.

Hoffnung.

Die Hoffnung, dass eine andere römische Armee Varus' Niederlage rächen würde. Die Hoffnung, aus den Sklavenbaracken zu entkommen. Oder vielleicht geriet man an einen Herrn, der seine Sklaven gut behandelte. Jeder römische Überlebende redete sich nun ein, dass *er* – trotz allem – irgendwann wieder zu seinem früheren Leben zurückkehren konnte. Dass *er* einst sein Heimatland und seine Heimatstadt wiedersehen und mit seinen Liebsten vereint sein würde.

Caeonius wusste genau, welch hartes Los die Sklaverei darstellte. Aber er wusste auch, dass – sollte nur einer Handvoll Männer die Flucht gelingen – die Sklaverei einem letzten Gefecht vorzuziehen war, bei dem alle seine Soldaten, egal wie ruhmreich, starben.

Die Hoffnung hatte mich einen halben Kontinent durchqueren lassen. Caeonius ließ sie eine Entscheidung fällen.

Er reckte das Kinn und sprach: »Wir ergeben uns.«

48

Keiner wagte zu atmen, so schien es mir. Die römischen Soldaten blieben in Formation, behielten die Schilde übereinandergelegt und sahen starr vor sich hin. Die Germanen blickten ebenso starr zurück, begierig darauf, ihrem Feind ein Ende zu bereiten, aber auch misstrauisch gegenüber einem Tier, das zwar verwundet war, dessen Klauen und Zähne jedoch nach wie vor schwere Wunden schlagen konnten.

Caeonius machte den Anfang, indem er sein blutiges Schwert aus der Scheide zog und in den feuchten Schlamm warf. Daraufhin ließen auch die anderen Römer Schwerter, Schilde und Speere fallen. Einige fingen an zu weinen. Die meisten starrten ins Nichts.

Es war vorbei.

Arminius stieg wieder auf sein Pferd und rief etwas in seiner Volkssprache. Er wiederholte es mit warnendem Blick – wahrscheinlich der eindringliche Befehl, die Kapitulation zu respektieren und den römischen Soldaten kein Leid zuzufügen – egal, wie gerne dies viele seiner Männer auch getan hätten. Da ich schon oft bei einer Kapitulation zugegen gewesen war, wusste ich, wie sehr es auf die Augenblicke unmittelbar nach dem Niederlegen der Waffen ankam. Wenn jetzt Blut vergossen wurde, floss es bis zum letzten Tropfen. Behielt dagegen der Verstand die Oberhand, konnten die römischen Soldaten lebend in die Sklaverei gehen.

»Caeonius«, rief Arminius jetzt. »Lasst eure Waffen hier und marschiert ins Lager zurück.« Er deutete auf das letzte Heerlager der Legionen, in dem sich Varus und sein Stab gestern das Leben genommen hatten.

Caeonius zögerte einen Augenblick. Sobald die Soldaten von ihren Waffen getrennt waren, konnte nichts mehr ein Massaker verhindern.

»In Zehnerreihe aufstellen!«, rief der Präfekt schließlich. Er hatte keine andere Wahl. Die von Hoffnungslosigkeit gezeichneten Männer trotteten in Formation. Viele mussten von ihren Kameraden gestützt werden. Für die Verwundeten war das Ende nahe – ein Sklave, der nicht arbeiten konnte, war von geringem Nutzen.

Irgendwann hatte das, was vom Heer noch übrig war, Aufstellung genommen, und ich konnte die Tiefe der zehn Mann breiten Kolonne abschätzen. Bei dieser Rechnung drehte sich mir der Magen um.

Es waren weniger als tausend Überlebende.

Von einer Armee aus siebzehntausend Soldaten und einem Tross von dreitausend Zivilisten waren noch tausend übrig.

Den Rest hatte der Wald verschlungen.

»Im Eilschritt marsch!«, rief Caeonius, und seine Stimme klang unverändert, als hätte die Tragödie nie stattgefunden.

Bei so vielen Verwundeten und Erschöpften war an einen Eilschritt selbstverständlich nicht zu denken. Einige wenige Sturköpfe hielten mit einem letzten Rest von Stolz die Schultern gerade, doch die meisten taumelten und strauchelten auf ihrem Weg in die Knechtschaft. Die germanischen Krieger folgten ihnen wie hungrige Hunde.

Dabei kam die Kolonne auch an meinem Versteck vorbei, und ich hielt nach bekannten Gesichtern Ausschau. Noch vor Kurzem hatte ich Stummel, Mondgesicht und Micon in der Menge erblickt. Ich hoffte, dass ich meine Kameraden jetzt wiederfinden würde. Doch so sehr ich mich auch anstrengte, ich konnte sie in der Menge geschundener Legionäre nicht ausmachen.

Arminius dagegen sehr wohl.

Der niederträchtige Verräter saß wie ein Kriegsgott auf seinem Schlachtross. Das blonde Haar fiel über seine breiten Schultern. Dass er alles mit ernster Miene betrachtete und offenbar keine Freude über seinen Sieg zur Schau stellte, ließ mich den Bastard umso mehr hassen. Als hätte er von vornherein gewusst, wie das Ganze ausgehen würde. Er musste sich bewusst sein, dass seine Taten die Welt erschüttern würden, und doch – nichts. Kein Lächeln. Keine Siegesrede. Keine Faustschläge auf die stolzgeschwellte Brust. Er ließ einfach nur sein Pferd hinter dem Rest der von ihm vernichteten Armee her traben. Und geriet damit in die Reichweite des Speers in meiner Hand.

Von meiner Position aus konnte ich ihn unmöglich verfehlen. Er war zu nah, um dem Geschoss auszuweichen. Er würde die Bewegung zwar bemerken, sich ihr jedoch unwillkürlich zudrehen, anstatt zurückzuweichen, und damit ein umso besseres Ziel bieten. Meine Muskeln waren jenseits aller Erschöpfung, doch sie würden mich nicht im Stich lassen. Es war zu spät für meine Kameraden, doch mit diesem Speerwurf konnte ich das Lauffeuer aufhalten, das sich von Germanien aus über alle von Rom besetzten Länder ausbreiten würde.

Von Rom besetzte Länder. Bei diesem Gedanken lockerte ich den Griff um den Speerschaft.

Seit wann kümmerten mich Rom, Germanien oder irgendein anderes Land oder Volk? Meine Hände zitterten, als ich mir die Wahrheit eingestand: Sie kümmerten mich nicht. Ich war weder ein glühender Patriot wie Mondgesicht noch stolz auf meine Herkunft wie Rufus.

Die Linien auf einer Landkarte bedeuteten mir nichts. Ich trug eine Uniform, doch es hätte genauso gut eine andere sein können.

Vielleicht warf ich den Speer aus diesem Grund nicht. Ich schleifte ihn müde neben mir her, als ich aus dem Wald und auf den von Leichen übersäten Weg trat.

»Arminius«, rief ich, doch der Fürst hatte sich bereits zu mir umgedreht. Seine Leibwächter rannten mit Mordlust in den Augen auf die Bedrohung zu.

Er gebot ihnen mit erhobener Hand Einhalt. Wie ein Rudel Jagdhunde warteten die germanischen Krieger auf den Befehl, mich in Stücke zu reißen.

Arminius' sah mich mit funkelnden Augen an, dann schüttelte er beinahe unmerklich den Kopf. Seine Lippen formten ein lautloses Kommando.

Ich erwartete süße Worte von dem Mann, der Statthalter Varus und seine Ratgeber mit seiner Eloquenz in den Tod gelockt hatte. In meiner Selbstüberschätzung erwartete ich sogar, dass er sich vor mir für seinen Verrat rechtfertigen würde.

Doch stattdessen sah mich Arminius mit derselben amüsierten Abgeklärtheit an wie damals in dem Hain. Wieder stand ich als wilde, blutbeschmierte Kreatur vor ihm, und nun, da die Gefahr erkannt war, stellte ich für den Fürsten keine größere Bedrohung dar als eine Bremse für ein Ross.

»Du hättest mich töten können«, sagte er schließlich und deutete mit dem Kinn auf den Speer in meiner Hand.

Ich antwortete, ohne lange zu überlegen.

»Du hast gesagt, ich sei dir zwei Gefallen schuldig«, zischte ich zwischen meinen blutigen Zähnen hervor. »Auf dem Exerzierplatz in Minden. Ich schulde dir zwei Gefallen, hast du gesagt. Und ich will nicht sterben, ohne meine Schulden beglichen zu haben.«

Mit diesen ebenso armseligen wie trotzigen Worten warf ich den Speer zu Boden, schloss die Augen und bereitete mich auf den Tod vor. Ich biss die Zähne zusammen und spannte die Muskeln an, damit ich nicht zitterte oder mich vor Angst einschiss, wenn die Germanen auf mich losgingen.

Ich rechnete damit, dass mich ein Schwertstreich aus diesem Zustand grässlicher Anspannung erlösen würde. Doch stattdessen hörte ich bellendes Lachen.

Ich öffnete die Augen.

Der Germane grinste. Er sah mich staunend und fröhlicher als je zuvor an.

»Ich will dich doch nicht umbringen, mein Freund«, rief er, schwang sich geschmeidig aus dem Sattel und kam unbewaffnet auf mich zu.

Verzweifelt versuchte ich den Mut aufzubringen, ihn mit bloßen Händen und Zähnen anzugreifen, doch irgendetwas an seiner Haltung hielt mich zurück.

Und dann traf er mich mit einigen wenigen Worten tiefer ins Mark, als es ein Schwert hätte tun können.

»Ich will, dass du dich mir anschließt. Schließ dich mir an, Corvus.«

Corvus. Er kannte meinen Namen. *Er kannte meinen Namen!* Während mir schwarz vor Augen und das Dröhnen in meinem Kopf immer lauter wurde, fiel mir ein, dass auch ich *ihn* lange vor unserer Begegnung in dem heiligen Hain gekannt hatte.

Die Leichen auf dem Weg, die herausquellenden Eingeweide, alles verschwamm, bis es nicht länger die Männer der germanischen Legionen waren. Ich befand mich wieder in Pannonien, in einem anderen Leben.

»Corvus«, wiederholte Arminius, doch ich konnte ihn nicht mehr sehen und auch nicht antworten. Ich sah nichts außer einer Woge aus Blut, die auf mich zurollte, und tausend Leichen, die von der roten Flut umhergewirbelt wurden. Die Schreie aus ihren toten Mündern gellten in meinen Ohren.

Ich wollte selbst schreien. Ich musste.

Doch ich konnte nicht.

Dann brach die Blutwelle über mich herein, und ich erinnerte mich an alles.

49

Ich hatte meinen Kameraden erzählt, dass mein richtiger Name Corvus lautete. Das entsprach ebenso der Wahrheit wie die Tatsache, dass ich desertiert war. Als sich unsere Befehlshaber das Leben genommen hatten und unser eigener Tod im Morgengrauen unausweichlich schien, wollte ich reinen Tisch mit den Kameraden machen, denen ich inzwischen vertraute und die ich liebte wie Brüder.

Damals dachte ich, ich hätte ihnen alles erzählt.

Doch jetzt, da Arminius meinen Namen ausgesprochen hatte, brachen die Erinnerungen, die ich im tiefsten und schwärzesten Winkel meiner Seele vergraben hatte, mit einer Gewalt hervor, die mich in die Knie zwang. Galle brannte in meiner Kehle, während die Gedanken rasten. Einst hatte ich geglaubt, dass diese Dinge zu schrecklich wären, um sie je zu vergessen. Jetzt begriff ich, dass sich mein Verstand darum geschlossen hatte wie Schorf um eine Wunde.

»Corvus«, hörte ich von irgendwoher, und die Wunde riss erneut auf.

Ich wollte den Kopf heben. Alles drehte sich, als hätte mich ein Pferd getreten. Dann erkannte ich die Umrisse Hunderter auf dem Boden liegender Körper. Gesichter und Uniformen waren undeutlich, doch die kleinsten Details glasklar. Die Insekten, die vom Blut tranken. Eine Frau, deren goldenes Haar im Wind flatterte …

»Corvus.«

Der Name traf mich wie ein Peitschenhieb, denn inzwischen wusste ich, dass Corvus kein gewöhnlicher Soldat war, der wie so viele andere in Kriegszeiten von seiner Legion desertiert war.

Nein. Ich, Corvus, *war* meine Legion. Der aufgehende Stern. Der Held. Der Schlächter, der es in nur fünf Jahren vom jungen Soldaten zum Standartenträger gebracht hatte und nun über Herz und Seele der Legion, über den Adler, wachte. Kein Mann der achten Legion war angesehener, kein Soldat gefürchteter als Corvus.

Als *ich*.

Drei Jahre später fand ich mich vor Arminius' Füßen in einem germanischen Wald wieder. Und bei den Legionen an der Donau war Corvus' Name ein Fluch und Schimpfwort.

Aus dem Helden war ein Verräter geworden.

Schuld daran war der Krieg, obwohl es so friedlich begonnen hatte. Die Anfangstage waren mir noch deutlich in Erinnerung. Genau wie Germanien befand sich auch Pannonien am Rande des Imperiums. Und seine Einwohner wollten ebenfalls ihre Bräuche und Traditionen bewahren. Sie baten den Imperator um eine gewisse Eigenständigkeit, doch die Gesetze dieses Halbgotts und seiner Stadt waren eindeutig. Aus einer friedlichen Bitte wurde eine blutige Revolte. Die Einwohner der Provinz hatten die römische Herrschaft satt und griffen die Garnisonen an.

Als die ersten Politiker unter den Opfern waren, antwortete Rom mit der Entsendung der achten Legion, der auch ich angehörte.

Ich konnte es kaum erwarten. Genau wie der junge Cnaeus, der zu meinen Füßen gestorben war, wollte ich mich beweisen. Wie Pavo, den ein germanisches Pferd niedergetrampelt hatte, dürstete ich nach Ruhm. Ich hatte gegen Wegelagerer und Räuber gekämpft, aber noch keinen Krieg erlebt.

Doch dieser Krieg war nichts anderes als ein Gemetzel.

Bei unserem Bemühen, die Ordnung wiederherzustellen, brannten wir die Städte nieder, versklavten die Frauen und Kinder und richteten die Männer hin. Der Feldzug war erst wenige Tage alt, und ich wusste schon nicht mehr, wie viele vergewaltigte Frauen ich gesehen, wie viele Schandtaten ich selbst begangen hatte. Blut klebte an meinen Händen, und an meinem Schwert erst recht. Als Standartenträger diente ich meinen Kameraden stets als leuchtendes Vorbild. Respekt und Hochachtung bedeuteten mir alles, auch wenn ich dafür die Kehlen alter Männer durchschneiden musste, die am ganzen Leib zitterten, während sie in ihrer eigenen Pisse vor mir knieten.

Da stellte es beinahe einen Segen dar, wenn unser sogenannter Feind Gegenwehr leistete und das Blutvergießen vage Ähnlichkeit mit einem Kampf bekam. Ich führte jeden Angriff auf ihre Stellungen an, versuchte verzweifelt, mich im Durcheinander zu verlieren. Und bald reifte die Erkenntnis in mir heran, dass ich den feindlichen Speer herbeisehnte, der meine Rüstung durchdrang und sich in mein schwarzes Herz bohrte.

Doch der ließ auf sich warten, und ich schlachtete

weiter, bis ich mich eines Tages auf Knien in meinem Zelt wiederfand, die Spitze meines Kurzschwertes gegen die eigene Brust gerichtet.

Langsam verlagerte ich das Gewicht nach vorn. Die Klingenspitze durchdrang die Haut. Da hielt ich inne, genoss den Schwebezustand zwischen Leben und Tod. Eine plötzliche Bewegung reichte, um alles zu beenden, um eine Welt zu verlassen, die nur aus Tod und Finsternis zu bestehen schien. Um nicht länger Teil dieser Welt sein zu müssen.

Aber ich tat es nicht.

Ich tat es nicht, weil ich bereits zu viel gesehen, zu viel Schuld auf mich geladen hatte. Vor meinem Tod musste ich ein Opfer darbringen. Damit die Männer, die ich getötet hatte, Frieden fanden.

Damit auch ich Frieden finden konnte.

Der Feldzug ging weiter. Meine Versuche der Wiedergutmachung waren erfolglos. Wie ein Feigling dachte ich mir immer neue Ausflüchte aus, um nicht kämpfen zu müssen. Erzählte meinen Vorgesetzten, dass ich die Schlacht beobachten wollte, anstatt in sie einzugreifen. Da war mein Mut bereits so legendär, dass sich meine Kommandanten Großes von mir erhofften und keinen Widerspruch einlegten. Irgendwann stand ich im Morgengrauen auf einem Hügel und beobachtete, wie in der Stadt unter mir die Soldaten die Familien aus ihren Häusern zerrten.

Und dort lernte ich Arminius kennen.

Er trug die Uniform eines Kavallerieoffiziers, doch von seinem Pferd war nichts zu sehen. Er lächelte verschmitzt, als ob die Schreie der Vergewaltigten und Sterbenden nur ein Witz wären. Ich hatte den gut aussehenden Mann schon des Öfteren gesehen, da seine Reiterschwadron zu meiner Legion gehörte. Und jedes Mal hatte ich den Eindruck gewonnen, dass er mehr als unzufrieden damit war, wie sich die Dinge entwickelten.

»Corvus«, stellte ich mich vor.

»Arminius.« Er hielt mir die Hand hin, von Mann zu Mann, ungeachtet unseres Ranges oder seiner noblen Geburt. Ich ergriff sie, und in diesem Augenblick wurde mir klar, dass er diesen Feldzug ebenso verabscheute wie ich. Dass er ein Imperium verachtete, dessen Existenz auf Mord und Blutvergießen beruhte.

»Wir töten unsere eigenen Untertanen«, sagte Arminius mit leiser Stimme. In einer Straße wurde ein Mann von einem Haufen unerfahrener junger Soldaten in Stücke gehackt. Es war ein langsamer, grauenhafter Tod.

Ich wandte den Blick ab – nicht aus Abscheu, sondern weil ich meinem Gegenüber in die Augen sehen wollte, bevor ich jene Worte äußerte, die mich ans Kreuz bringen würden, falls er mich verriet.

Wieso ich ihm mein Vertrauen schenkte, weiß ich nicht, doch ich gab es ihm so bedingungslos wie ein Kind seiner Mutter. Vielleicht, weil ich mein Leben so sehr verachtete, dass ich es nicht länger leben wollte. Oder weil ich einfach nur mein Gewissen erleichtern musste.

Und so ergriff ich das Wort.

»Einem solchen Imperium kann ich nicht länger dienen«, gestand ich.

Arminius dachte über meine Worte nach. Die Schreie des Mannes auf der Straße unter uns verstummten. Dafür stießen andere Einwohner, die man aus ihren Verstecken zerrte, ihrerseits Klagelaute aus.

»Was ist mit meinem Volk?«, fragte der Germane und deutete auf die Gräuel unter uns. »Was, wenn sie ebenfalls Mitsprache in dem Reich fordern, dessen Bürger sie angeblich sind? Wird das auch ihr Lohn sein? Werde ich mein Schwert gegen mein eigen Fleisch und Blut erheben müssen?«

Ich schwieg. Wir beide kannten die Antwort darauf.

»Rom ist das Licht der Welt.« Ich spürte, wie sehr Arminius diese Stadt und die Prinzipien, für die sie stand, liebte. »Doch die Fackel tragen die Falschen.«

»Und wie lässt sich das ändern?«, fragte ich. Plötzlich wollte ich eine Antwort auf diese Frage, und ich war mir sicher, dass dieser Mann eine hatte. Und ich war mehr als bereit, meinen Teil beizutragen.

»Was würdest du dafür tun?«, fragte er und sah mich mit seinen durchdringenden blauen Augen an.

Ich legte die Hand auf den Schwertknauf.

Und während die Schreie, die die römische Gerechtigkeit mit sich brachte, unter uns verhallten, erzählte mir Arminius, wie er ein Imperium zu Fall bringen wollte.

Ein Krieg kostete Geld. Benachbarte Königreiche wollten bestochen werden, um ihre Neutralität beizubehalten oder aufzugeben. Armeen mussten verpflegt, Soldaten bezahlt werden.

Letzteres bot eine gute Gelegenheit, Rom zu schaden. Als Standartenträger war ich auch für die Soldkasse der Legion verantwortlich. Man erwartete von mir, ebenso gewissenhaft wie unbestechlich zu sein.

Dabei war ich auf dem besten Weg, ein Verräter zu werden.

Und so kam es, dass ich eines Nachts meine Kameraden im Stich ließ und mich samt der Soldkasse von meiner Legion entfernte. Ich brachte das Geld in die Hügel, in denen die Rebellen sich zum Widerstand gegen Roms gnadenlose Herrschaft sammelten. Schnell zerstreute das Silber jegliches Misstrauen, das mir entgegengebracht wurde. Als die letzte Prüfung vorüber war, um in die Reihen der Rebellen aufgenommen zu werden, stand ich mit zitternden Knien und flauem Magen da. Und doch hatte ich getan, was getan werden musste. Die Einzelheiten verstaute ich bei den anderen Erinnerungen in den schwarzen Tiefen meiner Seele.

Da ich ein in ganz Pannonien bekannter und berüchtigter Krieger war, wurde ich sofort dem Befehlsstab der Rebellenarmee zugeteilt. Ich kann mit Fug und Recht behaupten, dass sich der Krieg durch meine Fähigkeiten und mein Wissen zwei lange, blutige Jahre hinzog. Dann mobilisierte Rom eine Streitmacht von bisher ungekannter Größe, und wir wurden in den Tälern eingeschlossen.

Ich ergriff erneut die Flucht. Immerhin war ich schon einmal desertiert, wenn auch damals um der Gerechtigkeit willen. Während sich die Legionen wie Lava auf den Berghängen ausbreiteten, verließ ich die Rebellenfestung. Diesmal hatte ich keine Rechtfertigung. Der Aufstand schien zum Scheitern verurteilt. Rom hatte gewonnen. Nachdem Marcus gefallen war, marschierte ich los.

Ich ging nach Norden. Britannien war der einzige Ort, an dem ich – vielleicht – noch einen Freund hatte.

Wann sich mein Verstand dazu entschied, nicht länger der verräterische Corvus zu sein, weiß ich nicht. In einem Augenblick floh ich vor den Flammen, im nächsten war ich allein im Gebirge. Nur im Schlaf kamen die Erinnerungen zurück, doch sie wurden undeutlicher. Statt einzelner schrecklicher Ereignisse sah ich immer öfter die Blutwelle vor mir, die mich hinfortspülen wollte, bevor ich schreiend aufwachte. Wie eine von Katapult und Rammbock belagerte Festung hatte mein Verstand vor den Schrecken des Krieges kapituliert. Und nun, auf einem weit entfernten Schlachtfeld, hatte mir ein Mann, der eine ganze Armee besiegt hatte, die Erinnerung zurückgebracht.

Arminius.

Ich spürte seine Hände auf meinen Schultern und öffnete die Augen.

Und dann schrie ich.

50

Ich schrie wie ein waidwundes Tier. Ich schrie vor Enttäuschung. Vor Wut. Vor Selbsthass.

Arminius zog mich auf die Beine und hielt mein Gesicht in eisenhartem Griff. »Corvus.« Er lächelte. »Hör auf mit diesem Blödsinn. Sieh dich um.« Er wies mit einer Hand hinter sich. »Wir haben gewonnen.«

Ich sah mich um. Sah Leichen über Leichen. Sah das Ende einer Armee. Das Ende der Eroberungsträume eines Imperiums. Drei Legionen waren vernichtet. Ob sich Rom je wieder davon erholen würde?

»War ich das?«, stammelte ich schließlich.

Nun gestattete sich Arminius ein stolzes Lächeln. »Das war mein Werk, Corvus, auch wenn die Götter ihre Hand im Spiel hatten. Wie sonst hätte ich dich in diesem Hain finden können? Sie haben dich zu mir geschickt.«

»Warum hast du es mir nicht …«

»Gesagt?« Wieder lächelte er. »Was hätte ich dir sagen sollen? Dass du ein Verräter bist? Ein Abtrünniger? Damit sie dich gekreuzigt hätten, und mich dazu?«

»Du hättest mich töten sollen«, murmelte ich.

»Das hatte ich auch vor«, gestand Arminius. Er umfasste meine Schultern und sah mir in die Augen. »Doch an diesem Ort haben die Götter zu mir gesprochen, Corvus. Sie sagten, dass du noch eine wichtige Rolle zu spielen hast, und so war es auch. Du hast mich auf dem Exerzierplatz gerettet. Mein Onkel wollte meinen Tod oder meine Festnahme, aber du hast mich gerettet. Ja, auf gewisse Weise hast du dies alles möglich gemacht.«

Ich betrachtete die Leichen, die bald aufgedunsen und von Fliegen bedeckt sein würden. Für einen Moment wurde mir schwarz vor Augen.

Arminius bemerkte mein Unwohlsein. »Ich erkenne einen Verbündeten auf den ersten Blick, Corvus. Du hast mir in Pannonien dein wahres Gesicht gezeigt. Du hast ein gutes Herz, das für den einfachen Mann schlägt. Nicht für einen weit entfernten Senator. Ich kannte verzweifelte Soldaten wie dich und wusste, dass du von selbst zu mir kommen würdest. Und bis dahin habe ich dich im Auge behalten. Meine Männer haben dich im Auge behalten.«

Ich blickte von dem Leichenteppich auf.

»Die beiden Legionäre und der Zenturio im Misthaufen«, sagte ich. »Sie haben mich erkannt. Sie wussten, was ich getan habe. Das warst du.« Arminius hatte sie getötet, um mein Geheimnis zu wahren.

»Berengar«, bestätigte Arminius und nickte seinem Leibwächter zu, dessen gewaltige Muskeln über und über mit römischem Blut beschmiert waren. »Er hat auf dich achtgegeben, Corvus. Weil du einer von uns bist. Du hast die Fäulnis im Herzen des Römischen Reiches gesehen. Und gemeinsam können wir verhindern, dass sie sich weiter ausbreitet.«

»Das können wir«, sagte ich murmelnd. »Das können wir«, wiederholte ich und glaubte auch daran.

Denn was war Rom?

Wenn ich die Reinheit in Arminius' Augen sah, wusste ich genau, was Rom war: ein Rohling, der sich als Lehrer aufspielte. Ein Steuereintreiber, der sich als Menschenfreund ausgab. Ein Beschützer, der in Wahrheit ein blutrünstiger Henker war.

Rom war Gift.

»Rom ist Gift«, sagte ich, und als mich weitere schreckliche Erinnerungen heimsuchten, war ich mir gewiss, dass ich die Wahrheit sprach.

Hatte ich nicht bei klarem Verstand die achte Legion verlassen, um die Gräuel zu verhindern – oder hinauszuzögern –, die an den Bewohnern Pannoniens verübt wurden? Eine abstruse Wendung des Schicksals hatte dafür gesorgt, dass ich ein weiteres Mal in der roten Tunika der Legionen für Rom in den Krieg gezogen war. Ich hatte die Gelegenheit zur Flucht verstreichen lassen – um der Kameradschaft zu einigen wenigen Männern willen. Die gemeinsamen Prüfungen verbanden uns, nicht die Ideale Roms oder des Imperiums.

Und nun waren diese Waffenbrüder nicht mehr da. Tot, desertiert, verschollen. Ich hatte mit Rom nichts mehr zu schaffen.

»Komm mit mir«, sagte Arminius und nahm seine Hände von meinen Schultern.

Ich folgte ihm, doch nicht als Gefangener, sondern als Verbündeter des germanischen Fürsten.

Und als solcher trat ich auch Präfekt Caeonius unter die Augen. Er sah den Mann, der ihn besiegt hatte und nun über sein Schicksal bestimmte, und daneben ging der einfache Legionär, den er vor einem qualvollen Ende am Kreuz bewahrt hatte. Und der – wie ihm jetzt sicher klar wurde – die ganze Zeit über ein Verräter gewesen war.

Ich erwartete einen bösen Blick. Einen Fluch.

Doch da kam nichts. Er hatte zu viel mitgemacht, zu viel gelitten. Es war nur ein weiterer einer ganzen Reihe von Schicksalsschlägen.

»Was hast du mit ihm vor?«, fragte ich Arminius. Der Fürst folgte meinem Blick zum Befehlshaber der überlebenden Armee.

Arminius antwortete nicht. Zum ersten und einzigen Mal sah ich Zweifel in seiner Miene.

Ich bedrängte ihn nicht. Ich begriff, dass er unschlüssig war.

Wir folgten den wenigen Überlebenden von Varus' Armee durch eine Lücke im Wall des letzten Feldlagers. Dahinter suchten Horden von Stammeskriegern in den Hinterlassenschaften der Legionen nach Wertsachen.

»Deine Männer sollen dort anhalten«, befahl Arminius.

Caeonius ließ sie in der Mitte des Lagers Aufstellung nehmen. Die Soldaten trotteten dahin wie eine Herde Schafe. Als die ersten stehen blieben, liefen die nächsten in sie hinein.

Arminius trat vor. Berengar gab mir einen Schubs in den Rücken und nickte. Offenbar sollte ich ihm folgen. Nun war ich kaum einen Speerwurf von dem römischen Kommandanten entfernt.

Präfekt Caeonius hatte mir nichts zu sagen. Und ich ihm auch nicht, so sehr ich auch nach Worten rang.

»Was jetzt?«, fragte er Arminius.

»Zeig mir Varus' Grab.«

Caeonius zuckte mit den Schultern, als hätte er nichts anderes erwartet, und ging voraus.

Berengar rief etwas in seiner Volkssprache, woraufhin ein Dutzend von Arminius' Leibwächtern losrannten und kurz darauf mit Spitzhacken und Schaufeln zurückkehrten.

»Hier.« Caeonius deutete auf den Boden. Schmach und Wut hatten dafür gesorgt, dass sich die Stelle unauslöschlich in sein Gedächtnis eingebrannt hatte.

Die kräftigen Germanen brauchten nicht lange, um den Leichnam auszugraben. Titus' Freund zufolge hätte er eigentlich eingeäschert werden sollen, doch nur sein Haar war angesengt, und die Lippen waren von der Hitze verzerrt. Ansonsten war er eindeutig erkennbar.

Arminius ließ seine Hose herunter und pisste unter dem Jubel seiner Getreuen auf das verkohlte Gesicht des Statthalters, der einst einer der mächtigsten Männer Roms gewesen war.

Caeonius schwieg. Auch als Berengar vortrat und mit mehreren feucht klatschenden Hieben mit der Spatenkante Varus' Kopf von den Schultern hackte.

Berengar hielt Arminius das Haupt zur Begutachtung hin. Die Augen des Fürsten sprühten vor Hass, als er in das Antlitz des Toten spuckte.

»Schickt es König Marbod«, befahl Arminius, bevor er seine Worte für mich und Caeonius übersetzte.

»Weshalb?«, wollte ich wissen.

»Er herrscht über den Stamm der Markomannen, von denen du keinen Einzigen auf diesem Schlachtfeld finden wirst. Es ist an der Zeit, dass jeder von uns sich für eine Seite entscheidet«, bemerkte er geheimnisvoll, und da wusste ich, dass das Blutvergießen nicht in diesem Wald enden würde. Arminius' Aufstand gegen die römische Herrschaft hatte gerade erst begonnen.

»Und jetzt?«, fragte ich, in Gedanken bereits bei diesen zukünftigen Schlachtfeldern.

Die Antwort, die Arminius gab, war nicht an mich gerichtet. Er starrte Varus' kopflosen Körper an, und was er als Nächstes sagte, sprach er aus Hass auf den Statthalter Roms und alles, was dieser verkörperte.

»Tötet die Offiziere«, knurrte er.

51

Auch gegen das Todesurteil, das der Fürst soeben über ihn verhängt hatte, legte Caeonius keinen Widerspruch ein. Weder flehte er ihn um sein Leben an, noch winselte er um Gnade. Hocherhobenen Hauptes und ohne Gefühlsregung auf dem wettergegerbten Gesicht fügte er sich in das Unvermeidliche. Womöglich war es diese stoische Haltung, die Arminius zu einer Erklärung veranlasste.

»Du bist ein guter Soldat, Caeonius«, sagte er dem Präfekten. »Zu gut, um am Leben zu bleiben. Dieser Krieg wird noch sehr lange dauern.«

Der römische Veteran nickte. »Das sehe ich auch so.«

Doch Caeonius sollte ihn nicht mehr erleben. Berengars Klinge fuhr mit solcher Wucht in den Hals des Präfekten, dass die Wirbelsäule durchtrennt wurde und der Kopf nach vorne wegklappte. Ein Blutschwall spritzte in die Luft.

Die römischen Gefangenen, die alles mit angesehen hatten, schrien erschreckt auf. Dann drängten sie sich nur noch enger zusammen.

Arminius rief etwas in seiner Sprache, woraufhin sich seine Männer daran machten, die Offiziere von den einfachen Soldaten zu trennen. Sie zerrten Zenturionen und Tribunen aus den Reihen.

Die meisten folgten dem Beispiel ihres Präfekten und ließen sich in stolzer Haltung abführen. Andere jammerten und schrien und mussten aus dem Gefangenenhaufen gerissen werden.

»Aber du wolltest sie doch versklaven!«, protestierte ich.

Arminius legte mir wie einem einfältigen Kind die Hand auf die Schulter. Und vielleicht war ich ja wirklich einfältig.

»Diese Menschen sind wie ein Geschwür, mein Freund. Und ich bin der Arzt, der sie aus dem gesunden Fleisch schneidet. Die Soldaten werde ich verschonen, doch die Offiziere würden diese Niederlage niemals verwinden. Die Schande würde sie dazu antreiben, die anderen zum Aufstand anzustacheln. Wenn die einfachen Soldaten überleben sollen, müssen ihre Vorgesetzten sterben.«

Wären die Hinrichtungen so sauber und präzise durchgeführt worden wie die des Präfekten, dann wäre ich wohl auch in den kommenden Kämpfen nicht von seiner Seite gewichen.

Doch so war es nicht.

Von allen Grausamkeiten, die ich gesehen hatte, ließen sich nur wenige mit den Augenblicken vergleichen, die auf Arminius' Befehl folgten. Die Germanen fielen mit Freuden über diejenigen her, die sich durch ihre prunkvollen Uniformen als Offiziere verrieten.

Dann setzten die Schreie ein.

Die Stammeskrieger hielten die Zenturionen am Boden fest, ihre Kameraden schnitten ihnen die Zungen aus den kreischenden Mündern. Körper wurden in Stücke gehackt wie Feuerholz, Köpfe abgetrennt, zu grotesken Haufen aufgeschichtet oder im Wald an die Bäume genagelt. Bei diesem Anblick nahmen sich mehrere römische Offiziere das Leben, um seinen Peinigern zuvorzukommen. Ich sah, wie sich einer den Schädel mit den Ketten zerschmetterte, mit denen er gefesselt war. Graue Hirnmasse quoll aus einer zermalmten Augenhöhle, dann sank er in den blutigen Schlamm.

»Beende es, Arminius«, zischte ich endlich. Alles verschwamm vor meinen Augen. »Beende es!«, rief ich und ergriff seinen Arm.

Er sah mich an. In seiner Miene war keine Genugtuung über das Leid der Römer zu erkennen, nur grimmiges Verständnis dafür, dass seine Männer den Feind nun für jede kalte Nacht und jedes blutige Scharmützel büßen lassen wollten.

»Bitte mach dem ein Ende«, flehte ich.

Arminius wandte sich ab. Da wusste ich, was für ein Narr ich gewesen war, nicht etwa, weil ich das Römische Reich für korrupt und grausam hielt, sondern weil ich geglaubt hatte, eine bessere, gerechtere Herrschaft könnte an seine Stelle treten. Alles, wofür ich gekämpft, alles, was ich durchgemacht hatte, war sinnlos gewesen. Eine schreckliche Prüfung, an deren Ende nichts als weiteres Leid stand.

Und so blieb mir nur eine letzte Frage an Arminius.

Eine letzte Bitte.

»Dann töte mich auch. Bitte. Töte mich einfach.«

»Warum sollte ich dich töten?«, fragte er belustigt.

Ich deutete mit ausgebreiteten Armen auf die Gräuel vor uns. »Ob römischer Kaiser oder germanischer Fürst spielt keine Rolle!«, rief ich. »Sieh dir das an! Das ist kein Krieg!«

»Doch, das ist Krieg.« Arminius zuckte mit den Schultern. Die Schreie der gefolterten Römer unterstrichen seine Worte.

»Es ist Mord! Arminius! Genau dem wollten wir doch ein Ende bereiten!«

»Es ist Krieg, Corvus«, wiederholte er mit leiser Stimme. »Und damit findest du dich besser ab.«

Ich spuckte vor ihm aus. »Das kann ich nicht. Niemals. Also töte mich.«

»Nein.«

»Berengar!«, rief ich dem Hünen zu. Er sah mich an, als hätte ich den Verstand verloren. »Töte mich!«

Der Germane schüttelte den Kopf.

Am liebsten hätte ich sie als Feiglinge beschimpft, doch mit welchem Recht? Ich war hier der Feigling. Ich war zu schwach für den Krieg.

Und so ging ich im Schlamm auf die Knie.

»Corvus, ich werde dich nicht töten«, sagte Arminius, als er bemerkte, dass aller Kampfeswillen meinen geschundenen Körper verlassen hatte.

»Ich will mit deinem Krieg nichts zu tun haben«, murmelte ich.

»Du hast Schlimmes durchgemacht. Wie wir alle. Du musst dich nur etwas ausruhen. Danach siehst du klarer.«

»Ich sehe klar genug«, flüsterte ich. Ein weiterer römischer Kopf wurde von den Schultern getrennt. Blut spritzte in mächtigen Stößen aus dem Halsstumpf. »Ich habe zu vieles klar gesehen. Ich will nicht länger klar sehen! Ich will sterben!«

Erbärmliche Worte aus dem Munde einer erbärmlichen Kreatur. Arminius musterte mich. Zweifellos fragte er sich gerade, wie er mich je für einen wertvollen Verbündeten hatte halten können.

»Ich kann dich nicht töten.« Der Fürst schüttelte mitleidig den Kopf. »Aber unsere gemeinsame Reise endet hier.« Er wandte sich Berengar zu. »Führ ihn zu den anderen Gefangenen«, befahl er auf Latein, dann drehte er sich wieder zu mir um. Tiefe Enttäuschung war in seinen blauen Augen zu erkennen. »Mein Freund, ich habe dir angeboten, an meiner Seite zu kämpfen. Dass du mir nun den Rücken zukehrst, wo unsere Arbeit erst anfängt, schmerzt mich. Doch töten werde ich dich nicht. Wenn du die Ketten Roms nicht abwerfen willst, dann sollst du ein Sklave sein, Corvus. So leid es mir auch tut.«

Seine Worte kamen ganz ohne Zweifel von Herzen. Genau wie meine. »Leck mich«, zischte ich.

Einen Wimpernschlag später schickte mich Berengar mit einem Faustschlag zu Boden. Mein Gesicht landete im Dreck, und als ich wieder aufblickte, war Arminius verschwunden.

Zwei germanische Krieger zogen mich auf die Beine und stießen mich in die Richtung der römischen Soldaten. Schon konnte ich die Angst der zusammengedrängten Legionäre riechen.

»Auf, Bruder.« Ein Veteran der Neunzehnten stützte mich, nachdem mich die Stammeskrieger in die römischen Reihen geschubst hatten. »Du hast mit ihrem Anführer gesprochen?«, fragte er verwirrt.

Ich wischte mir das Blut vom Mund. Berengar hatte mir einen Zahn ausgeschlagen. »Ja«, krächzte ich und spürte die anklagenden Blicke der Legionäre auf mir. »Ich kenne ihn aus Pannonien. Wir haben beide in der Achten gedient.«

Diese Erklärung schien ihren Argwohn zu besänftigen, und die Männer wandten sich wieder ihrem Elend zu. Bis auf den unaufhörlichen Chor aus geflüsterten Flüchen und Wehklagen schwiegen die meisten.

Ich wollte nicht untätig bleiben. Immerhin hatte ich Titus und die Soldkasse ziehen lassen, um meinen Kameraden beizustehen. »Zweite Kohorte, siebzehnte Legion?«, rief ich. »Zweite Kohorte, siebzehnte?« Die germanischen Krieger, die uns bewachten, beachteten mich nicht weiter. Kein Wunder – ich war unbewaffnet, völlig ausgemergelt und stellte keine Gefahr dar.

»Zweite Kohorte, siebzehnte Legion?«, rief ich erneut.

»Hier drüben!«, ertönte es aus der Menge.

Ich drängte mich durch die Soldaten in die Richtung der Stimme, rief noch einmal und erhielt Antwort.

»Zweite Zenturie«, grüßte ich den Mann, der mir entgegenblickte.

»Vierte.« Er grunzte. »Hast du meine Jungs gesehen?«, fragte er in der Hoffnung, dass einige seiner Kameraden überlebt hatten.

Ich schüttelte den Kopf und stellte ihm dieselbe Frage.

»Da drüben.« Er deutete mit dem Daumen hinter sich.

Ich bedankte mich und ging weiter, stieg über die vor Erschöpfung zusammengebrochenen Männer hinweg. Trotz der Todesgefahr und der drohenden Sklaverei schnarchten manche sogar.

»Zweite Zenturie, zweite Kom…«, setzte ich an.

»Felix!«, unterbrach mich eine winselnde Stimme. »Felix!«

Ich drehte mich um. Stummel versuchte mühsam, sich

aufzurappeln. Bei seinem Anblick schlug mein Herz schneller, und ich nahm den Soldaten fest in den Arm.

Ich wollte etwas sagen, brachte aber kein Wort heraus. Ihm schien es genauso zu ergehen. Ein Blick, und wir hatten die Gewissheit, in diesem unerträglichen Elend einen Bruder gefunden zu haben.

»Titus?«, fragte er schließlich und schluckte schwer.

Mir fehlten die Worte. Wie alle anderen hier war auch Stummel am Ende seiner Kräfte. Wenn er erfuhr, dass ihn Titus, sein Anführer und Freund, im Stich gelassen hatte …

»Tot«, flüsterte ich. »Titus ist tot.«

Der Soldat vergrub den Kopf an meiner Schulter. Ich hörte, wie er schluchzte.

»Titus, Hühnerkopf, Rufus, der Junge«, stammelte er. »Ich weiß nicht, wo Mondgesicht ist. Felix, ich weiß nicht, wo er ist. Oder Micon. Wahrscheinlich sind sie tot. Wahrscheinlich sind alle tot.«

»Es gibt Hoffnung«, sagte ich und meinte es auch so.

Doch mit welchem Recht? Die Gefallenen dreier Legionen lagen im Wald verstreut. Wilde Tiere würden die Leichen fortzerren, ihre Knochen würden in der Sonne bleichen. Es war die schlimmste Niederlage, die die römische Armee je hatte hinnehmen müssen, und Arminius würde nicht aufhören, sie zu bekämpfen. Diese Schlacht war lediglich eine Absichtserklärung, der Beweis dafür, dass Rom nicht unbesiegbar war. Der Beginn eines Zeitalters der Kriege.

Welche Rolle würde ich darin spielen? Welche Maske würde ich aufsetzen, welche Standarte tragen? Für Rom war ich Soldat und Held gewesen, gegen Rom Verräter und Rebell. Wo ich auch hinkam, der Tod folgte mir.

Und nun war ich ein Sklave.

»Auf die Beine!«, rief ein Germane mit starkem Akzent auf Latein. »Hoch mit euch!«

Irgendwie schafften es die wandelnden Toten, zu gehorchen.

»Da lang! Na los! Vorwärts!«

Und so marschierten wir aus dem Blutwald. Tausende Leichen pflasterten den albtraumhaften Weg. Stummel wimmerte an meiner Seite.

»Unsere Kameraden … alle tot«, murmelte er zwischen den Schluchzern.

Waren sie tot? Höchstwahrscheinlich. Selbst Titus, diese Naturgewalt, würde Mühe haben, in dieser feindlichen Umgebung zu überleben. Hühnerkopf – der mein Freund geworden war – verrottete unter dem germanischen Wall. Rufus und der junge Cnaeus lagen tot im Wald. Doch so sehr ich mich auch bemühte, meine gepeinigte Seele konnte sie nicht betrauern. Nur beneiden.

Ich beneidete sie, da mir auf dem Weg nach Norden ins germanische Hinterland eines schlagartig bewusst wurde: Keine Schlacht und kein Wald konnte so schlimm sein wie das Schicksal, das mich erwartete.

Denn nun war ich ein Sklave.

Nachbemerkung des Autors

Wann genau ich zum ersten Mal von der Schlacht im Teutoburger Wald – auch als Varusschlacht bekannt – erfuhr, weiß ich nicht mehr. Ich kann mich jedoch noch sehr gut daran erinnern, dass ich ein Buch mit dem Titel *Rome's Greatest Defeat* mit in den Irak nach Basra nahm, als dort die Aufstände ihren Höhepunkt erreichten. Adrian Murdochs Darstellung der historischen Ereignisse machte mir bewusst, dass Varus' Feldzug eine antike Parallele zu demjenigen darstellte, an dem ich damals teilnahm: Die angeblich überlegene Streitmacht einer angeblich überlegenen Kultur erhielt Prügel von einem sträflich unterschätzten Feind. Mir kamen die Geschehnisse im Irak wie eine Wiederholung der Geschichte vor, und während ich durch eine mir völlig fremde Wüstenstadt marschierte, konnte ich sehr gut nachempfinden, wie jenen Legionären seinerzeit im dichten germanischen Wald zumute gewesen war.

Die Varusschlacht ist eine militärische Niederlage, die – ähnlich wie die Schlacht um Stalingrad – einen historischen Wendepunkt markiert, der weit über die eigentlichen Kampfhandlungen hinausreicht. Stalingrad setzte Hitlers Expansionsgelüsten ein Ende, und genauso bedeutete der Verlust dreier Legionen das Ende der römischen

Bemühungen, die germanischen Territorien östlich des Rheins zu erobern. Wer weiß, wie weit sich das römische Reich noch ausgedehnt hätte, wäre diese mächtige Streitmacht in fähigen Händen gewesen.

Der Verlust dieses Heeres kann in seiner Bedeutung gar nicht schwerwiegend genug eingeschätzt werden. Abgesehen davon, dass Tausende unglücklicher Hilfs- oder Auxiliarsoldaten ihr Ende fanden, wurden *drei* Legionen in wenigen Tagen ausgelöscht. Zu diesem Zeitpunkt verfügte das Imperium über achtundzwanzig aktive Legionen. Durch Arminius' Sieg verlor Kaiser Augustus *zehn Prozent* seiner schweren Infanterie. Zehn Prozent der Soldaten, die das Rückgrat der römischen Armee darstellten. Darüber hinaus folgte Varus' Niederlage unmittelbar auf den Krieg in Pannonien (dem Gebiet des heutigen Westungarn), bei dem die Legionen schwer in Mitleidenschaft gezogen worden waren. Kein Wunder also, dass der germanische Sieg für größte Bestürzung in Rom sorgte. Jeder waffenfähige Mann wurde eingezogen, Sklaven befreit und in Kohorten gesteckt, die die Garnisonen am Rhein verstärken sollten.

In diesem Buch treten mehrere historische Gestalten auf. Statthalter Varus habe ich so porträtiert, wie es auch die Quellen tun. Damals wie heute sind die Befehlshaber einer Armee nicht zwingend gute Soldaten oder versierte Taktiker. Auch Herkunft und Beziehungen spielen von jeher eine große Rolle bei der Vergabe dieser Posten. Varus jedenfalls konnte, was die Führungsqualitäten angeht, Arminius nicht das Wasser reichen. Der Germanenfürst besaß nicht nur herausragende strategische Fähigkeiten, es gelang ihm auch, ein Bündnis zwischen den verschiedenen Stämmen zu schmieden.

Arminius ist eine meiner Lieblingsgestalten aus der Geschichte. Nach allem, was wir wissen, wurde er als Angehöriger des germanischen Stammes der Cherusker geboren. Sein Vater schien Stammesfürst gewesen zu sein. Arminius, dessen germanischer Name unbekannt ist, wuchs allerdings in Rom auf und diente ehrenhaft in der römischen Armee. Dass Varus so große Stücke auf ihn hielt, trug unmittelbar zu dessen Untergang bei. Warum sich Arminius gegen Rom stellte, bleibt ein Rätsel. Dazu habe ich in diesem Buch eine eigene Theorie aufgestellt. Damals gab es kein geeintes oder einheitliches Germanien, obwohl die verschiedenen Stämme durchaus nicht nur sprachliche Gemeinsamkeiten aufwiesen. Und gewiss wurde Roms wachsende Macht in der Region von vielen als Vorbereitung auf eine Eroberung begriffen. Auch Arminius war offensichtlich dieser Ansicht.

Präfekt Caeonius war den Quellen zufolge der Befehlshaber der Armee, nachdem Varus und ein Großteil seines Befehlsstabs Selbstmord begingen. Der Mut dieses Mannes ist zu bewundern.

Felix und seine Kameraden sind ausschließlich Produkte meiner Fantasie. Ihre Persönlichkeiten und Charakterzüge dagegen ähneln denen der Soldaten, an deren Seite ich die Ehre hatte zu dienen. Egal aus welcher Epoche, der Kriegsbericht eines Infanteristen stellt für mich immer eine faszinierende Lektüre dar, und ich bin der festen Überzeugung, dass ein Soldat ungeachtet der Uniform oder der Zeit, in der er lebt, immer Soldat bleibt. Er handelt und denkt auf eine bestimmte Weise, und Felix hätte sich in der afghanischen Helmand-Provinz sicher ebenso zu Hause gefühlt wie in Germanien – immerhin lautete der Name meiner Militärbasis in Afghanistan »Minden«. Ehrlich!

Dass es keine Berichte einfacher Legionäre gibt, stellte einen weiteren Grund für mich dar, die Kämpfe aus ihrer Perspektive zu beschreiben. Über die damaligen Befehlshaber weiß man in der Regel ziemlich gut Bescheid, doch ein Kommandant ist immer nur so gut wie die Männer, die seine Befehle ausführen. Der gewöhnliche Soldat hat keinen Überblick über die Schlacht, die er gerade schlägt. Er kann weder Strategien noch Wendepunkte erkennen. Für ihn zählt nur das Überleben, und der Triumph eines Anführers hängt direkt davon ab, wie viele Soldaten in ihrem eigenen Mikrokosmos der Schlacht den Sieg davontragen.

Außerdem wollte ich in diesem Buch die psychologischen Auswirkungen schildern, die ein bewaffneter Konflikt auf den Soldaten hat. Unser Verständnis der mentalen Auswirkungen von Kriegen steckt noch in den Kinderschuhen, doch ich bin mir sicher, dass auch die Legionäre den Tod eines Kameraden nicht einfach abgetan und die Gräuel, die sie mit ansehen und durchmachen mussten, nicht einfach so weggesteckt haben.

Obwohl ich glaube, ein gewisses Verständnis für das Denken und Handeln eines Soldaten zu haben, will ich doch darauf hinweisen, dass ich in erster Linie Geschichtenerzähler und kein Geschichtswissenschaftler bin. Felix und seine Kameraden kämpfen zwar in den römischen Legionen, doch für die historischen Details kann ich keine Garantie übernehmen. Natürlich bin ich den Experten auf diesem Gebiet mehr als dankbar und habe stets versucht, so akkurat wie möglich zu sein, doch gelegentlich hatte ich das Gefühl, dass die Geschichte den Vorrang haben muss, und habe mir deshalb etwas künstlerische Freiheit gegönnt. Da keiner meiner Zeitgenossen die Anfänge des Römischen Reiches miterlebt hat, wird es wohl auf bestimmte Fragen niemals eindeutige Antworten geben. Wenn dieses Buch eine Lektion beinhaltet, so ist sie rein metaphorischer Natur. Wie bereits erwähnt, glaube ich fest daran, dass sich Soldaten zu allen Zeiten ähneln.

Ohne die Arbeit vieler Historiker und Wissenschaftler hätte ich diesen Roman allerdings niemals schreiben können. Wer sich für diese Epoche im Allgemeinen oder die Varusschlacht im Besonderen interessiert, dem seien *Teutoburg Forest AD 9* von Michael McNally, das bereits erwähnte *Rome's Greatest Defeat* und das Standardwerk *Legions of Rome* von Stephen Dando-Collins ans Herz gelegt. Diese Werke waren beim Verfassen dieses Buches stets präsent – alle Fehler dagegen gehen selbstverständlich auf meine Kappe. Wenn Sie einen finden, teilen Sie ihn mir mit, ich mache zur Strafe Liegestütze.

Danksagung

Wäre ich nicht selbst einer gewesen, hätte ich auch nicht über Soldaten schreiben können. In erster Linie danke ich also den Männern und Frauen, die auf Übungsmärschen mit mir gefroren, in der Wüste mit mir geschwitzt und sich beim nächtlichen Wachdienst geduldig meine Anekdoten angehört haben. Und natürlich vielen Dank dafür, dass ihr auf mich aufgepasst und sicher zurück nach Hause gebracht habt.

Ohne meine Eltern und meine Familie wäre ich nicht da, wo ich heute bin. Sie schenkten mir das Selbstvertrauen, mich jeder Herausforderung zu stellen, regten mich dazu an, die Welt zu bereisen und standen immer voll und ganz hinter mir. Wahrscheinlich hat sowohl meine Entscheidung, Soldat als auch Schriftsteller zu werden, meiner Mutter viele schlaflose Nächte bereitet. Dennoch habe ich ihr meine Leidenschaft für Geschichte und für Literatur zu verdanken. Ohne sie gäbe es auch dieses Buch nicht.

Vielen Dank allen Mitarbeitern bei Furniss Lawton, insbesondere meiner Agentin Rowan Lawton dafür, dass sie mir geholfen und mir stets vertraut hat. Ich habe ihr den ersten Entwurf aus einem überfüllten Schlepper vor der sudanesischen Küste geschickt. Durch ihr Vertrauen in meine Arbeit gelang es mir, meinen Traum zu erfüllen und Schriftsteller zu werden. Außerdem hat sie mich vor den hungrigen Haien gerettet, die ein Auge auf mein walisisches Fleisch geworfen hatten.

Die Idee zu diesem Buch entwickelte ich mit Rowland White, meinem Lektor bei Penguin. Er interessiert sich ebenso für Militärgeschichte wie ich und verstand sofort, worauf ich mit dem Buch hinauswollte. Ein besseres Team, um meine Einfälle aufs Papier zu bringen, hätte ich mir nicht wünschen können. Neben Rowland sorgten auch Jillian Taylor von Michael Joseph für wertvolle Einsichten und handwerkliche Fortschritte.

Danke auch meinen guten Freunden Tom King, Gareth Emery und Tom Wilkinson, die korrekturgelesen und mir tolle Anregungen gegeben hatten. Zur Belohnung warten sicher bald weitere ungelesene Manuskripte in eurem Maileingang. Und schließlich bin ich den Archäologen und Historikern zu Dank verpflichtet, deren Hartnäckigkeit bei der Aufdeckung unserer Vergangenheit meine Arbeit nicht nur möglich, sondern auch zu einer reinen Freude gemacht hat.